GREENLAND
RUSSIA
NITED STATES CANADA
RUSSIA RUSSIA
ICELAND
CANADA
RUSSIA
UNITED STATES
KAZAKHSTAN MONGOLIA CHINA
CHINA
TURKEY
JAPAN
IRAN
IRAQ
ALGERIA LIBYA EGYPT
SAUDI ARABIA
MEXICO
INDIA
BURMA
CHINA
CUBA
CHAD SUDAN
MALI NIGER
NIGERIA
VENEZUELA
ETHIOPIA
SOMALIA
KENYA
MALAYSIA
INDONESIA
PAPUA NEW GUINEA
BRASIL
PERU
BOLIVIA
BRASIL
ANGOLA
ZAMBIA
SOUTH AFRICA
MADAGASCAR
AUSTRALIA
AUSTRALIA
NEW ZEALAND
ARGENTINA

United Kingdom
英国儿童文学简史

舒　伟　著

CNS PUBLISHING & MEDIA
湖南少年儿童出版社
HUNAN JUVENILE & CHILDREN'S PUBLISHING HOUSE

图书在版编目（CIP）数据

英国儿童文学简史 / 舒伟著. —长沙：湖南少年儿童出版社，2015.3
（世界儿童文学研究丛书）

ISBN 978-7-5562-0587-5

Ⅰ. ①英… Ⅱ. ①舒… Ⅲ. ①儿童文学—文学史研究—英国 Ⅳ. ①I561.078

中国版本图书馆CIP数据核字(2014)第238505号

英国儿童文学简史

总 策 划：吴双英
责任编辑：聂 欣 周倩倩
装帧设计：陈 筠
质量总监：郑 瑾

出 版 人：胡 坚
出版发行：湖南少年儿童出版社
地　　址：湖南省长沙市晚报大道89号 邮编：410016
电　　话：0731-82196340 82196334（销售部） 0731-82196313(总编室)
传　　真：0731-82199308（销售部） 0731-82196330（综合管理部）

经　　销：新华书店
常年法律顾问：北京市长安律师事务所长沙分所 张晓军律师
印　　刷：湖南天闻新华印务有限公司
开　　本：710 mm × 1000 mm 1/16
印　　张：19
版　　次：2015年3月第1版 印 次：2015年3月第1版第1次印刷
定　　价：45.00元

【前　言】

儿童文学是一种“立人”文学，是全球化语境下的普世文学，是站在更高的(人文艺术层面)阶梯上再现儿童的天真的文学，是对成人文明的叛逆和补充，是文化沙漠中的最后一块绿洲。儿童文学研究包含儿童文学基础理论、儿童文学史、儿童文学评论三个板块，跟儿童文学创作的蓬勃发展相比，儿童文学研究贫弱滞后，在成人文学研究面前有被矮化、被轻视、被文学研究边缘化的趋势。儿童文学研究亟待更高的学术视点、更强大的研究队伍、更多的学术资源，来提升研究的水平和能力，来激活自身的话语能力。

《世界儿童文学研究丛书》以儿童文学发达国家和地区的作家作品及文学现象为研究对象，以切实的儿童阅读现状为参照，试图构筑一个新的理论视野，为国内对儿童文学感兴趣者提供参考和指导。这套书具有鲜明的理论建设意识和文化担当意识。国内儿童文学研究是具有外源性特征的，它在五四时期由西方儿童文学催生，在新时期获得发展，然而由于有机会阅读并消化世界儿童文学研究成果的人不多，新时期儿童文学研究常常陷入自说自话的状态。本套书意在沟通中外文化、加强中外文化交流与对话。

有学者提出：“儿童文学研究的最高成果可以为整个文艺学、美学、心理学、教育学、哲学等学科提供思维成果和理论材料。儿童文学研究者应该有这样的学术胸襟和抱负。”《世界儿童文学研究丛书》针对世界儿童文学新形势，以国别儿童文学研究为特点，对世界儿童文学进行整体梳理，为读者提供了一个崭新的、壮阔的、全面的儿童文学繁荣图景。丛书将站在当代学者的立场，以专业理论家的眼光，梳理世界各国儿童文学从史前到21世纪丰富多元的漫长历程，客观地再现儿童文学各个时期发展全貌，同时也提供清醒、扎实的论证和剖析。著作者们立足于各国历史文化和社会生活的交叉点上，深谙其儿童文学演进过程中的时代烙印和世纪性特征，以及各国儿童文学在世界儿童文学大坐标中的位置，着力凸现出民族性格、文化传统及社会思潮等多种力量作用下儿童文学自身的发展脉络，纵向探寻各国儿童文学发展源流，同时又横向呼应着儿童文学步伐，显示出史、论、评结合的贯通感。丛书除了描述各国儿童文学发展简史，也介绍各国重要的代表作家和作品、重要的理论经典，如《书·儿童·成人》，重要的儿童文学奖项及获奖作品也在介绍之列。丛书的独特的视角，将加强世界文学的研究力量，并改变儿童文学“小儿科”的印象。所涉及10部理论著作，以童心、友谊、游戏、对人类自然物的关注等为比较的基点，深挖儿童文学背后更深层的秘密，拓展儿童文学理论研究的学术空间，促进儿童文学研究的深化，重新架构儿童文学理论风景，提升儿童文学理论研究的地位。

丛书由王泉根（中国部分）、朱自强（日本部分）、方卫平（法国部分）、舒伟（英国部分）、孙建江（意大利部分）、韦苇（俄罗斯部分）、吴其南（德国部分）、汤锐（北欧部分）、金燕玉（美国部分）、何卫青（澳大利亚部分）等专家学者执笔，兼具中国本土特色和国际视野，不仅是对中国现有理论研究模式的突破，更将为以后中国儿童文学理论研究奠定坚实的基础。丛书为读者勾勒出世界儿童文学的发展轮廓，对各国儿童文学进行审视和提炼，追溯其过去，反映其现在，预测其未来，述评生动，介绍精彩。其新颖的资料和新鲜的视角增加了其实用性与可读性。丛书将成为研究儿童文学人士的工具用书，成为研究儿童文学发展思潮、美学追求、作家作品、读者心理的重要依据。丛书吸纳和整理人类精神文明的优秀成果，融入国际儿童文学研究潮流，让中国儿童文学研究与创作跟全球化议题接轨，推动中国儿童文学理论建设的发展，体现儿童文学理论研究的深度、广度和厚度；同时，丛书将儿童文学置于现代文化背景中考察，这样的研究方式将提高国内儿童文学理论研究的地位，提升儿童文学研究水平，在某种程度上具有丰富的人类学价值，在当下可以充当拯救人类危机的精神慰藉。

编　者

目 录
CONTENTS

献给父亲

如山的父爱，永远的童心

【序　言】

英国位于大西洋不列颠群岛，由英格兰、苏格兰、威尔士和北爱尔兰四个行政区域组成，全称为“大不列颠及北爱尔兰联合王国”（United Kingdom of Great Britain and Northern Ireland）。作为一个岛国，英国国土的总体面积和人口总数并不算大，但英国的儿童文学创作以卓越的艺术成就对现当代世界儿童文学的发展产生了不可磨灭的重要影响，成为世界儿童文学版图上的一座奇峰。1744年，英国出版家约翰·纽伯瑞（John Newbery，1713—1767）开始大规模出版发行儿童图书，这被看作历史上第一个自觉的自成体系的儿童文学出版事业的开端；而维多利亚时代异军突起的英国儿童幻想文学不仅开创了英国儿童文学第一个黄金时代，而且由此形成了从19世纪后期的两部“爱丽丝”小说到20世纪末的“哈利·波特”系列小说这样的，具有世界影响的英国儿童文学创作主潮。

关于英国儿童文学史概论和专论，国外学界已有诸多重要著作。哈维·达顿（F. J. Harvey Darton，1878—1936）的《英国儿童图书：五个世纪的社会生活史》（Darton，F. J. Harvey. *Children's Books in England*：*Five Centuries of Social Life*. Cambridge：Cambridge Up. 1958.）初版于1932年，是一部论述英国儿童文学图书出版史的权威专著。它为人们了解英国儿童图书创作、出版的整个社会历史语境及发展进程，以及维多利亚时期的儿童幻想文学崛起的社会历史背景提供了翔实的史料和精当的阐述。汉弗里·卡彭特（Humphrey Carpenter）的《秘密花园：儿童文学的黄金时代研究》（*Secret Gardens*：*A Study of the Golden Age of Children's Literature*. Boston：Houghton Mifflin Company，1985）对于他梳理的从1860年至1930年间的"儿童文学的黄金时代"进行专题研究，尤其对这一时期涌现出的卓越的儿童文学作家及其创作进行了深入细致的探讨，呈现了这一重要时期的英国儿童文学的发展状况（包括作家群的创作活动、思想观念以及创作模式、主题与艺术性等方面）。卡伦·P·史密斯（Karen Patricia Smith）的《奇异的王国：英国幻想文学的文学发展史》（*The Fabulous Realm*：*A Literary – historical Approach to British Fantasy*，1780—1990. Metuchen，N. J.：Scarecrow Press，1993.）探讨了从1780年到1990年的英国儿童文学语境中的幻想文学作家和作品。彼得·亨特（Peter Hunt）主编的《插图版儿童文学史》（*Children's Literature*，*An Illustrated History*. Oxford：Oxford University Press，1995）对于主要英语国家的儿童文学发展史进行了专题阐述。约翰·R·汤森德（John Rowe Townsend）的《英语儿童文学史纲》（*Written for Children*：*An Outline of English – language Children's Literature*. 6th ed. Previous ed.：1990，London：Bodley Head，1995）描述了以英美作品为主的英语儿童文学历经两个多世纪的发展历程。作者将英语儿童文学发展史分为四大板块：1840年以前的历史；1840年至1915年的"黄金时代"；两次世界大战（1915年至1945年）之间的历史；1945年至1994年的历史。论及的作品类别涉及"诫喻诗文""探险故事""家庭故事""校园故事""儿童韵文""图画书""动物故事""幻想故事"等。D·C·萨克（D. C. Thacker）和吉恩·韦布（Jean Webb）合著的《儿童文学导论：从浪漫主义到后现代主义》（*Introducing Children's Literature*：*From Romanticism to Postmodernism*，London：Routledge，2002.）分别在浪漫主义、现代主义和后现代主义的文学语境下，将英语儿童文学创作置于主流文学史的脉络中进行梳理和探讨。C·N·曼洛夫（Colin Manlove）的《从爱丽丝到哈利·波特：英国儿童幻想文学》（*From Alice to Harry Potter*：*Children's Fantasy in England*, Cyber Editions Corporation, 2003）一书按六个历史时期考察了从1850年到2001年的400余部英国儿童幻想文学作品。所有这些著述分别从不同认知层面和文体视阈为我们提供了认识英国儿童文学整体发展的重要资源。

本书在梳理和借鉴前人研究成果的基础上，力图从中国学人的视阈去审视英国儿童文学的发生与发展历程。作者的出发点是通过发生论与认识论相结合的方式全面探究英国儿童文学创作主潮发展进程的基本脉络，这样做的好处在于用有限的篇幅阐述英国儿童文学发生发展的历史沿革的内在联系，从而致力于在社会历史、文化和文学的具体历史语境中梳理、考察并剖析英国儿童文学发展的内在动因及其基本特性和独特贡献。在考察过程中既注重对英国儿童文学发展历程进行宏观审视，也注重对代表性作家、作品及重要创作现象进行具体评析。本书在整体布局方面不追求面面俱到，而是注重梳理和论述英国儿童文学创作领域影响最大、成就最高的作家、作品及创作主潮。

【绪　论】

儿童文学首先涉及几个基本命题，即童年与儿童文学；广义的儿童文学：儿童接受文学的方式；从格林童话到“爱丽丝”小说：文学表达的童趣化。

第一章
童年与儿童文学：几个基本命题

第一节　童年：再现与超越

儿童文学涉及的最重要命题自然是“儿童”与“童年”的文学表达。童年作为人类个体生命中一段特殊的人生阶段，本身具有与成人完全不同的特殊性，尤其体现在生理发育程度及心智与精神活动的差异等方面。在哲学意义上，童年是生理的，更是心理的；是个体的，更是普遍的（人类的童年，宇宙的童年等）。童年是流逝的，也是可以追溯和重现的。而在一般意义上，要认识童年，就要认识儿童的特殊生命状态和特殊精神世界。法国学者菲利浦·阿利埃斯（Philippe Ariès，1914—1984）在《童年的世纪：旧体制下的儿童和家庭生活》（1962）一书中通过社会史的视阈探究了欧洲的儿童史和家庭史，为人们提供了从历史角度认识童年的理性范式。而从文学发展史的视野审视，现代儿童文学的发生、发展与自觉的儿童观密切相关，尤其涉及成人社会对童年的有意识和无意识的固有观念的交锋、碰撞和演变。从清教主义的儿童观到洛克和卢梭的儿童教育观，英国儿童文学的发生和发展见证了观念带来的深刻变化。以今天的眼光来看，童年最突出的个体特征就是生理（生存）的弱势和对父母（成人）的依赖状态与其精神世界的活跃状态之间所形成的强烈碰撞及其由此产生的特殊张力。童年作为一个特殊时期具有两面性。一方面，童年包容了太多的东西，出于好奇而渴望探索和历险的时期；一个小小的帆船玩具就是一只可以远行漂流的独木舟或者一艘能够遨游苍穹的太空飞船。家中的后院或者户外的一块空地就是一个金银岛，一个永无岛，一个珊瑚岛；童年又是一个受到限制或者禁锢的时期，一个渴望长大而逃离的时期。处于童年期的孩子或多或少知道自己离不开父母的抚养，但他们同时又渴望挣脱父母的束缚，往往由此滋生出逃离现实的幻想。而且在现实世界，即使那些能够得到父母精心照料、呵护的儿童也会在生活中感受到许多限制。比如与小伙伴的交往，正玩得兴头上，却听见远处传来母亲或保姆的呼喊声，要他回家吃饭，或回家睡觉，可想而知此刻的孩子是多么不情愿啊；用诗人罗伯特·史蒂文生的诗句来说，

“冬天，我在黑夜起床，/借着黄黄的蜡烛光穿衣裳。/夏天，事情完全变了样，/还在白天，我就得上床。/不管怎么样，我只好上床/ 看鸟儿还在树枝上跳荡，/ 听大人们的脚步声，一阵阵/ 响在大街上，经过我身旁。/ 你想，这事儿难不难哪——/ 天空蓝蓝，天光亮亮，/ 我多想再玩一会儿啊，/ 可是，却偏偏要我上床!” ①

希冀逃离当前现实的渴望是个体童年的固有特征之一。这种渴望可以转化为精神世界的幻想活动。儿童文学在特定意义上就是这种幻想活动的文学载体，以至于现当代儿童幻想文学在英国儿童文学创作领域成为最具影响力的文体类型。从文学史角度看，英国幻想文学的传统自然而然成为英国儿童幻想文学的推动力，使其成为英国儿童文学中成就最大、影响最广泛的文学类型。在

---

① 选自史蒂文生《一个孩子的诗园·夏天在床上》，屠岸，方谷绣译，北京：人民文学出版社 1984 年版，第 3 页。

幻想文学创造的世界里，儿童能够超越自身的限制，从而进入广阔的生活空间，去体验和享受成人世界的精彩活动和丰富多彩的人生况味。由于契合了儿童的这一心理特点，幻想文学作品是最能体现儿童文学功能的文类，这也是英国儿童幻想文学在全球都具有影响力的原因之一。英国早期传统童话及民间童话故事是英国儿童文学的另一个重要源头，尤其对英国儿童幻想文学的发生具有深远的影响。在民间口耳相传的民间童话故事如《杰克与豆茎》《巨人杀手杰克》《拇指汤姆》《迪克·威廷顿》《快活英格兰的圣·乔治》《查尔德·罗兰》《三只小猪》《玫瑰树》和《猫皮》等对于英国童话小说的叙事风格产生了影响。这些长期以来在民间流传的民间童话具有童心化的荒诞基因，如“上个星期六早上的傍晚 6 点钟，我坐在自己的小船里在群山之巅划行着”，这种荒诞性绝妙地体现在刘易斯·卡罗尔的两部“爱丽丝”童话小说的各种悖论式的语言游戏中。此外，从盎格鲁－撒克逊英雄史诗《贝奥武甫》和盎格鲁－撒克逊梦幻叙事，英国和法国的传奇故事，文艺复兴时期的田园牧歌和乌托邦文学，到乔叟的《百鸟会议》（*The Parliament of Fowles*，1377—1382）和《荣誉之宫》（*The House of Fame*，1380）、斯宾塞的《仙后》（1589）以及马洛、班扬等人的相关作品到托马斯·莫尔和玛格丽特·卡文迪什等人的现代乌托邦小说，到莎士比亚的《暴风雨》《仲夏夜之梦》等，到 17 世纪的玄学派诗人作品中呈现的幻景，到 18 世纪初的蒲伯和斯威夫特的相关作品，到贯穿整个 18 世纪的充满异国色彩的东方故事，到英国的哥特式小说，英国的幻想文学传统对于现当代英国儿童文学创作的影响也是非常深远的。

儿童文学与作为人类整体和人类个体的童年的特性密切相关。对于个体生命成长初期的这段特殊的，而且一旦经过再也无法重返的童年阶段的认识，关系到我们对整个儿童文学特性的理解。儿童文学有别于成人文学，但绝不能把儿童文学误解为纯低幼性质的读物。儿童文学的一个重要特征就是童心和童趣的文学化体现与表达，但它同时又具有依托童年、超越童年的特殊双重性。人们可以借用马克思所言的“正常的儿童”“粗野的儿童”和“早熟的儿童”这三种童年来描述古代不同民族在创造各自文明时所处的不同状态，或者所呈现的不同思维方式。马克思曾形象地指出，古希腊人是“正常的儿童”。他对于古希腊人在正常的童年期创造的艺术和史诗中所包含的神话给予了高度评价，认为它们具有超越历史时空的“永久魅力”，至今“仍然能够给我们以艺术的享受”。换而言之，希腊神话是特定民族处于正常童年时期的产物——它产生于历史上人类童年时代发展的最完美的地方。古希腊民族的童年是正常的、健全而丰满的，因而充满了天真烂漫的好奇心和由此引发的对世界、对人生的感性认知。从同构对应的角度看，人类幼童的思维就处于稚拙而神秘的正常童年的“原始性思维”状态。它的运作完全不受常识的支配和干扰，从而使天赋的智能处于无拘无束的自由飞翔中，产生独特的指向，获取独特的发现。这是正常童年的特征。但另一方面，我们必须看到，从人类认知发展的角度看，作为个体的人类的童年又具有幼稚无知的特点，儿童必须学习成人群体传授的知识体系，获取更多的认知能力，才能逐渐成长起来，进入社会。有句话叫“初生牛犊不怕虎”，这类牛犊固然勇气可嘉，但它之所以不怕虎，并不是它认为自己比老虎强大，而是因为它对于老虎可能给自己带来的致命后果无所认知。于是就出现了一个两难问题，这也是哲学家 G. B. 马修斯（G. B. Matthews）表述的悖论现象：幼童必须学习常识（知识与经验）。但常识作为前人成熟化的认识结果，对它的汲取可能遮蔽和消解幼童的思维智慧。常识可合理地解释一切现象，但不幸的是，许多知识和判断就容易陷入常识的规范。[①] 在现实生活中，成人社会为少年儿童传授知识的同时可能消蔽他们的智慧，因为知识化不等于智慧化。童年的超凡想象力与童年的混沌无知这一相互矛盾的张力碰撞让我们进一步拷问儿童文学的特质。同样，马克思在论及希腊神话的艺术魅力时还说过这样的话：“一个成人不可能再变成儿童，否则就变得稚气了。但儿童的天真难道不使成人感到愉快吗？难道他不应当在一个更高的层次上把童趣的真实再现出来吗？在每一个时代，人的固有性格不正是纯真地复活在儿童的

① 详见：G. B. Matthews，Philosophy and the Young Child. Harvard：Harvard Univer - sity Press. 1980. 以及华爱华的《金大陆：《透视幼童世界》，载《读书》1991 年第 5 期。

天性里吗？那么在历史上人类童年时期发展得最完美的地方为什么不应该作为人类永不复返的阶段而显示出永恒的魅力呢？”① 这段话可以为我们认识儿童文学的特质提供启示和思路。首先，充满天真烂漫想象力的童年一旦逝去就再也无法重返了，但儿童文学可以在一个更高的层次上再现童趣的真实。儿童心理学告诉我们，儿童的内心体验缺乏逻辑秩序和理性秩序，无法像成人一样去理解和认识现实世界所发生的一切，儿童文学作品可以在马克思所言更高的层面为儿童提供现实世界和幻想世界所能提供的最好养料，帮助儿童跨越现实世界与理想的生活状态之间的差距，同时满足他们追求生活理想的种种愿望。肯尼斯·格雷厄姆的《柳林风声》(1908) 是另一部对20 世纪英国幻想文学产生深刻影响的经典之作。作为一部动物体童话小说，《柳林风声》不仅受到少年儿童的喜爱，而且深得成人读者的赏识。对于成人读者而言，小说呈现的是田园牧歌式的阿卡迪亚，是随风飘逝的古老英格兰，也是引发无尽怀旧和乡愁的一去不复返的童年岁月。几个动物角色既是儿童，保持童年的纯真和纯情；又是成人，超越了儿童的限制，能够进入广阔的生活空间，去体验和享受成人世界的精彩活动和丰富多彩的人生况味。这正是评论家约翰·格里菲斯和查尔斯·弗雷对于这部作品的主人公的论述：

“他们既不是真正的儿童，也不是真正的成人；既没有全然沉迷于家庭生活，也没有全然热衷于历险活动；既非致力于追求沉稳和安宁，也非致力于追求成长和变化；肯尼斯试图给予他们这两种世界的最好的东西，正如许多儿童文学作家所做的一样，为他们创造了这样的生活：既获得了成人的快乐享受和惊险刺激，又避免了相应的成人的工作和养育孩子的艰辛；他们的生活像孩童般贴近自然，而不会直接感受真实世界的动物的野性或痛苦。作为儿童文学作品，该书魅力的一个奥秘就在于幻想的微妙和包容。”②

---

① 《马克思恩格斯选集》第 2 卷，北京：人民出版社，1972 年第 114 页。

② Griffith, John W, and Charles H. Frey, eds. Classics of children's literature. New York: Macmillan, 1987, p. 900.

事实上，《柳林风声》的微妙和包容来自于童话文学以实写虚，以实写幻，亦真亦幻，幻极而真的审美特性，这就是在一个更高的层面上把童趣的真实再现出来的儿童文学之艺术性的体现。正如新马克思主义批评家杰克·齐普斯所说："儿童文学也应当遵循我们为当代最优秀的成人作家所设定的相同的高水平的审美标准和道德标准"。[①] 这并非虚言，以卡罗尔的"爱丽丝"小说和肯尼斯的《柳林风声》为代表的现当代英国童话小说就以卓越的审美品格和艺术成就而成为传世经典。作为英国儿童文学创作领域的重要文类，英国童话小说是传统童话的艺术升华，具有儿童本位与超越儿童本位的双重性特征。儿童本位意识自然要求童话小说具有童趣性和乐观主义精神，不能随心所欲；但童话小说又具有超越一般儿童文学作品的张力和灵性。J·R·R·托尔金在其幻想文学专论《论童话故事》中特别强调不能将童话故事等同于低幼故事，他指出，"童话故事"绝不能局限于为儿童写作，它更是一种与成人文学样式密不可分的类型。童话作为一种类型值得为成人创作，供成人阅读。他告诫说："把童话故事降低到'幼儿艺术'的层次，把它们与成人艺术割裂开来的做法，最终只能使童话受到毁灭。"[②] 作为儿童文学的最重要文类，童话文学的特性最能代表儿童文学的基本特质。

第二节　广义的儿童文学：儿童接受文学的方式

我们还应当从一种更广泛的意义看待儿童文学。事实上，凡是儿童喜欢并且能够欣然接受的一切优秀文学作品都可以看作广义的儿童文学。从范畴看，有专为儿童或青少年读者创作的图书，也有从成人文学作品改编的图书。从传统接受方式看，儿童主要是通过阅读与聆听这两种方式接受文学作品或其他读物的。换而言之，长期以来文学就是通过这两种方式对儿童产生意义的。儿童

---

① 杰克·齐普斯：《冲破魔法符咒：探索民间故事和童话故事的激进理论》，舒伟主译，合肥：安徽少年儿童出版社，2010 年第 234 页。

② J·R·R· Tolkien, The Tolkien Reader. New York：Ballantine，1966，p. 59.

可以去阅读包括图画书（插图书）在内的所有适宜他们的文字读物，更可以聆听成人为他们讲述或朗读的所有文学作品，包括故事和诗歌等。而在20世纪以来，随着现代影视技术的发展，人类进入了“世界图像的时代”。以电影为代表的影像叙事通过集声音、色彩、图像于一体的视觉模态造就了影响巨大的文化传播样式。各种儿童文学经典经过影像改编而成为当代儿童与青少年接受文学的重要方式。与印刷文字呈现的图书样式相比，青少年电影以更直接的视觉冲击力、情绪感染力和美感效应吸引着众多青少年观众，影响他们的人格发展。通过影视方式引导青少年进入文学经典的世界，培养审美的敏感性和欣赏经典的兴趣也是当今儿童文学研究的重要课题之一，具有非常切实的实践意义。20世纪以来作为英国儿童文学的经典之作，两部“爱丽丝”小说就经历了百年影像改编的过程（1903—2013）。随着现代影视技术的发展，对“爱丽丝”小说的影像改编也走过了从默片、有声、黑白、彩色到数码3D大片等阶段的百年历程。仅以“爱丽丝”（少数以“奇境”）为片名的影像改编就包括：①*Alice in Wonderland*（1903，默片，导演C. Hepworth）；②*Alice's Adventures in Wonderland*（1910，喜剧默片）；③*Alice in Wonderland*（1915，默片）；④*Alice in Wonderland*（1931，第一部有声影片）；⑤*Alice in Wonderland*（1933，影片）；⑥*Alice in Wonderland*（1937，电视片）；⑦*Alice*（1946，英国BBC电视片）；⑧*Alice in Wonderland*（1949，影片）；⑨*Alice in Wonderland*（1951，迪士尼动画片；在这之前迪士尼已推出了近六十部黑白无声的动画短片）；⑩*Alice in Wonderland*（1951，英、法、美合拍真人实景与木偶混合版影片）；⑪*Alice in Wonderland in Paris*（1966，动画片）；⑫*Alice in Wonderland*（1966，动画片，Hanna－Barbera出品）；⑬*Alice in Wonderland*（1966，电视影片）；⑭*Alice's Adventures in Wonderland*（1972，歌舞片）；⑮*Alice in Wonderland*（1976，成人歌舞喜剧片）；⑯*Alice*（1981，影片）；⑰*Alice in Wonderland*（1981，动画片，乌克兰）；⑱*Alice v Zazerkal*（1981，动画片）；⑲*Alice at the Palace*（1981，影片）；⑳*Alice in Wonderland*（1983，影片）；㉑*Fushigi no Kuni no Alice*（1983，动画片）；㉒*Alice in Wonderland*（1985，CBS电视影集）；㉓*Alice in Wonderland*

（1985，电视片，导演 Shigeo Koshi）；㉔*Alice in Wonderland*（1986，BBC 电视影集）；㉕*Alice Through the Looking Glass*（1987，电视片）；㉖*Alice*（1988，影片）；㉗*Alice in Wonderland*（1988，动画片，澳大利亚）；㉘*Adventures in Wonderland*（1991—1995，迪士尼电视系列片）；㉙*Sugar & Spice*：*Alice in Wonderland*（1991，动画片）；㉚*Alice in Wonderland*（1995，动画片）；㉛*Alice Through the Looking Glass*（1998，电视片）；㉜*Alice Underground*（1999，影片）；㉝*Alice in Wonderland*（1999，NBC，导演 Nick Willing）；㉞*Alice in Wonderland*（2003，Hallmark Entertainment）；㉟*Abby in Wonderland*（2008，芝麻街 DVD 影片）；㊱*Alice*（2009，电视片，英国科幻有线频道播出）；㊲*Alice in Wonderland*（2010，3－D彩色影片，导演 Tim Burton）；㊳*Alice in Murderland*（2010，影片，导演 D. Devine）；㊴*Once Upon a Time in Wonderland*（2013，电视系列片，美国 ABC Studios）。由此而论，无论是通过传统阅读、聆听还是影视数码等新传媒方式进入儿童世界，为儿童喜闻乐见的文学产品都可以归入广义的儿童文学范畴。当然，限于篇幅，本书专论的对象仍是以印刷方式呈现的儿童文学创作现象。

第三节　从格林童话到“爱丽丝”小说：文学表达的童趣化

如果说在人类社会儿童文学古已有之（只要有儿童，就有广义的模糊的儿童文学），那么从希腊罗马神话到民间故事和民间童话，再到现当代作家创作的童话小说，我们可以发现儿童文学的基本特质，那就是文学表达的童趣化。以童话小说为例，它的发展轨迹是从神话叙事的幻想奇迹的世俗化转变为文学童话叙事的幻想奇迹的童趣化。既要有童心，又要超越有限的童年认知，将现实世界和幻想世界的最好的东西奉献给儿童读者。一方面，童话小说是儿童与青少年读者本位的，要体现童话故事对儿童及青少年成长的意义和价值。另一方面，童话小说与传统童话之间具有深层的血脉关系，是历久弥新的童话本体精神与日趋精湛的现代小说艺术相结合的产物，是传统童话的艺术和美学升华。童话小说能够满足包括成人在内的不同年龄层次读者的认知需求和审美需求。两部“爱丽丝”小说就体现了这种双重性。刘易斯·卡罗尔为他热爱的小女孩讲述的“爱丽丝”故事无疑是儿童本位的，但它们同时又成为能够满足成人审美需求和心智需求的文学杰作。

如前所述，儿童文学要在更高的层面上表达人类的童心、童趣及其多姿多彩的人间故事。换而言之，儿童文学的本质特征之一是文学表达的童趣化。如果说神话叙事讲述的是那些高高在上的天界神祇们充满神奇色彩的事迹，体现了神圣性和神秘性；那么童话故事的男女主人公通常都是有血有肉的人类，而且出现了许多作为主人公的男孩和女孩。从总体看，在民间故事向童话故事及文学童话演进的进程中出现的重要变化是幻想奇迹的童趣化。事实上，传统童话里那些神奇性因素已经被赋予了童趣化的特性。无论是闹鬼的城堡，中了魔法的宫殿和森林，充满危险的洞穴，地下的王国，等等，都不过是童话奇境的标示性地点而已。当然，那些奇异的宝物比如七里靴、隐身帽或隐身斗篷；能使人或物变形的魔杖；能产金子的动物；能随时随地变出美味佳肴的桌子；能奏出强烈的迷人效果的美妙音乐，因而具有强大力量的乐器；能制服任何人、任何动物的宝剑或棍子；具有起死回生神效的绿叶；能当即实现拥有者愿望的如意魔戒，等等，人们可以从欧洲民间文学童话的集大成者《格林童话》中发现绝大部分这些共同的神奇性因素。传统童话表达了一个重要的观念：向善的小人物拥有巨大的潜能，能够创造出平常情形下难以想象的惊人奇迹，从而改变命运，获得幸福。童话的主人公之所以能够战胜强大的对手，本质上靠的是善良本性。他（她）们纯真善良，或任劳任怨，不受世俗偏见、权势，或者所谓理性主义的摆布而失去自我本性。他（她）们尊重和善待大自然中的一切生命和事物，尤其是善待老者、弱者和各种弱小的动物；作为童话式的回报，他（她）们所做的不起眼的小事情能够成就宏大事业，他（她）们发自内心的善良之举必然获得特别珍贵的褒奖，并就此改变了自己的命运。重要的是，童话“小人物”拥有可以打败压迫者和强者的强大力量。当然，这通常需要通过两种方式来实现：①需要得到“魔法”的帮助。②致力于用计谋战胜强敌。幻想奇迹的童趣化具有这样的特点：为儿童读者喜闻乐见，故事基本发生在人间，主人公通常是小人物，具有童趣意味的故事性（魔法、宝物、使用计谋战胜强敌），体现的是儿童的发现及爱的意识的觉醒（自觉的童话创作意识），以及乐观主义精神和具有荒诞性的游戏精神等因素。

从 19 世纪 40 年代开始，英国工业革命时期出现的以达尔文进化论为代表的新思潮不仅撼动了基督教有关上帝与世间众生关系的不二说法，而且动摇了英国清教主义自 17 世纪后期以来对幻想文学和童话文学的禁忌与压制。英国儿童幻想文学作品以卓越不凡的艺术成就宣告了英国童话小说的第一个黄金时代的来临。两部“爱丽丝”小说就是引领这个时代的一面旗帜。作者刘易斯·卡罗尔的想象力在与小女孩的交往中得到激发和释放，同时他也在很大程度上从工业革命以来的新思想和新科学带来的变化中汲取了能量，而且前所未有地通过童话叙事释放出来，从而超越了作者的时代。这两部童话小说具有激进的革命性和卓越的艺术性，不仅是对维多利亚时期恪守理性原则的说教性儿童图书创作倾向的反叛与颠覆，而且是对包括欧洲经典童话的突破和超越。这种突破和超越就在于作者在文学童话创作领域开创了从传统童话的模式化和确定性走向对话性和开放性的道路，为传统童话文学增添了蕴涵现代性和后现代性因素的全新的叙事特征。卡罗尔用平常给孩子们讲故事的口吻讲述爱丽丝在地下世界和镜中世界的经历，呈现在读者面前的却是不可思议的奇遇、梦魇般的经历、难以理喻的荒诞事件和滑稽可笑的人物和其他角色，包括最出乎意料的怪人（疯帽匠、公爵夫人、乖戾的棋牌王后与国王，等等）、怪物（怪物杰布沃克）等等。此外，在“爱丽丝”小说中出现了各种语言游戏，包括语言的疑难性、不确定性一级谐音双关，语言的非自愿性、主体性等具有哲理性的因素；正如小说中的矮胖子所宣称的，词语可以表达他本人需要它们表达的任何意思——所有这些思辨因素都成为童话叙事的组成部分。两部“爱丽丝”小说自问世以来，一直受到世人及批评家的关注。在相关研究领域，人们先后从文学、心理学、哲学、数学、语言学、符号学、历史、医学、影视、戏剧、动画、科幻小说、超现实主义、现代主义和后现代主义文化等视野去审视和探讨它们，各种理论阐述与发现层出不穷。尽管如此，这两部小说至今仍然没有被说尽，仍然是一个言说不尽的“文学奇境”和“阐释奇境”。

第二章

希腊神话的少儿版故事[1]

具有深邃文化心理意义和丰富多样文学意义的希腊罗马神话体现了人类童年时期的好奇心，从整体上具有文学化、人性化、开放性和故事性等特征。希腊神话的重要代表荷马史诗将现实主义的细节描写与超现实主义的浪漫奇幻方式结合起来，精彩地描述了长期在古希腊社会流传的故事，一方面是求实求真的文学叙事，另一方面是大胆离奇的神话想象，这标志着以实写幻、幻极而真的童话叙事方式已开始出现。此外，希腊罗马神话的人性化特点对于童话叙事的生成也是重要因素之一。在希腊罗马神话中，众神皆以人的形态出现，既体现或夸张了人类的体魄与神情（男性的阳刚之美；女性的娇柔妩媚，体态丰韵），又具有超越普通人类的气质与力量；希腊神话叙事中的理想人物是一批

---

① 本节内容曾以“论童话与希腊神话的渊源”为题发表在《浙江师范大学学报》（社科版）2008 年第 4 期。亦见《希腊罗马神话的文化鉴赏》一书第十五章“希腊罗马神话对童话文学的影响”，北京：光明日报出版社，2010 年 5 月。

通常从少年时代就开始建立非凡业绩的“超人”式的英雄。他们通常是天神与凡人结合所生的后代，具有神的天赋，但并不活动在神的世界，而是与人类共命运，具有人的情感。他们用神的天赋为人类除害、造福。希腊神话中的少年英雄各有特色，如赫拉克勒斯完成了举世闻名的十二件大功，提修斯在迷宫除害，伯罗洛丰骑着带翼的神马佩迦索斯射杀喷火女怪喀迈拉，柏修斯智取女怪米杜莎之头，伊阿宋率领阿耳戈远征英雄夺取金羊毛……他们的英雄气质超凡脱俗，透射出令普通凡人向往的崇高的理想化的人物性格，他们在各自的历险过程中表现出的豪迈气概和高强本领，尤其是他们取得的辉煌业绩非常契合儿童羡慕轰轰烈烈之英雄壮举的心理。

希腊神话还为童话故事提供了不少常见的母题，如遭受继母迫害的“灰姑娘”，看似武断的神谕，看似莫名其妙的条件，“罪与罚”，等等。神话中这些奇特而不乏荒诞性的条件和神谕具有生动的故事性和趣味性，对于童话具有天然的影响力。对于童话故事的开局与谋篇，神话故事也在不同程度上提供了叙事的借鉴。使用计谋战胜对手，获取成功，这是希腊罗马神话中富有特色的故事因素。如谋划用“木马计”攻下坚城特洛伊的人间英雄奥德修斯就特别善于运用智慧、计谋甚至诡计而摆脱困境，绝处逢生。使用计谋战胜强大势力或强大对手正是童话故事的重要情节因素，从法国的《列那狐的传奇》（在列那狐与伊桑格兰狼之间发生的一系列纠葛和冲突中，弱小的列那狐屡屡智胜强大凶悍的伊桑格兰狼）到贝洛童话（如“穿靴子的猫”），格林童话（如“勇敢的小裁缝”与巨人比试本领一再获胜，靠的是投机取巧的计谋，灭掉两个巨人强盗靠的是让他们“两虎相争”的计谋，最后对付想赖婚的国王父女靠的也是计谋），等等，莫不如此。

由于荷马史诗的魅力及其影响，荷马式的传奇故事已经成为英国儿童文学传统的一个组成部分。法国作家费朗索瓦·费纳隆（1651—1715）根据《奥德赛》前四章创作的小说《忒勒马科斯历险记》（1699），叙述主人公漂洋过海，历经艰险寻找父亲奥德修斯，被认为是欧洲最早的儿童文学作品之一。费纳隆作品的英译本使荷马史诗的内容成为英国儿童读物的组成部分。英国作家威廉·葛德温（William Godwin）在1806年创作了《万神殿》（*The Pantheon, or, Ancient History of the Gods of Greece and Rome*），为孩子们叙述希腊罗马神话故事。散文家查尔斯·兰姆（Charles Lamb）在1808年写了《尤利西斯历险记》（*The Adventures of Ulysses*），他在书中的序言写道："在尤利西斯的故事里，除了有人类外，还有海神、巫婆、巨人、妖女等等，他们象征着人生外在的力量和内心的诱惑。这些具有双重意义的艰难险阻是任何一个有智慧、有毅力的人必然会遭遇的。"童话小说《水孩儿》的作者查尔斯·金斯利（Charles Kingsley，1819—1875）根据希腊神话创作了《格劳库斯，或海岸边的奇迹》（*Glaucus, or the Wonders of the Shore*，1855），叙述了《希腊英雄传》（*The Heroes of Greece*，1856），讲述少年英雄柏修斯、提修斯以及阿耳戈英雄们的故事；英国学者、诗人、荷马专家及翻译家安德鲁·朗（Andrew Lang，1844—1912），以编写童话故事和翻译荷马史诗而闻名于世，著有《法国古代歌谣》《荷马的世界》（*The World of Homer*，1910）和12卷世界童话故事集。安德鲁·朗不仅自己动手翻译了荷马史诗《奥德赛》（1879）和《伊利亚特》（1883），还写了很受读者欢迎的《特洛伊与希腊故事》（*Tales of Troy and Greece*，1907）；安德鲁·朗还与H·赖德·哈格德（H. Rider Haggard）合写了重述奥德修斯最后的漂流故事的《世界的欲望》（*The World's Desire*，1890）；理查德·加尼特（Richard Garnett）创作了《众神的黎明》（*The Twilight of the Gods*，1888，1903）；爱德华·L·怀特（Edward Lucas White，1866—1934）写了《海伦》（*Helen*，1925）；约翰·厄斯金（John Erskine）写了《海伦的隐秘生活》（*The Private Life of Helen*，1925）；索恩·史密斯（Thorne Smith）写了《众神的夜生活》（*The Night Life of the Gods*，1931）；罗伯特·格雷夫斯（Robert Graves，1895—1985）创作了著名的《金羊毛》（*The Golden Fleece*，1944）以及《白女神》（1948）和《希腊神话》（*The Greek Myths*，1955）等作品；玛丽·雷诺（Mary Renault，1905—1983）创作了关于英雄提修斯的作品《国王必须死去》（*The King Must Die*，1958）、《来自海洋的牛怪》（*The Bull from the Sea*，1962）；理查德·L·格林（Richard Lanceley Green）撰写了《希腊英雄的故事》（*Tales of the Greek Heroes*，1958）和《希腊与特洛伊的英雄们》（*Heroes of Greece and Troy*，1960）；爱迪生·马歇尔（Edison Marshall，1894—1967）撰写了讲述赫拉克勒斯故事的《地球上的大力神》（*Earth Giant*，1960）；亨利·特里斯（Henry Treece）撰写了《希腊三部曲》：《伊阿宋》（*Jason*，1961）、《伊莱克特拉》（*Electra*，1963）和《俄狄浦斯》（*Oedipus*，1964）；利昂·加菲尔德（Leon Garfield）撰写了《海里的神》（*The God Beneath the Sea*，1970）；帕德里克·科鲁姆（Padraic Colum）撰写了《孩子们的荷马》（*Children's Homer*，1982），《金羊毛的故事和阿喀琉斯之前的英雄们》（*The Golden Fleece and the Heroes Who Lived before Achilles*，1983）以及《奥德修斯的历险和特洛伊的故事》（*The Adventures of Odysseus and the Tale of Troy*），为小读者讲述了荷马史诗里的故事；罗伯托·卡拉索（Roberto Calasso）撰写了颠覆性的《卡德摩斯与哈摩尼亚的婚姻》（*Le Nozze di Cadmo e Armonia*，1988）；罗斯玛丽·萨克利夫（Rosemary Sutcliff）撰写了《兵临特洛伊城的黑色舰队》（*Blackships before Troy*，1993）；希拉里·贝利（Hilary Beiley，1936—）撰写了《特洛伊公主：卡桑德拉》（*Cassandra*：*Princess of Troy*，1994）等等，凡此种种，都说明了希腊神话和荷马史诗历久弥新的美学价值和艺术魅力。这种魅力正是马克思所说的在历史上人类童年时期发展得最完美的地方所显示出的永恒魅力。希腊神话的儿童文学化现象是英国儿童文学的一个组成部分，同时表明了儿童文学依托童年又超越童年的基本审美特征。成人文学名著的改写成为英国儿童文学的重要组成部分，除了希腊神话的儿童版故事，最突出的就是兰姆姐弟改写的《莎士比亚戏剧故事》以及《圣经童话》《格列佛游记》《天路历程》《鲁滨孙漂流记》，等等。由此推而广之，所有为儿童读者改编或改写的文学名著都是儿童文学的一部分。

第一编　从清教主义走来

第一章
《圣经》与十字架：清教主义语境下的儿童文学

第一节　清教主义与儿童文学

在漫长的中世纪，特定意义上的英国儿童文学时隐时现，在清教主义的原罪观念笼罩下，儿童成为需要被拯救的群体，为儿童创作的图书成为灌输宗教思想的重要手段。首要的问题是对儿童的认识问题，即儿童观问题。尽管希腊神话具有天真质朴的童真和童趣，但古希腊人并没有形成自觉的儿童观，也不可能像现代人一样去关注儿童心理和儿童成长。在当时的人们眼中，儿童是作为尚不成熟的单纯个体而存在的，儿童的心理特征自然受到漠视；进入基督教时代以后，人们对儿童心理状态的漠视有所改观，他们出于基督教的理念开始关注儿童心理，但出发点却是建立在基督教原罪观念之上的：儿童需要被拯救，尤其是儿童的灵魂应当得到救赎。在漫长的中世纪，成人社会的儿童观主要受到清教主义思想的影响。根据原罪论的理念，儿童的灵魂是脆弱的，亟待拯救，他们的心灵更需要加以改造，而对于他们头脑中可能产生的狂乱想象力则应当加以压制。在这样的理念之下，有意识的理性童年观是无从谈起的。16世纪，随着新教主义以及英国社会中产阶级的兴起，家庭教养儿童的观念深受宗教教义的影响，儿童不仅是还没有长大的成人，更被看作具有邪恶冲动的、需要救赎的个体。家长、教会和学校有责任拯救儿童的灵魂，引导儿童避开邪恶，走向通往天国的光明之道。

清教徒（puritan）一词源于拉丁文“purus”，出现在16世纪60年代，在英国是指那些要求清除英国天主教内旧有仪式的改革派人群。清教徒信奉加尔文主义，将《圣经》奉为最高权威，尤其是1560年的英译本《圣经》，认为任何教会或国王个人都不能成为传统权威的解释者和维护者。早期清教主义者出现在玛丽一世统治后期那些流亡于欧洲大陆的英国新教团体中。部分追随者移居至北美地区。一般人往往把清教徒与某些极端行为联系起来，与弑君行为联系起来，这当然与17世纪40年代英国资产阶级革命期间，克伦威尔领导的国会军打败忠于国王的保守派军队，并且将国王查理一世推上断头台的行动有关。事实上，清教主义者非常关注家庭生活，关注子女后代，关注他们的精神成长和道德教育，正是在清教主义者注重儿童教育的影响之下，儿童图书成为独立的出版类型，主要包括实用性和知识性图书以及宗教训诫性图书。17世纪后半叶英国王政复辟之后，清教徒们把自己看作是英国社会中受压制的孩子，同时把这种受迫害的感觉转化为接近儿童文学的叙述。在当时的政治氛围之下，一时兴起大量有关儿童受苦受难、悲惨死去的故事。另一方面，基督教寓意性的图书也随之出现。出于让儿童接受基督教教义的需要，人们开始关注儿童的读书识字教育。他们认为儿童读物能够影响儿童的人生，尤其是通往天国的人生。基督教的天国想象对于此后的儿童文学产生了深刻影响，但从整体上看，清教主义者是关注儿童的，但他们是从清教主义的思想观念出发去看待儿童和儿童教育问题的。他们认为通过阅读可以使儿童幼小的灵魂得到拯救，可以避免堕入地狱。此时出现的奉行宗教恫吓主义的儿童读物可以称为“十字架儿童文学”。在相当长的时期，挽歌式的作品成为儿童读物的主流。此外，为儿童读书识字和学习书写的读物往往采用《圣经》的内容。如 Elisha Coles 编写的拉丁语法 Nolens Volens（1675）就是按照字母顺序呈现《圣经》的重要用语。

不过，捷克教育家夸美纽斯（Johann Comenius，1592—1670）的《世界图解》（*Orbis Sensualium Pictus*，1658）经过英译进入英国后，沉重的宗教主义氛围有所消减，人们的思想认识也受到一定影响。夸美纽斯主张实行统一的学校教育制度，采用班级授课形式，扩大知识学科的门类和内容，对于包括英国在内的欧洲儿童正规教育体系的建立产生了较大影响。《世界图解》通过字母顺序编排内容，包括各种动物发出的声音，无论是鸟类还是兽类，每一个都配有一幅图画。除了自然知识，作者还按照字母顺序通过图画的形式列举了一些人类的美德与恶行，将抽象概念具象化，无疑是教育领域的有益尝试。在严峻的清教主义氛围中，夸美纽斯的教科书式的图画书令人耳目一新。通过字母顺序将自然知识和社会知识编排起来向人们表明，字母顺序可以呈现世界和自然的顺序。哲学家约翰·洛克在系统提出自己的儿童教育观念的同时，还亲自为儿童设计和制作按字母顺序改编的伊索寓言中的动物故事。

第二节　詹姆斯·简威和他的《儿童的楷模》

就清教主义的儿童文学而言，作家詹姆斯·简威（James Janeway，1636—1674）创作的《儿童的楷模：几位孩童皈依天主的神圣典范人生以及欣然赴死的事迹录》（*A Token for Children, being an exact Account of the Conversion, Holy and Exemplary Lives, and Joyful Deaths of Several Young Children*，1671），是具有代表性的清教主义儿童文学图书。它讲述的是几个圣洁的儿童在诚心诚意的祷告中奔赴天国夭逝的事迹，呈现的是作者心目中的儿童楷模如何获得最崇高的命运，其目的是告诫小读者，要他们努力效仿这样的人生楷模，如此才能体现对父母的爱心，才能保持圣洁的灵魂，才能免受地狱之火的煎熬，才能升上天堂。在作者描述的楷模般的孩童中有一个名叫约翰·哈维，生于1654年，12年后去世。小哈维智力超群，在语言方面很有天赋，用现在的话来说是个神童。他2岁时就能够像5岁的儿童一样说话，而且很小就开始读书，读的是有关《圣经》的教理问答类图书。他的阅读变得越来越狂热，成为修炼灵魂时不可或缺的活动。他时常站在窗前专注地阅读《圣经》及其他好书，认为这是上帝赋予他的一个使命。而他的身体却每况愈下，视力更是受到极大影响。6岁时，哈维患了眼病，但他不顾医生的劝阻，仍然继续阅读。哈维12岁时，全家迁居伦敦，却不料遭遇了1665年那场肆虐全城的可怕瘟疫。家中的一些亲人先后染病去世，但哈维仍然矢志不渝地阅读《圣人弥撒》等书籍，而且还动笔写下了好几篇“神圣沉思录”。最后他自己也染上疫病，在撒手人寰之前，他恳求母亲在他身边放上班克斯特斯先生写的教理图书，以便让他在进入永恒的天国之前还能够享受阅读此类书籍的乐趣。话音刚落，他就永远地闭上了双眼。这是具有时代烙印的典型的清教主义儿童文学作品，读者可以看到，主人公约翰·哈维的楷模特征就是狂热的阅读与布道，至死不渝。同样是关于神童题材的故事，如果把詹姆斯·简威的《儿童的楷模》与罗尔德·达尔（Roald Dahl，1916—1990）的《玛蒂尔达》（*Matilda*，1989）对比一下，可以发现清教主义儿童文学作品的时代烙印与当代童趣主义的童话小说的时代特征，两者之间形成的鲜明对比揭示了英国儿童文学的历史演进过程。达尔的童话小说《玛蒂尔达》创造性地运用了“天才少年”（“神童”）这一题材，拓展了自卡罗尔的“爱丽丝”小说所开创的“童年的反抗”这一主题。作为一个心智早熟的天才小女孩，玛蒂尔达不仅智商超群，而且情商也极高（善解人意，极富同情心）。首先，她的阅读能力和计算能力是常人难以比拟的：她一岁半就能说会道，三岁就可以无师自通地阅读家中的报纸杂志，四岁便开始在社区的公共图书馆借阅各种文学名著，结果尚未跨入小学的校门就已经阅读了大量的文学名著，而且还有自己的见解。此外，小女孩玛蒂尔达在数学计算方面也堪称天才，令人惊叹。作为这样一个富有正义感的神童，玛蒂尔达在面对暴虐凶悍的女校长的恶行时通过意念产生人体特异功能，从而进行绝地反击应当是顺理成章、不足为怪的。达尔的童话叙事呈现的是狂欢化的“童年的反抗”，具有更加激进和更加生活化、社会现实化的特征。达尔小说的背景几乎都设置在当代英国社会，无论是人物还是故事情节，无论在乡村、农场还是在家庭、学校，作者呈现的都是现实主义的生活环境和社会环境。无论是主人公的生存困境，还是坏心眼的成人对儿童的压制和迫害，等等，都具有非常写实的特点。就此而言，达尔基本上承袭了狄更斯式的“苦难童年”的写实传统。不同的是，作者在写实性的背景下采用了童话幻想艺术进行讲述，即通过写实主义的手法描写少年儿童与成人世界的异乎寻常的对立和冲突。换而言之，达尔将狄更斯的“苦难童年”的写实传统与卡罗尔的“奇思异想”的幻想因素融合起来，用极度夸张的方式叙述现实世界中的“童年的反抗与狂欢”。

第三节　约翰·班扬和他的《天路历程》

如果说简威笔下的神童哈维是个狂热的阅读与布道的清教主义儿童楷模，那么人们可以在约翰·班扬（John Bunyan，1628—1688）的身上看到真实的哈维形象。他对于《圣经》的狂热的阅读方式使其对整个经文烂熟于心，倒背如流，以至于他本人在传教布道过程中可以自如地引用《圣经》中的任何章节和段落。同时通过持续不断地讲解《圣经》，班扬也提高了自己的文化修养和表达能力。班扬出生在距离伦敦百余里的贝德福郡（Bedfordshire）南部的一个小村庄，家境贫寒，父亲是一个补锅匠，也是一个虔诚的浸礼教徒。作为一个作家，只受过短期小学启蒙教育的班扬属于自学成才。他的全部思想和文化知识几乎都来自《圣经》和《祈祷书》，以及结婚时妻子带过来的两本宗教书籍《普通人进入天堂之路》和《如何践行虔诚之道》。1653 年，班扬开始在当地布道，但遭遇了很大的阻力甚至迫害，这反而激发了他奋起反击的勇气，促使他通过写作来表达自己的观点。1660 年班扬被当局逮捕并投入当地监狱，罪名是无执照传教。在被监禁的 12 年中，班扬写了好几本书，目的是宣扬自己的宗教观念。1672 年，出狱后的班扬担任了贝德福教堂的牧师，不久又因为持不同宗教观点而被当局再度关押。在牢房里，班扬写出了《天路历程》的第一部，1684 年他完成了第二部分，与第一部合在一起出版。《天路历程》的全名是《通过梦境呈现的——一个信徒从今生到来世的追寻历程》。由于班扬是一个虔诚地奉献于宗教事业的清教徒，他对于《圣经》的苦读，以及对《圣经》

的把握和理解都是超乎寻常的，这正是一个现实版和成人版相结合的哈维，他的《天路历程》就是一部通俗文学化的经文布道，而且作者吸收了当时民间流行的世俗浪漫传奇因素和讲述手法，拓展了始于中世纪的寓言传统。尽管这是一部为成人写的宗教寓言，但它在艺术手法和表现形式上却与英国儿童文学产生了密切的关联。在特定意义上，《天路历程》的开端预示着《爱丽丝奇境漫游记》的开端：故事的叙述者在户外睡着了，在梦境中看见一个名叫基督徒的男人。此人背着一个沉重的包袱，站在自家的门外，手里捧着一本《圣经》，正在专心致志地阅读。他从书中得知，不久之后巨大的灾难就会降临到他全家所居住的这个名叫“毁灭”的城镇。这使他感到极度恐慌。这时一个叫作福音的传教士朝他走来，奉劝他和当地其他居民逃离家园，寻求天国的庇护。基督徒恳求家人和乡人一起离去，但被视作疯人疯语。万般无奈之下，基督徒独自踏上了天路历程。且看“爱丽丝”小说的开端：五月的一个夏日，小姑娘爱丽丝跟姐姐一块坐在泰晤士河边，姐姐在读一本书，可爱丽丝对那本图书毫无兴趣，因为书中既无插图，也没有对话。她渐感疲倦，不觉悄然入梦。就在她进入梦境之际，她看到一只眼睛粉红的大白兔穿着一件背心，戴着一块怀表，一边自言自语地说自己要迟到了，一边急匆匆地往前跑去。出于儿童天然的好奇心，爱丽丝毫不犹豫地追赶上去。她看见兔子跳进了矮树下面的一个大洞，她也不假思索地跳了进去，从而踏上了充满荒诞色彩的地下世界奇遇旅程。《天路历程》虽然是为成人写的宗教寓言，但那些源自民间故事和传奇故事的历险叙事方式，以及众多栩栩如生的人物角色形象，使之对于包括儿童在内的普通读者产生了天然的吸引力。典型的历险情节——主人公一路前行，首先经过了“消沉泥沼”，身背沉重“罪孽包袱”的基督徒是在路人“帮助”的竭力帮助下才得以从泥沼中爬起脱身。后来在满怀虔诚之心叩拜了耶稣遇难的十字架和坟墓之后，那沉重的“罪孽包袱”才从他身上掉下来。在“屈辱谷”，基督徒遭遇一个代表傲慢的魔怪，其形体像鱼，长满鳞甲，有龙翼、熊爪，还会喷火。主人公打跑了对手，但也受了伤。在“浮华镇”，基督徒与龙身怪物激战——这怪物有 7 个头，头上还有 10 只角。在途经“死亡阴影谷”时，主人公口诵弥撒经文才得以通过地狱之门，这犹如童话中的魔咒施展作用。在艰难通过巨人的洞穴后，主人公结识了一位名叫“忠诚”的朋友，但在魔鬼把持的“名利场”，两人遭到围攻，而“忠诚”竟被判火刑焚烧。此后，主人公经过了“快乐谷”的诱惑考验，从绝望巨人的城堡里逃脱出来，穿过了“自负谷”，终于来到生命的“安息乡”。在“死亡之河”的对面就是天国的大门，主人公在“希望”先生的鼓励下，克制了畏惧，纵身跳进涌动着黑色波涛的大河，奋力游到对岸。

通过主人公基督徒在追寻天国的历程中的所见所闻，作者将抽象的人类品行、品性、伦理道德以及宗教观念与信仰、人间的善恶冲突等描写为活生生的人物形象和戏剧性的动作行为，能够满足儿童的好奇心和了解世界的求知欲。这些人物角色除了主人公基督徒，还有邻居“顽固”和“柔顺”，伸出援手的路人“帮助”，“俗智”先生、福音传教士、“好意”先生，被关在铁笼子中的“绝望”，等等，先后遭遇的人物还有“懒惰”、“无知”、“臆想”、“虚伪”、“胆怯”、“世故”、“谄媚”等人，以及分别叫作“谨慎”、“检点”、“虔诚”和“仁慈”的四位处女；分别叫作“知识”、“经验”、“警觉”和“诚意”的四位牧羊人，等等。主人公基督徒一路上背负的是“罪孽包袱”，经过的地方有“消沉泥沼”“屈辱谷”“快活谷”“怀疑城堡”“名利场”“自负谷”“毁灭城”“死亡阴影谷”“死亡河”“安息乡”，等等，在途经“名利场”时，基督徒和同伴“忠诚”在遭到一番打骂之后被送去受审，遭遇的是盲人审判员、“谎言”先生、“残忍”先生和“憎恨光明”先生，这又预示着《爱丽丝奇境漫游记》中那场荒诞绝伦的王后和国王对于杰克的审判。这些因素使之超越了前期清教主义图书的境界，产生了鲜活的艺术生命力。以现代人的眼光来看，这一切应源自于作者坎坷而倔强的人生经历、非凡的勇气和人格，再通过卓越的宗教想象表现出来，是作者生活的那个时代宗教文学的集大成者。

如果说简威笔下的神童哈维是清教主义的儿童楷模，那么班扬在《天路历程》里呈现的就是一个清教主义的父亲形象。他为了追求清教主义的最高理想而踏上漫长、曲折的追寻天路历程。通过叙述者的梦境，我们看到（在班扬建构的梦境框架中，叙述者不断地告诉读者：“我在梦中看到了……”）作为父亲的基督徒不顾妻儿的声声呼唤，用两手捂着耳朵，硬着心肠离家出走，踏上追寻天国的历程。梦境是能够映射现实的。事实上，班扬本人就曾抛开妻儿去虔诚布道，甚至被关进大牢，前后被关押了 12 年。作者触及了英国现代小说的一个重要母题：家庭与父子关系；《天路历程》中的父亲基督徒最后与家人重新团聚，父子关系也得以重新建立起来。

在《天路历程》的梦境框架内，叙述者的所见所闻成为一种重要的文学隐喻。通过他的视阈，读者可以看到两个世界：一个是常人熟悉的表层物质世界，另一个是常人无法看到的深层精神世界。“基督徒”通过苦读《圣经》知晓了他的家人和乡人无法看到的巨大危险，在世皆混沌唯我独清醒的情形下，他不得不抛妻别子，背离故土，去寻求遥远的天国的拯救。正是这种超越世俗的宗教洞察力赋予了班扬的梦幻叙事以独特的艺术魅力，这也预示着卡罗尔的“爱丽丝”梦幻叙事的童话奇境的出现。在《天路历程》中，作为叙述者的“我”行走在旷野里，不知不觉来到某个地方，就在那儿躺下了，于是进入了一个梦境，由此引导读者进入清教主义的历险世界。在卡罗尔的“爱丽丝”小说中，小女孩爱丽丝坐在流经伦敦的泰晤士河边，她对于姐姐正在读的一本书毫无兴趣，不觉悄然入梦，跟着一只白兔跳进了奇境世界。梦境本来是虚幻的，但也具有独特的真实性，尤其是心理真实性，折射出社会现实对于人们的心理所产生的影响及其形成的互动关系。虽然写的是梦境，但班扬呈现的是他生于斯长于斯的贝德福郡的乡镇和乡村景象，即便是什么“消沉泥沼”“屈辱谷”“快活谷”“怀疑城堡”“名利场”，等等，它们都来自人们可以辨认的既熟悉又陌生的生活环境和自然环境。此外，班扬准确地把握了那个时代普通民众的语言特色，惟妙惟肖地呈现了他们的外貌特征和各种行为，并且通过他们的所作所为揭示了各种人物的内心情感和精神世界。

《天路历程》由此成为具有鲜活生命力的宗教文学寓言，成为能够吸引儿童读者的最具影响力的清教主义文学作品。此外，《天路历程》除了鲜明的历险情节，丰富的人物角色，形形色色的地理环境，还有描绘特定地域的气味（如恶臭）和声音（如阴沉嘶哑的声音），以及儿童游戏、猜谜、歌谣小曲和讲述的故事，等等因素。从总体上看，清教主义语境下的儿童图书写作是英国儿童文学发展历程中的初始阶段。其主要特征是对儿童的关注，严峻的宗教教育主义的贯彻，缺的是童趣，是新的儿童意识的觉醒。

第四节　从艾萨克·沃兹到刘易斯·卡罗尔：儿歌与童趣

就文学童趣而言，17 世纪末至 18 世纪著名的宗教赞美诗作家艾萨克·沃兹（Isaac Watts，1674—1748）的《儿童道德圣歌》（*Divine and Moral Songs for Children*，1715）堪称清教主义时期比较贴近儿童心理的文学读物。在首次印行于 1715 年的这本歌谣中，所有篇目都是作者认为适宜让儿童记忆和诵读的宗教训示或教诲。在沃兹生前，《儿童道德圣歌》发行了 20 个版次，成为当时最流行的儿童读物。它不仅受到儿童读者的欢迎，而且对后来的许多英美作家产生了影响——从英国本土的刘易斯·卡罗尔到美国的富兰克林和艾米丽·狄金森等人都受到过他的影响。此外，沃兹还为儿童撰写了《英语读写的艺术》（1721）、《逻辑》（1725）、《改进我们的心智》（1741）等图书。《儿童道德圣歌》具有鲜明的特征，它让人们领略了让儿童读书识字的必要性，而且这些歌谣所传递的主要是道德教诲，表现的是清教主义的挽歌式情感，体现了具有一定童趣意味的清教主义的想象力。从总体看，《儿童道德圣歌》沿着《天路历程》所开拓的清教主义文学寓言之路往前迈出了一大步，是介于班扬的文学寓言和卡罗尔的童话小说之间的儿童文学读物。

如果我们把约翰·班扬的《蜜蜂》诗与出自艾萨克·沃兹《儿童道德圣歌》的《小蜜蜂》放在一起，再读一下刘易斯·卡罗尔对沃兹《蜜蜂》诗的效仿，就可以比较清楚地发现从清教主义儿童文学到现当代英国儿童文学的主旨差异及其艺术表达特征。

蜜　蜂

约翰·班扬

蜜蜂飞出去，蜂蜜带回家。

有人想吃蜜，发现有毒刺。
你若真想吃，又怕被蜂蜇，
下手杀死它，切莫有迟疑。

蜜蜂虽然小，罪恶之象征。
蜂蜜虽然甜，一蜇奔黄泉。
不贪恶之蜜，性命方无虞。
人生最要紧，贪欲要克制。

班扬在诗中用蜜蜂喻指具有诱惑力的“原罪”。清教主义者往往对于原罪和惩罚深信不疑，非常害怕身后遭受地狱烈焰的煎熬，所以生前虔诚地期待灵魂的救赎。尽管蜂蜜很甜蜜，但蜜蜂却是罪恶的象征。为获得救赎，最要紧的就是克制欲念，杀死蜜蜂。这首诗的清教主义色彩是很浓厚的。下面来看艾萨克·沃兹的关于小蜜蜂的诗歌，该诗的原标题是《不能懒惰和淘气》（*Against Idleness and Mischief*，1715）：

不能懒惰和淘气

艾萨克·沃兹

你看小蜜蜂，整天多忙碌，
光阴不虚度，花丛采蜂蜜。
灵巧筑蜂巢，利落涂蜂蜡，
采来甜花蕊，辛勤酿好蜜。
我也忙起来，勤动手和脑。
魔鬼要捣乱，专找小懒汉。

在艾萨克·沃兹的诗中，清教思想有所淡化，童趣有所体现，但说教的意味非常明显。作者用儿歌的形式宣扬道德教诲，其主题非常明确，就是要孩子们向小蜜蜂学习，不浪费时间，不虚度光阴。只有辛勤忙碌，才能像小蜜蜂一样，获得甜蜜的回报。而游手好闲，无所事事，就会被魔鬼撒旦看中，去干傻事、坏事。下面来看卡罗尔对沃特兹的“蜜蜂诗”的效仿，它就是出现在《爱丽丝奇境漫游记》中，由小女孩爱丽丝背诵的《小鳄鱼》：

小鳄鱼

刘易斯·卡罗尔

你看小鳄鱼，尾巴多神气，
如何加把力，使它更亮丽。
尼罗河水清，把它来浇洗，
鳞甲一片片，金光亮闪闪。
笑得多开心，两爪多麻利。
温柔一笑中，大嘴已张开：
欢迎小鱼儿，快快快请进。

整日辛勤忙碌的小蜜蜂变成了潜入水中一动不动、张口待鱼的小鳄鱼，这一动一静的两种动物形象形成了鲜明的反差。“小鳄鱼”体现的是游戏精神，是张扬的童心，是梦想成真的愿望满足性。小鳄鱼就是一个顽童，他在生机盎然的大自然中游刃有余，显得神气十足笑容可掬，是一个张开大口“请君入内”的快活捕食者。这首诗看似信手拈来，然而涉笔成趣，妙意顿生，令人称奇。卡罗尔将讽刺性的弱肉强食现象与尼罗河的勃勃生机结合起来，营造了一种童话世界的喜剧性荒诞氛围。如果说这小鳄鱼是一个顽童，那么卡罗尔效仿罗伯特·骚塞（Robert Southey，1774—1843）的宗教训喻诗《老人的快慰，以及他如何得以安享晚年》（1799）而创作的荒诞诗《威廉老爸，你老了》则塑造了一个老顽童形象。骚塞的诗用一老一少、一问一答的形式写成，目的是告诫儿童心向上帝，虔诚做人。在诗中，年轻人询问老人为何不悲叹老境将至，反而心旷神怡，老人回答说，自己年轻时就明白时光飞逝、日月如梭的道理，而且自己总是“心向上帝”，所以虔诚地服从命运的安排，无怨无悔，自然乐在其中。在《爱丽丝奇境漫游记》第五章中，当毛毛虫听说爱丽丝在背诵那首《不能懒惰和淘气》时背走了样，便让她背诵《威廉老爸，你老了》，只见爱丽丝双手交叉、一本正经地背了起来：

“年轻人开口问话了：
‘威廉老爸，你老了，
须眉头发全白了。
还要时时练倒立，
这把年纪合适吗？’

‘在我青春年少时，’
威廉老爸回答儿子，
‘就怕倒立伤脑袋；
如今铁定没头脑，
随时倒立真痛快。’

‘你已年高岁数大，’
年轻人说，‘刚才已经说过了，
而且胖得不成样；
为何还能后滚翻——
一下翻进屋里来？’

‘在我青春年少时，’
老贤人说话时直把白发来摇晃，
‘我四肢柔韧关节灵，

靠的就是这油膏——一盒才花一先令，①
卖你两盒要不要？'

'你已年高岁数大，'年轻人说，
'牙床松动口无力，
只咬肥油不碰硬；
怎能啃尽一只鹅，
连骨带头一扫光，
敢问用的哪一招？'

'在我青春年少时，'老爸说，
'法律条文来研习。
每案必定穷追究，
与妻争辩不松口。
练得双颌肌肉紧，
直到今天还管用。'

'你已年高岁数大，'年轻人说，
'肯定老眼已昏花，
何以能在鼻尖上，把一条鳗鱼竖起来——
请问为何如此棒？'

'有问必答不过三，到此为止少废话，'

---

① 在《爱丽丝地下游记》原稿中，诗中所说的一盒油膏的价格是五先令。见 Martin Gardner, The Annotated Alice : Alice's Adventures in Wonderland and Through the Looking - Glass by Lewis Carroll. Penguin Books, 1965. p. 70.

老爸如此把话答，

‘休要逞能太放肆，喋喋不休让人烦！

快快识相躲一旁，不然一脚踢下楼。’”①

维多利亚时代的清教主义儿童诗以道德教育和宗教训诫为主要特征，其消极因素在于压抑和泯灭了童心世界的游戏精神和人类幻想的狂欢精神。“在我青春年少时，上帝时刻在心中。”这是骚塞诗中的老者形象。而在卡罗尔的诗中，我们看到的是一个荒唐滑稽但充满生活情趣的老顽童：他头发花白，肚子滚圆，浑身上下胖得不成人样。但见他又是勤练倒立，又是用后滚翻动作翻进屋里；饭量极大，居然一下连骨带肉吃掉一只整鹅；还能在鼻子尖上竖起一条鳗鱼，上帝何在？自然规律何在？正所谓“四时可爱唯春日，一事能狂便少年”。（王国维，《晓步》）卡罗尔在效仿诗中刻画的这个荒唐滑稽的老顽童张扬了契合儿童天性的狂欢精神和游戏精神，使童心世界的荒诞美学呈现出最大的吸引力。

卡罗尔的荒诞诗是对那些宣扬理性原则的教喻诗的革命性颠覆，看似荒诞不经，实则妙趣横生，意味无穷。但另一方面，今天的人们也不能将教育主义一概否定，我们在前面说过，儿童时代的另一个特征就是天真无知，如果没有成人的呵护与教育，他们的成长是难以想象的。

---

① Martin Gardner The Annotated Alice : Alice's Adventures in Wonderland and Through the Looking－Glass by Lewis Carroll. The Definitive Edition, New York: W. W. Norton & Company inc, 2000. pp. 49－52.

第二章
《鲁滨孙漂流记》和《格列佛游记》：英国少年历险小说传统的引领者

第一节　笛福和他的《鲁滨孙漂流记》

有人说，如果要向全球读者做一项调查，问他们对英国文学作品中印象最深刻的场景是什么，那么最可能得到的回答就是：独自在荒岛生活多年的鲁滨孙突然在沙滩上发现了一个孤零零的人脚印；或者是，济贫院里，饥肠辘辘的孤儿奥利弗手捧粥碗哀求道："可以吗，先生？我还想再要一点！"这个鲁滨孙就是丹尼尔·笛福创作的《鲁滨孙漂流记》中的主人公，他在远离故国的一个荒岛上度过了28年的时光。这部作品不仅被认为是第一部用英语写出的长篇小说，是英国启蒙时期现实主义小说的奠基之作，而且对于英国儿童文学的历险小说传统产生了深远的影响。

丹尼尔·笛福（Daniel Defoe，1660—1731）出生在伦敦的克里普门，父亲在屠宰业靠贩肉为生。笛福在早年受过一些中等教育，对于文字写作十分热衷。他是一个清教徒，出生之后便经历了王政复辟，也经历了南海石油泡沫危机的爆发。笛福在政治观念上倾向于辉格党。由于发现自己不适合牧师之职，笛福选择经商为业。他经营过内衣、烟酒、羊毛织品、小砖厂、小百货等等，在经商的同时，广泛地游历了欧洲各国。不过到1692年，他的生意宣告失败，还为此背负了一大笔债。为了还债，同时也为了养活妻子和6个孩子，他转而为报刊撰写政论文章来赚取稿费。由于他写的许多文章的抨击矛头时常针对国王和执政党，这让他卷入了宗教和政治等方面的旋涡之中。1702年他用反讽手法写出的政论《消灭不同教派的捷径》触怒了国教当权者，受到罚款和坐牢的惩罚。笛福数次入狱，遭受了多年的牢狱之苦，但被伦敦市民视为英雄。为了避免麻烦和牢狱之灾，笛福转向了小说创作，这倒成为英国文坛的一件幸事。作为一个撰写过大量时政文字的记者，笛福在年近60岁之际开始提笔写作小说，于1719年发表了《鲁滨孙漂流记》（*Robinson Crusoe*）。这部小说是以当时报载的一个真实事件为蓝本而创作的。1704年9月一名苏格兰水手与船长发生激烈冲突，结果被船长遗弃在位于大西洋中的一个荒岛上。5年之后，当这个水手被一艘过往船只救起时，他已经变成了一个野人。笛福采用了仿回忆录的写作手法，即用第一人称进行回忆的讲述形式，进行了全新的、充满想象力的创作。

小说的主人公鲁滨孙出生在约克郡一个中产阶级商人家庭，但他就像《一千零一夜》中的航海者辛巴德一样渴望扬帆远航，见识海外的世界。他无法接受父亲的反复规劝，不愿坐守在家乡父亲身旁安居乐业。19岁那年他瞒着父亲跑到伦敦，第一次登船出海航行。尽管在海上遭遇了大风浪，船只沉没，但死里逃生的他仍然不改初衷，坚持出海远行。他前后几次出海到异国他乡经商赚钱。第3次航海途中他被摩尔人俘获，当了奴隶。但他想方设法逃了出来，被一艘葡萄牙货船救起。第4次前往非洲几内亚贩运黑奴的航海途中，他乘坐的海船遭遇特大风暴，触礁沉没，船上其他水手和人员都不幸遇难，唯有鲁滨孙只身幸存，被海浪抛到一个荒无人烟的孤岛上。随后便是这个回忆录的最精彩部分：他如何克服最初的恐惧，动手自救，存活下来；为了提高生存质量，他如何依靠自己的头脑和双手，开展生产活动，奇迹般地在孤岛上开创了一个舒适的家园。作者用贴近现实生活的笔触，不厌其详地描述主人公的自救行动、生产活动以及他的思想活动，让读者身临其境地融入了主人公的世界，仿佛自己与主人公在一起行动似的。上岛之初，鲁滨孙赶紧用沉船的桅杆做成木筏，一趟又一趟把沉船里存有的食物、衣服、枪支弹药、工具等抢运到岸边，搬上孤岛。然后根据常识在安全之地搭起帐篷，栖身过夜。接着再采取行动保障帐篷的安全。作者通过主人公自己讲述他如何用简单的工具制作日常起居所需的桌、椅等家具，如何解决饮食问题等，都是极富生活情趣的。

从当代文化视野看，这部小说汇合了早期现代英国的一种主要社会思潮和一种哲学思想，即清教主义的热忱与坚持不懈和约翰·洛克的基于现实的哲学认识论。对于当今的读者，书中对于宗教观念的强调，对于清教主义的顽强生存意志和能力的执着描述，已经随着时光的流逝而褪色了。而洛克的观念在《鲁滨孙漂流记》中的体现如今仍然具有极大的吸引力。洛克对于特定知识的详情细节的强调，对于认知逻辑的细节的重视，在作者对鲁滨孙经年累月的孤岛生活经历的描述中得到体现。他在岛上种植大麦和稻子，然后制作能够加工面粉的木臼、木杵和筛子。有了面粉就可以烘烤出面包，尽管还非常粗糙，但足以满足日常食用。他驯养野山羊，在此基础上扩大规模，在荒岛的另一端建起了一个养殖场，以解决奶品和肉类的需求。他还制作陶器等生活器具，进一步提高了生活的便利程度。由于只身一人置身于生存条件恶劣的荒岛，手边只有几件简陋的工具，而且缺乏日常生活经验，鲁滨孙完成每一个计划，制成每一个器具都要费心费力，不仅要花费很长的时间，而且还不一定能成功，要反复多次。他用了近半年时间打造的一只独木舟就由于太沉，根本无法挪到海边而前功尽弃。由于不懂时令，他辛辛苦苦播种的稻麦颗粒无收，但他没有放弃，而是总结经验，来年再种。就这样，鲁滨孙在漫长的荒岛岁月里不畏艰辛，尽心尽力地制作了生活器具，缝制了兽皮衣裳，打造了交通工具，修建了住宅，开拓了种植园和牧场，过着自给自足的生活。直到在沙滩上发现陌生的脚印，发现一群来自外岛的野蛮人，救出了一个即将被杀掉后食用的俘虏“星期五”（这一天是星期五），这才有了一个仆人兼助手。后来，鲁滨孙带着“星期五”解救了“星期五”的父亲和一个西班牙人，岛上的居民也随之增加了。不久在岛屿附近航行的一条英国船上发生了水手叛乱，船长等三人被抛弃在鲁滨孙他们居住的海岛上。鲁滨孙带着“星期五”再度出手，帮助船长制服了叛乱者，夺回了航船，终于得以返回英国。鲁滨孙通过日记的方式讲述了自己在孤岛上度过的 28 年 2 个月 19 天的日日夜夜，这也是一种洛克式的准确性。

《鲁滨孙漂流记》的最大特点是细致入微、真实可信的写实性，而所有这些细节都是通过作者的想象去构建的。尽管作者的生活经历非常丰富，但他并没有在荒岛长期生活的体验。所以有评论家认为，笛福的叙述可以看作一种逃避性的幻想故事，只不过为了使它们得到大众读者的接受而采用了现实的细节来获得趣味。[①] 笛福这种以实写虚的文学手法可以追溯到荷马的《奥德赛》、琉善的《真实的故事》和古希腊哲学家尤赫姆拉斯的哲理性传奇小说《神的历史》（*The Sacred History*），在《神的历史》中，作者以自己声称的在航行中发现的古文献为基础讲述了一个前往大洋中一座名叫 Panchaead 的岛屿的奇异航行经历，当然，这些古文献是作者想象出来的。《鲁滨孙漂流记》的全名是《约克郡水手鲁滨孙·克鲁索的生平和奇遇》（*The Life and Strange and Surprising Adventures of Robinson Crusoe*），这奇遇就是在英国语境下对荷马史诗以来的海上漂流和海岛历险故事的承袭和发展。该小说问世以后，从 18 世纪至 19 世纪，英国出现了多种为儿童改写的《鲁滨孙漂流记》，同时在笛福作品的艺术感染力的影响下，英国儿童文学图书领域在新的历史语境下形成历险小说的创作热潮。

第二节　斯威夫特和他的《格列佛游记》

对于英国儿童历险小说传统而言，与笛福同时代的作家斯威夫特所写的

---

① 布赖恩·奥尔迪斯等著：《亿万年大狂欢：西方科幻小说史》，舒伟等译，安徽文艺出版社，2011 年 11 月，第 69 页。

《格列佛游记》也是一部重要的作品。与《鲁滨孙漂流记》相比，《格列佛游记》是具有童话叙事特征的游记小说，尽管它是写给成人看的讽刺小说，但有关“大人国”“小人国”“飞岛”的故事早已成为脍炙人口的幻想故事，对于儿童和青少年读者具有天然的吸引力。乔纳森·斯威夫特（Jonathan Swift，1667—1745）出生于爱尔兰首都都柏林，父母都是英国人。由于斯威夫特是遗腹子，父亲在他出生之前就去世了，而他出生后不久母亲又离他而去，所以他被交给伯父照料。这与美国作家埃德加·爱伦·坡的身世颇有相似之处。斯威夫特刚满1岁就被保姆私自带到英国，若干年后才回到爱尔兰。6岁时他被送进基尔凯尼学校，在那里待了8年。1682年，斯威夫特进入都柏林的三一学院，在那里完成了他的高等教育。在学院读书期间，他除了对历史和诗歌饶有兴趣外，别的一概不喜欢。斯威夫特是一个杰出的政论家，目光敏锐，文笔辛辣，撰写了许多尖锐而深刻的文章，同时也深深地卷入了那个时代的政治旋涡之中。他早期发表的两部讽刺杰作是《桶的故事》和《世纪之战》。斯威夫特一直希望在英国实现自己的政治抱负，却始终不能如愿以偿，失望之余只得返回爱尔兰。他在1694年谋到了位于贝尔法斯特附近的一个教区的牧师职位，晚年则成为圣帕特里克大教堂的教长。由于不遗余力地为爱尔兰人民的福祉、为爱尔兰的独立和自由呐喊，他赢得了爱尔兰民众的极大敬重。1726年，斯威夫特发表了长篇讽刺杰作《格列佛游记》。在生命的最后几年中，斯威夫特遭受着由脑病引发的癫狂疾苦的折磨，直至与世长辞。他的遗体被安葬在都柏林圣帕特里克大教堂，墓碑上刻着他本人用拉丁文自撰的墓志铭：“他躺在这里，那狂野的义愤再也不会刺伤他的心了。”（Ubi saeva indignatio ulterius cor lacerare nequit.）

《格列佛游记》的全名是《对世界上几个遥远国家的游历：四个部分》（*Travels into Several Remote Nations*：*in Four Parts*，1726），但普通读者总是像对待笛福的《鲁滨孙漂流记》一样，习惯于用它的简略名称。斯威夫特塑造的主人公格列佛与笛福塑造的主人公鲁滨孙也有相似之处。格列佛是个外科医生，但他不安于现状，喜爱航行历险，同时也比较讲求实际。而且几次出海都遭遇了船只失事。当然，格列佛的性格特征要比鲁滨孙复杂一些：他既有单纯的一面，又有诡诈的一面；既有鲁莽的一面，也有谨慎的一面；自认为是个无比诚实的人，又是一个随时准备见风使舵的人；在小人国，他表现出盲目的骄傲自大，而在巨人国，他又自惭形秽，深感自卑。与笛福的小说相比，斯威夫特的小说更是游记体的历险小说。它讲述的是主人公格列佛 4 次出海航行冒险的经历，全书由 4 部分组成。第一卷讲述主人公在“利立浦特小人国”的经历，他为当地国民的琐细卑劣行为而感到震惊。第二卷讲述主人公在“布罗卜丁奈格大人国”的经历，他的自以为是的卑劣言行遭到大人国国王的呵斥，让他深感屈辱。在这两次游记中，人类行为受到正反两方面的评判和衡量；第三卷游记的组织比较松散，以主人公前往飞岛“勒皮它”的经历为主，附带讲述了他到巴尔尼巴比、拉格奈格、格勒大锥、日本的经历。第四卷讲述主人公在智马“慧骃国”的经历，通过智马慧骃和人形兽耶胡所形成的强烈对比，剖析了人类的动物本性。从当代心理分析的意义看，温文尔雅的慧马族就是弗洛伊德所说的“超自我”（Super - ego），而卑劣肮脏的耶胡就象征着“伊底”（Id）。

斯威夫特写作的对象无疑是成人读者，尤其是那些有学识的成人读者。但由于作者采用了童话叙事的方式，因此使之产生了突出的双重性。对于儿童与青少年读者，在有关“大人国”“小人国”“飞岛”“漂流岛”“磁力岛”“地下世界”等奇异之地经历的奇异游记故事无疑具有天然的吸引力。而对于成人读者，小说揭示了发人深省的人类观，关于大人族和小人族的幻想，关于文明的慧马族，不死之种族的幻想，以及关于死者的拷问等等，都具有强烈的吸引力。那匠心独具、尖锐深刻的讽刺，涉及对 18 世纪上半叶英国社会的批判，对英国统治阶级的腐败、无能、狠毒、倾轧、荒淫、贪婪、傲慢等的鞭挞，能够极大地满足他们的阅读和鉴赏需求。此外，作者还对那些乐观主义的唯理论者、设计师、皇家学会的科学家们进行了辛辣的讽刺，尤其以极其夸张的手法表现他们所谓的理性举止后面的迂腐和荒谬可笑，如从黄瓜提取阳光，将粪便还原为食物，等等，从而揭露了他们的非理性本质。这样的双重性正是这部小说的独特之处，同时印证了 C. S. 刘易斯所言——童话是表达思想的最好方式。斯威夫特通过童话叙事的手法进行的绝妙讽刺为《格列佛游记》赢得了力量和意义，使之成为开放性的文本，无惧时间的流逝，可以进行各种各样的解读。作者通过英语进行的那些微妙的语言游戏和思考智慧，在特定意义上预示着卡罗尔的“爱丽丝”小说的出现。

《格列佛游记》采用了以实写幻的童话叙事方式，也就是用近似科学理性的方式和准确性去讲述最异乎寻常的遭遇，使之读起来就像普普通通的日常事件，可以切切实实地发生在现实生活中。科幻文学研究学者苏恩文认为，斯威夫特讲述的奇异旅行代表着不断融合的想象的可能性和经验的可能性这两个极端。在苏恩文看来，作者采用想象的游记这一传统形式来构成其叙事的基本框架。作者在有关“大人国”“小人国”“飞岛”“漂流岛”“磁力岛”等奇异之地的描述中采用后培根主义精确描写的方式，仿佛经过了作者的精确观察，有科学依据，都是根据理性主义原则可能存在的岛屿。作者通过数字、数量和尺寸等写实性因素，特意营造一种 17 世纪科学家讲述事实的特征。在描述不同岛屿的人与人、人与物的比例关系时，一概按照 1∶ 12 的比例进行缩小或放大。格列佛的 1 块手帕，可以放在小人国的皇宫里用作地毯；而在大人国里，农妇的手帕对于格列佛就成为一床被单了。作者的夸张描写都是写实性的，在小人国里，格列佛的手掌可容纳 6 个小人在上面载歌载舞。而在大人国里，麦田的麦子高 40 英尺，1 只猫比英国的公牛大 3 倍，等等，令人叹为观止。在描述飞岛的运行、宫殿的建筑、城镇的结构时，作者还有意运用了数学、物理、化学、天文、医药诸方面的知识与数据，极大地增强了作品叙述的真实感。此外，作者还强调了自己对地图的使用，他向读者表明，他的手里还有另一部厚实的关于旅行的书。这种以实写幻的童话叙事手法对于英国幻想儿童文学的产生和发展无疑具有深层次的影响。

第二编　新观念的冲击和影响

第一章
洛克的儿童教育观及其影响

在清教主义观念盛行的年代，约翰·洛克和卢梭等哲学家的出现和他们的大声疾呼，冲破了根深蒂固的清教主义观念，拓宽了人们认识儿童和教育儿童的思路。18 世纪后期，在洛克和卢梭关于童年特征的观念提出后，为儿童创作的文学作品在英国成为一种独立的商业行为。在此基础上，在小说中表现和描写儿童成为维多利亚时期的重要现象，出现了三种童年叙事：狄更斯的苦难题材的少年小说；卡罗尔的幻想性的童年叙事；达尔文的《自传》所描述的科学家的童年。童年成为投射信念、希望、爱情和欲望的富有吸引力的新大陆。

约翰·洛克（John Locke，1632—1704）出生于英国南部的索莫塞特郡，大学就读于牛津大学的基督教学院，后来长期在牛津大学担任专门教职，从事教学和研究工作，对于教育实践和理论形成了自己的独到见解。作为培根之后的英国经验主义哲学的创始人，洛克对于政治学、心理学、伦理学、教育学和医学也颇有研究，并且卓有建树。1683 年由于受到其恩主萨夫茨伯里伯爵的牵连，洛克被迫逃亡国外，同时在国外进行著述。1688 年英国发生“光荣革命”之后，洛克得以从国外返回，继续撰写和修改自己的文稿，先后出版了《论人类的理解问题》（*Essay Concerning Human Understanding*，1689）、《两论政府》（*Two Treatises of Government*，1690）、《关于教育的思考》（*Some Thoughts Concerning Education*，1693）、《基督教之理》（*The Reasonableness of Christianity*，1695）等重要著作。作为一部哲学著作，《论人类的理解问题》内容丰富，涉及哲学、心理学、教育学、神学、伦理学、语言学等诸多领域。在书中，当时洛克对长期流行的所谓“天赋观念”（innate ideas）提出了质疑，认为人类知识起源于感性世界的经验。在 17 世纪欧洲和英国的历史背景下，洛克提出人类的观念意识来自实践应当是难能可贵的，也是需要相当大的勇气的。洛克的观点开始撼动人们传统的儿童观和对于儿童教养与教育的固有方式。洛克强调了儿童早期岁月的重要性，并且提出，人的心智的形成需要通过将观念与经验联系起来。他认为婴孩的心智犹如一块空白的书写板，并非充满着与生俱来的善恶思想，它像白纸一般是空无一字的，因此各种各样的观念和习惯都可以铭刻在这张“书写板”上。这一观点具有重要的时代意义，它不仅肯定了童年的重要性，而且在当时有助于推动人们摆脱清教主义原罪论的桎梏，解放儿童的心灵。洛克 1693 年发表的《对于教育的一些看法》主要涉及儿童的道德和人格教育，对于英国 18 世纪的教育理论的发展产生很大的影响。洛克在书中论述了如何通过 3 种独特的方法来培育儿童的心智，即：发展健康的体魄，形成良好的性格，选择适宜的教育课程。在培养方式上，洛克认为，儿童的阅读应当具有愉悦性，而且儿童的学习过程可以是愉快的。洛克推荐的儿童读物包括宗教性的材料和伊索寓言等。他还提出，学习外语可以成为强健头脑的一种方式。虽然洛克的观念只是粗略涉及人们今天所说的儿童发展心理学的认知，还没有当代文化意义上对于童年本质的认识。但作为一个著名学者，洛克提出的观点具有划时代的进步意义，给当时人们习以为常的清教主义传统观念带来很大的冲击，也引发了人们对儿童教育问题的关注和思考。在洛克的影响下，戈德文和哈特利等人发展了更为激进的思想观念。浪漫主义诗人华兹华斯和柯勒律治也深受洛克的影响，他们由此而倡导的关于童年和想象力的观念对于摆脱清教主义、追寻童心童趣的英国儿童文学的发生和发展产生了深远影响。

洛克的观念对于英国人开展儿童的学校教育，乃至对作家们进行儿童文学创作都产生了很大的推动作用。在洛克之前的时代，无论是学校场所还是家庭环境，对儿童的惩戒和体罚是司空见惯的，能够想到将娱乐与教育结合起来的图书少之又少。洛克提出的新的教育理念令人耳目一新，尤其是将娱乐与教诲结合起来（用当今的话说就是寓教于乐），用玩具等代替鞭子成为人们的选择。洛克主张将英语字母写在骰子上，让儿童更好地识字认字。在随后的18世纪乃至19世纪，为儿童撰写的图书无不遵循洛克所倡导的哲学理念和趣味。纽伯瑞在迁到伦敦后的1744年就发行了由56个方块组成的游戏拼图，儿童可以通过这些方块玩拼字和计算数字游戏。通过有意义的经验进行教育，儿童文学作品开始讲述与这个世界的事物进行接触及成长的故事。洛克的观念对丹尼尔·笛福写作《鲁滨孙漂流记》也产生了明显影响。洛克特别强调，了解特定知识的详情细节是非常重要的，这一点在《鲁滨孙漂流记》对主人公在荒岛上经年累月的生活经历进行的详尽描述方面得以体现。包括主人公在荒岛上一步步掌握的生存和生产技能，克服种种意想不到的危险和困难，有惊无险地在荒岛上独自生活了几十年等等。他在岛上开垦土地，种植大麦和稻谷；在食物加工方面，他自制木臼、木杵、筛子，将收获的麦子加工成面粉，而且烘烤出足以食用的面包。他猎捕岛上的野山羊，加以驯养，让它们繁殖，为其提供必要的奶品和肉食。为改善生活条件，他还动手制作陶器等器具，满足了日常生活所需。在漫长的岁月里，为进一步提高生活质量，他还在荒岛的另一端兴建了一个“乡野别墅”以及一座养殖场。作者还详细描写主人公为了返回英国故土，几经周折，用岛上的树木制作独木舟的过程。后来，鲁滨孙救了一个差点被野蛮部落杀死吃掉的土著俘虏，给他起了一个新的名字叫星期五。星期五成为鲁滨孙的忠实仆人和朋友，他具有很强的适应能力，而且具有在海上和岛上生活的技能。两人彼此合作，充分发挥各自的生产技能，使他们在岛上的生活更加安全、便利。该小说自问世以后，从18世纪至19世纪，英国出现了多种为儿童改写的《鲁滨孙漂流记》，也形成了英国儿童历险小说传统。

洛克的思想还对远在法国的雅克·卢梭（Jean－Jacques Rousseau，1712—1778）产生了不可忽视的影响，尤其影响了卢梭儿童教育观的形成。在1762年发表的《爱弥儿》（*Emile*）一书中，卢梭针对洛克提出的理性教育观，提倡自然教育论，认为教育要“归于自然”，服从自然的永恒法则，尊重并促进儿童身心的自然发展：“大自然希望儿童在长大成人以前就要像儿童的样子。如果我们打乱这个次序，就会造成一些早熟的果实，长得既不丰满也不甜美，而且很快就会腐烂……儿童有自己独特的看法、想法和感情，如果想用我们的看法、想法和感情去替代，那简直是最愚蠢的事情……”① 卢梭讲述的是通过一整套方法对男孩爱弥尔进行教养的过程，那是一种理性而开放的教育方式。爱弥儿生活在宁静的乡间，自由成长。他可以尽情奔跑、玩水、爬树，还有其视为朋友的家庭教师陪伴着他。他也不用读书，因为图书并非自然之物，可能会妨碍其自由发展。等他长到10岁时，卢梭让他读《鲁滨孙漂流记》。通过这样的生活环境和教育方式，男孩长到15岁时成为一个体格健壮，心理健康的年轻人，而且没有受到任何思想偏见的蒙蔽。卢梭提出的自然开放的儿童教育观以及“高贵的野蛮人”和“理想的成人”等观念对于转变传统的儿童观和儿童教育观产生了很大影响。卢梭本人深受古希腊黄金时代神话的影响，其思想的核心内容就是回归自然和回归童心。在某种程度上，卢梭主义的出现被认为标志着有识之士对于真正意义上的“有别于成人”的儿童的发现。当然，应当看到的是，卢梭在18世纪后半叶的社会和思想的动荡之中提出的儿童教育观还是将道德的、社会的和实用的教育看作文学的根本目的，而不是愉悦或任何内在的兴趣。卢梭的教育观念，尤其是他的《爱弥儿》一书对于当时的英国儿童图书作者产生了很大的影响，许多人都表达了对于《爱弥儿》的感激之情。在卢梭儿童教育思想的影响下，托马斯·戴（Thomas Day，1748—1789）写

---

① 卢梭，《爱弥儿》，李平沤译，北京：商务印书馆，1994年，第91页。

出了教育性图书《桑福德与默顿》（*Sandford and Merton*，1783—1789）。在现实生活中，为了找到一个符合其理想的妻子，他专门到孤儿院挑选了一个少女，根据卢梭的原则和方法悉心加以教育培养。但遗憾的是，理想的目标并未实现，他最终还是娶了一个有钱人家的女子。《桑福德与默顿》是三卷本的故事集，主人公是两个孩子——富商之子汤米·默顿，农家子弟哈利·桑福德。其他人物还有汤米的父亲、家产殷实的默顿先生、哈利的父亲、心直口快的农夫桑福德、以及老学究、乡村牧师巴洛先生等人。作者对于英国的乡村生活做了生动的描述，对于人物的性格也有鲜活的呈现。被默顿先生请来做家庭教师的巴洛先生很有个性，他对默顿先生说，他们之间用不着谈什么钱的问题，因为他是作为朋友而不是学校教师到这里来的。

《桑福德和默顿》向来被认为是“说教派”作家的代表作，它向人们表明：人可以通过教化和唤起人性而变得善良。

第二章
约翰·纽伯瑞的儿童图书事业

另一个重要的事实是，洛克的思想观念对英国儿童文学出版业的标记性人物，出版家约翰·纽伯瑞（John Newbery，1713—1767）也产生了重要影响。在18世纪初，在新思想和新观念的冲击下，欧洲长期盛行的清教主义观念有所减弱。就在洛克发表他的看法30多年之后，伦敦迎来了一位来自伯克郡的印刷出版商——一个将在英国儿童文学发展史上留下深刻印记的精明能干的约翰·纽伯瑞。约翰· 纽伯瑞虽是伯克郡的一个农家子弟，但他的家世却与图书行业有着某种渊源——他的家族中有一位先辈拉尔夫·纽伯瑞（Ralph Newbery）于1560年至1633年间在伦敦的舰队街从事图书销售的营生。约翰·纽伯瑞从小就酷爱读书，后来在伯克郡首府里丁地区成为一个从事报纸印刷发行的经营者的助手。在他的雇主去世后，时年20多岁的纽伯瑞娶了寡居的女主人为妻，同时接手料理印刷所的业务。富有开拓精神的他扩大了原先的经营范围，不仅印发报纸，还出版图书、杂志，甚至承揽特许经营的药品广告和销售等业务。约翰·纽伯瑞与他的这位妻子生育了3个孩子，其中儿子弗朗西斯·

纽伯瑞继承了其父在伦敦开创的图书出版事业。此外，他还有一个侄儿也叫弗朗西斯·纽伯瑞，后来也参加了约翰·纽伯瑞拓展的出版业。约翰·纽伯瑞的继子汤姆·卡尔兰也同样继承了他留下的图书出版业。1744 年，在出版领域颇具眼光的约翰·纽伯瑞迁居伦敦，随即在圣保罗教堂的大院里开设了同时经营印刷出版和发行销售的书店。一方面深受洛克思想的影响，另一方面也是出于职业的敏感，纽伯瑞不仅经营成人图书和杂志的出版，而且致力于开拓儿童读物市场，不久便成为当时影响最大且专为儿童出版读物的出版商。从儿童图书出版史的角度看，这一事实具有重要的历史意义，以至于人们把纽伯瑞开始出版发行儿童图书的 1744 年看作真正意义上的英国儿童文学的开端。这也使约翰·纽伯瑞的名字日后与儿童文学紧密地联系在一起（1922 年美国国家图书馆协会专门设立了以他的名字命名的年度最佳英语儿童文学作品奖“纽伯瑞”奖）。

事实上，约翰·纽伯瑞本人深受洛克思想的影响，他在 1744 年首次出版的儿童图书《精美袖珍小书》的序言中极力赞扬了洛克。就中世纪和清教主义语境下的儿童图书写作倾向而言，发生的事情是按照预先设定的宗教理念或条件进行的，而洛克所倡导的叙述是描写儿童在特定生活环境中对面临的问题采取行动，做出自己的选择。1765 年在纽伯瑞出版的《一双秀鞋的故事》（*Little Goody Two - Shoes*）讲述的是一个小女孩通过读书识字成为一名教师，改变了自己的命运的故事。在故事中，小女孩顾蒂家境贫寒，父母早亡，她穷得只能穿一只鞋子。终于有一天，她居然得到了一双完整的鞋子，兴奋之余跑上大街，对路上的行人大声喊道：“我有一双鞋啦！”“Two shoes! Two shoes!”小女孩和她的哥哥居无定所，四处流浪，夜里就睡在灌木树丛里。但小女孩不甘贫穷，从那些在学校上学的儿童那里她学会了英语字母，然后千方百计地读书识字，终于成为能够教书的老师，后来还担任了一个女子学校的校长。与此同时，她还试图给她的乡村邻居们提供帮助，帮助他们解决多年来在生产活动中遭遇的难题。他们种植的青饲料总是在收割季节由于潮湿天气而蒙受损失，无法得到收获。小女孩便利用自己学到的知识，设计出一种装置，指导他们何时在地里种下青饲料，从而避免了遭受损失。后来，她又发明了预测天气变化的晴雨表，令人惊叹。不过这也使一些村民把她看作女巫，认为这种神奇的装置是魔鬼的把戏。女主人公的所作所为表明了洛克所倡导的经验主义的观念及其功效。

我们知道，洛克还提出了一个重要的儿童教育观念：包括儿童玩具在内的所有能够向孩子们传递经验世界之信息的物件，无论大小，都可以运用于儿童的道德教育和认知教育方面。他将这些物件称为“玩具（plaything）”，而且提升到“心智的玩具”（plaything of the mind）这一高度，这无疑体现了一种“寓教于乐”的认识论。纽伯瑞在18 世纪 40 年代出版儿童图书时，就给许多图书配上小玩意，如小彩球、针垫、剪纸画、多边尺等，颇有新意。这些小物品的洛克观念，即以吸引儿童的小玩意取代惩罚性的鞭子，既有娱乐性，也有商业性的功能。纽伯瑞在《精美袖珍小书》的扉页写道：

“本书是为了指导和娱乐汤姆少爷和漂亮的波莉小姐而编写的，书中有一封来自巨人克星杰克的平安信，还有一颗圆球和一个针垫；巧妙地使用它们会使汤姆成为一个好男孩，使波莉成为一个好女孩。还有一封神秘的关于儿童教育的信，谨慎地写给所有的父母、监护人、家庭女教师等人，详细地讲述了如何使孩子变得强壮、健康、品行端正、聪明快乐的各种规则……”

纽伯瑞在生前出版了 20 多种儿童图书，包括《少年绅士和小姐淑女的博物馆》（*A Museum for Young Gentlemen and Ladies*）、《小人国》杂志（*The Lilliputian Magazine*），《精美袖珍小书》（ *Little Pretty Pocket Book*）系列，《科学常识》（*The Circle of the Sciences*）、《汤姆望远镜》（*Tom Telescope*），《穿上一双秀鞋的大妈》（*Goody Two - Shoes*）等等，这些图书、读物大多追求文字生动，插图精美，比较注重知识价值以及阅读趣味，其中也穿插一些纽伯瑞所经营的特许广告，如“疗效奇特”的退烧药粉等（纽伯瑞到伦敦后买下了詹姆士医师制作的退烧药粉的销售权，并巧妙地通过自己出版的图书读物进行宣传推广，获得了不菲的收益）。在《一双秀鞋的故事》中，小女孩的父亲就因为生病发烧，买不到那“疗效奇特”的退烧药粉而去世，随后她的母亲又因伤心过度而离世。推崇洛克教育理念的纽伯瑞还别出心裁地在《一双秀鞋的故事》的扉页上郑重其事地写道：“本故事参考了保存于罗马教廷中的原手稿、米开朗琪罗的剪纸画，附插图及当代大批评家的评论。”到1815年，约翰·纽伯瑞及其继承者总共出版了约400多种为儿童及青少年读者创作和改编的各种读物。从总体上看，纽伯瑞及其继承者的出版理念和图书内容还没有超越理性常识的范畴，还恪守着道德与宗教等教育主题。作为洛克思想的信奉者，约翰·纽伯瑞认为给孩子们的训导“方剂”必须包裹上“糖衣”，为儿童写作的图书旨在培养其责任和未来的兴趣，而这些目的必须以一种看似愉悦而非刻板说教的方式来表达。尽管在约翰·纽伯瑞之前以及同时已有一些作家和出版商写作和出版了不少儿童图书，如艾萨克·沃兹的《儿童道德圣歌》（*Divine and Moral Songs for Children*，1715），托马斯·福克斯顿（Thomas Foxton）的《道德歌谣》（*Moral Songs*，1728），托马斯·博曼（Thomas Boreman）的《大历史》（*Gigantick Histories*，1740）小书，库柏夫人（Mrs Cooper）的《儿童的新游戏》（*The Child's New Plaything*，1743），罗滨孙（J. Robinson）的《小少爷文集》（*Little Master's Miscellancy*，1743）等等，但约翰·纽伯瑞对儿童图书出版及儿童文学的发展所做的贡献是无可替代的，他使儿童图书从此成为图书出版行业中一个不可或缺的组成部分。哈维·达顿在《英国儿童图书》中将纽伯瑞的1744年比作历史上“征服者威廉”的1066年，把纽伯瑞称作“征服者纽伯瑞”。① 这是对约翰·纽伯瑞历史性贡献的肯定。进入19世纪，儿童图书领域内作家“为什么目的而写”“怎么写”和“写什么”的问题突显出来，在儿童文学领域形成了两种对立的创作倾向，那就是应当遵循“理性”原则还是张扬“幻想”精神的价值取向——在19世纪英国儿童图书出版商看来，这就

---

① Darton，F. J. Harvey. Children's Books in England：Five Centuries of Social Life. Cambridge：Cambridge Up. 1958，p. 7.

是要“教诲”儿童还是要“娱乐”儿童的两极倾向。换而言之，此时人们面临的问题是，儿童文学提供给儿童的，应当是那些能够真正吸引他们的东西（让他们喜闻乐见的“奇思异想”的产物），还是那些成人们认为对儿童而言恰当的东西（理性教育和道德训示的故事）。这里涉及的是人们有关儿童发展与儿童文学的认识问题，不同的认识导致了不同的看法、不同的态度和不同的行动策略，从而产生了截然不同的创作取向。

洛克本人为儿童推荐的读物除了《圣经》，主要就是讲述动物故事的《伊索寓言》和《列那狐的故事》。他还自己动手编写伊索寓言图书，按照字母顺序配上插图，目的是为儿童提供有效的读书识字材料。洛克十分推崇动物故事，在他的影响下，英国儿童文学创作先后出现了两种动物叙事形式：一种是被赋予生命的玩偶动物故事，如玛杰丽·比安柯（Margery Bianco）的《天鹅绒兔宝宝》（*The Velveteen Rabbit*，1922）和 A. A. 米尔恩（A. A. Milne）的《小熊温尼·菩》（*Winnie - the - Pooh*，1926）；另一种是像人类一样能说话、能思考的动物故事，如肯尼斯·格雷厄姆（Kenneth Grahame）的《柳林风声》（1908）、休·洛夫廷（Hugh John Lofting）的《杜立德医生》系列（1920），等等。

第三章
浪漫主义的儿童形象：以华兹华斯为代表的浪漫主义诗人对童年、童心的讴歌

从18世纪末至19世纪的前30年，英国的诗歌创作表现出与18世纪新古典主义诗歌创作全然不同的创作题材和创作风格，形成了英国文学史上重要的浪漫主义文学运动。威廉·华兹华斯和塞缪尔·柯勒律治发表的《抒情歌谣集》既是英国浪漫主义文学的宣言书，也是这一运动的重要标志。从湖畔派诗人华兹华斯、柯勒律治、骚塞到素有19世纪英国诗坛“双子星”之称的拜伦和雪莱，以及英年早逝的济慈，英国浪漫主义诗人对于大自然和童年的崇拜和讴歌进一步推动了人们对于儿童的关注，尤其对于作家和诗人更是提供了一种极大的创作启示。

浪漫主义诗人威廉·华兹华斯（William Wordsworth，1770—1850）是英国主要的湖畔派诗人，华兹华斯出于对法国大革命的失望感和对英国社会现实的幻灭感而表现出强烈的怀旧情绪，尤其归结于对已经失去的童年的追寻和讴歌，同时表现出对于回归自然的无限向往。对整个人类而言，自然是遂古之初

的童年时代；而对于个体而言，童年又是一个人未受社会侵蚀前的纯真状态。在华兹华斯之前，诗人弥尔顿在《失乐园》中提出了这样的儿童观："儿童为成人指引道路，就如同黎明引导着白昼。"在弥尔顿的眼中，儿童成为给成人提供启示的"智者"，而非幼稚无知和任性的象征。华兹华斯在19世纪的英国进一步塑造了浪漫主义的儿童形象，讴歌儿童拥有"更高超的灵魂"，是"天赐的预言家""成人之父""最好的哲学家"，儿童"披着灿烂的云霞"，是"诗人的心智得以成长的芒种""不朽灵魂的昭告者"，等等。华兹华斯认为，在现代文明社会中保持对自然的虔诚，保持一颗淳朴的童心，是追寻完美人性的必要条件，也是人类走出文明困境的理想途径。回归自然和永葆童真可以为人类重返精神家园提供必要的路径。华兹华斯的观念和创作实践不仅对英国浪漫主义文学运动的发展产生了深刻的影响，而且对于英国儿童文学创作中直接以少男少女作为主人公进行创作也起了积极的推动作用。刘易斯·卡罗尔笔下的小女孩爱丽丝成为维多利亚时代小说中的儿童主人公所具有的文化意义，表明儿童成为小说作品之主人公的重要性，而且阐述了卡罗尔笔下的小女孩主人公是如何与其他重要的小说大家所创作的儿童和童年相关联的。

华兹华斯一生创作了许多儿童题材的诗歌，表达了自己对于童年和童真的观念，以及儿童与自然、儿童与成人的关系及其启示。在题为"彩虹"的诗中，华兹华斯传递出人生需永远追寻童真的理想，提出了"儿童乃成人之父"的著名理念：

每当我看见天边的彩虹，
我的心啊就怦然跳动。
年幼懵懂就是如此，
长大成人还是如此；
但愿到垂暮之年依然如此，
否则，就让我即刻死去！
儿童真乃成人之父

我只希望那童年的虔诚心动
激荡在我一生中的每一天。

在《不朽颂：童年之初的回忆》一诗中，诗人描述了一个儿童的成长历程：人的肉体连同灵魂从遥远的天国——一个充满圣洁光彩的精神世界降临凡尘世间，要经历从童年、青少年再步入成年的人生阶段。令人无限惋惜的是，随着童年的渐行渐远，童真的圣洁逐渐被世俗的尘埃所玷污。但儿童仍然是大自然天国的使者，仍然有天国的圣洁之光陪伴着他。作者在诗中进一步表达了对儿童的纯真、圣洁的颂扬，提出了灵魂"前存在"等重要观念。

我们的出生不过是一场睡眠和遗忘而已：
随着肉体而来的灵魂，是我们生命的星辰，
它曾蛰伏于异域之乡，
此时从远方赶来；
前世之事并未遗忘，
更非赤条条无牵无挂，
我们身披灿烂的云霞，
来自上帝的身旁——那里才是我们的家园；
看，天国就显现在我们的婴孩时期！
儿童逐渐长大，凡尘牢笼的阴影将把他笼罩，
然而他还能欣喜地望见，那天国的圣洁光辉，那流光溢彩；
儿童成为少年，看那东方已渐行渐远，
但他仍然是天国的使者，还能领悟大自然的奇异造化，
圣洁的光影仍然在人生路上将他陪伴；
少年已然长大，成人的眼中再也看不见天国之光，
它暗淡了，泯灭在尘世的杂乱光影之中。

以华兹华斯为突出代表的浪漫主义诗人通过诗歌语言塑造了富有诗意的儿童形象，推动了童心主义和童心崇拜的兴起。文同此心，心同此理。在中国古代，凡没有束发加冠的未成年人都称为“童”。甚至19岁以下的未成年的男女也可以称“童”，所指范围很宽泛，如婴儿可称为“孩提之童”，幼儿可称为“童孺”，四五岁至八九岁的孩子可称为“儿童”①。“童”既指儿童，又可指童心、童趣、童真、童乐，甚至老年人也可以焕发童心而聊发“少年狂”，成为“老顽童”。难怪孟子说：“大人者，不失赤子之心者也”。(《孟子·离娄下》)古今中外人们莫不对纯真的“童心”怀着无限崇敬之情。明代李贽大力提倡“童心说”，认为“天下之至文，未有不出于童心焉者也”。“夫童心者，真心也；若以童心为不可，是以真心为不可也。夫童心者，绝假纯真，最初一念之本心也。若夫失却童心，便失却真心；失却真心，便失却真人。人而非真，全不复有初矣。童子者，人之初也；童心者，心之初也。”② 英国诗人雪莱在著名的《西风颂》一诗中满怀激情地赞美了狂猛的西风，希望自己能够获得西风的锐势和猛劲，追随它的无尽奔放，从而拾回诗人当年的童心，伴随西风遨游天际……从18世纪后期到19世纪初的欧洲浪漫主义作家无不热情崇拜童真与童心，使童年的天真纯朴和神秘幻想成为浪漫主义文学的最强烈音响。回归自然和回归童心也成为浪漫主义文学最具代表性的主导思想。

英国浪漫主义诗人对于想象和童年的重视与崇拜培育了尊重儿童、张扬幻想精神的文化土壤。尊重和关注儿童，将儿童视为独立的生命阶段——这是儿童文学作为独立的文学类型的前提条件。18世纪后期兴起的浪漫主义思潮在特定意义上塑造了英国儿童文学的独立品格。浪漫主义诗人们率先在诗歌的艺术世界发现和肯定了儿童的生命价值，颂扬了童年所具有的成人已缺失的纯真、快乐、丰富的想象力和感受力等理想品性，而只有这些品性才能使人类趋向完美。他们往往把对童年的回忆和讴歌上升为对自由的崇拜和对人性本真的追

① 王凤阳：《古辞辨》，吉林文史出版社，1993年，第345页。

② 李贽：《焚书·童心说》，北京：中华书局，1975年。

寻，表达了寻回失落的自我和逝去的精神家园的渴望——这正契合了传统童话固有的乌托邦精神①。在浪漫主义精神的感召下，张扬幻想的先行者们冲破种种精神藩篱，率先创作出一批追求纯娱乐精神的诗歌、故事以及异想天开的所谓“荒诞诗文”，其代表作有诗人威廉·布莱克的《天真之歌》（1789），泰勒姐妹的儿童诗歌《幼儿歌谣》（1806）和爱德华·利尔的《荒诞诗集》（1846）等等。在这些作家中，威廉·布莱克诗作中呈现的作为社会可怜的牺牲品或者上帝的天真无邪的小羊羔，是狄更斯的苦难题材少年小说的先声。威廉·布莱克（William Blake，1757—1827）的诗作《苍蝇》为这种思潮增添了一些哲理情趣：

苍　蝇

小小的苍蝇，
你夏天的嬉戏
被我无情的手
粗暴地扼杀了。

我自己不也是
一只苍蝇，像你一样？
你难道不也是一个人
像我一样？

我起舞
痛饮，高歌；

---

① 有关童话和幻想文学的乌托邦精神的阐述，可参见 Chap. 5. The Utopian Function of Fairy Tales and Fantasy in Jack Zipes. Breaking the Magic Spell ：Radical Theories of Folk and Fairy Tales. Revised and expanded edition.（Lexington：University Press of Kentucky. 2002，pp. 146 –178.

直到一只无情的手
折断我的翅膀。

如果有思想才有人生
才有精力才有呼吸；
那么没有思想
就是死亡；

所以我就是一只
快乐的苍蝇，
无论我活着，
还是死去。

爱德华·利尔（Edward Lear，1812—1888）出生于英国伦敦海格特一个丹麦人后裔家庭，也是一个多子女的大家庭，家中共有21个孩子，他排行20。爱德华4岁时，作为股票经纪人的父亲经营失利，家业衰落，陷入困境。爱德华被送到比他年长21岁的姐姐安娜那里，由姐姐抚养。安娜除了教他读书识字，还时常给他读经典童话，读现代诗歌，并且带他到户外去描绘自然界的景物，培养了他对绘画的兴趣。后来，为了养活自己，爱德华·利尔卖画挣钱，1832年得到德比伯爵的资助，专事绘编珍禽画册。为了娱乐伯爵的孙儿孙女，利尔写诗作画，打趣取笑，结果汇集成了一本趣味盎然的《荒诞诗集》（*Book of Nonsense*）。每首诗短小精悍，仅有5行，有自己的格律形式，其中第1、2、5行押韵，用抑抑扬格三音步，第3、4行用抑抑扬格二音步，读起来富有节奏感，朗朗上口。由于短小，这些诗容量有限，也不刻意追求知识性，但总以超越常识的极度夸张，呈现出一幅幅异想天开的现实画面或场景，令人捧腹大笑。如大胡子老头的胡须又浓又长，结果猫头鹰、母鸡、鹪鹩甚至云雀都在那里筑巢安家。一个老头儿的鼻梁太长，可以让一大群鸟儿停在上面。一个老头的腿太长，可以一步从土耳其跨到法兰西等等。试看利尔笔下的长腿老头形象：

有个老头住在科布伦茨，
他的两腿实在太长太长；
他只迈出了一大步，
就从土耳其跨到了法兰西，
这个老头就住在科布伦茨。

利尔的荒诞诗也有描写女士的：

有位特洛伊女士真年轻
却被几只大苍蝇搅得太烦心；
使劲用手去拍，
再用水泵去冲，
幸存的被她带回了特洛伊。

再看这位女士如何让全城百姓都痴迷沉醉：

泰尔城有位女士真年轻，
她用扫帚清扫里拉琴；
每扫一下，琴声悠扬动听，
这乐声让她陶醉万分，
也让泰尔百姓痴迷静听。

利尔一生以绘画为职业，但他留给后人的影响最大的作品却是这本荒诞诗集。作者用上百幅漫画配上荒诞打油诗，极其夸张地描绘了作者生活和旅行中遇到的滑稽可笑的人和事，无论行文还是图画都极度幽默夸张，给无数的幼童和成人带来欢笑，竟然使得世人纷纷效仿，使这种五行诗体一时风靡英国。这成为英国儿童幻想文学兴起的前奏。

从总体看，在这一时期尽管有不少作家、诗人在书写儿童时是借题发挥，其读者对象毫无疑问是成人读者，但这些作家、诗人的共同努力汇成了一股合流，对于冲破长期以来清教主义的禁锢，营造重视儿童、崇拜儿童的精神旨趣，走向具有童趣性和教育性的真正意义上的儿童文学创作主潮发挥了积极的推动作用。对于洛克儿童教育理论对英国儿童文学发展的重要意义，我们过去的关注是不够的。越是善于研究理论的国家，越能创作出优秀的作品，这两者之间存在着重要的对应关系。从认识论的角度看，洛克的儿童教育观念对英国儿童文学作家产生的影响是广泛而深远的。而浪漫主义文学运动所推崇的童心主义用富有诗意的文学形象塑造了新的儿童形象，其中，华兹华斯的诗篇对于童年的精神价值的讴歌，对童心般的想象力的大力推崇产生了深远影响，这为卡罗尔的小女孩“爱丽丝”漫游地下世界和镜中世界，为维多利亚时代英国童话小说的异军突起，为英国儿童文学的第一个黄金时代的来临奠定了一块坚实的文学基石。

第四章
从动物寓言《三只熊》到童话小说《廷肯变形记》

英国湖畔派诗人罗伯特·骚塞（Robert Southey，1774—1843）根据民间故事改写的《三只熊的故事》（*The Story of the Three Bears*，1837）是维多利亚时代早期有影响的动物寓言故事。其前身是一个很久以前通过口述流传的苏格兰民间故事：讲述三只熊与一只闯入它们巢穴的雌狐狸之间发生的纠葛，结果是这只雌狐狸被熊吞食了。一般认为这是一个告诫人们要尊重他人财产和隐私的劝谕故事。随着时间的流逝，这只雌狐狸在人们的口耳相传中变成了一个凶悍的女人，而三只熊则居住在森林中的城堡里。这个擅自闯入城堡的妇人反客为主，不仅在里面大吃大喝，而且还大模大样地躺在主人的床上。当然，在熊主人返回城堡后，这个闯入者受到严厉的惩罚。诗人罗伯特·骚塞第一次以书面文字记述了这个故事，而且在他记述的《三只熊的故事》里出现了一个重要变动：闯入熊主人家的不速之客没有被熊吞噬，而是从窗口跳了出去，于是她的命运结局就成了一个悬念。这样的改动使一个结局残酷的告诫故事转变为一个富有意义的人与动物发生碰撞的童话故事。在这之后，这个故事又发生了变动：主人公从一个凶悍的妇人变成了一个可爱的小女孩，她的名字一开始是“银鬈发，”然后变成“金鬈发”；三只熊也变成了“熊爸爸”“熊妈妈”和“熊宝宝”。于是这个故事就成了著名的《金鬈发和三只熊》。在当代精神分析学家看来，这个故事在深层意义上涉及一些关于儿童成长的重要的矛盾问题，包括如何应对“俄狄浦斯”情感困扰，寻求身份认同和解决同胞相争等。而饶有意味的是，当代经济学家根据《三只熊的故事》所蕴含的道理提出了所谓的“金发女孩效应”论，用于描述经济领域发生的现象。例如人们用“金发女孩经济”来形容那些“高增长和低通胀同时并存，而且利率可以保持在较低水平的经济体”。事实上，有经济学家指出，在20世纪90年代的美国，股市和房地产市场双双涨到有史以来的最高水平，但实际上却是虚假的“金发姑娘”经济——当熊主人返家之后，严重的后果便出现了——房地产泡沫终于惨痛地破裂了。这个寓言式动物童话故事虽然非常简单，却经历了一个有趣的演变过程：一开始，闯入熊巢的是一只雌性狐狸，结果它被吞食了。随后闯入者从雌狐狸变成了一个凶悍的妇人，不过这妇人没有被熊吃掉，而是从窗口逃了出去。最后这个闯入者变成一个金发小姑娘，三只原先相互关系不明确的熊也成为一家三口。这最终的演变过程就是民间故事童话化的过程，讲述的是动物与人接触、交往的故事。

如果说骚塞的《三只熊的故事》还停留在动物寓言故事层面，那么马克·莱蒙（Mark Lemon，1809—1870）的《廷肯变形记》（*Tinykin's Transformations*，1869）就是一部富有童趣表现“人兽变形”题材的童话小说。在幻想文学的传统中，人兽相互变形是一个历史悠久的常见母题，佳作甚多。在荷马史诗中，埃阿亚岛上的女巫喀耳刻可以用魔药把人变成狮子、狼、猪等兽类。希腊英雄奥德修斯派到海岛腹地去打探消息的12个水手就被喀耳刻用掺有魔草汁的葡萄酒和魔杖变成了猪，不过还保留着人的思想和情感。公元2世纪罗马作家阿普列尤斯的《金驴记》讲述了主人公鲁齐乌斯被魔药变成驴子后曲折坎坷的经历，对后人产生了很大影响。而法国女作家塞居尔夫人的《一头驴子的回忆录》（1860）已经成为一个充满趣味的童话故事。整个故事是由一头名叫卡迪松的博学多才的顽童驴子以自述形式讲述的。而在英国，马克·莱蒙的《廷肯变形记》无疑标志着人兽变形故事从神话叙事到童话叙事的演变。马克·莱蒙出生在伦敦的一个商人家庭，父亲是一个啤酒商。莱蒙15岁时父亲去世，他被送到林肯郡与舅舅一起生活。他喜欢新闻写作和戏剧演出，在26岁时放弃经商而致力于写作。马克·莱蒙是英国著名的幽默杂志《笨拙》的创始人和首任主编。在办刊的初始阶段，他用写剧本获得的收益支撑办刊费用，终于使之成为一份受欢迎、有影响力的报刊。

在儿童幻想文学创作方面，马克·莱蒙早期创作的《中了魔法的玩偶》（*The Enchanted Doll*，*A Fairy Tale for Little People*，1849）还带有一些那个时代难以摆脱的说教意味。但他后期创作的《廷肯变形记》（*Tinykin's Transformations*，1869）就是一个富有趣味的幻想故事。小说的主人公廷肯是一个王室护林官的儿子，由于他出生在星期天，天赋超常，能够看到仙女，结果被仙后泰坦尼娜选中，接着被变成不同的动物。他分别经历了变成河马、鱼儿、小鹿和鼹鼠等动物的生存状态。这一变形经历使他认识了有关空气、水和土地等方面的知识，这些知识在后来的紧急关头都派上了用场，为他赢得公主的爱情发挥了不可或缺的作用。在这之后，主人公的父亲也从监狱里被解救出来，重获自由。作者把传统童话的变形因素与现代自然知识结合起来，创作出一个别有意趣的童话故事。女作家伊迪丝·内斯比特（Edith Nesbit，1858—1924）的《莫里斯变猫记》是一个相似的变形故事。小男孩莫里斯非常顽皮，喜欢搞恶作剧，残忍地戏弄家里养的一只猫（例如剪去它的胡须和尾巴）。为了惩罚他的不端行为，莫里斯的爸爸决定把他送进一所专门管教“问题儿童”的学校。莫里斯对此极不情愿。于是那只猫就与莫里斯交换身份，将他变成了一只猫，而它自己则变成了莫里斯，替他进了管教学校。变身为猫的莫里斯亲身体验了没有胡须的尴尬，以及其他种种变身后遭受的痛苦，他不愿意再过这种生活了，却身不由己。与此同时，他也听见了爸爸妈妈的议论，述说他的优点，还得知他的小妹妹对他非常关心，让他感受到她的同情心和爱心。他终于从内心深处认识到自己对那只猫所造成的严重伤害，认识到应当善待小动物；同时他也体会到了父母对他的深切关爱。结局自然是美好的，那只猫非常讨厌学校的生活，从那里跑了回来，于是他们又变回了自己，从此以后小男孩莫里斯和那只猫成了好朋友，一家人过着幸福的生活。

马克·莱蒙的《廷肯变形记》的影响还体现在约翰·梅斯菲尔德（John Masefield，1898—1967）的《欢乐盒》（*The Box of Delights*，1935）的题材和艺术创作方面。在该书的第4章，猎人将凯先后变成了一只鹿、一只野鸭和一条鱼。此外，人们在T. H. 怀特（Terence Hanbury White，1906—1964）的《石中剑》（*The Sword in the Stone*，1938）一书也能发现相似的继承和创新因素。《石中剑》是根据英格兰民间传说创作的小说，讲述主人公亚瑟在魔法师梅林的引导下，通过寻找象征着力量和权力的石中剑而成长起来的经历。在追寻石中剑的历程中，梅林把自己和亚瑟都变成鱼儿，到河水中寻找名剑，却险象环生，遇上了凶狠的鲨鱼；后来梅林又把两人变成松鼠，在林中跳跃穿行，却在不经意间吸引了两只母松鼠，让她们芳心大动，给他俩带来了新的麻烦……

第三编　第一个黄金时代（1840—1910）

第一章
工业革命与儿童文学革命：时代语境

从1837年18岁的亚历山德娜·维多利亚成为英国女王，到1901年女王去世，这期间的64年被称为英国维多利亚时代。一方面，由工业革命主导的社会发展激起了不少维多利亚知识精英的骄傲和自豪；另一方面，巨大的社会变化和激烈的社会动荡，以及传统的思想信仰所遭遇的前所未有的冲击，又引发了大多数维多利亚人的迷茫、痛苦乃至各种精神及信仰危机。从总体看，工业革命导致的社会变迁与动荡对于维多利亚人具有催生“重返童年”愿望的时代意义；与此同时，维多利亚人的精神危机感又促进了英国童话文学的兴起。

从19世纪中叶到20世纪初，英国童话小说异军突起，不仅开创了英国儿童文学的第一个黄金时代，而且开创了世界文学童话史上一个星光灿烂的“黄金时代”。英国童话小说崛起的社会历史语境是极其深刻而复杂多样的，并且与英国儿童文学领域的思想理念和创作倾向的两极碰撞之间存在着紧密的内在关联。以工业革命为主导的社会巨变一方面推动了精神危机下的“重返童年”的时代思潮，推动了英国儿童文学的发展。另一方面，工业革命时期以达尔文进化论为代表的新思想和新观念引发了强烈的震荡和冲击，不仅动摇了维多利亚时代的宗教信仰基座，而且动摇了英国清教主义自 17 世纪后期以来对幻想文学和童话文学的禁忌与压制。与此同时，维多利亚时期的英国文学艺术取得了长足发展，小说创作成为英国文坛上艺术成就最大的文学类型，这为英国童话小说的创作提供了可资借鉴的表现手法和文体类型。此外，欧洲经典童话的翻译引进为英国儿童幻想文学的崛起提供了强大的推动力，成为英国童话小说异军突起的必要条件之一。这是维多利亚时代英国童话小说崛起的社会历史和文化思想语境及其内在关联，包括英国农业文明向工业文明转型的时代语境以及英国工业革命和儿童文学革命这双重浪潮的冲击和影响。

维多利亚时期之所以成为英国历史上的一个黄金时代，一方面是工业革命带来的社会“进步”，另一方面是维多利亚人所取得的杰出的文化和文学艺术成就。但应当指出的是，英国的这一黄金时代也存在着被英国人乃至整个西方人刻意淡化或故意遗忘的历史事实，即英国政府主导的对华鸦片走私乃至随后发动的鸦片战争。大英帝国在工业革命的进程中通过掠夺美洲和印度次大陆的资源，获得了大量原始资本积累。但由于北美殖民地的独立，以及与法国之间进行的战争耗资巨大，英国政府也背负了沉重的债务，随后引发了持续的金融危机，导致国家经济的全面紧缩。大量失业者又造成了严重的社会危机和诸如宪章运动这样的政治危机，与此同时，为了平衡每年与中国进行的庞大贸易差额，英国要花费大量的白银。英国出口到中国的商品并非中国市场所特别需要的，而中国的茶叶、瓷器和丝绸等则大受英国民众的欢迎。英国不但不能从经济等方面撼动中国，而且要承受长久的可以导致大英帝国财政破产的对华贸易逆差。这无疑成为英国政府发动鸦片战争的深层次经济动因。事实上，英国政府主导的大规模鸦片走私为英国 1850 年后进入持续半个世纪的“黄金时代”提供了财政和经济条件。

迅猛发展的工业化给大英帝国带来日益增强的能量，许多过去根本无法完成的事情如今都能完成了。然而在另一方面，这辉煌的“进步”并不能掩盖人们对于“进步”信念的动摇与失望。工业革命在给英国社会带来了重大的社会变革的同时，也造成了维多利亚时代社会结构明显的双重性（贫富差距越来越大的富人和穷人），不可避免地激发了新的社会矛盾——这正是本加明·迪斯累里（Benjamin Disraeli）所描述的贫富悬殊日益扩大的“两个民族”的相互隔绝和对立。事实上，社会经济的成功并不能掩盖广大劳动阶级所遭受的苦难。查尔斯·狄更斯在他的小说中就令人难忘地描写了英国中下层社会种种触目惊心的贫困与混乱情景，而且揭示了儿童作为拜金主义社会的牺牲品所承受的精神和物质生活的苦难。艺术批评家约翰·罗斯金则觉察到工业化的结果不仅会导致人沦为机器的异化现象，而且将造成各种社会问题以及对大自然的污染和破坏——他的童话小说《金河王》在特定意义上揭示了这一主题。

当急剧的社会变化和深刻的信仰危机成为维多利亚人面临的新环境和新问题，当过去的经验被阻断、隔绝，原有的认知系统无法做出解释时，维多利亚的敏感的知识分子和优秀文人不得不致力于建构新的认识体系，并开始寻求应对危机与迷茫的途径。于是“重返童年”的时代意义前所未有地凸现出来。当农业文明向工业文明转型——当农村经济转变为工业经济，当传统的手工作业变成工厂的规模化生产，当一种长期稳定的具有乡村宗法式特点及田园牧歌式的生活方式在工业化和城市化的浪潮中成为一去不复返的过去时，人们首先产生了普遍的怀旧与感伤情绪；这种失落的情感在儿童和童年那里得到真切的呼应和印证。正是这种复杂而深切、惘然若失、茫然失措的心态促使这一时期诸多英国一流作家关注儿童和童年，乃至于为儿童和童年而写作——从而为维多利亚时代儿童文学的繁荣兴盛奠定了坚实基础。

就“重返童年”而言，英国文坛上出现了两种创作走向：以狄更斯作品为代表的现实主义的童年书写和以刘易斯·卡罗尔作品为代表的幻想性童年书写。前者直面残酷的社会现实，大力表现“苦难童年”的主题，不过仍然以温情的基调为读者展现出希望之光。在写实性作家阵营里还有诸如夏洛特·勃朗特（《简·爱》对于被压抑的童年的控诉与反抗）和乔治·艾略特（《织工马南》和《弗洛河上的磨坊》等作品透露出的在社会急剧变化之际追溯童年童真的怀旧情思）等作家有关成长主题与题材的作品，她们在创作上都取得了卓越的艺术成就，成为英国文学的经典作家。而以卡罗尔的两部“爱丽丝”小说为代表的幻想性作品革命性地颠覆了从 18 世纪中期以来一直在英国儿童文学领域占主导地位的恪守“事实”，坚持理性说教的儿童图书写作教条，推动了英国儿童文学革命的浪潮。在特定的意义上，无论是狄更斯的浪漫现实主义的童年书写，还是卡罗尔用幻想文学的方式书写童年，它们都是殊途同归的，是对于在动荡年代里逝去的以童年为象征的理想王国的追寻和挽留。在这一时期，为儿童写作的著名作家还有罗伯特·布朗宁、罗斯金、史蒂文生、萨克雷、金斯利、克里丝蒂娜·罗塞蒂、王尔德、吉卜林，等等。

第二章
两极碰撞：恪守理性教诲与追求浪漫想象

从 17 世纪后期以来，英国清教主义对于幻想文学和童话文学采取的是坚决禁忌与压制的态度。虽然英国的儿童文学走在世界的前列，但从 18 世纪 50 年代到 19 世纪 60 年代，坚持道德训诫与理性说教的儿童图书在英国一直是占压倒性优势的主流，这与英国社会普遍流行的思想观念有很大关系。自工业革命以来，英国社会发生了巨大变化，新的社会阶层也得以形成。保守的中产阶级人士与以往坚持清教主义观念的人们一样，也竭力排斥“异想天开”的童话故事，包括那些轻松幽默的廉价小书，结果使“理性话语”继续成为儿童文学中的主导话语。杰克·齐普斯对此现象论述道：

“占支配地位的，保守的资产阶级群体开始把民间故事和童话故事看作是非道德的，因为它们没有宣扬关于维护秩序、遵守规矩、勤奋、谦卑、不施诡计等美德。特别重要的是，它们被认为对儿童是有害的，因为那些充满想象力的内容可能使小小年纪的他们接受‘疯狂的思想’，也就是说，为他们提供了反抗家庭中强权独尊和家长独尊的各种方式…… 因此民间故事和童话故事的写作与发行受到大多数中产阶级人士的反对，他们赞同的是道德说教故事、布道故事、家庭浪漫故事，诸如此类的故事。”①

这就是保守的资产阶级群体和宗教人士反对童话故事的深层原因。长期以来，在英国流行的清教主义思想认为人性本恶，儿童的灵魂亟待拯救和改造，儿童的想象力也应当加以克制。另一方面，从 17 世纪后期开始，当包括法国女作家在内的不少文人根据民间童话创作文学童话故事时，他们的创作对象都是中上层阶级的成人读者，而不是儿童读者。事实上，无论是 18 世纪的清教主义者还是 18 世纪末以来的保守的中产阶级群体，他们倡导的都是对儿童居高临下进行教导的“严肃文学”，例如艾萨克·沃兹的《儿童道德圣歌》（1715），书中的所有篇目都是适宜让儿童记忆和诵读的宗教训示或教诲。此外还有深受沃兹赞赏的托马斯·福克斯顿的《道德歌谣》（1728）；玛丽·舍伍德的《菲尔柴尔德一家的故事》（1818—1828）这些严肃的“宗教劝善文学”；或者玛丽亚·埃奇沃思的《父母的帮手》（1796）这样的教化小说。作家露西·艾肯（Lucy Aikin）在 1801 年发表的《儿童诗歌》的序言中就不无自信地宣称：

“在理性的魔杖面前，巨龙和仙女、巨人和女巫已经从我们的儿童歌谣中销声匿迹了。我们始终奉行的准则是，童稚的心灵应当用更实在和更简单的事实来培育。”②

大约在 1803 年，当伦敦的出版商再次发行出版法国贝洛的童话故事时，教育家特里默女士（Mrs. Sarah Trimmer，1741—1810）表明了颇具代表性的态度：虽然她坦承自己在童年享受了阅读贝洛童话的乐趣，但她坚决反对让现在的儿童去读类似的故事：“我们不希望让这样的感觉通过同样的方式在我们子孙后代的心中被唤醒；因为这种类型的故事在想象中所呈现的极端意象，通

① Jack Zipes. Breaking the Magic Spell: Radical Theories of Folk and Fairy Tales. Revised and expanded edition. Lexington: University Press of Kentucky. 2002, p. 15.

② Darton, F. J. Harvey. Children's Books in England: Five Centuries of Social Life. Cambridge: Cambridge Up. 1958, p. 156.

常会留下深刻的印象，并且通过引起不符常理、缺乏理性的恐惧而伤害儿童稚嫩的心灵。而且，这类故事的绝大多数都不提供任何适合幼儿接受能力的道德教诲。”①特里默女士的态度耐人寻味，她反对让孩子们享受阅读童话的乐趣，因为童话故事具有非理性因素，而且不提供道德教诲。而且，由于童话具有特殊的艺术魅力（在想象中创造的意象会给人留下深刻印象），因而更需要加以抵制。这种多少有些自我矛盾的态度揭示了唯理性主义者反对童话之浪漫想象的根本原因。此外，被称作“第一位为儿童写作的英国经典作家”的玛丽亚·埃奇沃思（Maria Edgeworth，1767—1849）也是一个典型的例子。玛丽亚的父亲理查德·罗菲尔·埃奇沃思是一个热衷于社会改革和教育的知识分子，但他思想保守，特别强调人们给儿童阅读的东西一定要有道德寓意和教诲意义。在父亲的影响下，玛丽亚秉承了对儿童进行理性教育的信念，坚信作家创作的目的应当是向儿童读者传递特定的道德教诲与客观事实。所以玛丽亚在进行儿童图书创作时无不坚持理性原则和清晰的事实基础，排斥童话故事。理查德不仅在思想观念上深深地影响了女儿，而且经常按照自己的想法替女儿修改原稿，甚至替她重写整个故事。人们认为这一做法可能严重地制约了玛丽亚的想象力和浪漫主义精神。玛丽亚与父亲还合写了几篇关于儿童教育的专论，如《实用教育》（*Practical Education*，1798）等。在书中，作者虽然承认《鲁滨孙漂流记》和《格列佛游记》给孩子们带来了阅读的乐趣；却告诫说：“对于历险的喜好是与获取成功所需的清醒的锲而不舍完全相悖的。”当然，许多作家也致力于通过艺术手法的创新来开拓道德与宗教教育的主题，比如安娜·巴鲍德（Anna Laetitia Barbauld，1743—1825）的《儿童读本》（*Lessons for Children*，1780），托马斯·戴（Thomas Day，1748—1789）的儿童小说《桑福德和默顿的故事》（1783—1789），玛丽亚·埃奇沃思的道德故事集《父母的帮手》（*The Parent's Assistant*，1796），伊丽莎白·休厄尔（Elizabeth Sewell，

① Carpenter，Humphrey and Mari Prichard. The Oxford Companion to Children's Literature. Oxford University Press，1984，1991，p. 179.

1815—1906）的布道书《艾米·赫伯特》（*Amy Herbert*，1844），等等。

值得注意的是，有一个名叫塞缪尔·古德里奇（Samuel Griswold Goodrich，1793—1860）的美国人也进入了这一时期的英国儿童图书出版领域。这个生活在美国新英格兰地区的古德里奇认为人的自然本性是非理性的，应当加以压制。他对于诸如“小红帽”“巨人杀手杰克”这样的民间童话故事非常反感，认为此类故事是可怕的，是嗜好流血和暴力的；在他看来，这些故事为儿童和年轻人提供了不雅的语言和粗野的思想，应当严加抵制。他决定将自己的理念付诸行动，于是以彼得·帕利（Peter Parley）作为笔名为儿童编写图书，内容包括故事、历史、自然和艺术等。1827 年出版的《彼得·帕利讲述的美洲历史》（*Tales of Peter Parley about America*）是“彼得·帕利”系列图书的第一部，1828 年出版了《彼得·帕利讲述的欧洲历史》（*Tales of Peter Parley about Europe*），在随后的 30 年时间里出版的“彼得·帕利”丛书涵盖了 120 多种儿童图书，整个销售量超过了 700 万本，而且在英国还出现了大量的盗版和仿作。不过尽管反对童话故事的阵营声势浩大，但童话故事这样的幻想性图书并没有就此销声匿迹。来自南肯辛顿的亨利·科尔（Henry Cole，1808—1882）就挺身而出，向压制和排斥幻想性文学读物的势力发起了坚定的挑战。亨利·科尔是皇家音乐学院及南肯辛顿博物馆的创始人之一，后来被封为爵士。他以费利克斯·萨默利为名编辑出版了与彼得·帕利系列图书针锋相对的《费利克斯·萨默利家庭文库》丛书（*Felix Summerly's Home Treasury*，1841—1849）。此套丛书汇编了许多民间童话和幻想故事如“巨人杀手杰克”“杰克与豆茎”“睡美人”“小红帽”“灰姑娘”“美女和野兽”“迪克·威廷顿”“《圣经》故事”等等。致力于英国儿童图书出版史研究的哈维·达顿指出，古德里奇与亨利·科尔之间的对决是一场哲学意义上的信仰的冲突，是“彼得·帕利”与“费利克斯·萨默利”之间进行的针锋相对的厮杀。① 这场对决也

---

① Darton, F. J. Harvey. Children's Books in England: Five Centuries of Social Life. Cambridge: Cambridge Up. 1958, p. 240.

是儿童文学领域理性与幻想之两极倾向激烈碰撞的一个写照。

与此同时，坚持理性原则，反对幻想故事的有关人士和作家还推出了一大批旨在提供知识信息的纯事实性图书，涉及的内容从历代英国国王和王后的历史到蔬菜和植物的生长原理等等，不一而足，如R·曼格纳尔（1769—1820）的《百科知识问题解答》（1800）、玛尔塞特夫人（Mrs. Jane Marcet）的《化学问题对话录》（1806）、J·乔伊斯的《科学对话》（1829）、W·皮诺克（1782—1843）的《问答教学法》（1828），等等，它们的特点是以问答教学法或对话的方式为读者提供关于各种科目的信息，在父母读者中风行一时。而在19世纪50年代，著名儿童读物画家乔治·克鲁克尚克出版了他自己选编的幼儿读物集，随即又引发了有关传统童话故事是否真正适合儿童阅读的论争，争论的话题涉及童话故事中出现的残酷、暴力和非道德因素等内容。持赞同意见者认为这些都是有益无害的小书，故事揭示的是有关大度（gentleness）和宽容（mercy）等品质。事实上，由于理性主义和道德主义的主导作用，维多利亚时代呈现给儿童阅读或给他们讲述的童话故事基本上都经过人们的预先挑选，有些内容也经过改动甚至被删除。

随着时间的流逝和人们观念的进步，英国儿童幻想文学终于厚积薄发，激流勇进，成为英国儿童文学创作领域最具影响力的潮流。但今天的人们应当对维多利亚时代英国儿童文学两极碰撞的现象进行客观的评判。对于坚持理性原则和知识主义的作家而言，他们的观念难免显得简单化和绝对化了。因为把道德规范、理性教育与幻想精神、游戏精神完全对立起来，就儿童及青少年的精神成长的认识论而言肯定是偏颇的，不全面的。然而这种倾向反映的是当时许多人关于儿童本性和儿童教育的认识论水平。而且这些人士的观点无疑代表了包括家长在内的众多成人的看法和态度。人们不难想象，为什么那时流行的儿童图书无不充斥着事实、信息或者训导等内容。对此种现象，查尔斯·狄更斯在他的小说《艰难时世》（*Hard Times*，1854）中进行了独到而辛辣的嘲讽。作者用小说人物命运的可悲结局这一“事实”揭示了这种貌似进步的世界观所导致的严重危害，深刻地批判了那种摒弃幻想，将生活简化为数字与事实的功利主义行径。然而，换一种角度看，人们对于坚持理性原则和道德教诲的儿童图书创作倾向并不宜全盘否定，儿童文学中的教育主义还是有其自身的价值和现实意义的。需要表明的是，把理性原则与幻想精神完全对立起来，对于儿童及青少年精神成长的培育是不全面的，也是不科学的。

第三章
儿童文学革命：英国童话小说异军突起

自18世纪中期英国儿童文学崭露头角以来，张扬想象力和幻想精神的创作倾向经过了长期的潜伏和潜行，最终在19世纪40年代开始从厚积薄发到奔流向前，冲破了长期以来占据主导地位的恪守理性和事实的创作倾向，为英国儿童文学迎来了一个真正的黄金时代。具体而言，直接推动英国童话小说兴起的有以下几个重要因素：

（一）儿童图书市场的兴起及其对童话和幻想故事的需求。在英国，议会于1709年通过了西方出版史上的第一部《版权法》（*The Copyright Acts*）。这部于1710年生效的版权法虽然并不完备（各种牟利性的盗版活动仍然打着"鼓励获取知识"的旗号大行其道），但它首次明确了作者和出版者的权益，规定由书业公会负责全国的版权登记，为出版业创造了某种合理竞争的环境。早期具有较大发行量的出版形式是18世纪初出现的"随笔期刊"。从笛福创办的《评论》（1704—1713），斯梯尔与艾迪生创办的《闲谈者》（1709—1711）和《旁观者》（1711—1712），到塞缪尔·约翰逊创办的《漫谈者》（1750—

1752)，等等，作家独自办刊在当时成为一种通俗性大众期刊的出版形式。随着工业革命以来资本主义经济的迅速发展，英国图书出版业的组织结构也发生了很大变化。出版商与书商也进一步向专业化方向发展。在18世纪末、19世纪初，由于产业革命的推动，造纸和印刷技术取得了新的革新成果，印刷业的机械化生产得到普及，图书的生产成本得以降低，图书作为普通文化消费品可以被更多的中低收入家庭所接纳。而邮政与交通事业的发展，使期刊的发行范围进一步扩大。在英国，由书店发展而成的出版机构多称为出版公司，由印刷所增设编辑部门而发展成的出版机构则称为出版社（press），具有涵盖印刷所和出版社在内的多重含义。其他的印刷商（书商）则集中力量专门从事图书的印刷（销售）工作。到维多利亚时代的中后期，不仅大规模的图书市场已经形成，一大批作家可以通过写作来谋生养家，而且出版界也建立了适当的出版形式和价格制度。此外还出现了促进图书流通的经营租书业务的流通图书馆，如穆迪图书馆就得到较快发展，其经营者穆迪通过预付费等方式进行图书借阅业务，从而吸引了大量读者；他还在此基础上大批量地以低价购入图书，进而推动了图书的快速流通。当然，在当时福音教气氛浓重的背景下，穆迪的清教主义的趣味和标准有助于培植那些压抑表现情欲和激情的图书创作倾向的维多利亚时代的价值观。尔后随着欧洲经典童话的翻译引进出版，富有浪漫主义风格和幻想因素浓厚的童话故事与新童话故事也借英国图书出版市场的发展而大量出版，市场前景十分看好。

在英国，17世纪中期廉价小书的出现受到众多普通读者的欢迎，这种形式在19世纪的新形势下又重新盛行起来。精明的出版商知道儿童读者喜欢童话和幻想性的故事——尽管那时人们还没有用瑞士教育心理学家让·皮亚杰（Jean Piaget，1896—1980）的理论对此现象加以解释。根据皮亚杰的“儿童认知发展阶段论”，6到8岁的儿童已经从“前运演阶段”（Pre - operational level）进入“具体运演阶段”（Concrete operations），他们在语言运用方面已有很大发展，词语和其他象征符号已经可以表达较为抽象的概念；而经典童话的内容和形式正好呼应了这一年龄段的儿童感应世界的方式，所以对他们具有强烈的吸引力。齐普斯在《童话故事与颠覆的艺术》中引述了安德烈·法瓦特（Andre Favat）对此所作的阐释，后者根据瑞士心理学家皮亚杰的理论列举了经典童话（贝洛的童话、格林童话和安徒生童话）所包含的吸引幼童的心理因素：泛灵论、自我中心论、意识与物体之间存在的魔法般的关系、报应式的正义、抵消性的惩罚、并列性的因果关系，不能将自我与外部世界区分开来，相信物体会响应他们持续的愿望呼应而发生移动，等等①。而且，19 世纪以来英国小说的繁荣推动了小说出版方面出现了多样化格局；除了传统的出版形式，许多小说采用杂志、报纸连载或小分册等形式发表，赢得了越来越多的读者群，这对于出版商发行幻想性儿童图书具有启发意义。进入维多利亚时代后期，稳定的儿童图书的读者市场已经形成，以中产阶级子女为主体的新读者群成为儿童图书出版商心目中的出版对象。出版商知道有众多读者希望读到童话故事和幻想文学，这成为推动英国童话与幻想小说发展的原动力之一。

（二）英国浪漫主义诗人对于想象和儿童的重视与崇拜培育了张扬幻想精神的文化土壤。尊重和关注儿童，将儿童视为独立的生命阶段——这是儿童文学作为独立的文学类型的前提条件。18 世纪后期兴起的浪漫主义思潮在特定意义上塑造了英国儿童文学的独立品格。浪漫主义诗人们率先在诗歌的艺术世界发现和肯定了儿童的生命价值，颂扬了童年所具有的成人已缺失的纯真、快乐、丰富的想象力和感受力等理想品性，而只有这些品性才能使人类趋向完美。他们往往把对童年的回忆和讴歌上升为对自由的崇拜和对人性本真的追寻，表达了寻回失落的自我和逝去的精神家园的渴望——这正契合了传统童话固有的乌托邦精神，因此成为英国儿童幻想文学兴起的前奏。

（三）欧洲及东方经典童话的翻译引进对英国童话小说的创作产生了直接的催化和推动作用。长期以来，随着意大利和法国经典童话、《一千零一夜》、格林童话，安徒生童话的翻译引进，随着贝洛《鹅妈妈故事》和多尔诺瓦夫人

① Jack Zipes Fairy Tales and the Art of Subversion：The Classical Genre for Children and the Process of Civilization.（London：Heinemann，1983）177 – 178。

童话故事的一再重新印刷出版，在19世纪40年代和50年代的英国，童话故事又成为人们普遍认可的儿童读物的重要组成部分。这些童话故事既有初次翻译引进的，也有重新印行的，既有收集整理出版的，也有作家个人原创的作品（如安徒生童话），形成了多元化的局面，对于推动英国童话小说的创作功不可没。欧洲经典童话故事在英国大受欢迎，这使有识之士认识到有必要，也有可能为儿童创作独立于传统童话的文学幻想故事。事实上，这些翻译引进的经典童话作品在英国广为流传，继而与英国本土的幻想文学传统结合起来，成为英国童话小说崛起的重要条件。

（四）英国小说艺术的日臻成熟为童话小说的创作提供了充足的文学叙事的借鉴与支撑。众所周知，英国小说在18世纪以不同凡响的姿态登上文坛，大展身手。诸如笛福、斯威夫特、理查逊、菲尔丁、斯摩莱特、斯特恩、简·奥斯丁等作家创作的杰出小说让读者领略了精彩纷呈的小说艺术世界。19世纪以来，尤其是维多利亚时代以来，英国的小说创作得到进一步发展，成为当时英国文坛上艺术成就最大的文学类型。在此期间，小说创作的繁荣不仅体现在作品内容和表现形式的多样化，而且体现在小说种类的丰富多样方面，例如家庭小说、历史小说、侦探小说、政治小说、科幻小说、工业小说、乡村小说、神秘小说、哥特式恐怖小说等等，不一而足，而且各种文类、文体相互渗透，相互交叉。从总体上看，维多利亚时代的小说创作丰富多彩，名家辈出，令人瞩目，出现了像狄更斯、萨克雷、勃朗特姐妹、乔治·爱略特、哈代、史蒂文生、王尔德、吉卜林等作家的名篇杰作（其中不少作家自己就身体力行地投入了童话小说的创作）。众所周知，传统的民间童话大多注重事件进程的描写，对于主人公的心理描写是忽略的。而现当代童话小说则比较注重人物（儿童主人公）的心理描写，这一变化是与英国同时期的小说创作倾向基本同步的。而在表现儿童人物的心理方面，现当代儿童幻想文学无疑具备了超越早期传统童话叙事的独特优势。如肯尼斯·格雷厄姆的《柳林风声》就通过卓越的动物体童话小说艺术呈现了少年儿童心向往之的理想生活状态；他们内心渴望的惊险刺激之远游、历险愿望的满足。维多利亚时期英国小说创作的繁荣客观上为童话小说的创作提供了必要的艺术借鉴，也使那些决心为儿童创作，并且致力于创作“反潮流”的幻想性儿童文学作品的人们获得了更多的自信。这从童话小说表现形式的变化显示出来。C·N·曼洛夫在谈及这一变化时说：“19世纪30年代的儿童幻想故事是以短篇故事的形式出现的，40年代通常表现为长篇幅的故事形式，而到19世纪50年代，以《玫瑰与戒指》（1855）或者《奶奶的神奇椅子》（1856）为例，幻想故事具有中篇小说的长度；而到19世纪60年代，在金斯利的《水孩儿》（1863）中，幻想故事采用了简略的长篇小说的形式”①。事实上，19世纪60年代以后英国童话小说可以采用多头并进和多枝节叙述的方式，可以按故事情节分章节叙述，而且有了章法艺术的考虑，篇幅的增加也扩大了小说的容量。

英国儿童幻想文学借助现代小说艺术的翅膀，从传统童话中脱颖而出，展翅高飞，大放异彩。在这一时期，童话小说的创作蔚然成风，出现了一大批风格各异、深受少年儿童读者喜爱的名篇名著，其数量之多、艺术成就之高，令世人瞩目。这一时期的代表性作品有：F. E. 佩吉特（F. E. Paget）的《卡兹科普弗斯一家的希望》（*The Hope of the Katzekopfs*，1844）；罗斯金（John Ruskin）的《金河王》（*The King of the Golden River*，1851）；萨克雷（W. M. Thackeray）的《玫瑰与戒指》（*The Rose and the Ring*，1855）；金斯利（Charles Kingsley）的《水孩儿》（*Water Babies*，1863）；刘易斯·卡罗尔（Lewis Carroll）的《爱丽丝奇境漫游记》（*Alice in Wonderland*，1865）和《爱丽丝镜中世界奇遇记》（*Alice's Adventures in the Glass*，1871）；乔治·麦克唐纳（Gorge Macdonald）的《乘着北风遨游》（*At the Back of North Wind*，1871）、《公主与妖怪》（*The Princess and Goblin*，1872）、《公主与科迪》（*The Princess and Curdie*，1883）；奥斯卡·王尔德（Oscar Wilde）的童话集《快乐王子及其他故事》（*The Happy Prince and Other Tales*，1888，包括《快乐王子》《夜莺和玫瑰》《自

① Colin Manlove. From Alice to Harry Potter：Children's Fantasy in England. Cybereditions Corporation，2003，p. 22.

私的巨人》《忠诚的朋友》和《神奇的火箭》）和《石榴之家》（*A House of Pomegranates*，1891，包括《少年国王》《小公主的生日》《渔夫和他的灵魂》和《星孩儿》）；约瑟夫·拉·吉卜林（J. Rudyard Kipling）的《林莽传奇》（*Jungle Books*，1894—1895）、《原来如此的故事》（*Just - so Stories*，1902）；贝特丽克丝·波特（Beatrix Potter）的《兔子彼得的故事》（*Peter Rabbit*，1902）；伊迪丝·内斯比特（Edith Nesbit）的《五个孩子与沙地精》（*Five Children and It*，1902）、《凤凰与魔毯》（*Phoenix and Carpet*，1904）、《护符的故事》（*The Story of the Amulet*，1906）、《魔法城堡》（*Enchanted Castle*，1907）；巴里（John Barrie）的《小飞侠彼得潘》（*Peter Pan*，1904）；肯尼斯·格雷厄姆（Kenneth Grahame）的《黄金时代》（*The Golden Age*，1895）、《梦里春秋》（*Dream Days*，1898）、《柳林清风》（*Wind in the Willows*，1908），等等。

而且，金斯利的《水孩子》体现了宗教感化因素与文学想象因素的结合，表明英国儿童文学中崇尚想象力的童心主义并不排斥理性的教育主义，表明卓越的想象力完全能够与教育目的结合起来。至于卡罗尔的两部“爱丽丝”小说（1865，1872），它们汇聚了英国工业革命和儿童文学革命的锋芒，前所未有地释放出儿童幻想文学的想象力。工业革命以来，异己的力量和异化现象成为探索新的未知世界、探寻新的幻想奇境的某种启示。在爱丽丝小说中，从想象的奇异生物到想象的奇异语言，表明了进化与变异的视野为作者的想象力增添了强劲的动力。两部“爱丽丝”小说的激进的革命性和卓越的艺术性足以彻底颠覆维多利亚时代的说教文学壁垒，标志着英国儿童文学的幻想叙事话语的最终确立。英国童话小说的异军突起宣告了儿童文学第一个黄金时代的到来，也开启了从两部“爱丽丝”小说到“哈利·波特”系列小说的幻想文学创作主潮的兴起。

第四章
约翰·罗斯金和他的《金河王》[①]

约翰·罗斯金（John Ruskin，1819—1900）出生于伦敦亨特街54号一个酒商家庭，是家中的独子。作为英国维多利亚时代的著名学者、作家、艺术评论家，罗斯金还是建筑美学、意大利文艺复兴史研究方面的专家。罗斯金一生研究和创作兴趣广泛，涵盖多个学科领域，包括地质、建筑、艺术、植物学、政治经济学、教育和文学等。罗斯金一生写过250多部作品，数百篇演讲稿。而他写于1841年，发表于1850年的《金河王》成为维多利亚时期英国童话小说的早期杰作。

和许多同时代的作家一样，罗斯金从小受到民间童话的滋养，尤其受到埃德加·泰勒翻译的《格林童话》（1823）的熏陶。成名之后，他还曾于1868年应邀为埃德加·泰勒翻译的新版《格林童话》撰写导言，题目就是《童话故事》，而漫画家克鲁伊珊克则为这本故事集绘制了插图。在罗斯金看来，

---

① 感谢蒲海丰博士提供的帮助。

童话对于儿童的重要性在于它给儿童的想象力提供了释放的空间，因为“没有什么玩具可以取代（童话）幻想的快乐①”。罗斯金认为，那些满足儿童想象力的艺术的重要目标是给他们带来优雅的愉悦。写于1841年，发表于1850年的《金河王》明显受到德国童话的影响，后者在人物设定和情节发展上是对格林童话的模仿。罗斯金的《金河王》长56页，使幻想故事超越了传统童话故事的篇章结构。

《金河王》当初是应一个12岁小女孩的要求而创作的，发表后成为英国童话小说黄金时代的早期经典作品之一，流传甚广。故事的背景是位于一片荒僻山区的一个富饶神奇的山谷，山谷里有一条永不枯竭的河流，它在阳光的照耀下光彩熠熠，所以被人们称作金河。有三兄弟就居住在这个山谷里，老大和老二是农庄主，为人自私，心地歹毒，人称“黑兄弟”。最小的弟弟心地善良，任劳任怨，他像灰姑娘一样默默忍受着两个哥哥的打骂欺压，而且还要承担家中所有的重活。在一个寒冷的夜晚，金河王化身为矮绅士造访家中的弟弟。两个哥哥回家看见来了外人，又动手暴打弟弟。金河王实在看不下去，宣布午夜时分要再次“拜访”。到时金河王果然出现，山谷暴发洪水，所有东西都被冲走了，一夜之间“宝谷”变成一片荒凉的废墟。这三兄弟只得背井离乡，另谋生计，做了金匠。不久本钱全被两个大吃大喝的哥哥花光了，只剩下叔叔送给小弟弟的一只金杯，杯上面有金丝编织成的一副络腮胡须的脸庞。金杯在坩埚里熔化后成为一个半尺高的小矮神，他就是金河王，他以前被施了魔法，如今魔法破除，他得救了。他许诺：不管是谁，只要登上金河源头所在的山头，往河里倒三滴圣水，那条河就会变成金河。但如果把不洁之水倒入金河，这人就会化作黑石。他说完就跳进坩埚，一会工夫烧得全身通红、透明、光彩夺目，接着化作烈焰腾空而起，扶摇直上，缓缓飘散。在两个哥哥先后失败之后，小弟弟带着圣水前往金河源头；在路上，他先用珍贵的圣水救活了濒临渴死的老人和小孩，而后又遇到一条干渴的小狗，他也像对待人类一样，把圣水毫不吝

① Ruskin, John. The Art of England [M]. London: George Allen. 1904, p. 121

惜地拿给小狗喝。小狗突然变成了金河王，将百合花中的三滴甘露滴进了小弟弟的水瓶里。小弟弟将甘露滴进了金河，只听见河水在地下潺潺流动，等他回到宝谷时，干涸的河床里重新流淌着清澈的河水，宝谷在流水的滋润下恢复了生机，重新成为美丽、富饶的花园和粮仓，这才是真正的金河，而“黑兄弟”变成了河里的两块黑石头。

从生态批评的角度看，《金河王》以新颖的童话视角向人们揭示了人类自身的贪婪和无节制地掠夺自然资源将无可避免地导致生态危机。如果说小弟弟前两次把圣水献出来是出于对自己同类的爱心，那么最后把水给动物喝就具有特别的象征意义，象征着平等地对待大自然的万物。故事中善良的小弟弟尽管备受两个哥哥的欺辱和虐待，却始终保持着纯朴的爱心，终于获得金河王的帮助，使遭到毁坏的“宝谷”地区恢复了往日的美丽和富饶。人类对养育自己的大自然的爱体现为人类的生态意识。人类的贪婪和无节制的掠夺性开采终将导致严重的生态危机和灾难。两个哥哥——“黑兄弟”不懂得珍惜富饶美丽、风调雨顺的家园，他们的恶行激怒了代表自然力的西南风先生，只有在以小弟弟的道德重建行为使自然之神露出笑脸以后，小矮人才将金河水引进宝谷，从而恢复了这里的生态平衡。

作为一个建筑美学和美术绘画学者，《金河王》的艺术表现手法具有“文字绘画”的特征。从《金河王》故事的开篇伊始，作者就通过文字构建的视觉意象为读者展现出一幅极其生动的故事背景地的景观：

在古时候，斯提利亚一个偏僻的山区地带，有一个极其富饶的山谷，山谷的周围是陡峭高耸的岩石山，山上常年覆盖着积雪，有好几条激流从山顶急流而下，其中有一条从西边顺着陡峻的山崖倾泻而下，山崖非常高峻，当太阳落山后，周围的一切都变得很暗，而这条瀑布上仍然闪耀着金灿灿的阳光，因而看起来好像是飞流而下的一条金河，所以，周围居住的人们称它为金河。①

故事主人公格拉克在两个凶狠无情的哥哥把自己的金杯放进熔炉熔化后，

---

① 罗斯金《金河王》，李翠亭译，花山文艺出版社，2000

感到非常郁闷，此时作者为读者呈现了这样一幅画面：

“现在正是傍晚，格拉克坐在窗户前，他看见了山顶上的岩石，夕阳西下，岩石变得又红又紫；火一样的云舌又红又亮，在岩山周围燃烧着、颤动着，这条比周围任何东西都亮的金河，像一根波浪形流动的水柱，自上而下流过一道又一道峭壁悬崖，金水柱上空，横跨着一道宽宽的双层紫色彩虹，深紫和淡紫相互衬托着。”

《金河王》所蕴含的罗斯金的政治经济学思想，体现了罗斯金的政治经济学观点和生态批评观念，当时的罗斯金已觉察到工业化的结果不仅会使人沦为机器，而且将造成各种社会问题以及对大自然的污染、破坏——他的童话小说《金河王》在特定意义上揭示了这一主题。

第五章
查尔斯·金斯利和他的《水孩儿》

查尔斯·金斯利（Charles Kingsley，1819—1875）出生于英国德文郡的赫恩小镇，是家中长子，童年是在德文郡的克洛夫利和北安普顿的巴纳克两地度过的。在中学读书期间他对自然科学，尤其是植物学和地理学产生了浓厚兴趣，与此同时他对于文学写作也颇有热情，写了一些诗歌。1838 年秋天金斯利考入剑桥大学，在玛格达琳学院学习。毕业后金斯利成为一名牧师，1842 年被任命为汉普郡埃弗斯利的教区牧师。由于积极投身社会活动，尽力改善教区民众的工作、生活和教学条件，1844 年金斯利被任命为埃弗斯利教区的教长。1860 年至 1869 年他担任剑桥大学的历史教授。1873 年，他被任命为英国著名的西敏寺大教堂牧师。作为学识渊博的学者型作家，他的文学创作包括小说、诗歌、戏剧、游记和评论等。金斯利创作的小说包括现实问题小说、历史小说和幻想小说。他在达尔文进化论等新思想的影响下创作的幻想故事受到儿童和青少年读者的欢迎。1855 年，金斯利根据希腊神话写出了《格劳库斯，或海岸边的奇迹》（*Glaucus*，*Or the Wonders of The Shore*），1856 年他又发表了

《希腊英雄们》（*Heroes*，1856），讲述少年英雄柏修斯、提修斯以及阿耳戈英雄们的故事。1863 年，他的童话小说代表作《水孩儿》（*The Water Babies*）出版了，这部作品使他在英国儿童文学第一个黄金时代作者群中占有一席之地。

《水孩儿》讲述的是一个名叫汤姆的扫烟囱小男孩经历在水中变形和回归陆地的故事。这本书的广泛流行促使英国政府制定出相关法律，废除了雇佣儿童来清扫烟囱的做法。作者善于把自己最擅长的对大自然的描写融入故事中，将自己创造的幻想世界向孩子们娓娓道来。

穷孩子汤姆孤苦无助，不会读书，也不会写字，只能去做扫烟囱的脏活苦活，在人世间受尽欺侮虐待，尤其遭受他的老板兼师傅格林姆的百般虐待。有一次格林姆指派汤姆到富人哈特霍维尔爵士府上打扫烟囱，他在劳作时不小心从烟囱里掉到了爵士女儿的房间，看到了圣洁美丽的艾莉小姐。再看自己肮脏不堪的模样，顿时自惭形秽，感觉无地自容，恨不能马上找一个可以清洗自己的地方。睡梦中的艾莉小姐被惊醒了，发出一阵惊叫声，吓得汤姆赶紧从窗口逃走。人们误以为他是个劫贼而穷追不舍。惊慌失措的汤姆逃到河边，失足掉进了水中，失去了知觉。他不知道，一直在引导着他的水中仙后已经把他变成了一只水蜥蜴：

“醒来的时候，他发现自己正在小河里游来游去，身子只有大约 4 英寸长，精确一点只有 3.87902 英寸长，喉头腮腺四周长了一圈外鳃，就像水蜥蜴的外鳃一样可以吸附在别的东西上面。他以为这是花边装饰，最后用手拉了拉，发现很痛，这才认定是自己身体的一部分，最好不要去碰。”

汤姆身体的蜕变是他获得新生的开端，河水的洗涤把一个从不洗澡的黑不溜秋的扫烟囱男孩变成了一只洁净的水蜥蜴。在仙女的指引下，汤姆在水中经历了一系列的奇遇与历险，对大海的渴望使他不断向前行进，终于游入大海成为水孩儿。失足落水的艾莉小姐也来到海中，成为一个水孩儿。她在水中结识了许多水下动物，以及许多和她一样的水孩儿。后来她被送到一个岛上接受教育，那里有个“自作自受”夫人，根据孩子们的表现给予奖惩；还有个“以己所欲施之于人”夫人，她把善心仁爱赋予孩子们的内心深处。在那些仙女和艾莉的帮助下，汤姆渐渐改正了自己的缺点，在道德和知识方面成长起来。在仙女的指点下，他还帮助曾经让自己受难的师傅格林姆悔改了过去的恶行。就这样，汤姆完成了自己在水下经受磨难和锻炼、改过自新的使命，他重返陆地，成为一个大科学家。

这个故事汲取了希腊神话中渔夫格劳库斯（Glaucus）的蜕变因素。格劳库斯原本只是一个靠打鱼为生的普通渔夫。有一天，他把打上来的一网鱼倾倒在一个河心小洲岸边的草地上，只见那些半死不活的鱼儿突然间在草丛中焕发了活力，拍着鳍，蹦跳着跃进了海水之中。格劳库斯在惊讶之余也将地上青草拔起来放进嘴里尝一尝。突然间他感觉全身发热，再也无法抑制心中跳跃的冲动，于是纵身跳进大海。河里的水神殷勤地接待了他，海洋大神俄克阿诺斯和忒西斯决定用百川之清流洗去他的凡胎俗气，顿时就有上百条河流向他冲刷过来，他一下子昏迷过去。当他苏醒过来时，他发现自己从形体到精神都彻底改变了。他的头发变成海水般的绿色，在身后流动；他的肩变宽了；他的股和腿变成了鱼尾的形状，他变成了一个"半路出家的水神"。汤姆的蜕变与此非常相似，只不过更具有童趣。当然，这部小说还体现了作者的童话教育主义：通过童话叙事对现代社会的阶级现状、文明弊病和生硬教育方式等进行了抨击，颂扬了正直、善良、慷慨、无私、真诚、勤劳、勇敢、信任等美好品质，鞭挞了邪恶、虚伪、暴虐、贪婪、自私、狡猾、懒惰、欺骗、怯懦等丑陋品质和行为。作者向人们表明，崇尚想象力的童心主义并不排斥理性的教育主义，表明卓越的想象力完全能够与教育目的结合起来。

另一方面，金斯利的《水孩儿》明显受到了达尔文进化论观念的影响。扫烟囱男孩汤姆从残酷的现实世界遁入幻想的水下世界，经历了从小河游向大海，由肮脏的扫烟囱男孩蜕变为洁净的水蜥蜴，再由水蜥蜴进化为水孩儿，最后回到陆地上成为大科学家的进化旅程。作者直面人世间的苦难和贫富悬殊现象，直面苦难童年产生的恐惧，通过受到达尔文生物学和宇宙学影响的进化论视野来审视这些恐惧，并且通过童话叙事表现出来。

第六章
“乘着北风遨游”：
乔治·麦克唐纳和他的《在北风的后面》[①]

乔治·麦克唐纳（Gorge Macdonald，1824—1905）出生于阿伯丁郡亨特利镇的一个农村家庭，从小在当地乡村小学里接受教育。在阿伯丁郡的乡村一带，盖尔语神话和旧约故事广为流传，孩提时代的麦克唐纳自然受到这样的文化氛围的熏陶。19 世纪 40 年代初，麦克唐纳进入阿伯丁郡大学深造，毕业时获得道德哲学和自然科学硕士学位。1850 年，他成为位于英格兰西萨塞克斯郡阿伦德尔市的一名牧师。1851 年，麦克唐纳与路易莎·鲍威尔（Louisa Powell）结婚，婚后育有 11 个子女。值得提及的是小儿子格雷维尔·麦克唐纳（Dr Greville MacDonald，1856—1944），他接受的是医学教育，日后成为著名的鼻科专家，还担任过英国医学协会鼻科分会的会长。由于受到父亲的影

---

① 感谢蒲海丰博士提供的帮助。

响，格雷维尔对于文学创作和研究情有独钟，他为儿童写了一些幻想小说，同时还进行文学批评活动，发表了《宗教意识与科学之维》（*The Religious Sense and the Scientific Aspect*）等著述，以及评论诗人威廉·布莱克的《威廉·布莱克的理智》（*The Sanity of William Blake*）。他还编辑了一份名为《葡萄园》（*The Vineyard*）的文学刊物。格雷维尔还对父亲生前的作品进行整理，出版新的版本，并且发表了传记《乔治·麦克唐纳夫妇传记》（*George MacDonald and His Wife*，1924）。

乔治·麦克唐纳的文学创作可分为三类：诗歌、现实主义作品和幻想文学作品。主要诗歌作品包括长篇悲剧诗《里里外外》（*Within and Without*，1855）、《诗集》（1857）、《信徒及其他诗歌》（*The Disciple and Other Poems*，1867）、《异国情调》（*Exotics*，1876），等。主要小说作品有《大卫·爱尔琴布洛德》（*David Elginbrod*，1863）；用苏格兰方言撰写的带有作家本人自传色彩的《亚历克·福布斯》（*Alec Forbes*，1865）和《罗伯特·福尔科纳》（*Robert Falconer*，1868）；《马尔科姆》（*Malcolm*，1875），《道纳尔·格兰特》（*Donal Grant*，1883）等。

麦克唐纳的幻想文学作品包括为成人创作的幻想小说和为儿童创作的童话作品。前者主要有幻想小说《幻想家》（*Phantastes*，1858）、道德寓言《莉莉丝》（*Lilith*，1895）等。麦克唐纳为儿童创作的幻想作品为他赢得了广泛声誉，也对后来的英国儿童文学产生了重要影响。这些作品包括19世纪60年代发表的童话《轻盈公主》（*Light Pricess*）和《白昼男孩和夜晚女孩》（*The Day Boy and the Night Girl*）；1871年发表的童话小说《在北风的后面》（*At the Back of the North Wind*），1872年发表的《公主和地精》（*The Princess and the Goblin*），1877年以连载形式发表的《公主和柯迪》（*The Princess and Curdie*）。此外，他为儿童创作的作品还有《拉纳德·巴内曼的童年》（*Ranald Bannerman's Boyhood*，1871）、《聪明女人》（*The Wise Woman*，1875）等。

《在北风的后面》是麦克唐纳的儿童幻想小说的代表作，影响深远。全书共有38章，串联起38个故事。小说的背景是维多利亚时代的伦敦城，主人公是一个名叫小钻石的男孩。他的家庭非常贫穷，父亲是个马车夫。一天夜里，就在小钻石似睡非睡之时，北风刮了进来，成为闯入小钻石家中的不速之客。就这样，披着一头长长秀发的北风女士和小钻石成了一对朋友。小钻石还有另一个朋友，那就是家中那匹名叫“老钻石”的骏马。小钻石栖身的干草房的板壁上有一个洞口，那是北风进入的门户，也是主人公从现实世界进入幻想世界的门户。后来的英国幻想小说作家们进一步发掘这个通往幻想世界的门户，如刘易斯·卡罗尔的“兔子洞”，C. S. 刘易斯的“魔橱”和J·K·罗琳的位于国王十字车站的“$9\frac{3}{4}$”站台，等等。北风通过这个门户进入后，小钻石就进入了幻想世界。每到夜晚，北风就会前来看望小钻石，带着他遨游天际。北风时常带着小钻石四处游历，飞越宽阔的草地，掠过城市的教堂，跨越浩瀚的海洋。当北风在空中飞行时，小钻石就躲在她漫天飞舞的长发中，一动不动。北风有时平静安详，躺在她的怀里感觉十分温暖；有时却显得非常狂躁，秀发舞动，顷刻间就卷起可怕的风暴，掀翻海上的大船。北风温柔的善良女神形象只展现给那些她认为善良的人们面前，而对于那些心怀邪恶之心的人她就显示出毫不留情、摧枯拉朽的一面。北风还与小钻石讨论人世间的美与丑、善与恶、生与死等问题。

乘着北风遨游苍穹的小钻石发生了很大的变化，他帮助妈妈照看弟弟，给他唱悦耳动听的儿歌，让全家人感到十分快乐。在爸爸生病卧床时，小钻石就自己赶着骏马老钻石出去干活挣钱，帮家里渡过难关。他尽力帮助身边的每一个朋友，大家都喜欢他，把他看作上帝的天使。北风的出现让小钻石的人生发生了难以言说的变化，与扫烟囱的男孩汤姆被水中仙女变成水孩儿一样，穷人的孩子具有更多的悲悯之情，具有更多的普世情怀。小钻石对于前往北风的背后产生了一种难以名状的向往。终于有一天，梦想变成了现实，北风永远地带走了他。“他们以为他死了，但我知道他去北风的背后了”。

《公主和地精》是麦克唐纳另一部重要的儿童本位的童话小说。公主艾琳一出生就被寄养在一个小村庄里。这个小村庄周围的山上尽是大大小小的洞穴，就在这些洞穴里居住着长相奇特、没有脚趾的可怕小地精。他们只在夜间出没，与人类为敌。由于他们的祖先与老国王有宿怨，他们非常怨恨生活在地面上的人们，尤其痛恨公主的父王，一心一意要通过挖掘隧道把公主抢走。地精们还想制造洪水来淹没矿井，消灭那些矿工。聪明的矿工柯迪奋起反抗，与地精展开了一场场惊心动魄的斗争。地精们制订了两套行动方案：如果绑架公主的行动失败，他们就凿开地下水库和溪流的源头，让大水漫进矿井，卷走矿工。柯迪和矿工们在地精挖通的地方筑起坚固的石墙，阻挡洪水。但地精们挖掘的通向国王住房的隧道变成了洪水的出水口，国王、公主和所有人都面临着致命的危险。在洪水即将卷来的紧要关头，柯迪指引人们逃到安全之处。最后的结局是，所有地精都被他们自己制造的洪水淹没了。故事情节紧张惊险，扣人心弦，但又充满温馨。《公主和柯迪》是《公主和地精》的续篇，讲述的是柯迪被公主艾琳的太祖母派往国王居住的城堡，去粉碎居心叵测的御医试图谋杀国王的阴谋，并清除邪恶的大臣和背叛的仆人的故事。

乔治·麦克唐纳还提出了值得当今人们关注和研究的童话文学观。他在《奇异的想象力》（*The Fantastic Imagination*，1893）一文中探讨了童话的本质，他认为童话奇境是一个充满想象力的国度："一个自己的小世界……具有它自己的替换性法则，但这个世界必须与更广大的、真实的世界的道德和伦理法则相契合。"他对童话叙事、对童话小说的最重要特征做了如是阐述："一旦从它的自然和物理法则的联系中解放出来，它潜在的各种意义将超越字面故事的单一性：童话奇境将成为一个隐喻性、多义性的国度，在这个奇妙的国度，'艺术越真实，它所意味的东西就越多'。"麦克唐纳揭示了童话故事无限丰富的含义，是童话故事内含的普遍性心理意义，这些因素能够唤醒麦克唐纳所说的那些"潜藏在不可理喻之领域的力量"。

第七章
狄更斯的“苦难童年”叙事

卡尔·马克思对查尔斯·狄更斯有很高的评价，认为以狄更斯为代表的“现代英国的一批杰出的小说家”通过卓越的、描写生动的作品，“向世界揭示的有关政治和社会真理，要比所有职业政客、政治家和道德家加在一起所揭示的还要多”。① 而从另一个角度看，狄更斯是19世纪第一个把英国浪漫主义诗人所讴歌的儿童形象转化为批判现实主义小说所书写的主人公的杰出作家。对于19世纪以来的英国儿童文学，狄更斯做出的最大贡献就是他对于儿童的描写，对于苦难童年题材的大力开拓。

查尔斯·狄更斯（Charles Dickens，1812—1870）出生在英格兰南部的海港城市朴茨茅斯市郊的兰德波特，在家中子女中排行老二，父亲约翰·狄更斯是海军军需办事处的小职员。查尔斯的母亲受过良好教育，对于查尔斯的读书识字帮助极大。查尔斯天资聪颖，喜欢看书，年幼时期就读遍了家中藏有的所

① 《马克思、恩格斯论艺术》，第二卷，北京：中国社会科学出版社，1983年，第296页。

有文学名著，这对于他日后的写作有很大的影响。由于父亲嗜酒贪杯，喜好与同事交际应酬，而家中子女众多，家境日趋窘迫，终至入不敷出，难以为继，只得靠举债度日。由于欠下大量债务，约翰·狄更斯被关进债务人监狱。一家人无房可居，不得不随之迁到监狱处居住。狄更斯后来将这种“监狱家庭”的悲惨遭遇写进了他的小说《小杜丽》中。正是由于家境穷困，幼年的狄更斯被送到伦敦一家鞋油作坊当学徒，每天工作 10 个小时。这噩梦般的童年经历让他终生难忘。在全身心投身文学写作之后，狄更斯用饱含深情的笔触把个人的辛酸童年升华为苦难童年的文学叙事，表达了对所有弱小穷困者的悲悯，对一切压迫者和压榨者的愤慨，唤起了人们对童年的关注，对社会责任的反思。15 岁时，狄更斯进入一家律师事务所当学徒，后来当上了民事诉讼法庭的审案记录员。20 岁时，狄更斯担任了一家报社派驻议会的记者，专事采访和报道下议院活动的工作。只断断续续上过几年学的狄更斯办了一张大英博物馆的借书证，利用业余时间看书学习。凭着刻苦自学和艰辛努力，他逐渐在写作上崭露头角，于 1836 年开始发表描写伦敦街头巷尾日常生活的特写集《博兹随笔》。同年，他开始陆续发表连载小说《匹克威克外传》（*The Pickwick Papers*），不久便引起轰动，从此踏上职业创作的道路。狄更斯是个非常勤奋的作家，一生创作了大量作品，包括 14 部长篇小说，20 余部中篇小说，数百篇短篇小说，一部特写集，两部长篇游记，一部《儿童的英国史》，以及大量演说词、书信、散文、诗作等。

查尔斯·狄更斯在他的小说中令人难忘地描写了英国中下层社会种种触目惊心的贫困与混乱情景，尤其揭示了儿童作为拜金主义社会的牺牲品所承受的精神和物质生活的双重苦难。批评家波尔赫默斯指出了狄更斯在小说中描写儿童的重要性：“正是查尔斯·狄更斯，而不是任何其他作家，使儿童成为道德关注的重要主题；作为一个小说家，狄更斯所做的贡献没有什么比他对于儿童的描写更具影响力的。为了认识和揭示生活的故事，理解和想象孩子们遭遇了什么事情是必要的。”① 事实上，狄更斯在他的众多小说中呈现了令人难忘的儿童群像——小说《奥利弗·特威斯特》（*Oliver Twist*，汉译为《雾都孤儿》）中的主人公奥利弗·特威斯特，他的坎坷童年，他在济贫院里的一声哀求“先生，请再给我一点稀饭”让无数读者流下眼泪；小说《尼古拉斯·尼克尔贝》（*Nicholas Nickleby*）中的斯迈克，他是约克郡一所寄宿学校的学生，饱受校长斯奎尔斯一家人的欺凌和虐待；小说《老古玩店》（*The Old Curiosity Shop*）中的主人公小耐尔，一个美丽纯洁的少女，与外祖父相依为命，她悲凉凄苦的命运，以及她不幸夭折的悲惨结局让无数读者垂泪不已；中篇小说《圣诞颂歌》（*Christmas Carol*）中的小蒂姆，鲍勃·克拉特契特的小儿子；小说《董贝父子》（*Dombey*）中大资本家董贝的一对儿女，保尔·董贝和弗洛伦斯·董贝；小说《大卫·科波菲尔》（*David Copperfield*）中的主人公大卫·科波菲尔的奋斗历程和情感经历让人感动；小说《荒凉山庄》（*Bleak House*）中男爵夫人的私生女埃丝特·萨莫森，以及负责打扫卫生等杂务的乔；小说《小杜丽》（*Little Dorrit*）中杜丽先生的小女儿艾米·杜丽，她的全家老少因无力偿还债务而被监禁于伦敦的监狱之中，备尝苦楚；小说《远大前程》（*Great Expectation*）中的孤儿皮普，得到姐姐一家的抚养，但在特定环境的诱惑下丧失了原有的淳朴天性，历尽沧桑和磨难之后方才认识到铁匠姐夫的善良与关爱，认识到人间的真情，开始新的生活；《艰难时世》中，国会议员、商人葛擂更的女儿露意莎和儿子汤姆在父亲的“事实原则”和“实用原则”信条的管教下，走上了一条失败的人生道路……

如果要把狄更斯的主要作品一一进行简述，将花费很长的篇幅。从总体上看，狄更斯的小说创作体现了英国现实主义文学的伟大传统，作者善于通过夸张、巧合、悬念和戏剧化手法述说故事，感人至深，发人深省；感伤之余往往

---

① Robert. M. Polhemus, Lewis Carroll and the Child in Victorian Fiction. In The Columbia History of the British Novel. Ed. John Richetti (Foreign Language Teaching and Research Press, Columbia University Press, 2005), p. 593.

又流露出幽默趣味，极富阅读和欣赏价值。对于英国儿童文学，狄更斯为这一时期英国城镇少年儿童的苦难命运大书特书，具有重要的文学史意义。《雾都孤儿》中的奥利弗·特威斯特在济贫院的贫民习艺所里终日劳作，食不果腹，只因为在喝完少得可怜的稀粥后请求再添一点，竟然被当局视为犯上作乱的坏孩子，要严加惩罚；《老古玩店》中，失去父母的少女小耐尔与外祖父相依为命，外祖父开了一家古玩店，尚可维持生计。但外祖父沉溺赌博，中了奸商的圈套，不仅破了产，而且还使小耐尔陷入被人抢走霸占的危险之中。为了摆脱坏人的魔掌，祖孙两人趁着黑夜逃出伦敦。在逃亡路上，小耐尔备尝劳累艰辛，还要为外祖父不时重操赌博恶习而伤心忧虑，终于不幸夭折。事实上，深爱着外孙女的老人之所以执迷于赌博，不是因为染上了难改的恶习，而是想为外孙女挣一笔钱，以便让她在自己死后能够安身立命，免于受冻挨饿。几天后，老人也心力交瘁，死在外孙女的墓碑之前。《大卫·科波菲尔》中的主人公大卫是一个遗腹子，与母亲相依为命。本来母子俩还有亡父留下的一小笔遗产和一座房屋，可以过上衣食无忧的生活。但自从凶残贪婪的商人麦得孙通过欺骗手段与大卫母亲结婚之后，母子俩便遭受了无妄之灾。继父麦得孙把同样凶残歹毒的姐姐叫来当管家，在两个恶人的摧残之下，大卫时常遭到毒打，还被送进一所外地的寄宿学校，母子分离。大卫的母亲被折磨至死。母亲死后，大卫又被送到一家货栈当童工。不堪压榨和压迫的大卫下定决心逃出虎口，经过长途跋涉之后，终于找到了自己唯一的亲人姨婆，苦尽甘来。作为狄更斯苦难童年叙事的重要作品之一，该小说对大卫童年遭受的苦难寄予无限的同情。这部小说带有作者的自传成分，但作者并没有拘泥于原有的经历，而是在现实生活的基础上进行了充满想象力的创作。《小杜丽》也是根据作家幼年的家庭经历而创作的。威廉·杜丽先生因为负债而被送进马夏尔西监狱，他的妻子带着一对儿女也住进了监狱。一段日子以后，杜丽先生的小女儿艾米在监狱里出生了，人称小杜丽。她善良、懂事，在母亲去世后，年方 8 岁的小杜丽就担负起照顾全家人的责任。但她的父亲和哥哥姐姐却变得越来越自私，把小杜丽的无私奉献视为理所当然的事情。不难发现，在作者对小杜丽的描述中映照着作者自己的身影。在《远大前程》中，皮普是个孤儿，从小便生活在姐姐家中。姐姐脾气火爆，时常动手打人。而姐夫乔是个乡下铁匠，心地善良，对性格粗暴的妻子始终逆来顺受。乔很喜欢皮普，两人是推心置腹的好朋友。皮普对自己的生活状态感到满足，也准备像姐夫一样，成为一个自食其力的铁匠。然而当他偶然间结识了当地贵妇郝薇香小姐的养女艾丝黛拉之后，他的想法彻底改变了，他想做一个体面的绅士，走进艾丝黛拉的生活。但他不知道，新婚之夜遭到抛弃的郝薇香小姐之所以收养艾丝黛拉，是为了报复男人，而他只是一个被玩弄和报复的对象而已。不久，有人匿名出资送他到伦敦上学，接受良好的教育。皮普自认为这个出资人就是贵妇郝薇香小姐。到伦敦后，原本淳朴善良的皮普变得越来越虚荣了，甚至变得虚伪起来，成为一个忘恩负义的年轻人了。一心要成为绅士的皮普与姐夫乔之间的距离也越来越大。终于有一天，皮普知道了那位出资人的真相，原来他就是皮普小时候帮助过的一个逃犯，而且他就是艾丝黛拉的亲生父亲。这逃犯后来被流放到澳大利亚，靠养羊挣了一大笔钱，决心报答好心的皮普，这才有了皮普到伦敦接受绅士教育的事情。如今这逃犯私自返回英国，按照法律要受到绞刑处决。结果逃犯被抓，但在临刑之前病故了。逃犯的全部财产被没收，皮普顿时从天上跌落人间，不仅身无分文，而且欠下大笔债务。在巨大的变故打击之下，皮普病倒在床。在危急关头，姐夫乔日夜守护在皮普的床边，精心照料，而且还用自己所有的积蓄替他还清了债务。病愈之后的皮普认识了人间的真情与善恶，决心掀开生活中新的一页，靠诚实的劳动，过踏实的生活。多年后，皮普返乡寻旧，来到已故贵妇郝薇香小姐的旧居前，居然遇见了他曾经深深爱慕过的艾丝黛拉。如今的她在饱经沧桑和受够了不幸婚姻折磨之后，成了一个孀妇。两人的心终于贴近了。这部小说描述了主人公皮普在人生道路上经历的心理发展过程，生动传神地呈现了一个本质上天真无邪、淳朴善良的苦孩子如何随着经济和社会地位的变化而发生变化，变得是非颠倒，虚荣虚伪，甚至忘恩负义了。

由于小说叙事的巨大容量，与浪漫主义诗歌对童心和童年的讴歌相比，狄更斯对于苦难童年题材的书写。更具有广度和深度，更具有认识的价值和意义。狄更斯本人童年受到伤害的经历是他创作的原动力，他采用批判现实主义的写作手法，捕捉英国工业革命时期形形色色的童年和人生，进行了苦难童年题材的书写。他以生动感人的艺术形象激发读者的愤慨、同情和热爱，在鞭挞自私、贪婪、残暴、压榨的同时，以理想主义和浪漫主义的笔触挖掘人性中的真、善、美，将历尽坎坷与磨难的儿童形象铭刻在无数读者的头脑之中，促使人们去感受和认识以各种形式遭受伤害和磨难的孩子们，去追溯童年的心理状况。在特定的意义上，无论是狄更斯的浪漫现实主义的童年书写，还是卡罗尔用幻想文学的方式书写童年，他们都是殊途同归的，是对在动荡年代里逝去的以童年为象征的理想王国的追寻和挽留。此外，狄更斯的文学成就在于融合了高雅文学和大众文学，其流畅优美的文学叙述及其富有吸引力的故事性对于后世的儿童文学作家产生了深刻影响，从伊迪丝·内斯比特到琼·艾肯、利昂·加菲尔德等一大批作家都受到他的影响。

第八章
卡罗尔的“幻想童年”叙事：徜徉在童年奇境的“爱丽丝”

刘易斯·卡罗尔的两部“爱丽丝”小说是英国儿童文学黄金时代最杰出的代表作之一。自问世以来，“爱丽丝”小说引发了人们持久的兴趣和关注，成为言说不尽的经典之作。通过童话叙事书写童年，通过小女孩爱丽丝在奇境世界和镜中世界的经历，作者革命性地拓展了传统童话叙事的艺术空间和容量。

在成为《爱丽丝奇境漫游记》的作者之前，人们所认识的刘易斯·卡罗尔（Lewis Carroll）名叫查尔斯·路特威奇·道奇森（Charles Lutwidge Dodgson，1832—1898），是牛津大学基督堂学院的数学教师。刘易斯·卡罗尔于1832年出生于英国柴郡达尔斯伯里（Daresbury），父亲是一名牧师，早年毕业于牛津大学，后在位于柴郡达尔斯伯里的一个教区担任教长。在11个兄弟姐妹中，刘易斯·卡罗尔排行老三，他虽然有些口吃，但他天资聪颖，又勤奋好学，学习成绩十分优异。在家里，多才多艺的他理所当然地成为家中的“孩子王”，为姐妹和弟弟们讲述故事成为他的拿手好戏。从1846年至1850年，卡罗尔在约克郡的拉格比公学读书，随后考入牛津大学基督堂学院。他以全班数学第一的成绩毕业，并由此获得一份奖学金，成为数学专业的研究生和助教，随后留在基督堂学院任教。从 19 世纪 50 年代开始，卡罗尔对于当时新兴的照相机和拍摄技术产生了浓厚兴趣，很快就成为一名技术娴熟的业余摄影师。有评论家认为，卡罗尔之所以对摄影如此痴迷，是因为这是一种对于现实的人际关系的替代；而另一个重要原因则是这使他能够通过一种令人敬重的方式去结识新朋友。[①] 事实上，从 1856 年开始，卡罗尔就因摄影爱好而结识了基督堂学院院长亨利·利德尔家中的几个小姑娘，从此开启了他与利德尔小姐妹的友情之旅，那一年排行老二的爱丽丝年仅四岁。

卡罗尔自幼爱好写作，从 1855 年就开始向《喜剧时代》（*The Comic Times*）杂志投稿，该杂志后来改名为《列车》（*The Train*）。1856 年，24 岁的道奇森正式采用了"刘易斯·卡罗尔"（Lewis Carroll）这个笔名发表作品——这标志着年轻的数学教师道奇森向童话作家卡罗尔的转变。这个名字是从他的本名 Charles Lutwidge Dodgson 演绎而来。"Lewis"来自"Lutwidge"的拉丁语"Ludovicus"，然后转化为英语。"Carroll"则来自"Charles"的拉丁语"Carolus"。而"Dodgson"则在《爱丽丝奇境漫游记》里变成了那只独出心裁地安排大伙进行"团队赛跑"并且郑重其事地主持颁奖仪式的渡渡鸟（Dodo）。作为牛津大学的数学教师，卡罗尔的专业领域包括几何学、线性代数和数学逻辑。卡罗尔终生未婚，这与丹麦童话大师安徒生非常相似。卡罗尔的身体状况并不良好，而且他还有偏头痛的毛病。这也产生了一个有趣的话题：在当代医学界，得名于童话小说《爱丽丝奇境漫游记》的"爱丽丝梦游仙境综合征"（Alice in Wonderland Syndrome，简称 AIWS），在医学临床诊断上用于描述一种少见的引发偏头痛的先兆症状。这种症状与出现在《爱丽丝奇境漫游记》中某些情节非常相似。人们可以推断，卡罗尔在创作这部童话时可能

---

① Carpenter，Humphrey. Secret Gardens：A Study of the Golden Age of Children's Literature. Boston：Houghton Mifflin Company，1985，p. 51

受到自己偏头痛经历的影响。卡罗尔的其他重要作品还有《梦幻中的人们和其他诗歌》（*Phantasmagoria and Other Poems*，1869）、《追捕蛇鲨怪》（*The Hunting of the Snark*，1876），长篇叙事诗《西尔维亚和布鲁诺》（*Sylvia and Bruno*，1889—1893），等。

1862 年 7 月 4 日，一个金色的午后，卡罗尔和他的朋友、牛津大学的研究生罗宾逊·达克沃斯（他后来成为西敏寺大教堂的教士）一同带着基督堂学院院长利德尔膝下的三姐妹泛舟美丽的泰晤士河，进行了一次惯常的漫游。那一年卡罗尔 30 岁，风华正茂；爱丽丝小姐年方 10 岁，天真可爱。卡罗尔一行乘坐的小舟从牛津附近的弗里桥出发，抵达一个叫戈德斯通的乡村，行程大约是 3 英里；然后 5 人上岸歇息、喝茶。这次泛舟之旅之所以意义重大，是因为三个小姑娘不仅像往常一样要求卡罗尔给她们讲故事，而且在旅游结束后，二小姐爱丽丝突然提出要求，请卡罗尔先生为她把讲述的故事写下来。多年后，卡罗尔还清楚地记得当时的情形以及故事手稿的诞生，他说那是“无法抗拒的命运的呼唤”。在那些令人愉快的郊游经历中，卡罗尔为利德尔姐妹讲了许许多多的故事，“它们就像夏天的小昆虫一样，喧闹一场，又悄然消亡。这一个又一个故事陪伴着一个又一个金色的午后，直到有一天，我的一个小听众请求我把故事给她写下来。”在此后的两年间，为了实现自己的承诺，他把讲述的故事写了下来，打印成手稿，再配上自己画的插图，取名为《爱丽丝地下游记》，并在 1864 年将它作为圣诞节礼物送给爱丽丝。也许是对自己的杰作不无得意之处，他带着手稿去造访好友麦克唐纳一家，并且为他的几个孩子拍摄照片，留下了格雷维尔·麦克唐纳和他的三个姐妹的合影，而格雷维尔鼓励卡罗尔出版其《爱丽丝奇境漫游记》一事则成为英国儿童文学史上的趣闻。当时麦克唐纳太太翻开《爱丽丝地下游记》的手稿为孩子们朗读起来，结果很受孩子们欢迎。格雷维尔·麦克唐纳当时年仅 6 岁，他后来回忆说，“道奇森叔叔”带着他的手稿到家里做客，“妈妈为我们朗读了他的手稿《爱丽丝地下游记》，我听后大声叫好，并疯狂地拍着自己胖乎乎的小手，所以他首次产生了出版这部手稿的想法。”① 今天人们还可以观赏到当年卡罗尔登门造访时为乔治·麦克唐纳的孩子们所拍摄的照片。当然，在好友的劝说下，卡罗尔对手稿进行了扩充（如增加了《小猪与胡椒》一章中关于公爵夫人厨房的场景以及《癫狂的茶会》一章中的疯帽匠的癫狂茶会等）、修订和润色，再请著名插图艺术家约翰·坦尼尔为其绘制插图，然后送交出版社。1865 年《爱丽丝奇境漫游记》正式出版。7 年以后，《爱丽丝镜中世界奇遇记》（*Through the Looking - Glass, and what Alice found there*）出版。就创作过程而言，“爱丽丝”故事一方面体现了口传童话故事的民间文化因素（现场性、亲密性、互动性），另一方面体现了有卓越才思的作者经过文字加工后的艺术升华，这两者的结合在特定意义上体现的是历久弥新的童话本体精神与现代小说艺术相结合的产物。现实生活中的小女孩爱丽丝通过卡罗尔的童话叙事成为永恒童年的象征。恰如作者在其童话小说的扉页题诗中所言，两部“爱丽丝”小说是作者奉献给儿童，奉献给人类童年的“爱的礼物”。

《爱丽丝奇境漫游记》讲述的是，在 5 月的一个夏日，小女孩爱丽丝追随一只白兔而跳入地下世界后遭遇的奇事。当时她跟姐姐一块坐在静静流淌的泰晤士河岸边。姐姐在读一本书，可爱丽丝对那本“既没有插图又没有对话”的图书毫无兴趣，当时又没有什么别的事情可做，天气又热——她渐感疲倦，不觉悄然入梦——就在这时，一只眼睛粉红的大白兔穿着一件背心，掏出一块怀表，一边自言自语地说它要迟到了，一边急匆匆地从爱丽丝身边跑了过去。出于儿童天然的好奇心，爱丽丝毫不犹豫地追赶上去。她看见兔子跳进了矮树下面的一个大洞，也不假思索地跳了进去。这个兔子洞一开始像隧道一样，笔直地向前，后来又突然向下倾斜，爱丽丝慢慢地往下坠落，最后落在地下世界的一堆树叶上，进入了一个充满荒诞色彩的童话奇境。尽管发生在这个世界里的事情不合逻辑，滑稽古怪，但凡事充满童趣。这里有许多情态各异、童心未泯

① Darton, F. J. Harvey. Children's Books in England: Five Centuries of Social Life. Cambridge: Cambridge UP, 1958, p. 272.

的动物、禽鸟，如满腹冤屈而又非常神经质的小老鼠，自称年纪比爱丽丝大，知道的东西当然比她多，但又拒绝说出自己年龄的鹦鹉，颇有主见，喜欢指挥众人行动的渡渡鸟，抓住一切机会向子女说教的老螃蟹，以及鸭子、喜鹊、小鹦鹉和雏鹰［鹦鹉（Lory）和雏鹰（Eaglet）是爱丽丝的两个姊妹名字的谐音］，等等。爱丽丝发现自己居然可以同它们亲密地交谈，没有任何障碍，好像从小就跟它们认识似的。在这个奇异的世界里还有目中无人、态度傲慢、抽着水烟筒，开始一声不吭，然后又突然开口说话，连声质问的毛毛虫，有顽童般的三月兔，有疯疯癫癫的制帽匠，有嗜睡如命的榛睡鼠，有后来作为陪审员出庭的小蜥蜴比尔，有不时咧着嘴傻笑而且时隐时现、神出鬼没的柴郡猫，有唉声叹气、两眼含泪、伤心欲绝但言不由衷的假海龟，有看似明白事理，但总是随声附和假海龟、呵斥爱丽丝的狮身鹰面怪兽，有脾气怪僻、为人虚伪的公爵夫人，更有一个性情残暴，动辄就下令砍掉别人脑袋的红心王后，以及她的丈夫——那个缺乏主见、偏听偏信但心地不坏的红心国王，当然还有国王和王后统治下的扑克牌王国的形形色色的随从及园丁…… 这无疑是一个充满童趣的荒诞美学映照下的童话奇境。《爱丽丝镜中世界奇遇记》讲述爱丽丝出于对镜中影像世界的好奇，穿越镜面，进入镜中世界后发生的故事。她发现这里的一切都是颠三倒四，难以理喻的。溪流和篱笆将整个大地分隔为一张巨大无比的棋盘，爱丽丝也身不由己地变成了一个棋子，进入一场棋局之中。在经历了种种奇遇之后，爱丽丝终于抵达了棋盘的第八格，成为头戴王冠的女王。在镜中世界，爱丽丝遭遇了形形色色的怪人、怪物和怪事：一开始，爱丽丝向不远处的山坡走去，打算到山顶后俯瞰一下她路过的花园，但无论她如何努力，就是无法抵达目的地，走来走去总要回到原来出发的地方；而后当爱丽丝要走近红王后时，她也无法从正面接近王后，而必须从相反的、远离王后的方向行走才能走近王后；花园里会说话的花儿；火车上那声音微弱，只能在爱丽丝耳边说话的小蚊子；行为怪诞的白衣骑士；狮子和独角兽 ……两部“爱丽丝”小说都出现了众多作者自撰的词语，出现了作者精心设计的语言游戏，都对当时流行的儿歌、童谣进行了匠心独运，妙趣连连的模仿改写。例如爱丽丝在进入镜中屋后看到了一首反写的怪诗《杰布沃克》，爱丽丝本能地感到这首怪诗讲了一个了不起的故事，但究竟是什么故事她并不清楚。诗中那些作者自创的怪词让人感到既怪僻又熟悉，在音、意、相诸方面都富于荒诞之美。至于书中众多的“提包词”（混成词）更是一大特色。

两部“爱丽丝”小说自问世以来，一直受到世人及批评家的关注。在相关研究领域，人们先后从文学、心理学、哲学、数学、语言学、符号学、历史、医学、影视、戏剧、动画、科幻小说、超现实主义、现代主义和后现代主义文化等视野去审视和探讨它们，各种理论阐述与发现层出不穷。尽管如此，这两部小说至今仍然没有被说尽，仍然是一个言说不尽的“文学奇境”和“阐释奇境”。尽管身处19世纪英国工业革命时期变革大潮涌动的社会之中，但卡罗尔终其一生所追求的是与儿童为伴。正是对爱丽丝的喜爱之情促使作者创作出了这两部经典之作。卡罗尔的想象力在与小女孩的交往中得到激发和释放，同时他也在很大程度上从工业革命的变化中汲取了能量，并且通过童话叙事表达了那个时代充满矛盾的希望和恐惧，以及以象征形式表达的希望改进现实生活的美好愿望。而且，正是那些蕴涵在活泼清新的童话叙事中的开放性的、充满哲思的现代性与后现代性文学因素造就了两部“爱丽丝”小说奇妙的阐释性，它们能够激活人们的心智和想象，使之成为跨越儿童文学领域言说不尽的经典文本和“阐释奇境”。

第九章
开拓充满童趣的幻想天地：伊迪丝·内斯比特及其创作

在儿童幻想小说创作领域，伊迪丝·内斯比特在题材、表现手法和篇幅容量等方面进行了大力拓展，不仅推动了维多利亚后期英国童话小说创作的持续发展，而且对20世纪的英国儿童幻想文学创作产生了深刻影响。

伊迪丝·内斯比特（Edith Nesbit，1858—1924）出生在伦敦，父亲是一个农业化学家，曾在伦敦郊区开办过一所农业专科学校。内斯比特是家中5个孩子当中最小的一个，但不幸的是，在她3岁时，父亲因病去世，抚养全家的重担就全部压在妈妈身上。童年的这一经历对内斯比特产生了难以忘怀的影响。在她日后的许多故事里，主人公的父亲要么总是离家在外，要么已经去世，这几乎成为一个显著的背景特征。1875年17岁的内斯比特发表了自己的第一首诗作。1880年内斯比特结婚成家，丈夫是主张社会改良主义的费边社的创始人之一休伯特·布兰德。内斯比特的早期作品是与她的丈夫共同创作完成的，并且以“费边·布兰德”的笔名发表。内斯比特本人同情社会主义，也是费边社的发起人之一，她还经常在家中为工人们举行活动（如为他们演哑剧、开圣诞舞会等）。

在以巴斯特布尔一家几个孩子为主人公创作的写实性儿童故事获得成功之后，内斯比特开始为著名的英国小说杂志《河岸》（*The Strand*）以及别的一些报刊撰写童话故事，并分别在1899年和1901年以《巨龙之书》（*The Book of Dragons*）和《九个奇异的儿童故事》（*Nine Unlikely Tales for Children*）为名结集出版。1902年，她在《河岸》杂志上发表了第一部童话小说《五个孩子与沙地精》，由此开启了以同一"集体主人公"串联起来的三部曲系列童话小说的成功之旅。随后的两部作品便是在这份杂志上发表的《凤凰与魔毯》（1904）和《护符的故事》（1906）。这三部曲的卓越之处在于作者将传统的童话魔法因素自然地融入当代儿童真实生动的生活之中，从而丰富了当代童话小说创作的题材和手法。作者的另一部童话小说《魔法城堡》（*Enchanted Castle*，1907）是根据自己的童年经历写成的，只不过运用了幻想文学的叙事手段。《亚顿城的魔法》（*The House of Arden*，1908）和《迪奇·哈丁的时空旅行》（*Harding's Luck*，1909）也是不凡之作，匠心独运地运用了超越时空之旅的叙事模式。《神奇之城》（*The Magic City*，1910）是根据作者幼年喜爱用房屋积木搭建微型城堡的经历写成的。此外，内斯比特还创作有《格林故事》（*Grim Tales*，1893）、《领航员》（*The Pilot*，1893）、《七条龙》（*The Seven Dragons*，1899）、《新寻宝奇谋》（*The New Treasure Seekers*，1904）、《三位母亲》（*The Three Mothers*，1908）、《小淘气鬼》（*These Little Ones*，1909）、《沉睡者》（*Dormant*，1911），等作品。尽管内斯比特从事写作的初衷是成为诗人，而且她也为成人读者写了大量作品，包括小说、剧本以及恐怖故事等等——但她就像丹麦的安徒生一样，是作为童话小说作家而载入英国文学史册的。

内斯比特为儿童创作的作品基本上可分为两大类：一类是写实性儿童生活故事，描写现实生活中孩子们如何为改变家中的生活窘境而在家庭内外进行各种冒险行动的故事。另一类是幻想性的童话小说，描写由于精灵、魔物或魔法因素的介入而引发的现实生活中孩子们的奇异历险故事。写实性小说的主要代表作有关于巴斯特布尔一家的《寻宝的孩子们》（*The Story of the Treasure*

Seekers, 1899)、《淘气鬼行善记》(*The Wouldbegoods*, 1899)以及《铁路边的孩子们》(*The Railway Children*, 1906)等，这些小说大多取材于作者自己童年的生活经历，只是叙述得更加生动，更富于戏剧性和故事性，是作者“吐露心曲”的写实性儿童文学故事。其中最具代表性的是《寻宝的孩子们》。巴斯特布尔一家居住在伦敦城里的一条街上，家中有6个孩子。孩子们的母亲去世了，父亲生了一场大病，谁知人心难料，他的生意合伙人竟然卷走公司所有钱款，逃到国外去了。这个家庭一时间陷入困境之中，生活境遇每况愈下。为了减轻父亲的负担，改善家里的经济状况，几个孩子开始谋划进行各种寻宝致富行动，包括在家中的地面上挖掘宝藏；去做业余侦探挣钱；写诗投稿赚稿费；去寻找和搭救“公主”以期获得回报；采用江湖“土匪”的手段向人借钱；去应征广告(“任何女士或先生都可以利用闲暇时间轻松赚到两镑周薪”)，通过广告地址购买什么“阿莫若牌”雪利酒，然后想方设法推销出去；以及发明感冒药，等等。所有这些行动都源自孩子们的善良愿望，而且充满童稚和童趣，但它们在现实中总是出现令人啼笑皆非的结果。从总体看，内斯比特的这些现实主义儿童小说不仅富有鲜明活泼的儿童情趣，而且通过孩子们的道德意识与社会认知能力的提升将儿童世界的游戏精神与面对现实的成长需求结合起来，具有积极的思想意义和艺术魅力。

当然，内斯比特对儿童文学的最大贡献来自于她创作的幻想性小说系列。通过创造性地汲取和升华传统童话因素，让“很久很久以前”的幻想世界的人物和魔法、宝物等进入了现代英国社会孩子们的日常生活，作者创作出了对后人产生很大影响的经典性童话小说，其代表作包括《五个孩子和沙地精》(*Five Children and It*, 1902)、《凤凰与魔毯》(*Phoenix and Carpet*, 1904)和《护符的故事》(*The Story of the Amulet*, 1906)系列，以及《魔法城堡》(*Enchanted Castle*, 1907)、《亚顿城的魔法》(*The House of Arden*, 1908)、《迪奇·哈丁的时空旅行》(*Harding's Luck*, 1909)等着重表现跨越时空题材的儿童幻想小说。

《五个孩子与沙地精》(*Five Children and It*, 1902)是描写同一集体主人公(一家5个孩子)的三部曲系列的第一部，具有重要的开拓意义。随后的两部是《凤凰与魔毯》（*Phoenix and Carpet*，1904）和《护符的故事》（*The Story of the Amulet*，1906）。《五个孩子与沙地精》是从一个搬家的日子开始讲述故事的。这一年的暑假伊始，西里尔、安西娅、罗伯特、简以及家中才两岁的弟弟“小羊羔”，一起乘坐马车赶往位于海滨的新居。爸爸、妈妈为维持全家的生计而外出谋事了，这兄妹五人便和保姆住在这新居里。为了打发时间，孩子们到附近的沙滩玩耍。有一天他们在沙坑里发现了一只已昏睡千年的沙地精：它胖乎乎的身体，小小的脑袋，脑袋上长着一双蜗牛般凸起的眼睛，一对蝙蝠式的耳朵，身上乱蓬蓬的毛发看上去就像猴子一样。当然，它拥有神奇的魔力，能够满足孩子们向它提出的任何愿望——不过这魔力只能持续一天，每当太阳落山时魔力便会消失，一切又恢复常态。孩子们提出的都是发自内心的愿望，但它们又是幼稚的，总是让他们陷入尴尬的境地之中。他们希望变得比原来漂亮，但由于样貌的改变而被保姆拒之门外，无法回家，还要忍饥挨饿；他们希望拥有很多钱，但获得的古金币无法使用，还差点被警察带走审查；他们希望拥有能飞翔的翅膀，结果如愿飞到教堂塔楼的顶端后却被困在那里，无法脱身；以及罗伯特变成了巨人，两岁的小弟弟变成20多岁的年轻人，凡此种种，都给他们带来了意想不到的尴尬和烦恼，甚至深陷困境，狼狈不堪……正是在这种有限制的魔法作用下，孩子们经历了一系列既喜出望外、惊心动魄，又令人啼笑皆非甚至狼狈不堪的奇遇。这正是内斯比特童话的高超之处。魔法固然神通广大，令人向往，但又必须加以限制，这种平衡具有独特的奥妙：它一方面让孩子们相信魔力会使平凡的生活变得丰富多彩；另一方面又能够让他们在无意识层面感到魔力也有局限而不能过分依赖幻想的魔力。孩子们通过沙地精的魔法而经历了奇异的或惊险的人生境遇，体会到了各种改变带来的欣喜、震惊、惶恐、懊悔等情感，从而获得了对生活的更多理解，获得了心灵的成长。

《凤凰与魔毯》的故事发生在《五个孩子与沙地精》之后，背景是孩子们位于伦敦的家中，主人公仍然是西里尔、安西娅、罗伯特、简和小弟弟“小羊羔”这兄妹5人。在这一年11月5日的“篝火之夜”即将到来之际，孩子们将儿童娱乐室的地毯烧坏了。妈妈买了一条新地毯来替换它。谁料这新毯子里居然卷着一个金灿灿的大蛋，随后这个怪蛋滚入炉火中猛然爆裂开来，从中飞出一只会说话的金凤凰！而那条地毯是一条产自波斯的会飞的“如意魔毯”，能带他们到任何想去的地方。于是凤凰成了孩子们的新伙伴，孩子们乘坐飞毯前往世界各地的神奇历险就此展开。这些经历丰富多样，惊险刺激，能够极大地满足儿童读者向往远游历险的愿望。

在《护符的故事》（*The Story of the Amulet*，1906）中，爸爸、妈妈和小弟弟都在异国他乡，四兄妹就寄住在过去的保姆家中。有一天，几个孩子在城里一家动物商店里偶然发现了他们的老朋友沙地精。沙地精让孩子们到一家古董店去买一个神奇的石头护符，它可以实现孩子们的愿望。但遗憾的是他们买到的护符只有一半，另一半已不知去向。而要启动护符的魔法功能就必须找到另外一半，与之合璧。于是追寻另一半护符的跨越时空的旅行就此展开。孩子们先后经历了各种神奇的历险：①回到8000年前的埃及尼罗河畔，目睹了古埃及人拿着精良的燧石矛头和石斧投入战斗的场面；②来到2500年前的巴比伦古城，见到了巴比伦王后。③前往早已消失的大陆亚特兰蒂斯，孩子们亲眼目睹了海啸和火山将整个亚特兰蒂斯大陆毁于一旦、惊心动魄的最后时刻。在一个星期之后，他们又回到古埃及的寺庙去寻找另一半宝物，却与它失之交臂。既然每次回到“过去”的时空去寻找另一半护符都无果而终，孩子们决定到“未来”的时空去探个究竟。这次孩子们出现在“未来的”大英博物馆，果然在玻璃陈列柜里看到了完整的护符，但无法拿到它们（因为那毕竟是“未来”的时光）。从大英博物馆出来后，儿兄妹发现他们熟悉的伦敦发生了翻天覆地的变化，这可能就是内斯比特所勾画的“费边社”乌托邦社会主义的图景。接下来，孩子们又去了“不远的将来”，见到了他们以前认识的一位文化考古学者。根据学者提供的信息，孩子们通过护符登上了一艘靠近泰尔港的航海船，在船上见到了那位在胸前挂着另一半护符的古埃及法老的祭司。后来祭司出现在学者的房间里，他俩的灵魂最终合二为一。根据学者的提议，孩子们终于找到了完整的护符，而此时他们心中最大的愿望也实现了——就在这一天，爸爸、妈妈和小弟弟全都回来了。这是一个具有开拓意义的“时间探险”故事，作者在叙事方面采用了“狂欢化时空压缩与延宕”的时间艺术：当前的一分钟等于“过去”的几十年，乃至上百年——用沙地精的话说，“时间和空间只是一种思想形态”，只要能展开幻想的翅膀，就可以心游万仞，跨越古今，而且不会花费当前多少时间（孩子们可以在当前的片刻间完成在古埃及或古巴比伦的惊心动魄的探索之旅，还不会错过保姆准备的下午茶点）。

内斯比特的儿童幻想小说所具有的童趣化和现代性特征，所呈现的少年儿童的现实生活与精神活动空间的广度和多样性，所运用的“集体主人公”的叙述视野，等等，体现了内斯比特幻想小说的艺术成就。其经典性因素可以表述如下：①通过作为集体主人公的孩子们的视野，通过呈现他们的家庭环境及其心理活动，作者真实而艺术地描绘了维多利亚时期的少年儿童所处时代的生活图景，可以使读者毫无障碍地认可这一图景的真实性，并且进入主人公的生活世界和精神世界。②通过敞开时空阀门预设了广阔的历险和认知空间。从作者生活的时代出发，从此时此刻的当下进入其营造的童话乌托邦世界，也可以回到过去，回到远古，或者进入“最近的未来”及遥远的未来。也是人类认知的包容性特点。既可以回到过去的历史时空，也可以前往未来的时空，极大地拓展了儿童幻想文学的活动天地，揭示了内斯比特童话世界的包容性特点。③通过幻想文学的方式对维多利亚时代的社会现实进行了批评，表露了作者的乌托邦社会主义思想。这也是新马克思主义批评家杰克·齐普斯所说的童话乌托邦精神。事实上，内斯比特通过栩栩如生的“在场的叙述”来呈现那些根据客观经验应当“不在场的”的过去和未来的地点、人物、事件等等，通过神奇而有限制的魔法让小读者获得心灵的解脱，通过激发他们的想象，使他们认识到如何才能明智地生活，怎样才能按照共同的美好愿望去推动生活，克服对生活的恐惧和麻木感。这无疑具有积极的社会意义和丰富的审美功能。从宏观上看，内斯比特幻想小说体现的童趣化和生活化特征足以与卡罗尔的“爱丽丝”小说体现的文学性、哲理性乃至后现代性等经典品质构成一种互补关系。它们与同时代的其他优秀作品共同造就了英国维多利亚和爱德华时期英国儿童文学的第一个黄金时代的广度、深度和高度。

第十章
杰出的女性童话作家群体

在维多利亚及爱德华时代的英国童话文学创作的阵营中，女性作家成为卓有建树的重要方阵。她们的创作构成了该时期童话文学创作的半壁江山，为英国童话小说突破道德说教的藩篱而异军突起，为英国儿童文学第一个黄金时代的到来做出了不容忽视的重要贡献。伊迪丝·内斯比特只是其中的杰出代表之一。从民俗文化的视野看，女性与童话文学之间存在着一种天然的密切联系。在民间童话的口述传统中，“鹅妈妈”和“邦奇大妈”早已成为家喻户晓的女性故事讲述者的代名词。女性不仅是民间童话的重要讲述者，而且也是文学童话的重要创作者。女性内心生活的丰富多彩使她们的想象更为细腻、生动。女性作家对于具象性的生活画面尤其敏感。而从社会政治的角度看，置身于性别歧视的男权社会，女性作家有更多的精神诉求和情理表述，有更充足的理由去寻求对心灵创伤的慰藉，对社会不公的抗议，有更急迫的需求去获得自我生命的超越。而构建一个理想的童话乌托邦就是她们最好的文学表达。

事实上，从维多利亚时代到爱德华时代，英国女性童话小说作家群进行的创作为英国童话小说的兴起和发展做出了特殊贡献。诗人塞缪尔·柯勒律治的女儿萨拉·柯勒律治（Sara Coleridge，1802—1852）创作的《凡塔斯米翁》（*Phantasmion*，1837）讲述帕姆兰德国王凡塔斯米翁的历险故事，充满浪漫传奇色彩。小说中出现了爱情与阴谋、寻找与搏斗、正邪之间的生死较量，还有超自然精灵的介入等元素。这个故事被认为是第一部用英语创作的童话小说。①

凯瑟琳·辛克莱（Catherine Sinclaire，1800—1864）出生在苏格兰爱丁堡，父亲是慈善家、政治家约翰·辛克莱爵士。作为作家，她既为成人写作，也为儿童写作。她创作的《假日之家》（*Holiday House*，1839）彻底背弃长期盛行的道德故事的说教传统，采用成人介入书中的方式讲述了旨在娱乐儿童读者的幻想故事。她在该书的序言中热情地赞扬了童话故事和幻想文学，并且意味深长地指出：

“在这个奇妙的发明的时代，青年人的心灵世界似乎面临着沦为机器的危险，人们竭尽一切所能用众所周知的常识和现成的观念去塞满儿童的记忆，使之变得像板球一样；没有留下任何空间去萌发自然情感的活力，自然天资的闪光，以及自然激情的燃烧。这正是多年前瓦尔特·司各特爵士对作者本人提出的警示：在未来的一代人中，可能再也不会出现大诗人、睿智之士或者雄辩家了，因为任何想象力的启发都受到人为的阻碍，为小读者写作的图书通常都不过是各种事实的枯燥记述而已，既没有对于心灵的激荡和吸引，也没有对于幻想的激励。”

《假日之家》出版后很受欢迎，又重新印刷了好几次。在童话表现艺术上，凯瑟琳·辛克莱的童话创作带有英国儿童幻想文学创作起步阶段的特征。

弗朗西斯·布朗（Frances Browne，1816—1879）出生在爱尔兰，在家中12个孩子中排行第7。不幸的是，她的双眼在婴孩时期就失明了。后来她是通过每天晚上听兄弟姐妹们高声朗读课本来识字的。就这样她凭着坚强的毅力，

---

① Clute, John and John Grant, The Encyclopedia of Fantasy, New York: St. Martin's Press, 1997, p. 210.

同时凭借自己的想象力走出了黑暗的世界，成为诗人和小说家，并且创造了一个属于她自己的童话王国。1856 年，她发表了为孩子们创作的短篇童话集《奶奶的神奇椅子》（*Granny's Wonderful Chair*，*Collection of Short Stories for Children*）。其中最具影响力的就是这个同名故事。故事的主人公是一个从小失去双亲的美丽善良的小女孩，人称“小雪花”，她与年迈的奶奶相依为命，住在大森林边上的一个小屋里。奶奶发脾气的模样非常吓人，所以又称为“冰霜婆婆”。她每天都坐在一把椅子上纺纱，以此卖钱度日。有一天奶奶要出远门，便把那神奇椅子的秘密告诉了小雪花。这把椅子不仅可以给小女孩讲故事，而且还可以带着她飞到任何她想去的地方。奶奶走后，小雪花靠椅子讲述的故事度过了孤单的日子。眼看家中的粮食快吃完了，小雪花决定去找奶奶。这把神奇的椅子把她带到了一座大森林，那里有许多工人拿着斧子砍伐大树。原来这里的国王要为他的独生公主举办持续 7 天的盛大的生日宴会。小雪花从来都没有见过皇家盛宴，在好奇心的驱使下她乘着椅子飞进了国王的宫殿。于是一个惊险、精彩的故事随着小女孩和她的神奇椅子的到来而展开了。这个幻想故事的细节描写非常生动，令人难忘地展现了小雪花的善良和单纯，以及王后、公主和大臣等人的贪婪。

马洛克·克雷克（Mulock Craik，1826—1887）作为诗人和小说家在诗歌、小说和散文创作方面都有所建树，但她始终没有忘记为儿童读者写作。她在1863 年发表的《仙子书》（*Fairy Book*），是传统风格的童话故事。她的童话小说代表作有《地精布朗尼历险记》（*The Adventures of a Brownie*，1872）和《瘸腿小王子》（*The Little Lame Prince*，1876）等。《瘸腿小王子》是传统童话题材的故事。主人公多洛尔是诺曼斯兰王国的王子，一个非常漂亮的小王子，然而他的命运却很悲惨：在他的洗礼仪式上，负责抱他下楼的宫廷侍女一时失手，小王子在大理石楼梯的台阶上摔了一下，结果被摔断了脊椎，从此成了一个无法正常行走的瘸子。就在王子洗礼仪式正在举行之际，久病卧床的王后去世了。又过了两年，国王也去世了。本来就心怀不轨的亲王，即小王子的叔父趁机篡夺了王位，随即将小王子囚禁在一片荒原上的一座孤塔中。幸运的是，自从小王子离开王宫，住进这园塔之后，小王子就再也没有病过，而且也有充足的时间去反思生活的意义和生命的价值；在女巫教母的引导下，小王子可以借助飞行斗篷出行，能够去接触那些生活在社会最底层的普通民众。他终于在心智和道德层面上明白了发生在他本人、他的家族以及这个国家的事情。在经受了难以想象的磨难并获得精神洗礼之后，多洛尔王子成长为一个高尚的少年，一个最优秀的王子。当15岁的小王子重登王位以后，他决心尽最大的努力使民众生活得幸福、安乐。他确实做到了这一点。血统高贵的小王子在经受了悲惨的命运和磨难之后终于得到了精神和道德意识的升华——这样的题材在王尔德的童话《星孩儿》和《少年国王》中得到唯美主义的新阐述。而瘸腿小王子突破肉体病痛的禁锢，进入精神世界的自由王国的历程在内斯比特的《迪奇·哈丁的时空旅行》（*Harding's Luck*，1909）关于瘸腿孤儿迪奇·哈丁的奇特命运的故事中，得到令人难忘的表现。

安妮·伊莎贝拉·里奇（Anne Isabella Ritchie，1837—1919）是著名作家威廉·萨克雷的女儿，当年萨克雷本人的童话小说《玫瑰与戒指》（*The Rose and the Ring*，1855）就是为了娱乐自己的两个女儿而创作的。安妮·里奇在1863年发表了小说《伊丽莎白的故事》，并获得好评。她在传记文学方面也取得了很大的成就，主要体现在为奥斯丁、丁尼生、罗斯金、罗伯特·布朗宁和伊莉莎白·布朗宁等作家和诗人所撰写的传记。在童话写作方面，她主要受到父亲及法国多尔诺瓦夫人作品的影响，她很推崇多尔诺瓦夫人的童话，还在1895年出版了《多尔诺瓦夫人的童话故事》。她一方面对传统童话进行改写，发表了改写童话《小红帽》《林中睡美人》《美女与野兽》《杰克和豆茎》《小风头里凯》等，基本上都是为成人读者创作的，目的是对维多利亚时代的社会风尚进行评说。另一方面，她又创作了《五个老朋友与一个青年王子》（*Five Old Friends and a Young Prince*，1868）和《蓝胡子的钥匙和其他故事》（*Bluebeard's Keys and Other Stories*，1874）等儿童文学幻想作品。安妮·里奇的童话故事都具有共同的特征：采用传统童话的因素，故事设置在现实主义的背景中，对当代风尚和习俗进行逼真描写，涉及与女性有关的问题，表现道德主题。

女诗人、小说家吉恩·英格罗（Jean Ingelow，1820—1897）出生在英格兰北部的林肯郡，父亲是一个银行家。英格罗在诗歌创作方面也取得了很大成就，以至于当时有喜爱她诗歌的人在“桂冠诗人”丁尼生去世后向女王奏议，提请授予她新一任英国“桂冠诗人”的称号。英格罗创作的《仙女莫普莎》（*Mopsa the Fairy*，1869）是一部中篇童话小说，被看作维多利亚时代最早的女性主义成长小说之一。故事讲述小男孩杰克跟着保姆外出散步时，在一棵大山楂树的树干上发现了一个很大的树洞，而且还仿佛听见里面传出呼唤他名字的清脆叫声。于是杰克就像中国晋代那位忽逢桃花林的武陵捕鱼人一样——或者更直接地，就像小姑娘爱丽丝跳进兔子洞一样——钻进了树洞，发现里面居然住着一群可爱的小仙子。于是善良的杰克便骑在一只鹈鹕的背上，带着小仙子们返回属于她们自己的仙境，从而经历了一系列历险行动。旅途是沿着一条河展开的，象征的意义上这条河就是一条生命之河。小仙子们非常小巧，但智力超群，其中一个名叫莫普莎的仙子在经过一系列历险之后成为了仙后。在行进路上，杰克教仙子莫普莎学习人类所使用的字母，她只用了一个晚上就把它们完全掌握了。把仙子们送回仙境之后，杰克又飞了回来，回到自己安全的家中。

克里斯蒂娜·罗塞蒂（Christina Rossetti，1830—1894）是先拉斐尔派诗人、画家但丁·加布里耶尔·罗塞蒂的妹妹。由于受到母亲的影响，克里斯蒂娜成了虔诚的英国国教教徒。克里斯蒂娜自幼年起就开始写诗，在创作中形成了自然清新、感情真挚、音韵优美的诗歌风格。她的代表性诗集包括《诗歌》（*Verses*，1847）、《妖精集市及其他诗歌》（*Goblin Market and Other Poems*，1862）、《王子的历程及其他诗歌》（*The Prince's Progress and Other Poems*，1866）和《童谣》（*Sing - Song：A Nursery Rhyme Book*，1872），等。其中《妖精集市》是用民谣格律写成的童话叙事诗，讲述劳拉和丽兹两姐妹在遭遇妖精叫卖极富诱惑的魔力水果后发生的故事。妖精们叫卖的水果非常丰富，包括苹果、柠檬、柳橙、李子、葡萄干、无花果、佛手柑，等等，鲜美甘甜，极其诱人；但它们就犹如希腊神话中的“食莲忘返果”（lotus），食用后就会迷恋上瘾，再也无法舍弃。受到诱惑的劳拉用自己的一缕金色秀发换取了妖精的魔果，大饱口福。此后劳拉便深深地陷入了对魔果的渴求之中，但由于吃过魔果的人再也听不见妖精的叫卖声，深受折磨的劳拉无法满足自己食果的欲望而生病卧床，痛苦不堪，奄奄一息。丽兹见状，毅然前往妖精集市，为劳拉买魔果。然而妖精们却要求丽兹在买之前必须先品尝一下，遭到她的严词拒绝。恼羞成怒的妖精们一拥而上，对她又打又骂，不仅挥鞭猛抽，拳脚相加，而且抓住魔果往她紧闭的双唇狠狠塞去。丽兹拼命挣扎反抗，终于从妖精的围殴中逃脱出来。跑回家中的丽兹顾不上浑身疼痛，赶紧叫劳拉吮吸自己脸上沾着的魔果果浆，劳拉因此而获救。除了这首童话诗，克里斯蒂娜还创作了独具特色、与众不同的童话小说《众声喧嚣》（*Speaking Likeness*，1874），分别描写了三个小女孩的遭遇，她们在性情上都显得很娇惯，脾气暴躁，做事偏激，任性，结果都不得不经历奇异而残酷的考验。其中，被宠坏的少女弗洛娜在自己的生日舞会上大吵大闹，行为放肆，随即又一气之下独自跑掉了。她在不知不觉间进入了一个无名的诡异之地（the Land of Nowhere），发现那里正在举行一个异样的充满喧嚣和愤怒的生日聚会。一个脾气火爆的女王在发号施令，一群模样古怪的孩子在玩暴力游戏，整个屋里一片恐怖的气氛。那些孩子浑身上下都插满了奇形怪状的羽毛，或者倒钩之类，模样恐怖，个个气势汹汹，咄咄逼人。在女王的喝令下，这群孩子对弗洛娜进行围攻。她不得不连续 3 次参加越来越暴烈的游戏，沦为被追逐对象，饱受折磨和考验。小说中的另一个小女孩内斯比特生性高傲，总认为自己能力超群，结果她用了整整一个下午都没能把水壶下面的炉火点燃。她感到非常焦虑的是，她连这么简单的事情都完成不了，一定会遭到亲戚、朋友等人的嘲笑，让他们看笑话。第三个小女孩玛吉则经历了一种“小红帽”式的旅程，她在寒冷的圣诞节前夜赶往医生家的路途上经受了三次诱惑。不过在遭到一群顽童仙子的围攻之后，她终于逃脱了，而且还保留着从顽童仙子那里得到的礼物——一只鸽子、一只小猫和一条小狗。从总体上看，这篇小说之所以与众不同，是因为它集中描写了少年儿童的负面或消极的性格因素。

玛丽·路易斯·莫尔斯沃思（Mary Louisa Molesworth，1839—1921）出生在荷兰，婚前的名字是玛丽·路易斯·斯图尔特。她回到英国后在曼彻斯特度过了孩提时代。玛丽在22岁时嫁给了理查德·莫尔斯沃思上尉，随后便跟随丈夫从一个军营迁往另一个军营。玛丽走上从事文学创作，尤其是儿童文学创作的道路与外祖母的影响有关。她在1894年写的一篇题为“我是如何写作儿童故事的”一文中回忆了外祖母如何给她讲述英国本土的民间童话，以及讲述外祖母本人及其子女们的真实故事。玛丽是一位多产的作家，一生创作了上百部作品。如今她是作为童话小说作家而被后人所铭记。她的《罗罗瓦的棕色公牛》（*The Brown Bull of Norrowa*）是对《美女与野兽》的改写，一改传统童话中作为女主人公的公主总是相貌美丽加温顺被动这样的形象，其笔下的公主不仅工于心计，而且身手敏捷矫健，胆子也挺大，不再像传统童话中的公主默默地忍受和等待，直到爱她的白马王子的出现；公主主动出击，大胆选择，多次冒险，显示出刚毅的男性气质。玛丽的最重要的童话小说是《布谷鸟之钟》（*The Cuckoo Clock*，1877）和《挂毯之屋》（*The Tapestry Room*，1879）。《布谷鸟之钟》讲述孤独的女孩格瑞西尔达遭遇了一只会说话的木头布谷鸟，于是在它的引导下经历了三次奇异的历险。小女孩格瑞西尔达被送到一个宁静而沉闷的小镇，与两个终生未婚的老姑妈住在一起。在她们居住的那幢老房子里，小女孩被楼下那个旧式布谷鸟座钟发出的声音迷住了，她相信座钟里的那只布谷鸟是有生命的，进而同布谷鸟说话，进行交流。于是在布谷鸟的指引下，小女孩开始了奇异的旅程，分别到了“频频点头的中国清朝人的国度”“蝴蝶之国”和“月球的另一边”，得以在童话的幻想奇境里大开眼界，纵情遨游，流连忘返。在经历了一系列奇遇之后，小女孩又返回现实世界，还结识了一个新近搬到附近的小男孩。在特定意义上，这个小女孩的奇境漫游故事就是一个女性作家笔下的“爱丽丝”奇境漫游记，而座钟里的布谷鸟精灵不仅预示着内斯比特笔下那个能满足孩子们愿望的沙地精的出现，而且预示着菲利帕·皮亚斯的《汤姆的午夜花园》（*Tom's Midnight Garden*，1958）的出现。《挂毯之屋》讲述的是英国男孩休和法国女孩让娜的故事，两个孩子被让娜房子里的一条奇异的挂毯带到一个魔法之地。与《布谷鸟之钟》相比，这个故事的现实背景显得更加模糊。在《布谷鸟之钟》里，小女孩与两个年迈的姑妈住在一起，她们心地善良，性格鲜明。而在《挂毯之屋》里，两个孩子身旁没有别的成人，孩子们有更大的自由度。这个故事的叙述比《布谷鸟之钟》显得更为复杂，有两个相互独立又相互关联的“故事中的故事”：一个是“美女和野兽”类型的故事，另一个是发生在100年前的关于这座房屋的故事。它与现实的疆界显得更加模糊，它的主题内容涉及双重自我（野兽与人）和双重空间（过去的房屋与现在的房屋）。相比之下，《布谷鸟之钟》更受少年读者的欢迎，故事既满足了现实社会中孩子们渴望走出有限制的封闭生活空间，去遨游世界的愿望，又契合少年儿童希望生活在安全稳定状态下的心理。就此而言，这也预示着内斯比特更加童趣化的“愿望满足故事”的出现。

朱莉安娜·霍瑞肖·尤因（Juliana Horatia Ewing，1841—1885）婚前的名字是朱莉安娜·霍瑞肖·盖蒂，她的母亲是知名作家玛格丽特·盖蒂（Margaret Scott Gatty），朱莉安娜走上文学创作的道路受到母亲的极大影响。朱莉安娜从小就显示出讲故事的才能，后来又成为母亲主办的杂志《朱迪大婶的期刊》（*Aunt Judy's Magazine*）的主要撰稿人。1962 年，朱莉安娜发表了她的第一部故事集《梅尔基奥的梦想》（*Melchior's Dream*）。1866 年，她成为《朱迪大婶的期刊》的主编。1867 年，朱莉安娜嫁给亚历山大·尤因少校，随后跟着丈夫到加拿大的军营待了两年。回到英国后，朱莉安娜发表了《地精布朗尼和其他故事》（*The Brownies and Other Tales*，1870），由著名艺术家乔治·克鲁克尚克（George Cruikshank）为该书绘制插图。这部故事集为她赢得了名声，使她成为维多利亚时期为儿童写作的主要女性作家之一。1882 年，她出版了故事集《传统童话故事》（*Old－fashioned Fairy Tales*）。作为儿童文学作家，朱莉安娜较之她的母亲在观念和写法方面有了很大的不同，她尝试从儿童的视角去看问题，而不是居高临下地将成人的价值观强加给儿童。此外，她在写作中对于道德问题采用了更加微妙，更富故事性和幽默感的叙述方式。就童话故事创作而言，她主张采用传统童话的题材和母题因素，如弱者如何智胜强者，

"愿望故事"的主人公如何出现失误，导致愿望落空等，但要写出新意。在《怪魔求婚记》（*The Ogre Courting*，1871）中，乡村姑娘莫莉家境贫寒，与父亲相依为命。由于没有嫁妆，莫莉一直没有出嫁。当地有个凶恶强悍的怪魔，时常采用威逼的方式强娶附近一带的民女为妻，婚后不久他的妻子就会莫名其妙地死去（怪魔剥削成性，嫁给他的女人都要干超常超重的家务活），到故事发生时，已经有几十个当地民女成了怪魔的牺牲品。当怪魔前来求婚之际，莫莉利用怪魔贪婪无度和爱占便宜的心理特点，答应嫁给怪魔，同时要求怪魔在婚前完成两个任务，以便婚后好好地、"节俭地"过日子。在完成莫莉交代的婚前准备工作的过程中，怪魔吃尽了苦头，而且身体也被冻坏了，最后他选择了逃跑，以避开他的"未婚妻"。莫莉通过智谋战胜了凶残霸道的怪魔，并且夺回了他用侵占和抢夺的方式积累起来的财物如牲畜、食物等。作者在故事中采用了许多口传民间故事的母题因素，而在叙述中对于生产劳作和居家度日的细节描写又真实生动地呈现了乡村生活的画面。

第十一章
贝特丽克丝·波特和她的幼儿童话《兔子彼得》

贝特丽克丝·波特（Beatrix Potter，1866—1943）是维多利亚时代晚期至爱德华时期的童话女作家，她与肯尼斯·格雷厄姆一样，为英国童话小说的第一个黄金时代的结束画上了有力的句号。

1866 年 7 月 28 日，贝特丽克丝·波特出生在伦敦一个家境殷实的中产阶级家庭，从小由一个苏格兰保姆照料，受的教育主要来自家庭女教师。贝特丽克丝还有一个弟弟，11 岁时被送进了寄宿学校，而她的父母平常都不在她的身旁，她也没有什么玩伴，生活中是个孤独的女孩。不过性情沉稳娴静的她并没有任何怨言，她喜欢家中饲养的各种宠物，如兔子、老鼠、鸟儿、蝙蝠、青蛙、蜥蜴、水龟，等等；她也非常喜欢家庭女教师的绘画课，而且很小就显露出惊人的绘画天赋，这对于她日后创作绘图名作《兔子彼得的故事》（*Peter Rabbit*，1901）打下了坚实的基础。她有时会到伦敦的各个艺术博物馆去游览，夏天则去英格兰北部的湖区游历。对艺术和大自然的热爱补偿了她的孤独生活，也为她的儿童文学创作提供了独特的视野和题材。她还时常以家中的那些宠物为主人公想象出许多故事。这些宠物日后成为《兔子彼得》系列中各种角色的原型。1893 年，贝特丽克丝给自己的家庭女教师的 5 岁幼子写信，以安慰当时处于病中的孩子。当考虑怎么下笔时她突然灵机一动，就给天性喜爱听故事的孩子讲个故事吧："从前有 4 只小兔子，他们的名字叫作'莽撞兔''拖沓兔''棉尾兔'和'彼得兔'。他们和妈妈一起住在一处沙滩的一棵非常高大的冷杉树的根部下面。"于是她在信中用图文相间的形式描述了顽皮的兔子彼得的历险故事。1901 年，她把这封信又借了回来，并着手对信中的故事内容进行了扩充，同时增加了黑白配图，然后投往出版商处，寻求出版。在连续遭到几个出版商的退稿之后，她自费印制了 250 本。1902 年，经过朋友的推荐，弗雷德里克·沃恩出版社（Frederick Warne and Co.）提出用彩色绘本的形式出版该书稿。该书正式出版后很受小读者的喜爱，出版商在 1902 年 8 月印刷了 8000 册之后，于同年 12 月再版印制了 20000 册，"彼得兔"的故事随之成为英国儿童文学的经典之一。在这之后的 15 年间，作者又接连创作了二十几本图书，包括《格罗西斯特的裁缝》（*The Tailor of Gloucester*）、《松鼠坚果金的故事》（*The Tale of Squirrel Nutkin*）、《小兔子本杰明的故事》（*The Tale of Benjamin Bunny*）、《两只坏老鼠的故事》（*The Tale of the Two Bad Mice*）、《蒂格·温克尔太太的故事》（*The Tale of Mrs. Tiggy – Winkle*）、《小猫汤姆的故事》（*The Tale of Tom Kitten*）、《稀松鸭杰迈玛的故事》（*The Tale of Jemima Puddle – Duck*）《滚圆的卷布丁》（*The Roly – Poly Pudding*）和《狐狸先生的故事》（*The Tale of Mr. Tod*）等名篇名作。一个世纪以来，"兔子彼得"系列始终处于畅销书之列，已经成为英国幼儿动物童话的传世经典。同刘易斯·卡罗尔一样，贝特丽克丝·波特既不善于也不愿意与成人交往，却非常喜欢与孩子们交朋友，而且非常喜爱动物。

作为贝特丽克丝的成名作和最具代表性的作品，《兔子彼得》继承了 18 世纪英国动物故事的传统，同时赋予作品新的时代精神，将自然历史及动物知识与童话叙事结合起来，再配以栩栩如生的图画，图文并茂，富有情趣。这一绘图本不仅令儿童读者爱不释手，而且能够吸引成人读者驻足观赏。作者通过拟人化手法来描写动物们的谈话、衣着、饮食和其他行为，故意模糊了人与动物之间的界限，这种艺术手法使《兔子彼得》与肯尼斯的《柳林风声》相映成趣。两者笔下的动物主人公都保留着动物的原生体貌以及各自的基本动作和行为特征，只不过都穿着衣服，而且与人类一样具有相似的家庭和社会人际关系。当然，它们与人类相比，是典型的弱者。

就幼童本位的配图动物故事而言，在贝特丽克丝的后继者中，多产女作家艾莉森·阿特利（Alison Uttley，1884—1976）的《小灰兔》系列和《小猪山姆》（*Sam Pig*）成为其中突出的代表。从象征意义看，兔子彼得就是一个具有冒险精神的顽童。他与自己遵规守矩的兄妹不同，具有叛逆精神，敢于闯入充满危险的、被禁忌的地方，那里是凶狠的麦克雷戈先生的园地，进去要面临极大的危险（彼得兔的父亲就被人做成兔肉馅饼吃掉了）。但可以享受到可口的嫩白菜。这也是彼得兔历经磨难走向成熟的重要场所。彼得兔闯入麦克雷戈先生的菜园后遭到疯狂的追捕，这一过程被描写得扣人心弦，惊心动魄，同时又极富童趣。彼得兔在奔逃中丢失了新外套，险象环生，好几次差一点就被暴怒的麦克雷戈先生逮住了。这实在让小读者为彼得兔悬着一颗心，捏着一把汗，童趣也随之跃然纸上，当彼得兔被醋栗藤蔓缠住时，读者不禁为他的新外套感到惋惜，那鲜艳的颜色、崭新的布料，好看的纽扣，如此细节令人赞叹不已。逃跑途中彼得兔遇到了一只老鼠，但他没有回答彼得兔的问话，因为他的嘴里含着一颗豌豆。麦克雷戈先生设置的稻草人更是遭到彼得兔的嘲笑。最后，逃过大劫大难的彼得兔筋疲力尽地回到家中，喝了妈妈调制的药汤——直到此时读者才松了一口气。尽管彼得兔是闯入者，但小读者毫无疑问是同情彼得兔的，无不为彼得兔的安危而牵肠挂肚，为彼得兔的脱险而倍感欣慰。这种情感就像小读者对于达尔的《了不起的狐狸爸爸》中的狐狸爸爸和三个农场主的泾渭分明的态度一样，他们全都同情和赞赏那个聪明的狐狸爸爸，他不仅智取了三个凶狠贪婪的农场主饲养的鸡、鸭、鹅，并且通过智谋战胜了发誓要“挖空整座山”，置狐狸一家老小于死地的三个农场主；同时鄙视和嘲笑那三个最吝啬小气、最阴险卑鄙、最凶狠歹毒的农场主。小读者对于麦克雷戈先生的态度同样如此，只不过还没有达到对那三个贪婪的农场主的憎恨程度——这当然是英国童话小说的后话了。

第十二章
反讽·颠覆·创新：王尔德的童话世界

奥斯卡·王尔德（Oscar Wilde，1854—1900）是维多利亚时期英国文坛的一位怪杰，文学成就斐然，独领风骚。就童话创作而言，王尔德似乎在不经意间涉足早已高手林立的英国童话小说园地，居然出手不凡，以两本短篇童话故事集在这一时期的童话画卷中留下了引人注目的一页。

王尔德于1854年出生在爱尔兰都柏林的一个名医之家，是家中次子。他的父亲威廉·王尔德不仅是眼科和耳科权威专家，而且对文学和考古学也很有研究。王尔德的母亲珍·法兰西丝卡是个女诗人、政论家。1871年，17岁的王尔德获得都柏林三一学院的奖学金，在那里度过了三年的学习时光。1874年，王尔德进入牛津大学的莫德伦学院学习，专攻古典文学。在牛津大学期间，王尔德开始了自己最初的文学创作活动。1888年5月，王尔德发表了童话集《快乐王子与其他故事》，1891年，王尔德发表了第二部童话集《石榴之家》。在很大程度上，王尔德童话创作的成功对于他写作自信的增强和写作风格的形成，乃至作家生涯的突飞猛进都有着密切的关系。一方面，童话创作使王尔德在英国文坛上有了名气，被视为有影响、有实力的作家。英国《典雅》杂志认为他足以和丹麦作家安徒生相提并论，并且赞美他的童话集是“纯正英语的结晶”。另一方面，王尔德对自己的文艺观有了更深入的思考。王尔德的主要作品还包括《社会主义制度下人的灵魂》（*The Soul of Man Under Socialism*, 1891 年）、《道林·格雷的画像》（*The Picture of Dorian Gray*, 1891）、《温德米尔夫人的扇子》（*Lady Windermere's Fan*, 1892）、《无足轻重的女人》（*A Woman of No Importance*, 1892）、《理想的丈夫》（*An Ideal Husband*, 1895）和《认真的重要性》（*The Importance of Being Earnest*, 1895）。其他作品及著述还有剧本《薇拉》（*Vera*, 1880）、《帕都瓦公爵夫人》（*The Duchess of Padua*, 1893）、《莎乐美》（*Salomé*, 1893）；诗作有《诗集》（*Poems*, 1881）、《狮身人面像》（*Sphinx*, 1894）、《雷丁监狱之歌》（*The Ballad of Reading Gaol*, 1898），以及书信集《深渊书简》（*De Profundis*, 1897）等。

1888 年 5 月出版的《快乐王子和其他故事》（*The Happy Prince and Other Tales*, 1888）收有五篇童话：《快乐王子》（*The Happy Prince*）、《夜莺与玫瑰》（*The Nightingale and the Rose*）、《自私的巨人》（*The Selfish Giant*）、《忠诚的朋友》（*The Devoted Friend*）、《了不起的火箭》（*The Remarkable Rocket*）。1891 年 12 月，王尔德的第二部童话集《石榴之家》（*A House of Pomegranates*）出版，收有 4 篇童话：《少年国王》（*The Young King*）、《西班牙小公主的生日》（*The Birthday of the Infanta*）、《渔夫和他的灵魂》（*The Fisherman and His Soul*）、《星孩儿》（*The star – child*）。王尔德用“石榴之家”作为第二部童话集的名字似乎别有意味，因为石榴具有特定的宗教和文化意义。而且，剖开的石榴颗颗呈现出鲜红的颜色，似乎象征着作家向读者奉献泣血的红心。

作为王尔德最具代表性的童话故事，《快乐王子》讲述的是死后被塑成雕像的快乐王子和一只小燕子为救济贫困之人而自我牺牲的故事。快乐王子活着的时候在王宫里过着舒适惬意、逍遥自在的生活，根本不知道忧愁和贫穷为何物，所以被称作“快乐王子”。后来他的雕像高高地耸立在城市上空的一根大石柱上，全身都镶嵌着珍贵的黄金叶片，眼睛是蓝宝石做的，身旁佩戴的剑柄上还嵌着一颗光彩夺目的红宝石。站在高处俯瞰这座城市的快乐王子看到了无处不在的丑恶和贫穷，感到十分痛苦，他请求飞到身旁栖身的小燕子把自己身上所有的宝石和黄金叶片都一一剥下来，拿去救济那些穷困潦倒之人。《快乐王子》的基调是悲壮凄美的，而且蕴涵着崇高的道德主题。中国作家叶圣陶的童话《稻草人》就是一个来自遥远东方的对王尔德童话的回应。

《夜莺与玫瑰》讲述的是用生命做代价换来的爱情信物遭到轻蔑和抛弃的故事。一个年轻的大学生爱上了教授的女儿，少女说只要年轻人送她一些红玫瑰，她就同意与他跳舞。然而在整个花园里根本就没有任何红玫瑰，大学生顿时陷入巨大的痛苦之中。夜莺被年轻人崇高的爱情感动了，决心不惜一切代价为年轻人找到红玫瑰。玫瑰树告诉夜莺，它必须借助月光用歌声来获得玫瑰；同时用胸中的鲜血染红它。在月色下，夜莺朝着玫瑰树飞去，用胸膛顶住尖刺，一刻不停地唱了一夜，一朵鲜艳的红玫瑰出现了。年轻人看到了红玫瑰，感叹自己运气真好，随即将它摘下送到少女家中。谁知少女却不屑一顾，愤怒的大学生将红玫瑰扔在大街上，结果被过往的马车碾成碎片。

《自私的巨人》是王尔德童话中篇幅最短的，但却是最著名、最富有诗意的故事。这个故事讲述了一个拥有美丽花园的巨人如何从自私到无私的转变。当巨人在自己的花园边砌起高墙以阻拦孩子们进入时，陪伴他的只有凄厉的北风和冰冷的雪花。而当孩子们从一个墙洞钻进花园玩耍时，花园里焕然一新，春光明媚，禽鸟飞鸣。受到精神感悟洗礼的巨人终于明白过来，把一个爬不上树，在树下哇哇直哭的小男孩抱到树上，于是出现了动人的一幕：在花蕾绽放的满园春色中，小男孩张开双臂亲吻巨人。这个小男孩的童心之爱唤醒了巨人已经泯灭的仁爱之心。这个故事揭示了这样一个道理：美丽只属于无私的心灵。巨人也明白了，世上只有“孩子才是最美的花朵”。

《忠诚的朋友》和《夜莺与玫瑰》一样，描写了世俗功利的冷酷现实对人间真情（爱情和友情）的轻蔑和践踏。故事是通过红雀之口讲述的。贫穷的花匠小汉斯交了许多朋友，其中“最忠实”的是磨坊主。然而这只是一种单向的友情。在“真正的朋友应当共享一切”的口号下，有钱的磨坊主总是从小汉斯那里拿走各种东西，却从来没有给小汉斯任何回报。最后这个忠诚无私、助人为乐的小汉斯在一个寒冷的暴风雨夜，为了替磨坊主请医生，在回来的路上淹死在深深的水坑里。在哀悼仪式上，磨坊主认为自己是小汉斯最好的朋友，应当站在最好的位置上，并且说小汉斯的死对于他来说是个大大的损失。

《了不起的火箭》是一个安徒生式的物品童话。在王宫举行的王子与俄国公主的婚礼庆典上，将有一个午夜燃放烟花的仪式。皇家烟花手们刚刚把烟花、火炮摆放到位，烟花们便相互交谈起来。其中有一个高大而神态傲慢的火箭，他自以为出身高贵，父亲是一枚法兰西火箭，母亲是最出名的转轮烟花，以优美的舞姿而著称——所以这“神奇的火箭”不愿理睬家族中的其他烟花。当午夜钟声响起时，其他烟花与火炮都接二连三地腾空而起，在夜空中发出灿烂的光芒。可是这神奇的火箭多愁善感，流出的眼泪弄湿了全身，所以不能够点火升空。第二天工人们在清理场地时发现了这枚没有燃放的破旧火箭，并随手将他扔到墙外的阴沟里。

《少年国王》是一个“圣经”式的由思想升华而带来奇迹的故事。一个盛大的加冕典礼即将举行，16 岁的牧羊少年将正式成为少年国王。在这之前，他还一直认为自己是穷牧羊人的儿子。原来他的亲生母亲是老国王的独生女，由于与一个地位低贱的年轻人私恋，在生下他后被老国王处死。被接到皇宫之后，少年脱去了身上的破衣烂衫，换上华服，同时表现出对于一切贵重物品的喜爱。接着少年睡着了，先后做了 3 个梦：首先梦见那些在织布机前工作的憔悴的织工们的身影，他们正为了织出少年国王加冕时要穿的袍子而劳累不堪地工作着；接着是赤身裸体的奴隶们在海上冒死劳作，从海底捞出珍珠，用来装饰少年国王的权杖；最后梦见的是许多人在一条干枯的河床上做苦役，一些人用大斧头开山劈石，另一些人在沙滩上苦苦地挖掘着，时不时地会有三分之一的人死于非命。原来他们是在寻找要镶嵌在国王王冠上的红宝石。梦醒之后，少年国王大彻大悟，他拒绝了宫廷侍者献上来的金线长袍以及宝石王冠和珍珠装饰的权杖，决定穿上当年放羊时穿过的粗羊皮外套，手里拿起那根粗大的牧羊杖，然后从阳台上折了一枝野荆棘，将它弯曲成一个圆圈，作为王冠。当他再一次低头祈祷之后，奇迹出现了。灿烂的阳光在他的四周织出一件金袍，干枯的枝条鲜花怒放，开放出比红宝石还要红的红玫瑰。人们纷纷敬畏地跪下行礼，主持加冕仪式的主教大人不由叹道："给你加冕的人比我更伟大啊！"

《西班牙公主的生日》讲述的是一个12岁的公主过生日时发生的故事。西班牙小公主要过生日了，这成为举国上下的一件大事。在生日的这一天，公主可以邀请任何她喜欢的小朋友来皇宫同她玩耍，而不论对方出生何种家庭，父母有何身份地位。在这天早上举行的娱乐活动中出现了一个小矮人。他有一颗畸形的大脑袋，一双弯曲的腿，驼着背，还长着一头鬃毛般的乌发，模样丑陋不堪。孩子们见到小矮人全都兴奋得大嚷大叫，小公主更是大笑不止。这个小矮人的父亲是个穷苦的烧炭人，而他本人是昨天才被人在树林里发现的。小矮人从小在森林里长大，对自己丑陋的相貌模样丝毫没有意识到。当演出结束时，小公主将头上的一朵白玫瑰扔给了小矮人。小矮人非常喜欢公主，而且还以为小公主爱上了他。当听说小公主要他再为她表演一次，小矮人便迫不及待地跑去找公主，结果在王宫的一间房子里看到了一面大镜子。等他明白镜中的那个小怪物就是他本人时，他发出了绝望的狂叫声！他明白了公主不过是在嘲笑他的丑态，拿他寻开心罢了。他悲痛万分，心碎而死。面对一动不动的小矮人，公主却噘着那可爱的玫瑰叶似的嘴唇说："以后那些来陪我玩的人都必须没有心才行。"这个故事中的小公主向人们展示了肉体美与灵魂美的对立关系，也反映了王尔德在牛津大学读书期间受到的罗斯金的美学思想的影响。作为揭开英国唯美主义运动序幕的"先拉斐尔派"让王尔德领悟了"灵"之外的"肉"等观念。

《渔夫和他的灵魂》讲述的则是一个渔夫对肉体之美的极度追求，体现的是灵肉之间水火不容的冲突。在《西班牙公主的生日》中，尽管小公主冷漠自私，但她毕竟是有灵魂的。而在这个故事中，美人鱼是完全没有灵魂的肉体美的象征。故事的重心似乎在于渔夫在追求肉体美的道路上如何与代表世俗价值观的灵魂发生激烈冲突，最后为此付出了生命的代价。年轻的渔夫爱上了被他网住后又放回海中的美人鱼。美人鱼却断然拒绝了渔夫的爱情，因为渔夫同美人鱼不一样，是有灵魂的："如果你肯送走你的灵魂，那么我才会爱上你!"难以自拔的渔夫踏上了寻找如何放逐自己灵魂的艰难旅程。在经历了一系列徒劳的追寻之后，他找到了一个女巫。在接受了女巫提出的苛刻条件之后，渔夫终于送走了自己的灵魂。一年之后，他的灵魂来到海边呼唤主人，但遭到断然拒绝。又一年过去了，灵魂带着财富回来了，但渔夫说："爱情比财富更重要。"第三个年头过去了，灵魂又从陆地来到海边，它向主人描述了一个佩戴面纱，赤足跳舞的美丽少女。年轻的渔夫想到小美人鱼没有脚，不能跟他跳舞，心里有些失落，于是答应去看一下，然后再回到爱人身边。欣喜若狂的灵魂赶紧进入渔夫的体内。在灵魂的诱惑下，渔夫一路上做了许多邪恶之事。然而当年轻的渔夫重新回到海边的时候，美人鱼早已消失不见了。两年过去了，住在海边的渔夫听见海洋中传来的哀号，他向岸边冲去，看见了小美人鱼，小美人鱼却躺在他的脚下死去了。痛不欲生的渔夫抱着小美人鱼，不顾灵魂的苦苦恳求，任凭黑色的巨浪一点点逼近，最后被海水吞没了。

《星孩儿》讲述了一个在一个寒风刺骨的冬日夜晚发生的故事。两个穷樵夫这天晚上穿越一个大松林往家赶路时，看到从天上掉下来一颗非常明亮的星星，似乎就落在小羊圈旁边的一丛柳树后面。结果他们在雪地上发现了一个用金线斗篷包着的孩子。其中一个樵夫尽管家境贫寒，但仍然把婴儿抱回家中，交给妻子收养。这个星孩儿跟樵夫的孩子一块儿长大了，长得非常英俊，但他日益变得骄傲、残酷和自私。他没有了同情心，自认是其他孩子的主人，把他们唤作奴隶。他甚至残酷对待那些残疾人以及那些有病苦的人。铁石心肠的星孩儿不仅残忍地对待穷人和动物，而且不愿和化身为乞丐的母亲相认，并且无情地赶走了母亲，结果他的容貌变得像蛤蟆和毒蛇一样丑陋无比。此时的星孩儿才醒悟过来，他后悔莫及，决心不惜一切代价也要找回自己的母亲。在浪迹天涯的过程中，星孩儿饱尝了人间的辛酸、嘲笑和冷漠。在他怀着牺牲自我的善良之心帮助了小兔子和麻风病人后，他恢复了以往英俊的相貌，最终和自己的父母亲相认，当上了国王。

批评家都注意到了王尔德两部童话集所体现的唯美主义文艺思想，以及它们对于非功利的意象美和形式美的极致追求。事实上，那些童话富有诗意和哲理的凄美结局既表达了作者追求基督教乌托邦的理想的破灭，也是王尔德唯美主义的一种归宿。当然，作者唯美主义叙事的后面仍然透露出敏锐的观察力：对社会现实的控诉，对统治阶层的冷酷残暴和富人的功利自私的谴责，以及对贫困无产者和弱者的同情，对善良之人的自我牺牲精神的颂扬。

王尔德的童话汲取了传统童话的三段式叙述模式，但作者唯美主义的叙述，包括其绚丽的文笔和细致入微的心理活动描写，以及凄美的结局等因素，使王尔德短篇童话小说成为维多利亚时代晚期具有突出特质而别具一格的一道风景。

另一方面，王尔德的童话在艺术本质上是对维多利亚时期翻译引进的安徒生童话的回应和对话。当时随着安徒生童话英译本的流行，童话故事中会说话的物品和动物日益为人们所喜闻乐见。此外，安徒生童话特有的充满忧郁感伤的诗意气质，大胆抒发哲理和思想以及表露作者个人对社会的观察和看法等，都对王尔德的童话创作产生了影响。首先，王尔德承袭了安徒生童话所体现的爱心、同情心和怜悯之心。无论是那只因长相特别而受到同伴嘲笑、侮辱的丑小鸭，那个在街头卖火柴的小女孩，还是那个爱上了人间的王子，但为了所爱的人而牺牲自己的小美人鱼，安徒生笔下的这些经典形象在一个多世纪以来，一直深深地打动着一代又一代小读者和大读者的心。这些形象对于王尔德产生了很大影响，反映在他的童话之中。不同的是，王尔德将其转化为维多利亚时代的仁爱主题，如“快乐王子”中，金质塑像将他的赤金部件捐献给穷苦之人；“自私的巨人”颂扬了无私才有博爱的道理；“夜莺与玫瑰”中的夜莺为了成全穷学生的爱情而献出了自己的生命，以及“忠诚的朋友”，“星孩儿”“少年国王”等故事，都具有王尔德童话蕴涵的仁爱主题的凄美特征。

其次，王尔德童话在叙事的深层结构上是对安徒生童话的反讽性对话，并由此构建了一种独特的与传统童话的互文性关系。例如，《了不起的火箭》是与安徒生《补衣针》的一种对话。在安徒生的故事中，作为织补针的“年轻小姐”身体非常纤细，因而认为自己高贵典雅。正当她得意非凡，骄傲地挺起身子时，猛然落到厨子正在冲洗的污水沟里，结果她宣称自己要去旅行了。迷了路的织补针继续保持着骄傲的态度，她认为凡是与她为伍的人都应当是高贵的，所以把身旁的一块破瓶碎片当作一颗闪光的钻石，自我夸耀起来……与安徒生笔下纤细的织补针相比，王尔德笔下的火箭身躯高大，态度傲慢。尽管这出现在皇室婚礼上的“了不起的火箭”不过是烟花大家族中的区区一员而已，但他自视甚高，目中无人，而且总是以自我为中心，还要别人也为他着想。他多愁善感，要求别人欣赏他“多情的品行”，还说维持其一生的唯一事情就是想到自己要比别人优越得多。这种人格倾向与安徒生的织补针形成微妙的呼应。由于他多情的眼泪弄湿了身上的火药，无法点火升空了。当所有那些他瞧不起的穷亲戚们齐齐飞上天空，发出灿烂光芒，使人群发出快活的欢呼时，这毫无用处的傲慢者却变得更加傲慢了，他认定人们留着他是为了欢庆某个更盛大庆典的。

《渔夫和他的灵魂》是对安徒生《海的女儿》的反写。《海的女儿》是最著名的安徒生童话之一，通过美人鱼对人类灵魂的向往并为此作出的牺牲奏响了一曲追求理想的赞歌。而在王尔德的故事里，青年渔夫为了获得代表肉体之美的美人鱼，不惜一切代价要舍弃人类的灵魂，最终走上了放逐灵魂的不归路。他和安徒生笔下的美人鱼一样，为了自己的追求坚持不懈，至死方休。但两者是反向而动的，安徒生笔下的美人鱼为获得王子的爱而不惜一切追求灵魂，王尔德笔下的渔夫为获得美人鱼的爱而不惜一切地要抛弃灵魂。王尔德的故事明显是与安徒生故事的反讽性对话。

王尔德的《星孩儿》是对安徒生童话《丑小鸭》的一种反写。《丑小鸭》讲述一个偶然出生在鸭群中的天鹅如何历尽贬损和磨难，最终迎来命运的转机。在经历了秋天的坎坷和严冬的劫难之后，丑小鸭终于迎来了春天。他可以展翅高飞了，他不再是丑小鸭，而是一只美丽洁白的年轻天鹅，加入了高贵的天鹅群行列。在王尔德的故事里，星孩儿天生高贵，从天而降，上天似乎要让他在人间的贫寒之家经受磨炼，以成堪用的经国大才。星孩儿却走上了一条相反的道路，他自恃血统高贵，变得傲慢自大，自私自利。更糟糕的是，他竟然失去了基本的同情心，冷酷地对待那些残疾人以及有病痛的弱者，而且残忍地虐待动物……这与传统童话的主人公特征是完全相悖的。传统童话的主人公之所以获得命运的转机，在本质上靠的是纯真善良的本性。他（她）不受世俗偏见、权势或所谓理性功利主义的摆布，尊重和善待大自然中的一切生命和事物，尤其是善待老者、弱者和各种弱小的动物。星孩儿在无情地赶走了化身为乞丐的母亲之后，他原本英俊的容貌变得像蛤蟆和毒蛇一样丑陋无比。震惊之后，星孩儿踏上了悔罪与救赎的艰辛路程，在历尽磨难之后恢复了善良本性，成长起来。然而星孩儿只做了三年的国王就去世了，因为他受的磨难太深，遭遇的考验太沉重。而他的后继者“却是一个非常坏的统治者”。这结局又是与传统童话的反讽式对话。

王尔德童话具有明显的儿童本位和非儿童本位相融合的双重性特征。作者创作童话的直接动因来自于为自己的两个儿子讲述故事，但这些形成文字后的童话故事明显具有成人读者才能领会和鉴赏的意义与内涵。细究起来，王尔德童话不仅包含着复杂的伦理道德意识、宗教救赎思想、基督教乌托邦理想，以及对安徒生童话等经典童话的反讽式和戏谑式颠覆所构建的互文性，而且他的故事都是通过唯美主义的语言和复杂的画面色彩呈现出来。而这正是王尔德本人所要表白的，他的童话故事“既是写给孩子们的，也是写给那些仍具孩子般好奇快乐天性的人们，以及能够在简单模式中体会出别样滋味来的人们的”。

王尔德的一生是奇崛不凡的，生前伴随着他的不仅有令人欣喜的鲜花和掌声，也有令人侧目的争议和潦倒。当岁月的尘埃落定，今天的人们至少可以认定，他就像《鹅妈妈故事集》的作者贝洛一样，仅用九篇童话就在英国童话版图中占有耀眼的一席之地。

第十三章
追寻梦幻岛：詹姆斯·巴里和他的《彼得·潘》[①]

在英国文学史上，永不长大的彼得·潘与永远的爱丽丝一样，已经成为大众文化的童年偶像。《彼得·潘》的作者詹姆斯·马修·巴里（James Matthew Barrie，1860—1937）出生于苏格兰东南部的安格斯郡基里缪尔村，一个织工的家庭。巴里在家里的十个兄妹中排行第九。在这样一个多子女的大家庭里，每到晚间，母亲总要给孩子们讲述各种各样的故事，包括她从长辈那里听来的民间故事和她本人读过的诸如《金银岛》《鲁滨孙漂流记》《天路历程》等历险故事。巴里6岁那年，父亲不幸因病去世。随后这个家庭又遭受了另一个惨痛的变故：最受母亲宠爱的二哥戴维在冰冻的湖上溜冰时，不慎摔倒，头部撞地，伤重身亡。母亲始终没有从这巨大的痛苦中解脱出来，她绝不相信戴维已经离开了她，在母亲心中，戴维成为一个永不长大的孩子。在随后的岁月里，巴里辗转就读于几所学校。在此期间，少年巴里患了一种罕见的“心因性侏儒

① 感谢接力出版社张耀霖提供的帮助。

症”，停止了生理上的发育，所以他的身高始终停留在1.62米。1878年，巴里进入爱丁堡大学读书。1885年，巴里前往伦敦，去实现当一个专业作家的理想。1888年，他的“田园三部曲”出版，让他跻身于有名气的畅销书作家行列。

1894年，巴里与女演员玛丽·安塞尔（Mary Ansell）结婚。玛丽是巴里创作的戏剧《漫步伦敦》中的一名演员。两人婚后没有生育子女，夫妻感情随着岁月的流逝而趋于平淡。1898年，巴里夫妇迁居到伦敦肯辛顿公园附近的一所公寓。肯辛顿公园毗邻海德公园，环境幽静，巴里在创作之余总要到这里漫步散心。有一次，巴里遇见两个小男孩正在公园里扮演抓海盗的游戏，便忍不住加入了他们的行列，成为他们的玩伴。随后他们就成为最好的忘年之交，约好每天在肯辛顿公园会合，进行各种“历险行动”。通过两个孩子，巴里认识了他们的父母，成为这一家人的常客。在随后的几年间，这个家庭又增添了三个男孩，结果在肯辛顿公园里的游戏队伍变得更加庞大了，游戏活动也变得更丰富多彩了。这段难忘的经历成为巴里创作《彼得·潘》的缘起。1904年12月，根据童话散文《小白鸟》改编的戏剧《彼得·潘》（*Peter Pan*, *or the Boy Who Would Never Grow Up*）在伦敦首演，获得巨大成功。1911年，巴里创作的小说《彼得和温迪》出版，深受读者欢迎。由于那五个孩子的父母先后因病去世，巴里决定将这部作品的收入主要用作五个孩子的生活和教育费用。1919年，巴里担任圣安德鲁斯大学校长。1928年，在托马斯·哈代卸任之后，巴里当选为新一届英国作家协会主席。一年后，巴里对公众宣布，在他离世之后，《彼得·潘》的版权将无偿转让给伦敦奥蒙德儿童医院。

巴里一生创作了28部小说和40部戏剧作品，还有许多散文及演讲稿。“彼得·潘”系列作品已成为影响深远的经典之作，包括同名剧作和童话散文《小白鸟》（*The Little White Bird*, 1902）、《彼得·潘》（*Peter Pan*, *or the Boy Who Will Never Grow Up*. 1904）、《肯辛顿公园的彼得·潘》（*Peter Pan in Kensington Gardens*, 1906）和小说《彼得和温迪》（*Peter and Wendy*, 1911）。《小白鸟》带有自传的成分，通过第一人称叙述，主要内容包括主人公（即作者）

与几个孩子的交往和友谊，作为主人公的作者的现实生活状况的折射，以及他如何在无意间卷入了一对年轻夫妇的生活当中，等等。作者随后描述了发生在肯辛顿公园的幻想故事。有一天，一个叫彼得·潘的半人半鸟的男婴出生了。当天晚上，男孩就从开着的窗户飞了出去，降落在肯辛顿公园蛇形湖的岛上。他在公园里过着自由自在的生活，还从仙女那里学会了新的飞翔技巧。不久，小男孩想家了，便朝着自己的家园飞去。他透过育儿室的窗户看到了正在伤心落泪的妈妈，不禁感到非常愧疚。由于不忍心看妈妈流泪，他转身飞走了。他再次飞到家外探望时，却发现那扇窗户被紧紧地关闭了，再从别的地方一看，自己的小床上躺着一个新出生的婴儿。彼得顿感伤心绝望，一气之下发誓再也不相信人类的母亲。他又飞回了肯辛顿公园。这些重要情节后来出现在小说《彼得和温蒂》里。

1911 年发表的小说《彼得和温迪》有两个平行的世界。一个是现实中的伦敦，另一个是远方的永无岛。作者先写现实中的家庭生活，写两岁的女孩温迪在花园里玩耍，天真烂漫，十分可爱，妈妈达林太太不禁叹道："要是你老是这么大该多好啊！"这让温迪明白了每个人终归是要长大的，"两岁，是个结束，也是个起点。"然后作者对银行职员达林先生如何赢得他太太的芳心进行了追述。婚后随着几个孩子的降生，家庭的现实经济问题开始显现，为节约起见，达林先生用一只温顺的大狗娜娜作为孩子们的保姆。夜晚来临，达林太太进入梦乡，她梦见了小时候听说过或者依稀见过的小男孩彼得·潘，他所在的永无岛也清晰地出现在她梦里。这是一个可爱的男孩，满口乳牙，不会长大，身上穿着用树叶和树桨做的衣裳。不久，这个彼得·潘真的找上门来，带走了温迪和她的两个弟弟。彼得·潘天性好玩而又傲气十足，在出生的第一天因为害怕长大，就从家里逃了出来。他现在就生活在远离英国本土的一个叫作永无岛的海岛上。这里生长着美丽的永无树，树上有永无鸟，结的是永无果。岛上有各种野兽、人鱼、小仙人、还有印第安部落的公主，附近海域有凶险的海盗出没，为首是铁钩船长胡克。彼得的伙伴有小仙子叮叮铃和一群迷失的小男孩。虽然在岛上的日子无拘无束，快活自在，但他们也希望有一个母亲般的人给他们讲故事，夜里睡觉时给他们掖被子，平常给他们缝衣裳，所以彼得专程去请温迪来照看他们。

永无岛是一个奇异的乌有之乡。早在千年之前，哲学家庄子就在《逍遥游》里描述了一个“无何有之乡，广莫之野”。庄子的本意是希望像大鹏一样，从茫茫北冥中冲天而起，去进行超越自然、冲破人世间无法摆脱的人生羁绊的逍遥之游。这“无何有之乡”固然是不可企及的“至人”境界，而在童话的永无之乡，充满童心童趣的历险活动实现了庄子的逍遥之游。这里就是小飞侠彼得·潘大显身手，乐趣无限的乌有之乡，纯真的孩童们就在这里上演了一出出惊险刺激的童年逍遥之游。“右手第二条路，一直向前，直到天亮。”——这就是前往永无岛的路线。

彼得·潘个性鲜明，疾恶如仇；无所畏惧而且富有牺牲精神；同时他又是一个长不大的顽童，喜欢恶作剧，而且对于他人怀有极度的不信任。从名字的深层结构看，彼得·潘的原型可以追溯到希腊神话中的农牧神潘（Pan）、神使赫尔墨斯（Hermes）和酒神狄奥尼索斯（Dionysus）。

希腊神话中的潘神是山林之神和畜牧之神，一般认为他是神使赫耳墨斯之子。相传当潘的母亲看到刚生下的婴儿时，就对其半人半羊的怪异长相感到惊恐不已。他的头上长着犄角，全身覆盖着浓密的毛发，双脚是一对羊蹄。奥林波斯山上的众神却非常喜欢这个相貌奇特的小精灵，为其取名为“潘”，意思是“受众人喜爱者”。潘一直生活在山林间，领着一群半人半羊的山林精灵萨蒂尔嬉戏打闹。潘还是个出色的芦笛演奏家，经常和山林中的女仙们一起跳舞玩耍。有时候，潘会突然出现，把人吓得魂飞魄散。巴里笔下的彼得·潘与潘神一样，也具有人与动物的双重特性。潘神是半人半羊，彼得·潘是半人半鸟。当然，潘神带着神话叙事的特征，他对自由的追求除了尽情游玩，还表现在放纵情欲、追欢逐爱方面。而在童话叙事中，彼得·潘追求的是逃离家长管制和社会约束，做一个童心永存的孩子。

赫耳墨斯相传是宙斯和迈亚所生之子，刚出生就显得与众不同，可以到处跑动，而且具有不可思议的狡猾和敏捷特点。他刚挣脱母亲的怀抱就开始探索世界了。夜晚，赫耳墨斯从母亲的眼皮下溜走，跑到同父异母的兄长阿波罗放牧神牛的牧场，偷走了50头最健壮的肥牛。第二天早晨，阿波罗找到正躺在摇篮里睡觉的婴儿赫耳墨斯，也找到了藏在山洞里的牛群，于是便带着赫耳墨斯上奥林波斯山向天父宙斯告状。在宙斯的调解下，两兄弟和解了。后来，由于行动敏捷、智力超凡，赫耳墨斯长大后成了众神的使者，直接受宙斯的调遣，传达他的旨意，执行特定的任务。这样的特点也为刚出生就从育儿室的窗户飞出去探险的彼得提供了借鉴。酒神狄俄尼索斯则为彼得·潘提供了可资借鉴的游戏和狂欢精神。相传他创制了葡萄酒，并推广了葡萄的种植。狄俄尼索斯不仅是狂欢之神，而且还是艺术的保护神。在众多关于酒神狄俄尼索斯的神奇传说中，值得注意的是他惩治迪勒尼安海海盗的故事。狄俄尼索斯在海上航行途中被海盗们捆绑起来，勒索钱财。当然，狄俄尼索斯将海盗们狠狠地戏弄了一顿，只见绳索自动地从他身上脱落，常春藤开始盘绕船桅，葡萄藤也缠住了风帆，海水也变成了葡萄酒的颜色。海盗们不知道是遇到鬼还是遇到神了，惊恐万状之下纷纷跳入大海，变成了海豚。而在巴里的童话叙事中，彼得·潘与海盗头子胡克船长的斗智斗勇更具有童趣性的狂欢精神和故事性。例如，十恶不赦的大海盗胡克特别害怕一条大鳄鱼，它的肚子里有一个闹钟。在一次激烈的搏斗中，胡克船长的右手被彼得·潘砍下后喂进了大鳄鱼的肚子（胡克为此装了一条铁钩作为右臂），从此这鳄鱼就一心一意地追寻胡克船长，要把他吞进肚里。所以无论何时何地，只要一听见嘀嗒嘀嗒的指针走动声，胡克船长便会吓得魂飞魄散。而每当出现海盗船长即将施暴逞凶的紧急时刻，彼得·潘便会模仿鳄鱼肚中的嘀嗒声而化险为夷。

第十四章
黄金时代的绝响：肯尼斯和他的《柳林风声》

肯尼斯·格雷厄姆的童话动物小说《柳林风声》具有独特的童话及文学双重性，既深受少年儿童喜爱，又能够满足成年读者的认知和文学审美需求。作为爱德华时期最重要的儿童文学代表作之一，这部作品成为英国儿童文学第一个黄金时代的绝响，对20世纪的英国儿童文学产生了深刻影响。

评论家克利夫顿·法迪曼（Clifton Fadiman）根据儿童文学作品的基本特征将其分为“自白性的”和“职业性的”两大类，他认为肯尼斯的《柳林风声》就属于“自白性的”写作。在法迪曼看来，《柳林风声》的作者就像安徒生、路易斯·阿尔柯特和马克·吐温一样，“将他本人从成人生活中获得的最深沉意义的感悟倾注在其儿童文学作品之中”。

肯尼斯·格雷厄姆（Kenneth Grahame，1859—1932）出生在苏格兰的爱丁堡，父亲詹姆士·格雷厄姆（James. C. Grahame）是一个律师。肯尼斯在家中排行老三。在肯尼斯5岁时，母亲又生了一个妹妹，但产后染上了猩红热而不幸去世。此后詹姆士·格雷厄姆认为自己无法抚养这几个孩子，便把他们送交妻子娘家的亲戚收养。肯尼斯和妹妹被送到居住在伯克郡的外婆家，这里毗邻泰晤士河谷和温莎森林，小肯尼斯可以亲密接触河流水系的风光和河岸、林地及其动物“居民们”，日后他进行创作的激情就来自这童年的记忆。此外，从外婆家那偌大的庭院可以一直步行到泰晤士河边，这熟悉的环境无疑为日后的《柳林风声》提供了坚实的地理背景。肯尼斯在圣·爱德华学校读书期间成绩优异，毕业时本可进入牛津大学深造，但收养他的亲戚不愿为他支付大学费用，转而为他谋得一个在英格兰银行的普通职员职位。工作之余，肯尼斯热衷于文学写作，最终凭借《柳林风声》成为英国爱德华时代的经典作家。就此而论，他与数学教师刘易斯·卡罗尔颇具相似之处：一面是按部就班的平淡的职业生涯，另一面是内心深处的情感涌动和卓越的文学创作活动。肯尼斯的写作内容包括随笔、散文和小说，陆续在期刊杂志上发表。这些作品后来被分别收入三个文集出版，它们是《异教徒的篇章》（1893）、《黄金时代》（1895）和《梦里春秋》（1898）。1908 年发表的《柳林风声》是肯尼斯的最后一部作品。1916 年，他受剑桥大学的聘请而主编的《剑桥儿童诗集》出版。

从 1904 年 5 月开始，肯尼斯总会在夜晚入睡前给年仅 4 岁、昵称“耗子”的儿子阿拉斯泰尔讲故事。在最初的讲述中，除了蛤蟆、鼹鼠和河鼠等动物角色外，还出现了长颈鹿这样的庞然大物。但由于这样的大型动物显然不适合进入柳林河岸的动物世界，所以被舍弃了。1907 年 5 月，儿子阿拉斯泰尔按计划要跟随家庭女教师外出度假，但他却不愿意离开，因为他要继续听爸爸讲故事，于是肯尼斯答应用写信的方式给儿子继续讲下去。他没有爽约，连续几个月按时将故事写在信纸上寄到儿子那里，由女教师读给儿子听。这些写在书信里的故事自然成为《柳林风声》的组成部分。1908 年，《柳林风声》出版，其优美流畅、清新自然的英语散文风格和幽默精彩的童话故事被公认为英国儿童文学乃至世界儿童文学的经典之作。

《柳林风声》的主人公是蛤蟆，作者对蛤蟆性格的生动刻画在一定程度上得之于独生子阿拉斯泰尔。在追求虚荣的母亲的影响下，儿子变得有些矫情做作，以自我为中心，这正是蛤蟆自我标榜的形象："人见人爱的、漂亮的蛤蟆，阔绰的、好客的蛤蟆，潇洒的、温文尔雅的蛤蟆！"而且这样宣称："人人都以认识蛤蟆为荣。"当然，作者对蛤蟆的缺点进行了善意的讽刺。按出场先后来看，登场的分别是身穿人类服装并且能说会道的鼹鼠、河鼠、狗獾和蛤蟆，几位好友的谈论是对蛤蟆出场的巧妙铺垫与烘托。全书由 12 章组成。第一章《河流》始于万物勃生的春季：鼹鼠在春日情怀的感召下奋力爬出黑暗的地下居所，置身于充满勃勃生机的河岸地带。很快，鼹鼠与居住在河岸洞穴中的河鼠一见如故，成为朋友。在河鼠的指导下，鼹鼠学会了游泳、划船，同时领略了河水的力量和欢乐。第二章《大路》，季节转换为夏日，河鼠和鼹鼠前往久负盛名的蛤蟆府邸。蛤蟆前段时间热衷于水上划艇运动，此时却迷上了驾着大马车在大路上漫游。蛤蟆热情地将来客拉上了自己的大马车，一同出游。在路上，他们乘坐的马车被一辆飞驰而来的崭新的大汽车撞翻到路旁的沟里，谁知蛤蟆不怒反喜，原来他又迷上了这"噗噗噗"高速奔驰的汽车。第三章《野森林》、第四章《獾先生》和第五章《温馨的旧居》是一气呵成的，背景是天降大雪的冬季。鼹鼠很想结识居住在野森林腹带的狗獾先生，于是在一个冬日的下午独自进入野森林，结果在林中迷了路。河鼠在野森林里找到已筋疲力尽的鼹鼠，两个不速之客碰巧闯进了獾先生的居所，受到热情款待。他们谈起共同的朋友蛤蟆先生，对他非常担忧（蛤蟆已经购买了七八辆汽车，而且出了七次车祸）。在第六章《蛤蟆先生》中，季节已转换为初夏，獾先生同河鼠和鼹鼠一起前往蛤蟆府邸，将正准备外出兜风的蛤蟆禁闭起来。不久蛤蟆施计逃离，开始了新的历险。蛤蟆偷开了一辆停在客店院子里的新车，结果被判了长达20年的监禁。第七章《黎明前的排箫声》讲述河鼠和鼹鼠如何寻找已失踪多日的水獭的儿子"小胖子"。第八章《蛤蟆历险记》讲述蛤蟆如何在监狱老牢头的好心肠的女儿的帮助下，通过掉包计逃出暗无天日的大牢。第九章《大迁徙：向往远游》讲述河鼠如何被一只来自君士坦丁堡的海老鼠的远游经历所深深吸引，心向往之，不能自持。第十章《蛤蟆继续历险》讲述蛤蟆如何历尽艰险回到他熟悉的河岸地带。第十一章《眼泪像夏日的风暴一样流淌》讲述蛤蟆回到河岸地区后发生的事情：蛤蟆的豪华府邸已被大批黄鼠狼和貂鼠强占了。在狗獾先生的主持下，他们拟定了用计谋夺回蛤蟆府的行动计划。第十二章《尤利西斯归来》讲述整个奇袭行动的过程以及4位朋友夺回蛤蟆府邸后重振家园及举行庆祝宴会的情形。在经历了这一切之后，蛤蟆变得成熟起来，河岸地区也恢复了往日的生机和秩序。

这部动物体童话小说具有经典性的儿童文学因素，主要包括少年儿童一心向往的理想生活状态；他们内心渴望的惊险刺激之远游、历险愿望的满足；他们无不为之感到快意的游戏精神的张扬；以及对于成长中的儿童及青少年的各种互补的人格心理倾向和深层愿望的形象化投射。《柳林风声》的主人公虽然不是真正的儿童，却是深受儿童读者喜爱的童话角色。从儿童文学的语境看，作者讲述的是几个动物如何居家度日，如何外出游玩或追新求异，离家历险，以及如何齐心协力夺回被强占家园的故事。无论是家园温馨难舍，还是美食美味难忘，如河鼠携友出游，与鼹鼠一道泛舟河流，尽享郊游和野餐之乐；或雪夜脱险于狗獾的地下住宅，共商大计；或在獾先生的谋划下，几位诤友一起出手，诚心诚意帮助总惹麻烦的蛤蟆，对他进行不弃不离的“挽救”行动；无论是蛤蟆几次外出历险，其过程起伏跌宕，精彩刺激；还是几位好友同心协力，为夺回被占的蛤蟆府邸而进行紧张的行军和犹如狂欢化游戏的以少胜多的痛击黄鼠狼们的战斗……小说中的几个动物角色既是儿童，保持童年的纯真和纯情；又是成人，超越了儿童的限制，能够进入广阔的生活空间，去体验和享受成人世界的精彩活动和丰富多彩的人生况味。鼹鼠可以离开他的地下居所，住在朋友河鼠的家中，吃美食，荡小舟，结交更多的朋友，经历更多的活动。蛤蟆可以离开他的府邸，到另一个世界去闯荡，虽然因偷开别人的汽车而被关进监狱，但作者在善意批评他的同时也尽情地让他一展身手：这个蛤蟆就像《西游记》中的猪八戒，虽然有不少缺点，但可亲可爱，性情更加接近儿童本真；此外，这个蛤蟆还小有智谋，更兼有危急关头总有福星保佑，虽一路艰险，却也难以阻挡他回家的步伐。蛤蟆的每场行动都像一场场儿童向往的尽心尽兴的游戏。

对于成人读者而言，《柳林风声》抒情与写意相结合的散文书写方式呈现了田园牧歌式的“阿卡迪亚”，是随风飘逝的古老英格兰，也是成人心中逝去的不复返的童年；它引发的是无尽的怀旧和乡愁。贯穿于整部作品的有关时令转换和河岸地区的景物描写，将一年四季和寒暑春秋转换为一曲物换星移、人生如梦的咏叹，使成人读者透过柳林河畔的四季风光和春去秋来的时光流逝而缅怀童年，感悟人生，获得一种赏景感时的审美满足。《柳林风声》浓郁的散文性不仅提升了这部小说的文学性，而且拓展了文学童话的文字表现空间。试看作者对于夏天风光的描写：

当回首那逝去的夏天时，那真是多姿多彩的篇章啊！那数不清的插图是多么绚丽夺目啊！在河岸风光剧之露天舞台上，盛装游行正在徐徐进行着，展示出一幅又一幅前后庄严跟进的景观画面。最先登场的是紫红的珍珠菜，沿着明镜般的河面边缘抖动一头闪亮的秀发，那镜面映射出的脸蛋也报以笑靥。随之羞涩亮相的是娇柔，文静的柳兰，它们仿佛扬起了一片桃红的晚霞。然后紫红与雪白相间的紫草悄然露面，跻身于群芳之间。终于，在某个清晨时分，那由于缺乏信心而姗姗来迟的野蔷薇也步履轻盈地登上了舞台。于是人们知道，六月终于来临了——就像弦乐以庄重的音符宣告了这一消息，当然这些音符已经转换为法国加伏特乡村舞曲。此刻，人们还要翘首等待一个登台演出的成员，那就是水泽仙子们所慕求的牧羊少年，闺中名媛们凭窗盼望的骑士英雄，那位用亲吻唤醒沉睡的夏天，使她恢复生机和爱情的青年王子。待到身穿琥珀色短衫的绣线菊——仪态万方，馨香扑鼻——踏着优美的舞步加入行进的队列时，好戏即将上演了。①

大自然在夏天安排的露天演出是多么动人，多么富有诗意啊。在童话世界的“阿卡迪亚”，大自然作为总导演安排演出的剧目是夏季自然风光剧，演出

① 肯尼斯·格雷厄姆：《柳林风声》，舒伟译，接力出版社，2012 年，第 35 ~ 36 页。

的地点是设置在河岸地区的露天舞台，演员们就是具有天然才气的植物花草，从紫红色的珍珠菜、娇柔文静的柳兰、紫红与雪白相间的紫草，到姗姗来迟的野蔷薇，等等，演出的效果真是风情万种，神奇瑰丽。

第十五章
维多利亚时代的少年校园小说

早期的英国校园小说或者说描写过校园生活的小说可以追溯到18世纪的儿童文学作家萨拉·菲尔丁（Sarah Fielding）的《女教师》（*The Governess*，1749）。随后有哈里特·马蒂诺（Harriet Martineau）的《科洛夫顿的男孩们》（*The Crofton Boys*，1841）等作品问世。查尔斯·兰姆和玛丽·兰姆合写的《莱西丝特夫人的学校》（*Mrs Leicester's School*，1809）是描写发生在学校里的故事的短篇小说集，而夏洛特·勃朗特的《简·爱》（1847），狄更斯的《董贝父子》（1848）、《大卫·科波菲尔》（*David Copperfield*，1850）等作品已出现对英国学校的状况和校园生活的生动细致的描写，而且这些描写也引发了社会公众对学校教育状况的关注。随着时代语境的变化，英国校园小说在维多利亚时代取得了丰硕的成果，出现了影响至深的经典文本，最重要的作家有托马斯·休斯、弗雷德里克·W·法勒、塔尔博特·B·里德和约瑟夫·拉·吉卜林等人。

从19世纪中叶以来，英国进入了一个快速发展和繁荣的时期。许多民众的收入也相对得到较大提高。越来越多家境殷实的中产阶级父母为了让家中的男孩接受更好的教育，纷纷将他们送进寄宿学校。在维多利亚中期，英国各地设立的公立学校数量急增，从1841年至1900年的40年内增加了一倍多。学校的教育实践也发生了很大的变化。宗教精神仍然是重点维护的，而对于学生的体育运动的设立和体育精神的培养成为新的亮点。1870年通过的教育法案表明要为所有人提供初级教育。此法案的实施客观上增加了校园小说的潜在的读者数量。从1880年开始，出版商致力于向公众推出有关“校园故事”的广告。而在英国的初级教育体系中，英国公学（本质上仍然是私立学校）扮演着十分重要的角色。在新的时代背景下，它们开始在校内鼓励各种类型的运动，把运动当作培养学生遵守秩序和纪律的一种方法。教育家认为这不仅能为精力充沛的男生们提供一种有益的宣泄体力的活动方式，而且有利于引导他们远离对抗社会或违反道德的个人行为。此外，体育科目的设立一方面可以锻炼学生的身体，另一方面那些集体项目有助于培养学生的团队精神，这对于处于快速上升阶段的大英帝国希望国民具备对外协调一致的帝国团队意识也是相吻合的。在这一进程中，许多公立学校校长在其中发挥了重要作用。

第一节　托马斯·休斯和他的《汤姆·布朗的公学岁月》

在英国的初级教育体系改革中，从1828年至1842年连续14年担任拉格比公学（Rugby）校长的教育家托马斯·阿诺德博士（Dr Thomas Arnold，1795—1842）做出了突出的贡献，产生了很大的影响。他反对当时在许多学校出现的体罚现象和酗酒行为，鼓励游戏娱乐和体育运动，大力弘扬基督教价值观，提出公学的教育目的是培养“基督教绅士”。在教育方法上，他采用苏格拉底的启发式教育法，注意培养学生的自学能力，并由高年级的学生管理低年级的学生。在课程设置上，他认为除了自然科学，学校还应开设历史、语言、地理、科学伦理和政治科学等课程。他的改革获得极大成功，格拉比公学当时也成为许多学校的典范。这位教育改革家的实践活动首先对自己的学生产生了深远的影响。不少人后来也像阿诺德一样成为校长，投身教育事业。而当年的学生托马斯·休斯（Tomas Hughes，1822—1896）更是难忘在这所学校度过的岁月，提笔写出了影响极大的英国校园小说《汤姆·布朗的公学岁月》（*Tom Brown's School Days*）。该书讲述一个名叫汤姆·布朗的男生在阿诺德任校长的拉格比公学的校园生活及成长经历。由于很受读者欢迎，该书在1857年出版后的当年就重印了4次，以后更是持续重印，直至今日。现代奥林匹克运动的发起人，法国著名教育家、国际体育活动家皮埃尔·德·顾拜旦（Le baron Pierre De Coubertin，1863—1937）在12岁时读到了托马斯·休斯的《汤姆·布朗的公学岁月》的法语译本，深为所动。顾拜旦在19世纪80年代专程到英国访问，写出了《英国教育》（*L'Education En Angleterre*）一书。他非常赞赏阿诺德校长的教育理念，尤其是通过体育科目培养学生健壮体魄和健康心智的构想和做法。托马斯·休斯的小说并非第一部英国校园小说，但它进一步开拓了这一领域的创作疆界。托马斯·休斯出生于柏克郡，1833年进入拉格比公学，喜爱足球、板球等运动，也受过强者的欺负。离开公学后，休斯进入牛津大学深造。大学毕业后从事律师职业，后来成为国会议员。在F·D·莫里斯的影响下，休斯成为基督教社会主义运动的主要成员。他以自己亲身经历过的19世纪30年代生活为背景，描写主人公汤姆·布朗在阿诺德博士任校长的拉格比公学的生活，真实而艺术地再现了阿诺德校长的教育活动的影响和布朗在学校求学期间的经历。该书首先讲述了汤姆的童年岁月，然后从第二章开始讲述汤姆进入拉格比公学后的生活与学习经历；作为新生，他自然经历了在新环境遭遇的种种考验。他加入了足球队，并且参加了学校里的其他活动；他勇敢地应对受到的欺凌；在参与一些活动的过程中，他与好伙伴哈利·伊斯特遇到一些麻烦，被认为是轻率鲁莽、不负责任的人。后来汤姆的宿舍来了一个内向羞怯的新生阿瑟，这让汤姆产生了某种责任感，逐渐变得成熟起来。实际上在各个关键时刻，校长都做了预先的安排。经过了在拉格比公学的求学岁月之后，作为拉格比公学的传球队队长，汤姆·布朗在身体和心智方面都成长起来，19岁的他“身高近6尺，看上去高大健壮，晒黑的脸上透出健康的红润。留着小胡子，一头卷曲的棕色头发，眼神欢快而明亮。”从总体看，《汤姆

·布朗的公学岁月》对人物的刻画生动细致，具有浓厚的学校生活气息。书中描述的学校生活场景和经历是许多学龄孩子所熟悉的，尤其是这一年龄段的孩子所关注的集体生活环境中的友谊，以及如何处理同学间的人际关系，培养团队意识，如何应对成人的权威等，都能够唤起读者的呼应与共鸣。显然，与卢梭的《爱弥儿》相比，《汤姆·布朗的公学岁月》展示了更广阔的空间，具有更贴近现实的时代意义。而从另一个角度看，从托马斯·休斯笔下的汤姆·布朗到J·K·罗琳笔下的哈利·波特，英国的校园小说传统是一脉相承的。尽管前者是现实主义的作品，后者是幻想故事，但都是关于从年幼无知走向身体和心智成熟的成长故事，只不过两者采用了不同的文学艺术载体而已。哈利·波特所在的魔法学校与现实中的学校非常相似，采用七年学制，实行学生寄宿制。在圣诞节期间，学生可离校返家，也可留校过节；暑假期间所有学生必须离开学校。从汤姆·布朗到哈利·波特，男孩主人公通过不同的方式尽情享受着富于想象力的校园历险行动，故事的场景就设置在人们熟悉的课堂教室、食堂宿舍、图书馆和运动场。同样，现实生活中的拉格比公学校长托马斯·阿诺德与霍格沃茨魔法学校的校长邓布力多殊途同归，都是引导主人公成长的良师益友，正是在他们的指点和帮助下，主人公得以克服生活中的挫折，经受各种考验，最终认识了人生和社会，从幼稚走向成熟。

第二节　弗雷德里克·法勒和他的《埃瑞克：一个发生在罗斯林公学的故事》

弗雷德里克·W·法勒（Frederic William Farrar，1831—1903）的《埃瑞克：一个发生在罗斯林公学的故事》（*Eric*，*or*，*Little by Little*：*A Tale of Roslyn School*，1858）以下简称《埃瑞克》呈现的是一种与《汤姆·布朗的公学岁月》全然不同的校园经历和感受，是一个描写主人公面临诱惑和道德选择的带有极端情绪的校园故事。法勒1831年出生在印度，后被送回英国接受教育。他先在位于曼恩岛的威廉国王学校上学，这里也成为他日后创作《埃瑞克》时，书中的罗斯林公学的原型。离开威廉国王学校后，法勒前往伦敦上学，后进入剑桥大学读书，毕业后被授予神职，在哈罗公学做了几年教师，也正是在这里他提笔写出了校园小说《埃瑞克》。在这之后他担任了马尔博洛学校（Malborough）的校长。1903 他成为坎特伯雷大教堂的教长，并于同一年去世。作为一个神学家，法勒著有多种神学著作；作为教育家，他对于儿童怀有一种强烈的福音教情感，对于体罚行为非常反感，认为教育的基本目的是培养道德情操、宗教信念和求知热忱。他在《埃瑞克》的写作中体现了一种特殊的宗教道德目的，揭示了内心的纯洁与外界诱惑的善恶之争。通过一个 12 岁的少年在学校遭遇邪恶行为的诱惑而引出成长中的危机和道德冲突，直到主人公真正意识到应当向上帝寻求灵魂的拯救。故事主人公埃瑞克进入罗斯林公学时风华正茂，心地纯洁，为人诚恳真挚。他喜欢时尚，喜欢结交朋友，但他为了省心省力，竟不惜抄袭他人作业，还跑到学校礼拜堂去嬉戏玩耍。随着时间的流逝，埃瑞克没有经受住邪恶的诱惑，一步一步地逐渐走向沉沦，这正是小说标题中“Little by Little”的意思。他开始只是说脏话、抽烟，到酒馆喝酒，后来发展到攻击老师，到养鸽房偷鸽子，等等。当他的好友罗塞尔不幸去世，埃瑞克受到很大震动，也试图改邪归正。但他很快又恶习复发，被人发现在礼拜堂酗酒，喝得烂醉，他面临着被开除的处罚。由于校长的宽宥，他得以留在学校。不久有人怀疑他有偷窃行为，他便离校出走，跑到海边。然而在那里他受不了船长的粗暴对待，便逃到了姨妈家里，病倒在床。这场大病好似一场急风暴雨，荡涤着他心中的邪恶之念。然而最后的打击接踵而至，当他的母亲得知自己的儿子在学校的种种不良行为后伤心过度，不幸辞世。消息传来，埃瑞克的心也碎了，随着亡母去了天国。《埃瑞克》出版以后很受欢迎，就在作者去世前的 1902 年，该书已发行了 36 个版次。

第三节　塔尔博特·里德和他的《圣·多米尼克学校的五年级》

塔尔博特·B·里德（Talbot Baines Reed，1852—1893）出生在伦敦，父亲经营着一家生意不错的印刷机构，后来又成为国会议员。里德小时候在伦敦上学读书，但不到 17 岁就离开了学校，投身于家庭开办的印刷业。除了经营印刷所，承担慈善事业，里德还全身心地投入写作。由于劳累过度，里德年仅

41 岁时染病不治，英年早逝。里德喜爱文学写作，在圣教图册协会（Religious Tract Society）创办的《男孩自己的报纸》（*Boy's Own Paper*）问世后就开始为该报撰写故事稿件，一直与其保持着密切联系。由于对当时流行的质量低下的廉价校园杂志不满，从 1879 年开始，里德就在《男孩自己的报纸》上刊载融合历险故事和校园故事的作品，从而对廉价校园杂志进行抵制。里德于 1879 年 1 月在该报第一期发表了署名“一个老男孩”撰写的发生在一所名叫帕克赫斯特中学的关于英式橄榄球运动的故事《我的第一场橄榄球比赛》（*My First Football Match*），同时配有一幅半页图画。这个故事发表后很受读者欢迎，引发了读者希望读到更多有关帕克赫斯特中学故事的热潮。为满足读者的要求，里德又撰写了几个故事，其中包括“帕克赫斯特的犬兔追逐赛”和“帕克赫斯特划船赛”等故事。他希望男孩子们阅读的是充满“男子气”的故事。9 世纪 80 年代，英国经济进入了一个繁荣时期，数量日益扩大的中产阶级家庭越来越倾向于将家中的男孩送到寄宿学校就读。《男孩自己的报纸》主编乔治·哈钦森发现，有必要以这些学校为背景，讲述以男孩为主人公的故事，他希望这些故事的主人公能够在各种诱惑面前展示基督教的原则和男孩的勇敢气质。于是他策划登载一个系列故事，并把此项任务交给了里德。为此，里德写出了《三个几尼金币的怀表》（*Three - Guinea Watch*），从 1880 年 10 月到 1881 年 4 月，连载了 19 期。这个故事讲述一个男生的怀表所经历的漫长旅程——从中学到大学，最后在 1857 年印度大起义之际辗转到了印度。这个故事发表后同样获得了成功。《男孩自己的报纸》的编辑们受到鼓舞，敦促里德写一部更长更好的校园小说，于是就有了 1887 年发表的《圣·多米尼克学校的五年级》（*The Fifth Form at St Dominic's*，1887），它也成为里德作品中最受欢迎、影响最大的一部校园小说。1907 年该书的 1 便士版本售出 75 万册。故事讲述少年史蒂芬·格林菲尔德在圣·多米尼克学校就读的第一年的经历，他的天真纯朴同时又令人忍俊不禁的行为与他就读五年级的哥哥奥利弗的行为形成有趣的反差。故事主要围绕一项重要的学业竞赛“夜莺奖”的争夺而展开，奥利弗一心想赢得该项竞赛，但被怀疑有不诚实行为，受到不公正的指责。围绕着这个中心情节，作者讲述了相互连接的38个子故事，每一个子故事都有独立的故事情节。里德对于男孩们的校园生活非常熟悉，对于他们的诉求和心理活动，对于他们的喜好厌恶等都具有一种直觉的理解和把握，并且通过微妙精细的文学叙事将它们表现起来，具有很强的可读性，同时呈现了鲜明可信、栩栩如生的人物角色，这些因素使他创作的校园小说广受欢迎，而且能够经受时间的考验，传之久远。

第四节　约瑟夫·拉·吉卜林和他的《史托基和他的伙伴们》

值得一提的还有约瑟夫·拉·吉卜林（J. Rudyard Kipling，1865—1936）的《史托基和他的伙伴们》（*Stalky & Co.*，1899），这也是一个具有影响的校园故事。吉卜林出生在印度孟买，6岁时被家人送回英国，先在一家儿童寄养所待了5年，吉卜林眼中这5年的可怕经历后来被他写进了《黑羊咩咩》（1888）一书中。随后他被送到位于德文郡的一所内部环境严苛的寄宿学校——联合服务学校（United Services College）就读，这里的生活经历为他的校园小说《史托基和他的伙伴们》提供了素材和原型。《史托基和他的伙伴们》故事系列出版后受到青少年读者的欢迎，至今仍畅销不衰。小说的主人公是三个共用一间书房的男生，其中绰号史托基的男孩头脑灵活，足智多谋（“Stalky”有聪明、狡猾之意）；绰号毕托的男孩是个书呆子（Beetle 意为“甲虫”），文学知识丰富，也是作者吉卜林本人的化身；绰号麦托克的男孩是个贵族子弟（M’Turk 含有“火鸡”的意思）。这三个男孩在学校的所作所为表明他们是反抗成人权威的顽童，故事讲述的就是这三个小伙伴如何跟学校的权威人士斗智斗勇的经历。在小说中还有关于校园欺凌行为引发争议的描写：史托基和他的伙伴看到两个高大的男生欺负一个矮小的男孩，决定出手教训欺负者，让他们也尝尝被欺负的滋味。当然。他们的做法也很过火，作者用了很大的篇幅描写这三人组合如何轮番折磨两个欺负者。该小说出版后曾引起争议，甚至有批评家把书中的三个男生称为“小恶魔”，认为《史托基和他的伙伴们》对于青少年读者会产生误导作用。但这个故事系列仍然受到青少年读者的喜爱。

吉卜林生前将自己的一些手稿赠给了当年就读过的“联合服务学校”，这所学校后来改名为“海利伯里及皇家服务学校（Haileybury and Imperial Service College）。人们在这批未发表过的手稿中发现了一篇“史托基”故事。英国“吉卜林协会”的学者丽萨·刘易斯（Lisa Lewis）和剑桥大学的杰弗里·利文斯博士（Jeffrey Lewins）花了一年时间对该手稿进行整理，终于使这篇“史托基”故事在多年后出版面世。这篇故事的题目是《进退维谷》（*Scylla and Charybdis*），用的是希腊神话的典故。斯库拉（Scylla）和卡律布狄斯（Charybdis）是希腊神话中的女怪，在意大利半岛和西西里岛之间的海峡兴风作浪，危害航行。斯库拉原是美丽的山林水泽仙女，后被女巫瑟西用剧毒药草变成丑陋的女怪，她整日坐在意大利一侧的墨西拿海峡的岩石上，吞噬过往船只上的水手。卡律布狄斯本是山林水泽的一个仙女，但被宙斯变成了一个怪物，并且罚她每天吞吐海水 3 次，每次都会掀起巨大的漩涡。与当年出版的“史托基”故事系列相比，这篇故事中的主人公年纪更小，应当是作为整个故事系列的引子而写的。史托基和他的伙伴们在学校附近的高尔夫球场上遭遇一个仗势欺人的上校，双方发生冲突，气势汹汹的上校便动手殴打他们，但被孩子们用弹弓击退。吉卜林写道：“由行家里手操作的一副设计精良的弹弓要比比利时生产的任何军火厉害 5 倍。”这篇当年未发表的故事写于 1897 年，作者时年 32 岁。

第十六章
维多利亚时代的少年历险小说

第一节　引论

与英国校园小说一样，英国儿童与青少年历险小说在维多利亚时期取得了丰硕成果，出现了一大批经典作品。在维多利亚时代，英国工业革命取得了最重要的物质成果，也产生了最深刻的社会影响。先后出现的以瓦特蒸汽机、莫兹利车床、惠特尔喷气式发动机等为代表的技术创新极大地促进了生产力的发展，使英国一跃成为“世界工厂”，这使得英国从海外获取资源、获取原材料显得更为紧迫。在维多利亚时期，英国除了进一步加强对印度等原有殖民地的控制外，又以非洲为重点，与其他欧洲列强开展殖民地的争夺。到1897年，英国实际统治的区域已比维多利亚女王登基时扩大了4倍，占有全球四分之一的土地，号称“日不落帝国”。随着科学技术的发展，英国国内的通讯报道变得更加便捷，同时价格低廉的报刊变得越来越普及，英国公众对于大英帝国的海外扩张成就更加了解，更受鼓舞。随着英国海外殖民地的扩大，每年都有大量英国公民移居海外，维多利亚时代的孩子们自然受到他们父辈对于大英帝国的热忱，期待着离开学校后到海外殖民地工作，或者经营商贸，或者加入英国驻外军队服务，或者作为公务员到殖民政府机构任职。大英帝国的殖民扩张也需要培养青少年的帝国意识和行动能力，吉卜林当年在德文郡就读的联合服务学校就是一所旨在帮助男孩们通过军队的测试，能够前往印度等海外殖民地服务的学校。拿破仑战争之后，英国迅速崛起为一个强大的海洋军事强国，海外扩张进入高潮期。大英帝国在印度、加拿大的殖民成果，海军统帅纳尔逊（1758—1805）和反法同盟联军统帅之一的威灵顿将军的赫赫战功与业绩令英国人倍感振奋，爱国热情和帝国意识空前高涨。在这样的社会历史语境下，注重行动与男子汉气概的历险小说自然得以繁荣，而令人振奋激动的历险故事也大受欢迎，非常流行。整个英国的社会和文化机制都鼓励男孩和女孩去阅读历险故事，而且这些故事的主人公就是像他们一样的少年，很容易引起他们的共鸣。一方面是维多利亚时期英国的时代背景，另一方面是儿童与青少年对于历险的渴望和对历险故事的喜爱，这两方面的因素推动了维多利亚时代儿童历险小说的繁荣和发展。

与此同时，由于印刷技术的进步和出版形式的多样化，登载民间故事的廉价小书成为流行的大众阅读方式。到维多利亚时代中期，随着报纸印花税（1855）和纸张税（1861）的取消，书刊的出版发行成本进一步降低，促使更多廉价书刊出现，使得当时英国社会的工人阶层等贫困阶层也能够成为书刊的消费者。而儿童与青少年读者市场的发展和繁荣更加引人注目。有关国会爆炸案的盖伊的故事，以及1820年约瑟夫·瑞兹逊编辑出版的《罗宾汉歌谣集》等，都受到青少年读者的欢迎。1812年出版的《瑞士的鲁滨孙一家》（*The Swiss Family Robinson*）于1814年被译成英文出版。沃尔特·司各特的历史传奇小说拓展了英国历险小说传统疆域，惊险的故事不仅发生在海外的异国他乡，也发生在本土的历史长河中，针对儿童读者的改写本相继出版。许多作家不约而同地瞄准了儿童图书市场。阿格尼斯·斯特里克兰（Agnes Stricland）创作了《相互竞争的克鲁索》（*The Rival Crusoes*，1826），又名为《海难》（*Shipwrck*）。安尼·弗雷泽·泰特勒（Anne Fraser Tytler）创作了《莱拉》（*Leila*，1833），又名《岛屿》（*The Island*），这两部小说讲述的都是鲁滨孙漂流历险式的故事。霍夫兰夫人（Mrs Hofland）创作的《被人偷走的少年》（*The Stolen Boy*，1830）设置在异国背景地，讲述少年曼纽尔被来自德克萨斯的红种印第安人掠走关押后机智逃脱的故事。哈里特·马蒂诺（Harriet Martineau）创作了《农夫与王子》（*The Peasant and the Prince*，1841）和《内奥米》（*Naomi*）（又名《在耶路撒冷的最后日子》）（*The Last Days of Jerusalem*）。以及J·B·韦布夫人（Mrs J. B. Webb）创作的发生在过去的历险故事。进入维多利亚时代中后期，英国儿童历险小说的创作迎来新的创作高峰。在当年流行的历险小说中，仅乔治·亨蒂的作品每年都要发行15万本。到19世纪末，几乎所有的主要出版社，如布莱克特、尼尔逊、朗曼、麦克米兰和J. F. 肖等都致力于出版历险小说。这一时期最具代表性的历险小说作家有弗雷德里克·马里亚特、托马斯·里德、威廉·金斯顿、乔治·亨蒂、罗伯特·史蒂文生和赖德·哈格德等人。

自《鲁滨孙漂流记》以来，英国历险小说的传统元素包括异域风情、追寻和创造财富、开拓蛮荒之地，教化野蛮的土人、白人用现代技术（火枪），用语言和宗教对土人进行控制，等等。就维多利亚时期的儿童历险故事的叙事特征而言，作者往往将可能发生的事情与异乎寻常的事情融合起来。历险故事的核心就在于惊险刺激，但这些惊险的故事又必须建立起可信性。主人公通常是现实生活中常见的十几岁的少年，要么是一个牧师的儿子，要么就是一个小旅馆老板的儿子，等等，这样的主人公既非聪明过人，出类拔萃，也非愚昧无知，呆头傻脑，但他总是具有不可或缺的勇气和决心。在故事的开端，主人公往往由于家庭冲突或别的什么原因而离家出走，去寻求财富和好运。在史蒂文生的《诱拐》中，主人公的父亲去世了，于是他踏上了寻找其他亲人的旅程，从而遭遇了随后发生的事情。历险故事的背景地一般设置在远离故国的异域他乡。此外，会有一个陪伴者跟随在主人公身旁，或者主人公随身带着一件特殊的礼物，如一张地图、一件武器，或者能够帮助他学习掌握其他语言的工具等。故事中的主人公通常会遭遇危机或险阻，如沉船、海难、被劫持、受到食人生番的袭击，遭遇背叛，等等，不一而足。当然，两种力量之间必然爆发的一场激战将是故事的高潮部分。与早期的同类小说相比，维多利亚时期的儿童历险小说更注重对于道德责任和刚毅精神的推崇；宗教性的说教已经淡化，而是将英国国教福音派信奉的“强健的基督教”观念和高涨的帝国意识结合起来，更注重展现英国白人的美德与品质，如诚实、忠诚、坚毅、足智多谋、处变不惊，等等。在这一时期的作家中，乔治·亨蒂是维多利亚时代晚期不列颠帝国意识的最热忱的鼓吹者，他通常会在每本小说的前面，以一封致“亲爱的小伙子们”的信作为序言，敦请他们关注故事中的英勇业绩和刚毅精神，关注主人公的历险行动，因为正是这样的行动帮助大英帝国走向强盛和繁荣。就维多利亚时期的儿童历险故事的深层结构而言，它们在叙述模式、主人公的历险模式等方面仍然受到民间故事和童话故事的影响。

第二节　弗雷德里克·马里亚特和《新森林的孩子们》

弗雷德里克·马里亚特（Frederick Marryat，1792—1848）出生于伦敦，从少年时期即加入了英国皇家海军，随舰船在西印度洋群岛服役，由于表现出色，后升任皇家海军上校。马里亚特参加过拿破仑战争，后来在大西洋服役，参加了在英吉利海峡搜寻走私船只的行动。也参加过缅甸战争。在英国海军部队 20 多年的服役生涯为他进行海洋历险小说的写作提供了厚实的生活基础和丰富的创作题材。1829 年，他出版了自己的第一部小说《海军军官》（*The Naval Officer*），引起轰动。不久他从海军退役，从事专业写作，相继发表了《头脑简单的彼得》（*Peter Simple*，1834）、《海军候补生伊赛先生》（*Mr. Midshipman Easy*，1836）、《加拿大的移民们》（*The Settlers in Canada*，1844）等历险小说。进入 40 年代，马里亚特的家人请求他写出一部像《瑞士的鲁滨孙一家》这样的作品，因为他们喜欢这样的故事——这就是他为儿童读者写作的缘起。作为资深海军上校，他认为《瑞士的鲁滨孙一家》对于海上情景的描写很不准确，于是创作了《马斯特曼·雷迪》（*Masterman Ready*，1842）

（又名《“太平洋号”的海难》）（*The Wreck of The Pacific*），描写西格雷弗一家乘坐海船前往澳大利亚，途中遭遇风暴引起的海难后在一座荒岛上历险的故事。在风暴中，海船严重受损，船长受伤，在老水手马斯特曼·雷迪的指导下，大伙齐心协力将船驾驶到一座海岛边。这一家人登上了海岛，像当年的鲁滨孙一样安家度日。在岛上，他们遭遇了野蛮的土著人的袭击，6 岁的汤米不小心把储藏的净水也漏掉了，老水手马斯特曼·雷迪在设法补充至关重要的净水时也受了重伤。在危急时刻，“太平洋号”的船长赶来了。故事中的老水手雷迪具有丰富的海上航行经验，每到关键时刻会提出化险为夷的指点，他实际上是作者本人航海生涯和弥足珍贵的航海经验的体现。1844 年出版的《加拿大的移民们》描写坎贝尔一家从英国移民加拿大，初到之时生活条件艰苦，不仅受到红种印第安人的骚扰，而且受到野兽的严重威胁。这家人没有退缩，而是群策群力，克服了原始森林中的各种艰难困苦，不但生存下来，而且凭着不懈努力走上发家致富的道路，继而荣归英国。

1847 年马里亚特出版了儿童历史小说《新森林的孩子们》，故事背景是动荡的 17 世纪 40 年代英国资产阶级革命期间。国王查理一世的军队与克伦威尔领导的以清教徒为中坚力量的国会军之间爆发了内战。故事围绕着 4 个孩子的命运展开。故事开始于 1647 年，国王查理一世已经战败，带着残存部属从伦敦逃往新森林地区。国会军的士兵和清教徒圆颅党追踪而至，在森林地区展开搜索，他们决定烧掉国王军中贝弗利上校的林中庄园，这个贝弗利上校已经在之前的战役中阵亡。庄园毁于烈火之后，住在里面的贝弗利上校的四个孩子——爱德华、汉弗莱、爱丽丝和内斯比特被认为必死无疑。然而不为人知的是，当地的一个守林人雅各布·阿米蒂奇已经把孩子们救走了，并把他们藏在密林深处的茅舍里，当作自己的孙儿孙女抚养。在守林人阿米蒂奇的指导下，孩子们学会了在林中打猎，在空地上播种庄稼，并由此摆脱了过去的贵族式生活方式，适应了简陋的林中生活。老人阿米蒂奇去世后，爱德华担负起照料弟妹的责任，孩子们在具有开拓精神的弟弟汉弗莱的带动下，开发和扩建林中的农庄。孩子们从一个陷阱中救出的吉卜赛男孩巴勃罗也加入了他们的行列，做他们的帮手。附近地区有一个对这些孩子充满敌意的清教徒，他是看林人柯博尔德，他总想伤害爱德华和他的弟妹。与此同时，爱德华也遇到一个富有同情心的清教徒希瑟斯通，他负责管理新森林地区的皇家土地。在一场发生在庄园的失火事件中，爱德华救出了希瑟斯通的女儿佩欣丝。为表达谢意，希瑟斯通让爱德华担任他的秘书，不过爱德华的真实身份并没有暴露，他仍然是老守林人阿米蒂奇的孙子。爱德华后来参加了未来的国王查尔斯二世的军队，但保皇党的军队在伍斯特战役中败北之后，他回到了新森林地区，得知他们一家原来的庄园地产已经归希瑟斯通所有，而且佩欣丝明确地拒绝了他的爱情表白，失望和伤心至极的爱德华跑到法国去了。他的两个妹妹被送到别处，过上了贵族小姐的生活，只有弟弟汉弗莱留在新森林。再后来，爱德华得知佩欣丝是真心爱他的，而且希瑟斯通是为了爱德华才致力于获得贝弗利家的庄园地产。但爱德华并没有赶回来，他仍然在异国流浪，直到查理二世就任国王后才回到新森林，与相爱之人重新团聚。这个故事的主线围绕贝弗利的 4 个孩子在森林里学会独自生存而展开，尤其表现了少年爱德华·贝弗利经过磨难而成长的过程。故事颂扬了刚毅、忍耐和勇气等理想品质。小说中的 4 个孩子最终都成为作者心目中少男和少女走向成熟的理想模式。当然，作为一部儿童历史小说，作者的政治倾向是趋于保守的，他对于追随国王的人士给予了同情，但他也描写了富于人性的清教徒人士希瑟斯通。通过保皇派后代爱德华与国会派清教徒希瑟斯通的女儿佩欣丝之间的相爱和结合，作者表达了一种让相互对立的极端的政治派别走向妥协和沟通的愿望。作者对于主人公爱德华·贝弗利的描写不是单面的，他出身高贵，生性傲慢，脾气暴躁，但又富于同情心，勇于助人，危难时表现出坚韧不拔的勇气和决心，他的出现标志着 19 世纪英国儿童文学领域血肉比较丰满的少年主人公的诞生。马里亚特的成功奠定了 19 世纪英国儿童历险小说蓬勃兴起的基础。后来者如威廉·金斯顿、托马斯·里德和罗伯特·巴兰坦等名家将沿着这条道路继续前行。

第三节　威廉·金斯顿和他的海洋历险故事

威廉·亨利·贾尔斯·金斯顿（William Henry Giles Kingston，1814—1880）出生在伦敦哈利街，是家中长子，他的外祖父是贾尔斯·鲁克爵士。他的父亲路西·亨利·金斯顿在波尔图经营葡萄酒生意，所以金斯顿在波尔图度过了多年的时光，在此期间他频繁地往返于英格兰和波尔图，对浩瀚的大海产生了终生不渝的热爱。成年后他进入了父亲经营的葡萄酒生意圈，但很快就将注意力转到自己喜爱的写作方面。他撰写的关于葡萄牙的报纸文章被翻译成葡萄牙语。他的第一本书发表于1844年，是关于高加索西北部地区的，书名是《切尔克西亚首领》（*The Circassian Chief*）。他在波尔图居住期间写了一本历史小说《首相》（*The Prime Minister*），游记《卢西塔尼亚速写》（*Lusitanian Sketches*），描述在葡萄牙的旅行经历。在定居英格兰后，他对于移民现象产生浓厚兴趣，进行了许多相关著述和相关活动。与此同时，金斯顿开始为孩子们，尤其是男孩们创作历险小说和游记等。作为一个创作了170多部作品的多产作家，其重要作品包括《在落基山脉》（*In the Rocky Mountains*）、《捕鲸手彼得》（*Peter the Whaler*，1851）、《蓝色的夹克》（*Blue Jackets*，1854）、《迪格比·希思科特》（*Digby Heathcote*，1860）、《“欢乐号”的巡航》（*The Cruise of the Frolic*，1860）、《火攻船》（*Fireships*，1862）、《海军士官马默杜克·梅里》（*The Midshipman Marmaduke Merry*，1863）、《本·波顿》（*Ben Burton*，1872）、《三个海军见习生》（*The Three Midshipmen*，1873）、《三个海军上尉》（*The Three Lieutenants*，1876）、《三个海军中校》（*The Three Commanders*，1876）、《三个海军上将》（*The Three Admirals*，1878）、《太平洋绑架案》（*Kidnapping in The Pacific*，1879）、《猎人亨德里克斯》（*Hendriks the Hunter*，1884），等等。他为儿童读者写了许多游记，包括《向西漫游》（*Western Wanderings. Or, A Pleasure Tour in the Canadas*，1856）、《我的多国游记：法国、意大利和葡萄牙》（*My Travels in Many Lands: France, Italy and Portuga*，1862）、《乘游艇环游英格兰》（*A Yacht Voyage Round England*，1879），等。他为儿童写的历险与发现的历史故事包括《库克船长：生平、航行和发现》（*Captain Cook：His Life，Voyages，And Discoveries*，1871）、《伟大的非洲旅行家》（*Great African Travellers*，1874）、《海军通俗历史》（*Popular History of The Navy*，1876）、《著名的航行：从哥伦布到帕里》（*Notable Voyages from Columbus to Parry*，1880）、《远东历险记》（*Adventures in the Far West*，1881）、《非洲历险记》（*Adventures in Africa*，1883）、《印度历险记》（*Adventures in India*，1884）、《澳大利亚历险记》（*Adventures in Australia*，1885），等等。从18世纪70年代开始，金斯顿与妻子阿格尼丝·金洛克·金斯顿合作翻译出版了法国作家儒勒·凡尔纳的多部作品，包括《神秘岛》（*The Mysterious Island*，3 *Volumes*，1875），《地下洞穴的孩子》（*The Child of the Cavern*，1877）（又名为《地下的奇怪事件》）（*Strange Doings Underground*）、《女王的财富》（*The Begum's Fortune*，1879），等。

在这位高产作家创作的100多部作品中，《捕鲸手彼得》（1851）经过岁月的沉淀仍然闪烁着不泯的光芒。小说主人公是15岁的彼得·莱福罗伊，他的出身与广大少年读者一样，非常普通，是一位爱尔兰牧师的儿子，但他进入历险世界之后生活就变得极不平凡了。由于偷猎被人抓住，彼得不得不登上一艘开往北美魁北克的海船，要做的就是侍候恶棍船长。彼得在船上的遭遇极其悲惨，饱受船长的欺凌虐待。在海上经历了一连串磨难和险境之后，彼得又置身于一条捕鲸船上，开始了新的历险。故事情节起伏跌宕，扣人心弦。作者一方面描写了充满紧张气氛的船上生活，以及激烈的海上冲突和对攻场面，另一方面生动地呈现了浩瀚凶险的大洋风貌，呈现了地中海大盗在东地中海地区劫掠过往船只的情景。

第四节　托马斯·里德和他的北美及域外历险故事

托马斯·梅恩·里德（Thomas Mayne Reid，1818—1883），出生在爱尔兰北部的一个乡村，父亲是当地的一个牧师，高级神职人员。父亲希望里德能够成为一个长老会的主持，所以里德于1834年9月考入贝尔法斯特皇家学院学习。然而他在那里待了 4 年以后对此仍然不感兴趣，因而没有完成学业并获得学位。最终他选择了返回家乡教书。里德非常崇拜诗人拜伦，尤其是拜伦的海外历险经历让他心动不已。1839 年 12 月，里德登上海船前往美国路易斯安那州的新奥尔良。他在那里找到了一份工作——在一家玉米谷物交易市场做交易员。他在新奥尔良只待了 6 个月便离开了，据说他离职的原因是拒绝用鞭子抽打奴隶。日后里德将路易斯安那州作为他的一部畅销书的背景地，这部书就是反奴隶制的小说《混血姑娘》（*The Quadroon*，1856）。里德的下一个目的地是田纳西州，他在纳什维尔附近的一个种植园给罗伯逊医生的孩子们做辅导老师，而多年以后，田纳西州成为他的小说《勇敢的女猎手》（*The Wild Huntress*，1860）的背景地。在这以后，他创办过私立学校、做过职员等工作。1842 年里德前往宾夕法尼亚州的匹兹堡，在那里他开始提笔写作，为《匹兹堡纪事晨报》撰写散文和诗歌。

1843 年年初，里德迁往费城，在那里待了 3 年。作为一名记者，他发表了不少诗歌，他在费城还遇见了作家埃德加·爱伦·坡，两人曾在一起饮酒论诗。1846 年墨西哥战争爆发时，里德是《纽约先驱报》的一名记者。不久里德加入了纽约第一志愿步兵团，成为一个少尉，一方面从事新闻写作，另一方面参加军事行动。得知巴伐利亚革命的消息后，他动身前往英国，打算做一名志愿者。但在穿越大西洋之后改变了主意，返回了位于爱尔兰北部的家乡。不久他又前往伦敦，并于 1850 年出版了他的第一部小说《枪骑兵》（*The Rifle Rangers*），从此开始了自己多产的小说创作。他随后发表的作品有《猎头皮的猎手》（*The Scalp Hunters*，1851），《沙漠之家》（*The Desert Home*，1852），《少年猎手们》（*The Boy Hunters*，1853）。其中，《少年猎手们》的背景地取自德克萨斯州和路易斯安那州，可以称为“青少年科学旅行见闻记”，受到青少年读者的欢迎。他的多部小说都是根据他在美国的经历而创作的，其中包括《白人首领》（*The White Chief*，1855），《混血姑娘》（*The Quadroon*，1856）、《奥塞欧拉》（*Oceola*，1858）和《无头骑士》（*The Headless Horseman*，1865）等。其中《混血姑娘》又名为“一个恋人在路易斯安那的历险故事”（*A*

Lover's Adventures in Louisiana)，讲述了一个超越肤色和种族的凄美的爱情故事。丰富的生活和工作经历以及广泛的迁移游历为里德积累了厚实的创作资源和题材，里德的小说创作呈现出广泛的背景地，除了美国西部，还有墨西哥、南非、喜马拉雅山脉、牙买加等等。除了引人入胜的异域风光，里德的历险小说故事情节惊险曲折，人物形象鲜明生动，因而受到儿童和青少年读者的喜爱。

第五节　罗伯特·巴兰坦和他的《珊瑚岛》

罗伯特·迈克尔·巴兰坦（Robert Michael Ballantyne，1825—1894）出生在苏格兰爱丁堡，在家中十个孩子中排行第九，父亲是一家报纸的编辑，也经营印刷业务。巴兰坦的叔叔詹姆斯·巴兰坦是苏格兰作家沃尔特·司各特的出版印刷商。1825 年发生的席卷英国的银行业危机导致了巴兰坦家印刷业务的倒闭，次年还欠下了大笔债务，家庭的经济状况大幅下滑。巴兰坦在 16 岁时只身前往加拿大，在哈德逊湾公司工作了 5 年。他与当地的居民进行皮革交易，这一工作要求他乘坐独木舟和雪橇前往现在的马尼托巴省、安大略省和魁北克省的许多地区，这一经历为他日后创作小说《雪花和阳光》提供了背景和素材。1847 年巴兰坦从海外回到苏格兰。第二年他出版了自己的第一本图书《哈得逊湾：生活在北美的荒野的生活经历》（*Hudson's Bay*：*Or*，*Life in The Wilds of North America*）。1853 年，他把一本描写北美风貌的书改写成少年读物，取得了很大成功。爱丁堡的一家出版商建议他写儿童历险故事。1856 年他创作的《年轻的皮毛商》（*The Young Fur - Traders*，最初名为《雪花和阳光》）出版，很受读者欢迎。这一年他放弃了经商业务，专心投入文学创作，并由此为青少年读者写出了一系列历险故事。主要作品除了《年轻的皮毛商》，还包括《珊瑚岛》（*The Coral Island*，1857）、《冰雪世界》（*The World of Ice*，1859）、《昂加瓦：爱斯基摩人土地上的故事》（*Ungava*：*A Tale of Eskimo Land*，1857）、《雪地狗克鲁索》（*The Dog Crusoe*，1860）、《灯塔》（*The Lighthouse*，1865）、《海上猎鲸记》（*Fighting the Whales*，1866）、《在地矿深处》（*Deep Down*，1868），《海盗之城》（*The Pirate City*，1874）等等共100多部作品。今天仍然拥有读者的传世之作当属《珊瑚岛》。《珊瑚岛》对于史蒂文生创作《金银岛》的影响是显而易见的，20世纪50年代威廉·戈尔丁获得诺贝尔奖的小说《蝇王》（1954）就是与《珊瑚岛》的对话与呼应，承其寓意，但反其道而创作。

作为维多利亚时期儿童历险小说的经典之一，《珊瑚岛》叙述少年拉尔夫和他的两个伙伴在一次海上航行中因遭遇海难而流落到位于南太平洋的一个孤岛的经历。为了生存，3个少年首先要解决食物问题，他们在岛上寻觅椰子和牡蛎等物。与此同时，他们也遭遇了鲨鱼的攻击，死里逃生；目睹了食人生番之间的残酷争斗；遭遇了海盗的追捕。从抓获拉尔夫的海盗“血腥比尔”的身上，读者可以看到史蒂文生《金银岛》中那个脸颊留有一道刀疤的海盗船长“比尔”的身影。在经过一番惊心动魄的劫后余生经历，拉尔夫操控着海盗的帆船驶回了海岛，然后同自己的两个伙伴一起乘船出发，驶向另一个岛屿。在这个新的岛屿上，他们被岛上的土著关押起来，而后在传教士的干预下，他们与土著达成了和解。最后，几个少年带着土著们馈赠的丰厚礼物返回故乡。故事中的3个少年各具性格特征，在遭遇困境和磨难时不畏惧，不退缩，而是积极应对，凭借勇敢和智慧化险为夷。少年为南太平洋诸岛带去了现代文明，传教士则努力向土著居民传播福音，象征着对这些蛮荒岛屿的开化行为。在故事的结尾，南太平洋诸岛似乎变成了基督教的领地，这在特定意义上体现了英国维多利亚时代中期重视海外贸易和福音传播的时代特征。

第六节　乔治·亨蒂和他的少儿历史历险小说

乔治·亨蒂（George A. Henty，1832—1902）出生在伦敦剑桥附近的特朗平顿。他从小体弱多病，许多时光都是在床上度过的。这一经历使他爱上了阅读。他先在伦敦的西敏寺特学校上学，后来进入剑桥大学的冈维尔和凯斯学院读书。克里米亚战争爆发后，他自愿加入了军队的医疗后勤部门，从而离开了学校，没有完成学业获得学位。后来他被派往克里米亚，在那里目睹了英国士兵在难以想象的艰苦环境中进行作战。他在寄给家人的书信中生动逼真地描述了自己看到的战火纷飞的情景。他的父亲被这些书信打动了，随即将它们寄给《广告晨报》，报社编辑把它们刊印了出来。这对于年轻的亨蒂是一个鼓励，后来他接受了多家报纸的聘请，到俄国、非洲、西班牙、印度和巴尔干半岛等国家和地区进行特别新闻报道。

亨蒂喜欢在晚饭后给自己的孩子们讲故事，并由此锻炼了文学创作的叙述技巧。1868 年他开始写第一本儿童小说，《在遥远的南美大草原》（*Out on the Pampas*），就用自己孩子们的名字作为书中主要人物的名字，这本书于 1870 年 11 月出版，但在书名页上的出版日期印的是 1871 年。19 世纪 70 年代，亨蒂应出版社的约请，开始为青少年创作小说，而他最为人所知的就是他的历史惊险小说，主要作品包括《长矛和沟堑：建立荷兰共和国的故事》（*By Pike and Dyke*：*A Tale of the Rise of the Dutch Republic*，1880），通过少年主人公的眼睛见证荷兰人反抗西班牙统治，争取独立的斗争；《在恐怖统治下：一个威斯敏斯特少年的历险故事》（*In the Reign of Terror*：*The Adventures of a Westminster Boy*，1880）讲述主人公哈利·桑德威斯——一个威斯敏斯特学校的少年在一个法国侯爵的城堡里做实习生，在法国大革命爆发后的危机中经历种种艰难险阻，陪伴家人到达巴黎的经过；《在德雷克的旗帜下》（*Under Drake's Flag*：*A Tale of the Spanish Main*，1883）讲述少年内德·赫恩跟随英国海盗船长弗朗西斯·德雷克在加勒比海的历险故事；《与克拉夫在印度：帝国的开端》（*With Clive in India*，*Or*，*The Beginnings of an Empire*，1884）讲述一个英国少年前往印度寻求经商致富的故事。在经历 10 年的历险之后少年终于带着一大笔财富回到故乡，而且由于他在此期间对于增强英国在印度帝国的影响和将法国人赶出印度所做的贡献，他还获得了军队颁发的勋章；《为了自由的事业：华莱士和布鲁斯的故事》（*In Freedom's Cause*：*A Story of Wallace & Bruce*，1885）讲述在 14 世纪初的苏格兰，威廉·华莱士和罗伯特·布鲁斯为苏格兰的独立而反抗英国统治的斗争；《龙与乌鸦》（*The Dragon & the Raven*，*Or*，*The Days of King Alfred*，1886）讲述一个贵族青年参加阿尔弗雷德国王领导的战斗，立下赫赫功绩的故事；《为了神圣寺庙：耶路撒冷的倒塌》（*For the Temple*：*A Tale of the Fall of Jerusalem*，1888）讲述古城耶路撒冷在罗马帝国的攻打下遭受毁灭的故事；《李将军在弗吉尼亚州：发生在美国内战中的故事》（*With Lee in Virginia*：*A Story of the American Civil War*，1889）讲述美国内战期间，北方军队攻入弗吉尼亚后发生的几场大战；《布巴斯特的圣猫：发生在古埃及的故事》（*The Cat of Bubastes*：*A tale of Ancient Egypt*，1888）讲述公元前1250年，一个埃及祭司的儿子无意间杀死了一只圣猫后发生的历险故事——他不得不在妹妹和两个外国奴隶的陪伴下，出海远航，经历艰难的旅程去寻找避难所。

亨蒂在政治意识方面深受查尔斯·迪尔克爵士（Sir Charles Dilke）和托马斯·卡莱尔（Thomas Carlyle）等人的影响，是大英帝国的坚定支持者。即使在亨蒂生前，他的作品就引起了争议。一些维多利亚时代的作家认为亨蒂的某些小说对于非英国人具有排外意识，对于大英帝国有大加美化称颂之嫌。他的作品中的确有殖民主义的色彩和种族（阶级）偏见，以及对于黑人的蔑视——英国殖民地官员高高在上，印第安人、非洲人和西印度群岛的黑人总是低人一等。这种帝国意识还表现在描写英国在全球范围内的殖民争霸，在颂扬英国殖民英雄的同时颇为自豪地描述了大英帝国对殖民地的土地占有和财产掠夺。不过，在他的小说《为了争取自由的事业：华莱士和布鲁斯的故事》（*In Freedom's Cause*：*A Story of Wallace and Bruce*，1885）中，主人公拿起武器对抗英国人，并强烈谴责了英国国王爱德华一世的行为。

作为19世纪后期英国最多产的少年历史冒险小说作家，亨蒂为青少年读者创作了100多部作品，同时也为成人读者写了不少小说和非虚构类散文等。他的少年小说通常围绕一个生活在动荡年代的男孩或年轻人的经历而展开，涉及的历史背景从布匿战争、克里米亚战争、拿破仑战争到美国内战等。这些小说的主人公通常为十五六岁的少年（偶尔也会有一两个年轻姑娘作为主人公），他们体魄强壮，心地善良，不仅头脑聪明，勇敢刚毅，足智多谋，而且为人诚实，待人谦和。这样的品质或美德使亨蒂的历险小说受到许多基督徒和家庭教育者的欢迎。小说描写主人公如何卷入了特定历史年代的事件或风波之中，经受了各种各样的考验甚至磨难，通过智慧和刚毅的冒险行动走向成熟，同时也取得了个人和事业的成功，获得优越的社会和经济地位，成为青少年走上成功之路的理想模式。和《格列佛游记》一样，作者在小说的叙述中配以地图和整页的插图，对于青少年读者更具有吸引力。

第七节　罗伯特·史蒂文生和他的《金银岛》

罗伯特·路易斯·史蒂文生（Robert Louis Stevenson，1850—1894）出生于苏格兰爱丁堡，父亲和祖父都是灯塔工程师。巴兰坦自幼体弱，不喜欢户外剧烈运动，但酷爱阅读文学作品，喜欢幻想。由于父母的身体状况欠佳，史蒂文生一岁半时，家里雇请了一位名叫卡明的护士来料理家务。这个卡明既有爱心又有耐心，她经常给史蒂文生讲民间故事，包括恐怖故事，让史蒂文生又惊又喜。史蒂文生 17 岁时进入爱丁堡大学攻读土木工程，但不久考虑到健康状况，改学法律专业。毕业后史蒂文生并没有从事律师职业。同为灯塔工程师的父亲和祖父要经常去海上检查那些为航船指路的灯塔。他们出海时，时常把年幼的史蒂文生带在身旁，这让他从小就饱览了变幻莫测、浩瀚壮丽的大海景观。在海上航行和岛上驻足时，他们总要对史蒂文生讲些有关航海和海盗的故事，这无形中对史蒂文生日后创作《金银岛》时对海盗形象和藏宝行为的栩栩如生的描写打下了基础。史蒂文生在大学时期即开始写作，离开大学后又用了几年时间到法国等地区旅行，结识了不少朋友，增加了人生的阅历和对社会的认识，先后创作的作品有游记《内河航程》（*An Inland Voyage*，1878），描述史蒂文生与朋友从安特卫普前往蓬图瓦兹的经历；《骑驴漫游记》（*Travels with a Donkey in the CéVennes*，1879）；惊险浪漫故事集《新天方夜谭》（*New Arabian Nights*，1882）；重要小说有《金银岛》（1883）、《化身博士》（1886）、《诱拐》（*Kidnapped*，1886）、《黑箭》（*The Black Arrow*：*A Tale of the Two Roses*，1888），这是一部历史冒险小说，故事背景设置在英国玫瑰战争期间，等。他的儿童诗集《一个孩子的诗园》（1885）已成为英语儿童诗歌的经典之作。史蒂文生也被称为英国 19 世纪末新浪漫主义文学的代表作家。

1886 年史蒂文生发表了《杰基尔博士和海德先生的奇案》（*The Strange Case of Dr Jekyll and Mr Hyde*，国内多译为《化身博士》）。这是一部具有科幻性质的惊险小说。小说的主人公是住在爱丁堡的一个名叫杰基尔的医生。经过长期实验之后，他配制了一种药剂，服下之后可以当场变成另外一个人，即海德先生。天亮以前，海德先生又将配制的药剂喝下去，重新恢复了杰基尔医生的原形。不幸的是，服用这种药物形成了习惯性反应，每次服药之后，海德先生就会失去控制，不惜实施谋杀罪行，最终遭到追捕。作为医生的杰基尔身材魁梧，心地善良，乐善好施，以高尚的人道精神救治病人；而作为利己主义者的海德先生则面目狰狞，形象猥琐，贪图享乐，心理阴暗，作恶多端。这是一个关于集善、恶于一体的双重人格的文学形象。它关注的是在一个躯体里同时存在着“天使和魔鬼”的复杂人性，表现的是关于理性与本能之间发生的冲突。在《杰基尔博士和海德先生的奇案》之前，史蒂文生已经创作过其他的幻想故事，包括《新天方夜谭》和一个震撼人心的诡异幻想故事《邪恶的珍妮特》（*Thrawn Janet*）。对于英国儿童文学以及对于一般读者而言，史蒂文生影响最大的作品无疑是《金银岛》和《一个孩子的诗园》（*A Child's Garden of Verses*）。

1876 年，史蒂文生遇见了比他大 10 岁的美国女子芳妮·奥斯本，两人一见如故，很快相恋。芳妮有一个 18 岁的女儿和一个 8 岁的儿子劳埃德。1880 年，在经过了不少波折之后，两人终成眷属。婚后的芳妮既是照顾史蒂文生的护士，又是他作品的第一个读者和评论者。史蒂文生时常给继子劳埃德讲述各种好听的鬼故事，还陪他一起画画。有一天他们共同画了一张海岛地图，涂上颜色，取名为金银岛，并为它构想了一个故事，这就是文学名著《金银岛》创作的缘起。男孩劳埃德提出的要求是，这个故事里不能出现女人。于是在故事里除了主人公吉姆的母亲外，真的就没有别的女人了。这个寻宝故事于 1881 年 10 月至 1882 年 1 月在《小伙子》刊物上发表，名为《金银岛，或伊斯班袅拉号上的暴乱》，作者署名是“乔治·诺斯船长”，1883 年单行本《金银岛》（*Treasure Island*）出版，史蒂文生将它题献给了劳埃德。

“金银岛”的现实海域就是靠近南美大陆北岸一带的大片海域，有人认为具体地域在如今古巴一个名为青年岛（也叫松树岛）的特别行政区。从16世纪至18世纪，尤其在当年西班牙称雄海洋的几百年间，这一带海面常有西班牙商船来往，所以也是赫赫有名的加勒比海盗兴风作浪、聚众打劫的天堂。猖狂的逃犯和海盗驾驶着海盗船在海上四处流窜，追击西班牙运输金银财宝和商货的船只，把抢来的金银财宝运到荒无人烟的小岛上，藏于隐秘的山洞里。《金银岛》讲述的是一个传统的关于海盗与宝藏的寻宝历险故事。故事的主人公是10岁的少年吉姆·霍金斯，他的父母在临海的黑山海湾旁经营着一家小客店，名字倒非常响亮：“本鲍上将。”有一天，一位不速之客的到来打破了客店的平静。这个脸颊上留有一道刀疤的旅客名叫比尔，自称船长，整天痛饮朗姆酒，嘴里老是哼着一只怪怪的海盗小曲：“十五个人扒着死人箱……唷嗬嗬，朗姆酒一瓶，快来尝……”他常给吉姆讲些吓人的故事，比如罪犯如何被处以绞刑；双手被绑的海盗如何蒙着双眼走过跳板；平静的海面如何风暴骤起；西班牙海盗的巢穴如何遍布骨骸，等等。这个比尔每月给吉姆四个便士，要他替自己留心一个“独腿海盗”的踪影。眼见行为怪异的比尔对这个神秘“独腿海盗”如此恐惧，吉姆无数次在梦里见到这个可怕人物——这就预示了凶狠歹毒的海盗、独腿西尔弗的登场。由于饮酒过量，加上受了严重惊吓，比尔突然死在小客店里。吉姆在他随身携带的水手衣物箱里找到一张神秘的“金银岛”藏宝图，那是海盗船长普林特留下来的，根据藏宝地图的标识，人们可以找到这座海岛及其藏宝处。于是围绕着这张地图展开了一场远航寻宝的历险斗争。

斯摩莱特船长和镇上的利弗希医生等人决定带着吉姆和这张藏宝图前往金银岛，而以独腿海盗西尔弗为首的一批心怀叵测的海盗也装扮成水手前来应聘，同舟前行。在前往金银岛的海上旅途中，吉姆一行遭遇了许多惊险的事件，包括海盗们的叛乱、风暴的肆虐和船上致命疟疾的爆发，等等。通过冷静果断地与海盗周旋，机智勇敢的吉姆多次挫败了海盗们的阴谋。在历经千辛万苦之后，航船终于抵达了金银岛，吉姆一行先后登上岛屿，随后又战胜了疯狂的海盗，将他们悉数击毙或者俘获，最后的胜利成果就是找到那些价值连城的宝藏。不过狡猾的海盗头子西尔弗并没有落网，他趁乱逃跑了，给故事留下了一丝悬念。

《金银岛》中作者对海盗头子“高个的约翰·西尔弗”（Long John Silver）的刻画是丰富多样的，给人留下了深刻印象。这个独腿海盗是臭名昭著的海盗船长老弗林特的大副，为人狡诈。他平常总是一副友好的、热心助人的模样，让主人公霍金斯对他产生了好感和信任。实际上，他自始至终都在策划一场阴险毒辣的“借船出海，乘乱夺宝”的阴谋。这个独腿西尔弗在船上担任的是厨师的职务，平时待人和善，把船上的人都给迷惑住了。他处事圆滑，干厨师工作也是尽心尽责，这让吉姆很是喜欢他，但在吉姆躲在苹果桶里偷听到海盗们反叛的密谋，并且亲眼目睹他杀死一名船员之后，吉姆就看穿了他残暴的本性。这是一个多面的人，他有时温文尔雅，颇具绅士风度；有时凶残歹毒，充满暴戾之气；有时沉稳冷静，有时暴跳如雷；他生性残忍，作恶多端，但又贪生怕死，最后抛弃了所有帮凶，一个人逃之夭夭。人性的复杂，包括有时善良的一面和邪恶与贪婪的一面，在他身上显露无遗。这是《金银岛》成功塑造的一个反面人物形象。

《一个孩子的诗园》共收入诗作64首，涉及童年生活与幻想世界，乃至人生的方方面面，从夏天躺在床上的遐想，到冬天漫步在山野上看那洁白丰厚的积雪引起的联想；从幼年的歌唱和漫游，到年老了坐在椅子里看下一代孩子们做着游戏；在童年的想象中，一切都是变幻的，充满神奇意味的，可以演绎出五光十色的多彩世界。夜色朦胧之中，卧室里的床会变成一条航船，载着勇敢的小水手驶向广阔无垠的未知世界；生病的时候躺在床上，被子就变成了士兵们迈步行进的山林，床单就变成了浩瀚的海洋，威武的舰队破浪行驶 …… 诗人怀着一颗童心，“漫游”在童年的现实和梦境之间，穿越世界：

“我真想起身，抬腿就走，去那儿：上面是异国的蓝天，下面是鹦鹉岛，横躺在海面，孤独的鲁滨孙们在建造木船……去那儿：一座座东方的城镇，城里装饰着清真寺和塔尖 ……去那儿：长城环抱着中国，另一边，是城市，一片嘈杂，钟声、鼓声和人声喧哗；去那儿：火焰般炎热的森林…… 到处是椰子果，大猿猴……去那儿：看鳄鱼披一身鳞甲，还有那红色的火烈鸟……去那儿：在一片荒凉的沙地，直立着一座古城的残迹……我要到那儿去，只等我长大，就带着骆驼队向那里进发；去那儿，在幽暗尘封的饭厅，点燃起火炬，给周围照明；从墙上挂着的多少幅画图，看英雄、战斗、节日的欢愉……”（《一个孩子的诗园》，屠岸，方谷绣译）

《一个孩子的诗园》以小见大，意境优美，将儿童诗的欢快明朗与宗教诗的教诲融合起来，体现了英国儿童诗歌的视觉化和韵律感等审美因素。诗人以“闲花落地听无声”的微妙触角捕捉孩子的情绪和感觉，捕捉他们的向往和期待，惟妙惟肖地再现了童年的时光，化平常为神奇。

1889 年，一生体弱多病的史蒂文生前往位于太平洋的萨摩亚岛疗养身体。1894 年 12 月的一天，史蒂文生还和往常一样进行《赫米斯顿的魏尔》的写作，但到了晚上，当史蒂文生正要打开一瓶葡萄酒时突然倒下了，并在几个钟头后与世长辞。在继子劳埃德和当地居民的料理下，史蒂文生被安葬于他生前指定的瓦埃阿山（Mt. Vaea）——一处可以眺望海洋的地方，墓碑上就刻着史蒂文生自己所作的《安魂曲》：

在那寥廓的星空下，
挖一个墓穴让我躺下。
活着真快乐，死了也潇洒。
临睡前再把一个心愿许下。
请把这诗句镌刻在我的墓碑上：
他长眠在心中向往的地方，
就像远洋的水手返回故乡，
就像深山的猎人走下山冈。

第八节　亨利·哈格德和他的《所罗门王的宝藏》

亨利·赖德·哈格德（Henry Rider Haggard，1856—1925），生于英格兰诺福克郡的布拉登汉，一个具有丹麦血统的家庭。他的父亲是当地乡绅，也是一位律师。母亲爱好业余写作，这对哈格德产生了很大影响。哈格德在家中排行第八。1875 年，19 岁的哈格德被父亲送到南非，去给英国殖民地纳塔尔省总督雷德弗斯·布尔沃爵士（Sir Redvers Bulwer）当文书；1877 年，他被任命为特别专员，不久又被任命为德兰士瓦高等法院助理法官。在这一时期，他游历了这个正值多事之秋的非洲国家，走访那些经历过战争的幸存者，同时广泛收集当地的历史和传说，熟悉了当地的黑人祖鲁文化，这为他日后创作的一系列以非洲腹地“黑暗大陆”为背景的传奇小说提供了原型和生活积累。

在哈格德数量众多的小说中，他的成名作《所罗门王的宝藏》（*King Solomon's Mines*，1885）的写作缘起于他与自己兄弟之间打的一个价值 1 先令的赌：他能够写出一部比史蒂文生的《金银岛》更加吸引人的小说。这部小说在 1885 年出版了，当即获得极大的成功。在这之后，他又创作了以非洲历险和传说为题材的《艾伦·夸特曼》（*Allan Quatermain*，1887）、《她》（*She*，1887）、《梅娃复仇记》等作品，也成为很受读者欢迎的名篇。哈格德的小说通常以非洲腹地传说中的土著王国为背景，描写英国人在当地土著人引导下进行的情节起伏跌宕的奇异探险，带有浓厚的殖民主义色彩和异国风情。晚年的哈格德还创作了《当世界剧烈震荡》（*When the World Shook*，1919）等作品。哈格德去世后发表的《阿伦和冰河时代的众神》（*Allan and the Ice - Gods*，1927）是对于冰河时代的情景展现，更接近科幻小说。

《圣经》中的所罗门王睿智超群，富甲天下，既是智慧的化身，又是财富的象征。他生前拥有大量的黄金、象牙和钻石。在他去世后的许多世纪以来，无数的探险家一直在寻找这批传说中的古代文明宝藏，寻找盛产黄金和钻石的宝地所在。《所罗门王的宝藏》的创作背景就是 19 世纪后期在西方广为流传的“所罗门王的矿场”的传闻。小说的主人公是故事的叙述者——英国人艾伦·

夸特曼，还有英国人亨利·柯蒂斯爵士和英国皇家海军退役军官约翰·古德上校。柯蒂斯爵士在古德上校的陪同下，到南非来寻找失踪的弟弟乔治。夸特曼告诉他俩，乔治已经去寻找传说中的所罗门矿场了。于是三人决定深入非洲腹地，追寻乔治的行踪。他们得到一张300年前一位葡萄牙贵族留下的藏宝地图，决定去寻找一批价值连城的宝藏。他们横穿沙漠，翻越雪山，历尽艰辛，终于进入了非洲腹地——一个神秘的原始王国库库安纳。这里还保留着残酷的人殉制度；还有独眼暴君特瓦拉，他居然拥有1000个妻室；那邪恶的女巫加古尔像秃鹫一般丑恶、诡诈；当然还有聪慧、美丽的绝代佳人弗拉塔。3个英国人不由自主地卷入这个原始国度的王位争夺中，最终扶正压邪，扶助正当的王子伊格诺西继承了王位，从而恢复了这里的秩序和安宁。与此同时，他们经过艰苦卓绝的努力，终于找到了传说中的价值连城的宝藏。然而，在阴险的女巫加古尔的精心策划下，一场灭顶之灾正悄无声息地向他们逼近。在最后的生死关头，被困在岩洞里的3个探险者突然感觉有一丝气流从地下的缝隙中钻进来，便拼命把石板掀起来，这才发现了一条能够逃生的地下隧道。

哈格德的《所罗门王的宝藏》与史蒂文生的《金银岛》各有千秋，很难说其艺术成就孰高孰低。或者可以这么说，同为历险小说的经典之作，《所罗门王的宝藏》成为维多利亚晚期英国少年历险小说的尾声，或者是一曲余音绕梁的绝唱。

第四编　浴火而行，承前启后：两次世界大战期间的儿童文学（1910—1945）

浴火而行，承前启后：两次世界大战期间的儿童文学（1910—1945）

YUHUO ERXING，CHENGQIAN QIHOU：LIANGCI SHIJIE DAZHAN QIJIAN DE ERTONG WENXUE (1910-1945)

综　论

人类进入20世纪以来经历了两次惨绝人寰的世界大战。从1911年至1945年，两场肇始于欧洲的世界大战先后爆发，几乎席卷全球，对于包括英国在内的西方社会产生了难以磨灭的深刻影响。长期以来，以英、法、俄为一方的“协约国”和以德、奥为另一方的“同盟国”两大军事集团为了争夺殖民地和势力范围，在1914年引发了第一次世界大战。这场战争历时4年之久，给交战各国造成巨大的破坏，不仅使各国的经济陷入极度混乱之中，更使各国人民遭受巨大的牺牲，陷入难以言状的艰难困苦之中。20世纪30年代在资本主义世界爆发的全球性经济危机又使当时的世界政局发生了剧烈变化，成为第二次世界大战的直接导因。德、意、日三国的法西斯势力在垄断资产阶级扶植下上台执政，对外大肆侵略扩张。随着1939年法西斯德国入侵波兰，第二次世界大战全面爆发。全世界有60多个国家和五分之四的人口卷入了这场战争。经过艰苦卓绝的奋战，由苏、美、英、中等不同社会制度的国家结成的反法西斯同盟战胜了德、意、日法西斯力量，宣告了第二次世界大战的结束。第二次世界大战被看作世界现代史的一个重大转折点，战后的世界进入了一个新的历史时期。

无论是一战还是二战之后，昔日称雄世界、无比辉煌的大英帝国先后经历了国力衰弱的阵痛，都要用很长时间才能从战争创伤中恢复过来。这两次战争极大地冲击了包括英国在内的当代资本主义社会的价值体系和伦理体系，促使人们对现存的价值观和伦理观进行前所未有的反思。与此同时，毁灭性的战争及其严重后果也促使英国政府比以往更加重视儿童与青少年教育，所采取的一些措施客观上为战后英国儿童文学的发展和繁荣提供了必要的社会保障和物质条件。英国议会于 1918 年通过了新的《教育法案》，将年轻一代接受义务教育的最大年龄定为 14 岁，而且 14 岁以后离校的儿童还应当继续上学，要每年接受 320 小时的学校教育，直到年满 18 周岁。这一法案对于提高英国低龄儿童的读书识字率具有积极的作用。1941 年，丘吉尔政府任命巴菲特为教育大臣，由他主持制定了于 1944 年颁布实施的新版《英国教育法案》。这部新法案将接受义务教育的离校年龄提高到 15 岁；同时把政府的教育制度的实施划分为初等、中等和高等 3 个阶段。这部新法案体现了对于幼童和青少年教育的重视，在理念上不再将他们视作旧文化价值的继承者，而是面对新的未来的“谷种”。客观地看，战后英国政府对教育的重视由此延续至今，影响深远。从总体看，对适龄儿童及青少年教育的重视对提升他们的文化水平及阅读水平起了积极的推动作用，也为英国儿童文学作品的创作和得到大众接受提供了有益的外部环境。

从 19 世纪末至 20 世纪 20 年代和 40 年代，英国文坛上正是现代主义小说流派方兴未艾的时期。其中意识流小说无疑是影响最大的文学流派之一，其重要作家包括弗吉尼亚·伍尔夫和詹姆士·乔伊斯等人。伍尔夫的现代主义创作发自于她对“爱德华时代”那些注重文学叙事的“物质主义”的小说家的不满和批评。现代主义作家的共同特点是致力于通过全新的反传统的叙述形式和语言风格进行写作，致力于打破传统文学的叙事技巧，故意淡化故事情节，采用大量内心独白和自由联想，大力营造时空交替和心理时间及象征暗示，不遗余力地追求语言运用的创新和变异，以呈现错综复杂的现代意识和感受。与此形成对比的是，由于英国童话小说主潮的儿童文学性及其儿童和青少年读者本位写作的内在特性，也由于以刘易斯·卡罗尔为代表的维多利亚时期童话小说作家们所奠定的坚实传统，英国童话小说的创作仍然秉承着张扬幻想、解放想象的童话审美理想而沿着自己的轨道继续前行。事实上，战争的冲击和战后的变化使许多人心中的怀旧情感和逃避愿望变得更加急迫，更富有吸引力。这些情绪自然会在儿童图书的创作中通过童话叙事得到适宜的表达，如动物童话小说和玩偶动物小说创作就取得了突出成就。其中最具代表性的是休·洛夫廷（Hugh John Lofting，1886—1947）的《杜立德医生》系列（*The Story of Dr Dolittle*，20 世纪 20 年代以来）以及以玛杰丽·比安柯（Margery Bianco）的《天鹅绒兔宝宝》（*The Velveteen Rabbit*，1922）和 A. A. 米尔恩（A. A. Milne，1882—1958）的《小熊维尼·菩》（*Winnie – the – Pooh*，1926）为代表拟人化的玩偶动物小说。此外，约翰·梅斯菲尔德（John Masefield，1898—1967）的《午夜的人们》（*The Midnight Folk*，1927）和《欢乐盒》（*The Box of Delights*，1935）和 P. L. 特拉弗丝（P. L. Travers）的《随风而来的玛丽·波平丝》（*Many Poppins*，1934）、《玛丽·波平丝回来了》（1935）、《玛丽·波平丝打开了门》（1936）成为别具一格、风格隽永的童话小说；J·B·S·霍尔丹的《我的朋友利基先生》（1937）；J·R·R·托尔金的早期幻想小说《霍比特人》（*The Hobbit*，1937）；厄休拉·威廉姆斯的《小木马历险记》（1938）；T·H·怀特（T. H. White）的《石中剑》（*The Sword in the Stone*，1938）；20 世纪 40 年代的重要作品有皮皮（BB，D·J·Watkins – Pitchford）的《灰矮人》（*The Little Grey Men*，1942），等等。

由于受到惨烈的战争因素的影响，从 1910 年至 1945 年，寻找避难场所成为英国童话小说的重要主题之一。这一倾向也被一些当代批评家称为“逃避主义”。托尔金在 1938 年所做的《论童话故事》演讲中就针对童话及幻想文学的“逃避”功能进行了阐述。他认为“逃避”并非一般消极意义上的避世，而是真正的童话故事应当具备的重要文学因素之一。用他的话来说，童话的独特性就在于，听童话故事的儿童能够从想象中的深切的绝望中恢复过来，从想象中的巨大危险中逃避出来，而最重要的是获得心理安慰，从而树立生活的信心。托尔金的这一信念与他的真实战争经历密切相关。C. S. 刘易斯曾感叹第一次世界大战给英国的物质和文化事业造成的巨大创伤，叹息有多少英国乡村少年及其他优秀青年死在炮弹横飞的战场上，与此同时，战争给活着的人们所带来的心理震撼更是难以估量的。在一战期间，托尔金的好友罗布·吉尔森和杰弗里·史密斯先后去世，给生者带来无尽的哀思。史密斯在给托尔金的最后一封信中这样写道："那些活着走出战场的人，应该延续全体朋友们的烈焰般的激情，说出死者未能说出的话，创造使他们全体引以为自豪的成就。"托尔金没有辜负好友的期望，他通过童话小说《霍比特人》（*The Hobbit*，1937）象征性地表达了经历磨难的小人物的英雄主义精神，这部小说通过童话叙事折射了托尔金在第一次世界大战中的经历，对本时代的幻想文学作品的伦理道德观、价值观及传统的英雄主义等进行了拷问。故事的主人公比尔博在巫师刚多尔夫的安排下，踏上跟随小矮人远征队前往恶龙盘踞的巢穴，夺回被它抢走霸占的财宝的历险征程。整个故事从多层面揭示了人性的复杂，展示了一个看似寻常小人物的成长历程及其潜藏的英雄主义。作者为《霍比特人》注入的时代精神和自己的思考，是对寻宝历险的传统主题的拓展，从而一开英国儿童幻想文学变化之风气。

分别创作于两次大战期间的两部童话小说——休·洛夫廷的《杜立德医生历险记》（1920，获纽伯瑞金奖）和皮皮的《灰矮人》（1942，获卡内基奖）寄托着典型的追寻避难乐土的理想。前者讲述的主人公杜立德医生不善于与人交往，继而改为为动物看病。他通过家里的鹦鹉学会了动物的语言，为远近地区家养动物们看病，手到病除，成为深受它们爱戴的神奇兽医。后来他又赶赴遥远的非洲丛林去医治那里患病的动物——由此引发的种种故事无疑将读者独自带进了远离人间残酷战争、充满童趣的理想之国。[①]《灰矮人》作者皮皮的全名是丹尼斯·沃特金斯－皮奇福德，他曾就读于皇家艺术学院，后从事绘画

① 我们将在本书第四编的第一章对洛夫廷的《杜立德医生历险记》系列进行专题探讨。

和写作，长期生活在英国的中南部。《灰矮人》的故事背景就设置在作者所熟悉的中南部，只是虚构为风景同样美丽诱人的愚人河下游。1942 年的英国已经进入了与德国法西斯进行殊死搏杀的二战年代。在惨烈战争的浓浓硝烟中，在德国空军对伦敦等城市进行狂轰滥炸的冲天火光中，作者向人们讲述的却是 3 个灰矮人前往愚人河的源头去寻找其失散兄弟的历险故事。这 3 个灰矮人中一个叫“秃子”，一个叫“喷嚏”，一个叫“哆嗦”，他们自己动手打造了一条小船，从愚人河的下游溯流而上，在沿岸如画如诗的风光中遭遇了各种各样的河畔动物居民，也遭遇了凶恶巨人格罗姆的追杀，而他们凭着非凡的勇气和智慧应对凶险，化险为夷，终于胜利归来。从童话叙事的角度看，这部小说在一个更深的层面寄托了作者在惨烈的二战期间，在英国城乡遭受纳粹空军疯狂轰炸的背景下，致力于寻求安宁与和平的愿望和理想。事实上，战争终将过去，人类还将在和平安宁的环境中谋求生存，走向未来，这才是不可动摇和不可偏离的人间正道。

这一时期以休·洛夫廷的传奇式的杜立德医生系列、米尔恩的动物玩偶式的《小熊维尼·菩》和比安柯的《天鹅绒兔宝宝》等为代表的动物乌托邦故事的创作仍然保持着强劲的势头。此外，苏格兰作家、政治家约翰·布坎（John Buchan）创作的《神奇的手杖》（1932），以及发表于 1939 年的讲述返回过去时间的两部旅行故事——希尔达·刘易斯（Hilda Lewis）的《飞船》（*The Ship that Flew*）和阿利森·厄特利（Alison Uttley）的《时间旅行者》（*A Traveller in Time*）也开拓了新的幻想题材。40 年代出现了不少描写想象世界的作者，如伊丽莎白·高奇（Elizabeth Goudge）、沃金斯·皮奇福德（Watkins Pitchford）、克罗夫特·迪金森（Croft Dickinson）、埃里克·林克莱特（Eric Linklater），朗默·戈登（Rumer Godden）、贝弗利·尼科尔斯（Beverley Nichols），等等。从总体上看，如果说维多利亚时期的经典童话小说呈现了奇崛厚重的魔法因素（如“爱丽丝”小说中的地下奇境和镜中世界，内斯比特的“五个孩子”系列中能满足愿望的沙地精、魔法护符、神奇的凤凰以及其他使现实与幻想交替互换的魔法因素），那么在 20 世纪 30 年代以来的英国童话小说则表现出从奇崛奔放走向平缓凝重的趋向，同时更趋于童趣化；魔法因素则趋于平淡化或日常生活化，那些具有神奇魔力的物件往往是儿童熟悉的日用品或玩具，如一根手杖，一个模型船，玩具木马，等等；具有神奇魔法的人物及魔法因素也出现了日常生活化（故事可置于现代社会的平民化生活背景之中）的走向。

第一章
拓展“禽言兽语”疆界的动物童话：洛夫廷的“杜立德医生”系列

休·约翰·洛夫廷（Hugh John Lofting，1886—1947）的“杜立德医生”系列进一步拓展了“禽言兽语”类童话故事的疆界。自1920年问世以来这一系列广受大小读者的欢迎和好评，成为当代颇具影响的表现人与动物友好相处、密切合作、共同奋斗，最终改变生活现状的动物童话小说。洛夫廷于1886年1月出生于英国巴克夏郡，在谢菲尔德接受了初等教育，后到美国求学，在马萨诸塞理工学院获得土木工程本科学位。在第一次世界大战期间，洛夫廷加入了爱尔兰禁卫军，作为一名上尉在军中服役，他的两个年幼的孩子留在英国。在远离亲人的异国战场上，栖身于战壕中的洛夫廷只能通过写信的方式来寄托自己的思念之情。他不愿把战场上目睹的残酷情形告诉孩子们。但在看到那些运用于战争中的马匹时获得了灵感，决定采用幻想文学的方式在信中给孩子们讲述一个热爱动物，懂动物语言的乡村医生的故事，并且附上自己画的插图。这些故事就成为后来影响深远的系列动物童话小说《杜立德医生的故事》

（1920—1952）的前身。从总体上看，“杜立德医生历险记”系列为读者构建了一个温馨的人与动物共处、互助的童话乌托邦。这个乌托邦从现代英国社会延伸到非洲原始树林的动物世界，延伸到浩瀚的大海，又从非洲丛林回到英国……不仅故事情节丰富多彩，极富童趣，而且呈现了现代英国社会的广阔生活场景。

与迪克·金－史密斯聚焦于动物角色之情感与行动的农场动物小说不同，洛夫廷的动物小说以杜立德医生的大胆思想观念和异乎寻常的行动作为叙述的轴心，使读者随着杜立德医生走进人和动物密切合作的乌托邦世界。从 1920 年发表的《杜立德医生的传奇故事》（*The Story of Dr Dolittle*）开始，作者陆续创作了一系列有关“杜立德医生”的传奇故事，包括《杜立德医生航海记》（*The Voyages of Dr Dolittle*，1922）、《杜立德医生的邮局》（*Dr Dolittle's Post Office*，1923）、《杜立德医生的马戏团》（*Dr Dolittle's Circus*，1924）、《杜立德医生的动物园》（*Dr Dolittle's Zoo*，1925）、《杜立德医生的大篷车》（*Dr Dolittle's Caravan*，1926）、《杜立德医生的大花园》（*Dr Dolittle's Garden*，1927）、《杜立德医生的月球之旅》（*Dr Dolittle' in the Moon*，1928）、《杜立德医生返回地球》（*Dr Dolittle's Return*，1933）、《杜立德医生和秘密湖泊》（*Dr Dolittle and the Secret Lake*，1948）、故事集《杜立德医生和绿色金丝雀》（*Dr Dolittle and the Green Canary*，1950）和故事集《杜立德医生在泥潭镇的历险》（*Dr Dolittle's Puddleby Adventures*，1952），等。其中，作者推出《杜立德医生的月球之旅》的意图之一是终结“杜立德医生”系列的写作；但由于读者对杜立德医生的热切呼唤，作者不得不做出让步，让杜立德医生从月球返回，继续从事他的传奇活动。

这一系列的开篇之作《杜立德医生的故事》（1920）定下了作者创作的动物乌托邦的温情的童话基调，“许多年以前，当我们的祖辈还是小孩子的时候，有一位名叫杜立德的医生 …… 他住在一个被称作‘湿地上的泥潭镇’的小镇上。”杜立德医生在镇上开了一个诊所，但这个给人类治病的医生却不善于与人打交道，而是非常喜爱动物。他不仅在花园深处的池塘里饲养了金鱼，还在食品间里养了兔子。在他家里，小白鼠可以在钢琴里钻进钻出，小松鼠出现在亚麻布衣橱里，刺猬出没在地窖里。此外，他还养了一头小牛犊、一匹 25 岁的瘸腿老马，还有小鸡、鸽子、小羊羔以及许多其他动物。当然，杜立德医生最喜爱的动物是鸭子达布、小狗吉布、小猪加布、鹦鹉波莉尼西亚和猫头鹰图图。结果来他家里的动物越来越多，而到他诊所来看病的人却越来越少了。有一次，一个来看风湿病的老太太正好坐在一只睡在沙发上的刺猬身上——受到惊吓的老太太从此再也不到杜立德医生的诊所看病了，她宁愿跑到 10 英里外的小镇上去看另一个大夫。这样的情形一再出现，替他料理家务的姐姐也感到忍无可忍，在一番苦心劝说无效之后，也不再管他的事情了。

由于收入锐减（1 年只有 6 便士），杜立德医生不得不靠变卖家中物品，甚至自己的衣物来应对喂养越来越多的动物们的开销。最终有一个养猫人提议，说杜立德医生不如改行，去做给动物看病的兽医。这个提议让他的生活发生了改变。事实上，杜立德医生发现动物比人更有人情味，更讲情义，更知恩图报，而且据养猫人讲，给人类饲养的宠物看病收入也会得到改观。在见识广博的鹦鹉波莉尼西亚的帮助下，杜立德医生学会了使用“禽言兽语”，可以自如地与各种动物进行对话交流。杜立德医生成为兽医的消息一传开，那些老太太们赶紧把自己因喂养不当而得病的宠物狗带来请杜立德医生诊治，远处的农夫们也把自己生病的牛、羊、马带来了。当然，杜立德医生给动物看病治疗的过程也是非常富有童趣的，因为他能够利用懂“禽言兽语”这一有利条件了解动物的真实病情和病因，从而对症施治，手到病除，深受动物们的爱戴。前来就诊的一匹马告诉杜立德医生，山那边的兽医什么也不懂，是个白痴，给他治了 6 个星期的病，根本就是瞎闹；他不过是眼睛近视而已，只要配一副眼镜就可以解决问题了。果然如此。这样一来，不仅像马、牛、狗这样的动物，还有那些生活在野外的小动物，如田鼠、水老鼠、狗獾和蝙蝠等也纷纷前来找他看病。通过候鸟的消息传播，杜立德医生在世界各地的城镇和野外的动物世界声名远扬。不久后有燕子捎来消息，远在非洲的猴国发生严重疫情，几百只猴子的生命岌岌可危，急需救治，否则后果不堪设想。在接到来自猴国的求救信息后，杜立德医生毅然决定离开家乡，前去施救。他借了一只船，带着一群追随他的动物前往非洲。于是童话世界的奇异历险开始了，并一发不可收拾。那些生活在非洲丛林里获得救治的猴子们为了答谢杜立德医生的救命之恩，竭尽全力在原始丛林深处找到一只绝无仅有的双头珍稀动物，名字叫“推你拉我”，将他赠送给杜立德医生。这是一种身子像鹿，但首尾难分的双头羚羊，因为他长有两个脑袋。当然，这头珍稀怪兽的两个脑袋都能通过对话与杜立德医生进行交流。他告诉医生，他母亲这边有瞪羚和岩羚羊的亲缘关系，父亲那边有独角兽的亲缘关系。尤其富有童趣的是，这珍稀怪兽的两个脑袋分工比较明确，睡觉时一个头上的眼睛闭上安眠，另一个头上的眼睛睁着，保持清醒；而吃东西时可以用一个头上的嘴吃饭，另一个头上的嘴说话，从而避免出现任何不礼貌的现象。

1998 年，根据《杜立德医生的故事》改编的影片《怪医杜立德》上映后大受欢迎，引起轰动。饰演杜立德医生的是美国著名黑人影星艾迪·墨菲。杜立德医生的活动场所也改为现代背景下的纽约。电影故事增加了杜立德医生与伐木公司之间的冲突这一情节主线。为保护动物们赖以生存的大森林免受毁灭性的砍伐，他援引《濒危动物保护条例》，提请法庭给予认可并禁止伐木公司的行为，但法官只给了一个月的禁伐期限。由于伐木公司设下圈套，引发不利于杜立德医生主张的事件，结果法官判决，一个月限令期满，将不再延长。为了抵制贪婪的人类滥伐森林，群情激愤的动物们决定采取一致行动，进行抗议。鸟群向人类发起攻击，各种动物也发起大罢工，赛马拒绝赛跑，它们对骑手们怒吼道：“你自己跑一英里看看!”随着局势的发展越来越严重，有关当局不得不正视动物的要求，于是便出现了有关当局与动物们进行双边谈判，由杜立德医生做翻译的情趣盎然的故事情景。

随着《杜立德医生的故事》一炮打响，深受读者欢迎，后续之作接连不断地推出，无不充满童趣，延续着人与鸟兽零距离沟通与合作的戏剧性路子。杜立德医生和他的动物朋友在完成了在非洲丛林拯救患病猴群之后安全地返回了英国。为了更好地保护动物，在男孩汤米和小白鼠的协助下，杜立德医生在自己的花园空地上建立了一个独一无二的动物家园。搭建了兔子公寓楼、混血狗家园、大鼠小鼠俱乐部、狗獾酒馆、狐狸会所和松鼠宾馆等建筑。在这个动物家园，各种动物友好相处，同时享受着充分的自由，他们可以讲述各自的不平凡经历，过着惬意而舒适的生活。在《杜立德医生航海记》中，这位神奇的兽医又一次出海远航，演绎出新的精彩故事。这次出海历险，跟随杜立德医生前行的不仅有原来一起远行非洲的动物老伙伴（大狗吉布、鹦鹉波莉尼西亚、猴子奇奇等），而且还有小男孩汤米。这又是一场充满童趣和惊险的旅程，将读者带进了一个奇境世界，去见证异乎寻常的、极富戏剧性的事件。例如，一条对主人忠心耿耿的牛头犬将出现在女王的巡回法庭上，为澄清自己主人是否与谋杀有关而出庭作证；而只有杜立德医生才能听懂狗的语言，才能给予陷入困境者真正的帮助。而在西班牙举行的斗牛赛上，杜立德医生利用自己得天独厚的有利条件，巧施妙计，挫败了凶猛的斗牛士，解救了饱受折磨的牛们。此外，杜立德医生还施与援手，拯救了生活在一个漂浮于大洋之中的热带海岛上的动物们，使他们度过了严重的生存危机。

在《杜立德医生的大篷车》中，兴旺马戏团的经理卷款逃走以后，杜立德医生被马戏团的演员们选为新的经理，他竭尽全力维持马戏团的生存，在全国各地的小镇进行演出。就在大家处于非常艰难的时候，医生收到了来自伦敦儿家大剧院老板的特别邀请，请他带着他的马戏团来伦敦演出。机会难得，然而到伦敦之后给观众表演什么样的节目呢？这让杜立德医生犯了难。他绞尽脑汁，盘算着他的马戏团在伦敦能拿出什么样的精彩节目吸引观众，以保证首场演出的成功。虽然马戏团里有不错的演员，包括空中飞人、跳梁小丑和木偶戏演员，更有那些非常听指挥的动物们。但他还是感到没有把握，心里非常着急。还好，在一个小镇上，他出于怜悯将关在一家动物商店的木头笼子里，标价为 3 先令的毫不起眼的金丝雀买了下来，结果发现她居然是一个极其难得的女歌唱家，声音优美，动人心魄——她的名字是皮帕妮莉拉。这位金丝雀女歌唱家的加盟为处境艰难的马戏团带来了勃勃生机和转机。而且她创作的歌曲发自内心深处，也是她多年来的积累，实属罕见之歌。作者把一个怀才不遇的艺术家的天才和际遇投射在一只看似寻常的金丝雀身上，演绎出一个妙趣横生而又充满激情的动物展示才艺的故事。对普通人而言，金丝雀的歌声只是美妙动人而已。由于杜立德医生懂禽言兽语，所以他能听懂金丝雀唱出的内容——换而言之，他能听出金丝雀歌中的“歌词”。这金丝雀用诗一般的语言唱出了一段铭刻于心的美好经历，讲述了许多生平中所见所闻的不平事，以及大大小小的历险和奇遇之事，还涉及土地、情感、爱等重大主题。时而婉转悠扬，时而低沉悲伤，时而轻快活泼，时而慷慨激昂，摄人魂魄，动人心弦，令人击节叹赏不已。

第二章
艾伦·米尔恩与他的玩偶动物故事《小熊维尼》

就叙事类型的艺术特征而言，当代动物文学可分为写实性与幻想性两大类别。写实性动物小说遵照现实主义原则描写那些生存、活动于现实世界不同环境中的动物，包括各种野生动物和家养动物。幻想性动物文学叙事在艺术表现上超越了公认的常识性的经验现实，不仅动物角色可以像人一样开口说话，而且发生的事件也可以超越人们的经验常识。而就英国的幻想性动物叙事而言，它还可以分为两种类型：一种是描写那些像人类一样能说话、能思考，并且遵循文明社会准则的野生动物的故事，如肯尼斯·格雷厄姆的《柳林风声》；另一种则是描写被赋予生命的玩偶动物的故事，其代表性作品就是艾伦·米尔恩的《小熊维尼·阿噗》和《阿噗角的小屋》。

艾伦·亚历山大·米尔恩（Alan Alexander Milne，1882—1956）出生在伦敦的汉普斯特德，家中排行老三，父亲是一所位于伦敦北部的规模很小的私立学校的校长。日后成为著名科幻小说作家的赫伯特·乔治·威尔斯曾在这所学校任教（1889 年至 1890 年），担任过艾伦·米尔恩的老师。作为家中三弟的艾伦·米尔恩同他的哥哥肯·米尔恩关系密切，尽管弟弟在学校里各方面都显得比哥哥优秀，但他没有产生任何妒忌之心，而是为弟弟的表现感到由衷高兴。这种兄弟情谊将在后来的《小熊维尼》里转化为小熊与小猪之间的友情。在离开出生地之后，米尔恩进入威斯敏斯特学校，在11岁时因学业优秀获得一份奖学金，他在数学方面颇有天赋，成为全校的佼佼者。也许他可以像刘易斯·卡罗尔一样成为职业数学家，但由于缺乏竞争者，他对于数学的追求逐渐懈怠下来。尽管进入剑桥大学三一学院深造时艾伦·米尔恩所学专业仍然为数学，但他已经失去了对数学的热忱。不过他把数学才智用于写作诗句，尽心尽力，对待词语就像对待数字和公式一样认真。他的写作才华引起了人们的注意，这使他担任了剑桥大学一份学生杂志《格兰塔》（*Granta*）的主编，并为它撰稿。他写的文章引起了英国著名杂志《笨拙》（*Punch*）的注意，不久之后他就成为该杂志的撰稿人，还于1906年担任了杂志的助理编辑（1906—1918）。1903年大学毕业后，米尔恩全身心投入写作。作为《笨拙》的助理编辑，米尔恩对该杂志的主编欧文·西曼印象深刻，他那忧郁感伤的神情似乎让他成为《小熊维尼》中怨天尤人的小灰驴“咿唷”的原型。第一次世界大战爆发后，米尔恩加入了英国陆军服役，直到1919年退役，移居切尔西。米尔恩于1913年结婚成家。1920年，米尔恩夫妇的儿子克里斯多夫·罗宾·米尔恩（Christopher Robin Milne）出生。1924年，艾伦·米尔恩创作了儿童诗集《当我们年少时》（*When We Were Very Young*），主题仍然是描述和赞叹童年，是对于罗伯特·史蒂文生的《儿童的诗园》的呼应和致敬，由《笨拙》杂志的漫画艺术家E. H. 谢泼德（Ernest H. Shepard）绘制插图。E. H. 谢泼德后来成为《小熊维尼·阿噗》和《阿噗角的小屋》的插图作者，就像坦尼尔成为卡罗尔的“爱丽丝”小说的插图作者一样，几部经典之作的文字与插图成为不可分割的组成部分。米尔恩是一位多产作家，创作了数量不菲的诗歌、散文、戏剧、小说，值得一提的是，米尔恩非常喜欢肯尼斯·格雷厄姆的《柳林风声》，尤其是蛤蟆的历险故事，特意将其改编成剧本《蛤蟆宫里的蛤蟆》（*Toad of Toad Hall*），上演后大获成功，引起轰动。米尔恩一生发表了18个剧本和3部小说，其中包括侦探小说《红屋之谜》（*The Red House Mystery*，1922）。尽管米尔恩总是抱怨人们把他看作儿童文学作家，而全然忘记了他为成人读者和观众创作的大量小说、诗歌和剧本，但为他赢得世界声誉的《小熊维尼·阿噗》（*Winnie - the - Pooh*，1926）和《阿噗角的小屋》（*The House at Pooh Corner*，1928）早已成为家喻户晓的儿童文学经典名作，单凭这一事实就足以告慰其平生了。

《小熊维尼》小说的创作灵感来自米尔恩儿子罗宾身旁的动物玩偶，这些故事也被称作“罗宾故事”系列。罗宾满一岁时，收到一只作为生日礼物的泰迪熊。他给小熊取名为“小熊爱德华”，后来又依据加拿大军队的吉祥动物黑熊维尼而改名为小熊维尼，这头黑熊在第一次世界大战期间被留在伦敦动物园。“阿噗”之名则来自一只名叫“噗”的天鹅。以后更多的玩偶动物作为礼物来到罗宾身旁，陪伴他度过童年。有一天，艾伦·米尔恩和插图艺术家谢泼德突然萌生了一个想法，为何不把这些动物玩偶写进一个睡前故事呢？谢泼德以自己儿子的泰迪熊为原型创作了小熊维尼的形象。罗宾的其他动物玩偶包括小猪、老虎、袋鼠、小灰驴等都被写进了小说中，而另外两个角色——兔子和猫头鹰是作者构想出来的。小熊维尼故事的背景地是百亩森林（Hundred Acre Wood），其原型是位于东萨塞克斯郡的阿士顿森林（Ashdown Forest），米尔恩父子曾经在这里居住过，并时常在林中漫步。插画艺术家E. H. 谢泼德从阿士顿森林的景观汲取灵感，为这两本书创作了许多插图。如今，阿十顿森林连同那座阿噗木桥已经成为一个旅游胜地。1966年，华尔特·迪士尼公司将米尔恩的故事改编为动画片《小熊维尼·阿噗和蜂蜜树》，由此开启了这个故事系列的当代影像改编之旅。

《小熊维尼·阿噗》（1926）的第一章讲述小熊维尼·阿噗和小蜜蜂的故事，这贪吃的小熊为了将蜂蜜吃到嘴里，闹出了许多笑话，由此将读者带进了这片神奇的童话土地。第二章讲述小熊阿噗外出串门，跑到兔子家大吃一顿，但身子被兔子家的前门卡住了无法脱身。第三章讲述的是小熊阿噗和小猪外出打猎，险些逮住一只怪兽。出现在第四章的是怪模怪样的小灰驴“咿唷”（Eeyore），他丢了一根尾巴，结果还是乐于助人的小熊维尼帮闷闷不乐的“咿唷”找回了丢失的尾巴。第五章讲述小猪遭遇一只大笨象后发生的故事。第六章讲述“咿唷”过生日之际得到了两件礼物。第七章讲述袋鼠妈和袋鼠娃来到百亩森林后发生的故事。第八章讲述男孩克里斯多夫·罗宾带领大伙去北极探险的故事，几番周折，还是小熊维尼找到了“北极”。第九章讲述森林里大水成灾，小猪被困在洪水之中，最终脱险的故事。第十章讲述克里斯多夫·罗宾如何大摆筵席，伙伴们互道珍重，依依惜别。《阿噗角的小屋》（*The House A£ Pooh Corner*，1928）是在《小熊维尼·阿噗》问世两年后出版的。与《小熊维尼·阿噗》相比，相同的背景和相同的人物，只是通过不同的故事对小熊阿噗及其他动物的性格做了进一步的挖掘与发展。在这个象征永恒童年的百亩森林里，克里斯多夫·罗宾与那些可爱又可笑的动物伙伴们继续上演着人间的童年喜剧。

在一个晴朗的冬日，小猪拿了一把扫帚到户外扫雪，却发现小熊阿噗在追踪什么东西。“你在那里看到了什么吗?”小熊问道。小猪往地上一打量，说地上有脚印。于是小熊与小猪循着脚印追踪起来，但转来转去却发现了更多的脚印，不免感到惊恐起来。小猪吓坏了，随即找了个借口便溜走了。独自留在林地的小熊偶然抬头一望，看见了坐在一棵树上的男孩罗宾。罗宾告诉小熊，他们是在追踪自己的脚印，“你们先是围着灌木林转了两圈，然后小猪追在你的后面，然后你们又一起转了一圈。然后你们又开始转第四圈了。”这真是当事者迷，旁观者清，在高处的罗宾把小熊和小猪的糊涂行为看得一清二楚，而在雪地里穷追不舍的追踪者却被自己的脚印吓得半死。男孩罗宾的介入与孩童般的拟人化动物玩偶们的行动互为指涉，相得益彰，这是具有开拓性的英国儿童动物小说的一种表现手法。

故事中的小熊维尼即是可爱又可笑的儿童，淳朴善良，热情开朗，同时也非常淘气，贪嘴好吃，尤其对于蜂蜜的嗜好更是超越了一切，他的人生追求就是在上午 11 点吃到美味的东西。小熊时常一副憨态可掬的模样，但在危急之时也会急中生智，出手救人。从整体上看，这个小熊恰似中国名著《西游记》

中的猪八戒，贪吃贪玩，小智若愚，本真可爱。而从更广泛的意义看，小熊也代表着世界上每一个乐观豁达，但难免有缺点和弱点的普通人。而具有魔力的百亩森林包容了童年的一切，包括游戏、打闹、贪食、恶作剧、白日梦、探险、脱险、怀旧、永不长大，等等；而小猪、小老虎、袋鼠妈妈和小袋鼠，以及整天愁眉苦脸的灰毛驴"咿唷"等象征着各种类型的儿童。这些儿童面对着诸如兔子、猫头鹰等怪异而且自命不凡的成人。而发生在百亩森林的一切由于男孩克里斯多夫·罗宾的在场而变得有惊无险，安全无虞。这个故事与众多英国儿童经典名作一样，缘起于作家为儿子罗宾讲述的睡前故事，在经过作者的文字加工描述后得到艺术升华，能够在心底深处打动我们，使我们看到自己的身影，回想起自己的童年，发出会心的微笑。对于成人读者，小熊维尼的故事用童话叙事的方式揭示了复杂的人性特征。百亩森林如同爱丽丝遭遇的地下奇境和镜中世界一样，出现在里面的人物和情景都具有原型的意义，批评家弗雷德里克·克鲁斯（Frederick Crews）在《阿噗的谜团》（*The Pooh Perplex*，1963）一书中通过多种批评视野阐释了小熊维尼·阿噗的多层面的性格特征，包括弗洛伊德精神分析学、利维兹理论、马克思主义理论等解读。批评家 C·N·曼洛夫认为，米尔恩的小熊维尼故事里的所有动物角色都可以看作精神分析治疗中的案例，小熊阿噗患有记忆丧失（失忆）和神经管能症；小灰驴"咿唷"患有躁狂抑郁症；跳跳虎患有好动亢奋症；猫头鹰患有诵读困难症；小猪是妄想偏执狂。[①] 这些解读揭示了《小熊维尼》多层次的意涵和魅力。事实上，与休·洛夫廷的"杜立德医生"系列中那些活跃在广阔森林、原野及城乡的动物们相比，始终生活在百亩森林的动物们显得非常闲散。这正是"闲云潭影日悠悠，物换星移几度秋"。与卡罗尔的"爱丽丝"故事一样，"小熊维尼"故事的独特魅力就在于把留不住的岁月化作了一曲永恒的童年咏叹调。

---

① Colin N. Manlove, From Alice to Harry Potter: Children's Fantasy in England, Cybereditions Corporation. p. 62.

第三章
化寻常为神奇：特拉弗丝的“玛丽·波平丝阿姨”

帕梅拉·林登·特拉弗丝（Pamela Iydon Travers，1906—1996）出生在澳大利亚北昆士兰的一个具有爱尔兰血统的家庭。特拉弗丝在少女时代便结识了杰出的爱尔兰诗人叶芝（W·B·Yeats），这对她投身文学评论和创作产生了很大影响。在20世纪30年代，特拉弗丝从事过记者、演员和舞蹈家等职业。“玛丽·波平丝”故事是她在一次大病初愈之后创作的，在这之前她已经发表了不少诗歌作品，也撰写了许多戏剧评论。但正是在1934年发表的《随风而来的玛丽·波平丝》成为影响极大的儿童文学经典之作。随后推出的续集是《玛丽·波平丝阿姨回来了》（*Mary Poppins Comes Back*，1935）和《玛丽阿姨打开这扇门》（*Mary Poppins Opens the Door*，1943）。当然，“阿里巴巴”的洞窟大门一经打开就让儿童和青少年读者欲罢不能，在随后的岁月里作者又陆续出版了《玛丽·波平丝在公园里》（*Mary Poppins in the Park*，1952）、《玛丽·波平丝的神怪故事》（*Mary Poppins from A to Z*，1962）、《厨娘玛丽·波平丝》（*Poppins in the Kitchen*，1976）、《玛丽·波平丝在樱桃树胡同》（*Mary*

Poppins in Cherry Tree Lane，1982）和《玛丽·波平丝与隔壁房子》（*Mary Poppins and the House Next Door*，1988）。

位于樱桃树胡同的17号住房显得十分简陋，这是银行职员班克斯先生的住宅。这个家庭有四个孩子：大女儿简、老二迈克尔和一对双胞胎弟弟约翰、巴巴拉。班克斯先生的收入仅够维持一家人的基本生活。班克斯太太也要工作挣钱，无法兼顾上班与照顾儿女生活这双重任务。所以班克斯太太为了给孩子找一个既要省钱，又要能干，而且有爱心的保姆，实在伤透了脑筋。这样的保姆在现实生活中真的太难找了。在前一个保姆辞职之后，班克斯太太用了一整天的时间给报社写信，告知自己家中急聘保姆之事。一天傍晚，正当孩子们坐在窗前张望，不知道这次会来一个什么样的保姆时，一阵东风呼呼地掠过胡同里的樱桃树，一个神秘女人随风飘然而至。她告诉班克斯太太和孩子们，她就是专程赶来照料孩子们的保姆玛丽·波平丝阿姨。玛丽阿姨走进家中的育儿室开始工作。她随身带着一只看似空无一物的手提袋，打开以后却掏出来一大堆生活用品，从肥皂、牙刷、发夹到围裙、睡衣、枕头、毯子、鸭绒被、折叠床之类，应有尽有，这让孩子们大开眼界，仿佛进入了另一个世界。更让孩子们吃惊的是，玛丽阿姨从一个奇怪的瓶子里倒出了可口的茶饮、冰草莓汁、黄橙汁、牛奶和糖酒。孩子们忍不住惊呼起来："您不会离开我们了吧？"玛丽·波平丝只是意味深长地告诉他们，她会一直待到风向转了为止。就这样，她的到来让孩子们的寻常生活变得丰富多彩，也让他们对社会生活有了新的认识和体验。这个故事的文学史意义在于，作为过去司空见惯的人物配角，保姆成了故事的中心人物。

在内斯比特的幻想世界中，保姆是不可或缺的，但她只是一个保证孩子们去历险的外在条件。在"五个孩子"系列中，孩子们卷入历险活动的前提是，他们的父母由于这样那样的原因都不在身旁，所以他们总是与保姆待在一起。保姆基本只负责孩子们的饮食起居，其他活动就管不住了。这就形成了内斯比特儿童幻想小说叙述模式的一个特点。故事中的少年主人公生活在遭遇了某种家庭变故的中产阶级家庭，尽管没有父母陪伴，尽管有不少忧虑和烦恼，但他们的生活还是有保障的，而且不管在什么地方都有保姆照料日常起居——这是孩子们去进行探寻和历险活动的基本物质条件。而在詹姆斯·巴里的《彼得·潘》故事中，孩子们生活在经济窘迫的中产阶级家庭，身为职员的达林先生对自己的收入精打细算，还是感到入不敷出。结果达林夫妇为孩子们请的保姆居然是一只名叫娜娜的纽芬兰大狗！而且这只大狗还是他们在肯辛顿公园遇见的一只居无定所的大狗。当然，聪明的保姆娜娜是非常称职的，但在关键时刻，当彼得·潘从窗口飞进孩子们生活的育儿室，将他们带往遥远的永无岛时，娜娜就无能为力了。

作为陪伴孩子们的保姆，玛丽·波平丝是神秘的。她来自何处不得而知，她的魔法从何而来？她为何随风而来，又随风而去？对于好奇的孩子们，她就是一个神秘的天外来客，也是一个神秘的他者。但从托尔金的幻想文学观来看，这就是愿望的满足性。孩子们的内心愿望就是解开秘密的钥匙。1967 年，美国国会图书馆邀请特拉弗丝就玛丽·波平丝系列小说的创作做一个演讲，她演讲的题目就是“唯有联通而已”（“*Only Connect*”）。她说“思想就是联通”（thinking was linking）——这就是特拉弗丝从自己的创作实践中感悟到的深切体会。思想对于作家是心游万仞的幻想活动，是联通现实世界与幻想世界、儿童世界与成人世界、未知世界和已知世界、平凡世界与神奇世界的桥梁。通过与班克斯一家的左邻右舍建立的联通，通过与更大范围的人世间和自然界建立的联通，作者实现了对现实的思考与评判。对于邻居之女，生在富豪之家的安德鲁小姐的狂妄无知而又愚蠢无聊的行为举止，作者进行了辛辣的嘲笑；对于动物园里出现的反差（人驮着动物，笼子里关着由动物喂养和观赏的人），作者进行了人与动物关系的反思；通过呈现动物界蟒蛇与北极企鹅、狮子与鸟类、老虎和小动物的和平相处，作者讽刺了人与人之间相处出现的贪婪、凶恶和庸俗行为，这一切都揭示了作者以童话叙事表达的对现实的批判态度。简而言之，在英国儿童文学史中，玛丽·波平丝系列的创新之处在于从孩子们日常生活中既寻常又熟悉的保姆的作用入手，进行拓展，化寻常为神奇，推出了富有新意的幻想故事。

第四章
向善的小人物拥有巨大的潜能：托尔金的《霍比特人》[①]

《霍比特人》（*The Hobbit*）是牛津大学中古文学教授 J. R. R. 托尔金创作的一部载入英国童话小说史册的，充满传奇色彩的隽永别致的童话小说。它缘起于1933年作者给儿女讲述的童话故事。他讲述的是一个名叫毕尔博的模样可笑的小矮人的故事，这个毕尔博在外出历险途中发现了一只能使自己隐身的神奇戒指，这使他在随后的远征中成功地偷走了被巨龙掠夺霸占的稀世珍宝。4年后的1937年，这个故事以《霍比特人》为名出版了。这部童话小说在新的严峻时代一开英国儿童幻想小说变化之风气，对幻想文学领域之寻宝历险的传统主题进行了大力拓展。它不仅惊险有加，充满童真童趣，而且投射了新的时代精神和作者独到的思考。第一次世界大战期间托尔金在军队服役，期间由

① 本节内容曾以《‘宅男’毕尔博的奇迹》和《向善的小人物拥有巨大的潜能》分别发表于2013年1月3日的上海《新闻晚报》和2013年2月1日的上海《解放日报》。

于患“战壕热”而被送进医院治疗。正是在抱病住院的这段日子里，托尔金开始了他最初的写作生涯。托尔金所经历的第一次世界大战对于他创作《霍比特人》以及随后而来的《魔戒传奇》都具有直接而深远的影响。

托尔金自幼深受传统童话的熏陶和影响。《霍比特人》开篇第一句，就是童话故事的调子：“从前，有一个住在地洞里的霍比特人……”事实上，《霍比特人》就是一部充满传统元素的童话小说：如不速之客、正义巫师刚多尔夫的造访；毕尔博鬼使神差般加入小矮人远征队——目的是夺回被巨龙掠走的财宝；毕尔博无意间获得能够使其隐身的千年魔戒；借助魔戒，主人公一次次进入禁区，盗走食人巨人的金子和短剑、古鲁姆的魔戒、恶龙斯毛戈的金杯、索伦的阿肯宝石，或者偷偷解救被大蜘蛛群捕获的小矮人……类似的种种桥段，都不止一次在很多童话探险小说出现。此次远征处处有惊有险，波澜迭起，但总能转危为安，化险为夷；重要的是，几乎每个行动都充满童真童趣。

与许多传统童话一样，托尔金将小人物毕尔博作为自己小说的主人公。与传统童话中那些勇敢无畏，主动寻求冒险行动，希望由此改变生活现状，或者证明自己价值的小人物主人公不同（如格林童话中“勇敢的小裁缝”毅然决然地离家出走，四处历险），《霍比特人》中的毕尔博是个安于现状的恋家的“宅男”。他安居洞府，舒适惬意，优哉游哉，别无他求。他之所以加入小矮人远征队，踏上历险征程，完全是因为巫师刚多尔夫的精心策划和恰到好处的激将法的作用。当然，这个霍比特人虽然看似寻常，胸无大志，就像传统童话中的“小傻瓜”或者“汉斯”“杰克”之类。然而当潜藏在其内心深处的英雄主义冲动被激活之后，他却和 13 个小矮人一起踏上了冒险的征程。一路上遭遇了无数可怕的邪恶力量（怪物、巨人、小妖精、野狼精、蜘蛛精以及变态异类古鲁姆，等等）之后，毕尔博同小矮人一起抵达孤山，从盘踞在那里的恶龙斯毛戈的龙窟里夺回了原本属于小矮人的宝藏。毕尔博在同恶龙斯毛戈的几度周旋中表现出了小人物所焕发的机智勇敢，而且在恶龙被射杀之后，当这些小矮人暴露出某些人性的弱点（想占有全部的宝物），以至于将导致新的冲突之际，毕尔博再次表现出正直善良的秉性，甘愿牺牲自己应得的利益来致力于解决内部分歧。战后，毕尔博回到家乡，成为当地传奇式的人物——但他仍然保持着小人物的心态。这个故事再次表明了传统童话的观念：向善的小人物拥有巨大的潜能，能够创造出平常难以想象的惊人的奇迹。

托尔金是虔诚热情的天主教徒，对当时社会腐蚀性的颓废与极度泛滥的物质主义可谓十分痛恨。在其看来，狂妄自大的人类正在通过机器来改变世界，而宗教“福音与承诺”的兑现前提是人类要涤荡自身的“宗教大罪”。这些罪包括狂妄自大、贪婪无度、懒惰、傲慢和追名逐誉等。在小说中，这些罪具象为魔王索伦的肆虐，白衣巫师萨茹曼的叛变，古鲁姆的贪婪。正义反抗邪恶、拯救众生的过程是漫长而艰巨的，因此在《霍比特人》中，心地善良、天真无邪的毕尔博尽管受到过魔戒诱惑，几度濒临“堕落”，但他通过磨难洗礼成长起来，最终历练为拯救众生的英雄。

托尔金在给儿女们讲述“霍比特人”的故事时，特别是在描画巨龙斯毛戈和它藏在洞穴里的无数珍宝时，融合了多种神话叙事和前人作品中的邪恶之龙的形象，如北欧神话中的龙形巨人法夫纳、古英语英雄史诗《贝奥武甫》中的喷火巨龙、马洛礼根据中古英语浪漫传奇创作的《亚瑟王之死》和诗人斯宾塞的《仙后》中的恶龙，以及安德鲁·朗收入其童话集的《西格德》中的巨龙，等等。神话想象可以成为童话创作的源头活水，而童话艺术可以巧妙地将传统神话因素加以升华。托尔金广采博览，自出机杼，终于在自己的作品中创作出了童话奇境中的恶龙形象。完成《霍比特人》之后，托尔金也许没有意识到，那只千年魔戒已在他心中扎根，正在诱惑他进入另一个更为危险的奇境世界——《魔戒》。

第五编　第二个丰收期：20 世纪 50 年代与 60 年代

综　论

20 世纪 50 和 60 年代是英国儿童文学创作领域又一个重要发展时期，也被称作继维多利亚时期之后的第二个黄金时代。作家们在新的社会和文化语境下探索了新的表现题材、叙事方式和表述话语（恰如学者型作家 C. S. 刘易斯所言，“童话是表达思想的最好方式”）并取得了丰硕厚重的创作成就。在这一时期发表了重要作品的代表性作家包括 C. S. 刘易斯（C. S. Lewis）、J. R. R. 托尔金（J. R. R. Tolkien）、露西·波斯顿（Lucy M. Boston）、菲利帕·皮亚斯（Philippa Pearce）、罗尔德·达尔（R. Dahl）、威廉·梅恩（William Mayne）、艾伦·加纳（Alan Garner）、罗丝玛丽·萨特克里弗（Rosemary Sutcliff）、利昂·加菲尔德（Leon Garfield）、凯瑟琳·布里格斯（katharine M Briggs）、波琳·克拉克（Pauline Clarke）、基尔·P·沃尔什（Jill Paton Walsh）、彼得·迪金森（Peter Dickinson），海伦·克雷斯韦尔（Helen Cresswell）等。其中不少作家的创作延续到 70 年代以后。考虑到这是一个电视节目开始侵占儿童和青少年课余时间的年代，出现这样一个纸质儿童文学创作的繁荣和儿童文学作品的广泛阅读的局面确实是难能可贵的。

20 世纪 30 年代的经济危机和第二次世界大战使英国民众蒙受了巨大的苦难。随着这惨绝人寰的战争的结束，民众期待着清理战争废墟，开始新的生活。激进的工党政府在 1945 年举行的大选中上台执政，体现了广大民众要求变革和改善生活的强烈愿望。工党政府所推行的国有化（包括英格兰银行、煤矿、电力、铁路、公路等部门行业）和福利社会的基本政策使战后的英国人享受了公费医疗保健、公费教育、国家住房和就业保障措施等福利待遇。对于教育的高度重视也是变化之一。1944 年颁布实施的《教育法案》使中下层阶级家庭的子女能够获得政府的资助去求学，于是大批工人子弟得以进入英国的高等学府接受教育，其中不少人日后成为英国文坛的新秀（艾伦·加纳就是一个突出的代表，当然还有那些被称为“愤怒的青年”的一代英国作家群体）。这一时期儿童文学的发展势头受到社会和文学条件的影响。首先在教育领域发生很大的变化，有关方面开始关注和大力推行各级学校的教师培训工作。战后许许多多应征入伍的受过高等教育的人员从军队退役，加入了各个层次的教师职业队伍，如托尔金和刘易斯等人。在学校内部，人们也开始对教学方法进行改进。逐渐地，在中级教育阶段，英语的教学开始重视儿童文学图书的阅读。而在之前，直到二战结束，人们都普遍认为儿童文学是纯娱乐性和消遣性的，与学校的教学大纲、课程安排以及与学校的图书馆等没有任何关联。战后随着社会和文化语境的改变，显著的变化出现在教育领域，尤其是教师培训部门开始重视和关注儿童文学，并将其纳入学校的课堂教学，将儿童文学佳作作为藏书收入学校的图书馆。

战后随着大规模移民的进入，英国社会更加趋于多元文化。1953 年，在二战后从英国返回德国的杰娜·莱普曼女士（Jella Lepman）的不懈努力下，“国际儿童读物联盟”（International Board On Books for Young People）在瑞士苏黎世成立。其宗旨是通过儿童图书促进世界各国的交流与了解，使各国儿童都有机会接触到高水准的儿童图书；鼓励各国高品质儿童图书的出版发行；对致力于儿童文学创作和研究的人们提供援助和培训。该联盟还设立了国际儿童文学的最高奖：安徒生奖。事实上，“国际儿童读物联盟”的活动进一步推动了世界各地儿童图书的翻译事业，同时也促进了英国儿童文学的创作和研究。

在这一时期，儿童文学批评活动得以进一步展开。在此之前，儿童文学批评在维多利亚时代中后期确立了儿童文学的价值和文化地位。相关文学批评对儿童图书的探讨在质量方面有了很大的提升。伊斯特莱克夫人（Lady Eastlake）的富有真知灼见的长文“论儿童图书”刊登在《评论季刊》（*Quarterly Review*，1844）；夏洛特·杨（Charlotte Younge）论述儿童图书的系列文章发表在《麦克米兰杂志》（1869）上；E. M. 菲尔德夫人（Mrs. E. M. Field）出版了专著《儿童与图书》（*The Child and His Book*，1891）。儿童文学评论已经成为严肃的学术批评活动。1932 年，出版家哈维·达顿（F. J. Harvey Darton）的《英国儿童图书：五个世纪的社会生活史》出版了，资料翔实，见解精辟。同一年，贝维克·塞耶斯（W. C. Berwick Sayers）的《儿童图书馆手册》(*Manual of Children's Libraries*）出版。1938 年，“英国图书馆协会”为儿童文学创作领域设立了“卡内基奖”（Carnegie Medal），该奖项的第一个获奖作品是阿瑟·兰塞姆（Arthur Mitchell Ransome）创作的《信鸽站》（*Pigeon Post*）。英国的第一本儿童图书评论期刊《低幼图书架》（*The Junior Bookshelf*）也开始发行。英国的儿童图书协会于 1937 年成立。1938 年 3 月 8 日英国学者和作家 J. R. R 托尔金（John Ronald Reuel Tolkien，1892—1973）在苏格兰圣·安德鲁斯大学作了一个题为《论童话故事》（*On Fairy – Stories*）的讲座。讲座的内容于 1947 年发表在《写给查尔斯·威廉的文章》中，成为当代英国最具影响的童话和幻想文学专论。托尔金在文中详尽地阐述了自己的童话文学观念，包括对童话故事概念的界定，对童话故事起源的追溯，对童话文学功能的探寻。作为较早地从心理学层面探索童话文学的研究者，托尔金还探讨了童话的社会心理功能以及童话故事蕴涵的可能性和人类愿望的满足性等重要命题。1946 年，罗杰·兰·格林（Roger Lancelyn Green）出版了专著《儿童故事的讲述者》（*Tellers of Tales*）。1949 年，杰弗瑞·特雷西（Geoffrey Trease）出版的专著《校外的故事》（*Tales out of School*）探讨了儿童文学现象及儿童文学与成人的关系，也是战后重要的儿童文学批评成果。1952 年，C. S. 刘易斯发表了《为儿童写作的三种方式》一文，对幻想文学及儿童文学创作进行了思考和总结。人们也逐渐认同刘易斯所提出的，即一个只为儿童所喜欢的儿童故事不是一个好故事。对于儿童文学作家，创作儿童故事具有极大的想象空间；在为儿童写作时，享有充分的自由去发挥想象和才能，他必须认识到，一本能为儿童读者所接受和喜欢的图书也能够为成人读者提供欣赏和思考的层面。刘易斯提出的为儿童写作的动因也为越来越多的人所认同：写作儿童故事是表达作者思想和观念的最好的艺术形式。从教育领域的变化到文学界和批评界逐渐达成新的共识，所有这一切都为二战后英国儿童文学创作走向繁荣铺垫了道路。

当然，就二战后的英国社会总体局势而言，无论是经济的复苏还是国有化的进程都没有从根本上改变原有的阶级结构和社会结构，因此也无法根除英国国内固有的阶级矛盾和周期性的经济危机和萧条。此外，就国际局势而言，二战以后人类社会进入了一个严峻的东西方两大敌对阵营的冷战格局。英国在特定意义上成为美国的跟班，卷入了两大敌对阵营之间的冷战。在新的世界政治经济格局下，包括英国在内的西方社会产生了新的问题和恐惧。面对可能发生的毁灭全球的核战争，面对生态破坏、人口过剩、政府和工业巨头的权力强化、严重的经济危机等新的挑战，人们的儿童教育观念及社会观念都发生了剧烈变化。幻想文学在西方社会成为具有特定功能的文学类型，正如苏珊·桑塔格在《关于灾难的想象》一文中阐述的，幻想文学成为一种使生活恢复正常的要素："我们生活在两种同样可怕的，但又似乎是相互矛盾的命运的持续不断的威胁之中：难以排遣的平庸和不可理喻的恐惧。正是那通过大众艺术形式广泛传播的幻想故事使大多数人得以应对这两大幽灵的困扰。"① 正是在动荡的50 年代和60 年代的时代语境之下，英国儿童幻想文学更注重应对恐惧的替换性想象叙事及其娱乐性，同时秉承着童话幻想叙事的宗旨，探索新的表达题材和表述话语，并且取得了卓越的成就，成为英国儿童文学的第二个黄金时代的

---

① 该文收入20世纪60年代出版的批评文集《反对阐释》。（Against Interpretation and Other Essays，New York：Picador，1966，pp. 209 – 25.）

主潮。

这一时期的英国儿童幻想文学的代表性作品有玛丽·诺顿（Mary Norton）的《小矮人博罗尔一家》（1952）；菲莉帕·皮亚斯（Philippa Pearce）的《汤姆的午夜花园》（1958）；C. S. 刘易斯（C. S. Lewis）的《纳里亚传奇》系列［《狮子·女巫和衣橱》（1950）、《凯斯宾王子》（1951）、《“黎明踏浪者”号的远航》（1952）、《银椅子》（1953）、《能言马和王子》（1954）、《魔法师的外甥》（1955）、《最后之战》（1956，获卡内基奖）］；J·R·R·托尔金（J·R·R·Tolkien）的《魔戒传奇》系列（1954—1955）；法姆（Penelope Farmer）的《夏季飞鸟》（1962）；布里格斯（Mkatharine M Briggs，1898—1980）的《霍伯德·迪克》（1955），《凯特与胡桃夹子》（1963）；琼·艾肯（Joan Aiken）的《雨滴项链》（1963）；罗尔德·达尔（R. Dahl）的《小詹姆与大仙桃》（1961）、《查理和巧克力工厂》（1964）、《魔法手指》（1966）；阿伦·加纳（Alan Garner）的《布里森格曼的魔法石》（国内译为《宝石少女》（1960）、《伊莱多》（*Elidor*，1965）、《猫头鹰恩仇录》（1967，获卡内基奖）；露西·波斯顿（Lucy M. Boston，1892—）的《绿诺威庄园》系列，如《绿诺威庄园的孩子们》（1955）、《绿诺威庄园的不速之客》（1961，获卡内基奖）；海伦·克雷斯韦尔的《做馅饼的专家》（1967）、《路标》（1968）、《巡夜者》（1969）；罗斯玛丽·哈利斯（Rosemary Harris）的《云中月》（1968）、《日中影》（1970）《闪亮的晨星》（1972）等等。《夜鹰》是罗丝玛丽·萨特克里弗的第一部优秀历史小说。威廉·梅恩的《安塔的雄鹰》（*Antar of The Eagles*）、《地戒》（*Earthfasts*）；利昂·加菲尔德的历史小说，等。

与维多利亚时代的童话小说相比，这一时期的作家们在创作的主题方面进行了新的重要拓展。作家对于时间的关注突出地体现在对“过去”时光的把握和思考方面，正如批评家汉弗莱·卡彭特所言：“在这一时期创作的绝大部分英国儿童小说都具有同样的主题：对过去的发现或重新发现。[1]”这一时期出

---

① Humphrey Carpenter，1985：217

现了两种重要的创作趋向：①表现时间穿梭的题材，故事在过去与现在之间发生互动；如菲莉帕·皮亚斯的《汤姆的午夜花园》讲述汤姆在午夜时分当老爷钟敲响13点时进入了一个存在于过去的美丽花园，与一个叫作海蒂的小女孩玩耍，由此穿梭于现在与过去的时空之间。露西·波斯顿的《绿诺威庄园》系列也是一个突出的代表，作者巧妙地运用了“时间旅行”的要素来讲述故事。虽然故事的叙述时间是现在，但通过叙述者——如《绿诺威庄园的孩子们》里的男孩托利——时间回溯到了17世纪。表现此类题材的还有佩尼洛普·莱弗利的《诺汉姆花园中的房子》、佩尼洛普·法姆的《有时候是夏绿蒂》等作品；②历史奇幻小说的兴起；代表性作家包括利昂·加菲尔德和琼·艾肯等人，作者从充满想象力的视域去改写历史，重写历史。此类题材的作品还包括艾伦·加纳的《红色转移》和《猫头鹰恩仇录》、威廉·梅恩的《草绳》和《安塔和雄鹰》等。英国历史奇幻小说对于过去所进行的重新书写，或者在一个虚构的地理空间建构庞大的历史的第二世界，在本质上都是“借助想象在时间、历史和过去中进行新的叙事构建”，表达作者对人类基本问题的深切关注与思考，以及对理想社会的期望和追求。这一时期出现的托尔金现象值得关注。《魔戒传奇》于1954年问世，到1965年出平装本后几乎成为家喻户晓的作品。托尔金的《魔戒传奇》作为宏大的假想性历史幻想小说，创造了一种“替换性的宗教”，体现了作者对邪恶本性的持续关注和探索。在托尔金的幻想世界里，正直善良的主人公仍然像传统童话叙事的主人公一样，通过出自本心的细微善举而获得出乎预料的理想结果。然而正如批评家指出的，当邪恶势力被消灭以后，主人公发现他们自己最后的家园霞尔，一种田园牧歌式的精神家园，正遭受着另一种邪恶力量的侵袭和蹂躏，那就是“工业化的破坏”。托尔金的幻想文学创作是继往开来的，他一方面继承了西方幻想文学传统，另一方面又对西方当代幻想文学产生了深远影响。

当然，纵观这一时期的英国儿童文学创作，其中还是有一些不能正视或涉足的禁区。首先对于儿童和青少年的性问题仍然是一个禁忌。凡涉及少男少女的性情感问题时都是采取回避态度的，或者采取委婉暗示的方式进行处理。约瑟芬·卡姆（Josephine Kamm）于 1965 年发表的《少女母亲》（*Young Mother*）对于少男少女的性意识和性情感做了一定程度上的描写，是一种有益的尝试，在随后的年代也引起了一些人的仿效。此外，除了历史故事和战争故事，儿童故事的创作对于死亡主题也是一个难以触及的禁忌区域。不过与战前的英国儿童文学创作相比，50 年代和 60 年代的儿童文学创作已经没有早先的浓厚的英国帝国使命的意识影响，以及英国社会固有的社会阶层和性别角色的刻板模式。

第一章
C. S. 刘易斯和他的《纳尼亚传奇》

作为学者型的作家，C. S. 刘易斯的《纳尼亚传奇》系列是20世纪50年代英国儿童幻想小说创作的重要成果，影响极为深远。克里夫·斯坦普尔·刘易斯（Clive Staples Lewis，1898—1963）出生于北爱尔兰贝尔法斯特，父亲是一位律师。C. S. 刘易斯从小酷爱读书，15岁时已经阅读了几乎所有重要英国诗人的作品。1916年，C. S. 刘易斯考取牛津大学，但一战的枪炮声让他选择了应征入伍，不久被派往法国前线作战。1918年，他因受伤被送回英国治疗。伤愈后，刘易斯重返大学校园，攻读英语语言文学。1925年，他被牛津大学马格达伦学院聘为英文教师，教授英语语言文学。1954年，刘易斯进入剑桥大学，担任文学教授，进行中古和文艺复兴时期英国文学的教学与研究。进入大学任教之后，C. S. 刘易斯与J. R. R. 托尔金由相识而成为知己。两人都对古代北欧的语言和文化及古典文学作品深感兴趣，他们加入了“科尔比塔文学俱乐部”（Coalbiters），会员包括许多著名文化和语言文学研究的权威学者。后来，以C. S. 刘易斯、J·R·R·托尔金和C·威廉姆斯等学者为主要成员组成了一个“文学笔友会”（Inklings）。笔友会的成员不定期地进行文学研究和创作的交流对话。在二次大战期间及二战结束后的一段时间，笔友会成员在“小鹰与婴孩”（Bird and Baby）酒吧举行的周二午餐聚会成为牛津大学的一个特色活动。

C. S. 刘易斯在著述方面涉足文学、神学、哲学等诸多领域，作品包括《爱的寓言》（*Allegory of Love*，1936）、《痛苦的奥秘》（*The Problem of Pain*，1940）；科幻小说《太空三部曲》（*Space Trilogy*），分别为《走出寂静的星球》（*Out of the Silent Planet*，1938）、《金星历险记》（*Perelandra*，1943）和《那股邪恶的力量》（*That Hideous Strength*，1946）；《返璞归真》（*Mere Christianity*，1952）。而他影响最大的作品当属幻想小说《纳尼亚传奇》（*The Chronicles of Narnia*）系列。

《纳尼亚传奇》系列由7部小说组成。故事的中心线索是4个孩子从现实世界进入纳尼亚王国后进行的一系列惊心动魄的历险活动。从创作时间看，其先后顺序为：《狮子、女巫和魔衣橱》（*The Lion，The Witch and the Wardrobe*，1950）、《凯斯宾王子：重返纳尼亚》（*Prince Caspian：The Return to Narnia*，1951）、《黎明踏浪号》（*The Voyage of the Dawn Treader*，1952）、《银椅子》（*The Silver Chair*，1953）、《能言马与男孩》（*The Horse and His Boy*，1954）、《魔法师的外甥》（*The Magician's Nephew*，1955）和《最后的决战》（*The Last Battle*，1956）。在《狮子、女巫和魔衣橱》中，由于受到战争威胁，彼得、苏珊、埃德蒙和露西四兄妹被父母送到远离城市的乡间一位老教授家中暂住。有一天，天性好玩的孩子们玩起了捉迷藏的游戏，小姑娘露西在躲藏时进入了一个大衣橱，无意间发现衣橱的尽头通向一个银白色的新世界。于是，4个孩子通过这个魔衣橱进入了纳尼亚王国。这个王国目前由邪恶的白女巫统治，她心狠手辣，凡有企图反抗她的臣民都将被化作一动不动的石像。在她的控制下，纳尼亚王国陷入了冰封雪飘的严寒之中。在一对善良的海狸夫妇的引导下，孩子们见到了纳尼亚真正的主人：被白女巫施加了魔法的雄狮阿斯兰。最终，在大家的共同努力下，女巫被击败了，正义重新回到了纳尼亚。后来在一次狩猎中，孩子们无意间发现了那个魔衣橱，于是又通过橱门返回了现实世界。在《凯斯宾王子》中，4 个孩子正坐在地铁车站候车室的长椅上，等待乘车返回学校，然而开来的一列火车却将他们带回到纳尼亚王国。原来，就在他们离开纳尼亚的一年间，这里已经过去了 1300 多年的时光，纳尼亚的世界又面临着新的危机。纳尼亚国王的弟弟米诺兹阴险狡诈，谋夺王位，残暴地杀害了兄长，接着还想刺杀国王的儿子凯斯宾王子。王子听到风声后逃离了追捕。此时的纳尼亚国民又遭受了暗无天日的磨难。凯斯宾王子吹响了苏珊留在纳尼亚的魔法号角，召唤四位来自人类世界的少年战士。凯斯宾王子和骑士彼得踏上了寻找雄狮阿斯兰的旅程。最后，正义之师与邪恶的米诺兹的野兽军团展开了一场殊死搏斗，将其彻底消灭。善良的凯斯宾王子成为新的国王，纳尼亚王国又重新恢复了生机与希望。

《黎明踏浪号》的故事发生在 3 年之后。这一年的暑假，彼得要准备大学入学考试，苏珊到美国度假去了。于是埃德蒙与露西便住在剑桥附近的哈罗德舅舅家，见到了表弟尤斯塔斯，一个非常令人厌烦的家伙。有一天，他们被墙上的一幅油画吸引住了。画面上有一艘壮观的帆船，船首为龙头，船尾是龙尾巴，左右两边的船舷装饰着龙翼。正观赏间，油画突然间开始摇晃起来，房间里顷刻间涌进了海水，将孩子们卷走，带往纳尼亚的东海，被“黎明踏浪号”船上的凯斯宾国王和船员救起。“黎明踏浪号”此次航行的使命是寻找当年被坏叔叔驱逐的骑士们，同时也致力于找到雄狮阿斯兰的王国。航程中他们经过了许多神奇的岛屿，如孤独岛、声音岛、黑暗岛等等，经历了各种艰难险阻。小说着重描写了贪婪和自私的尤斯塔斯的转变。在一场暴风雨过后，航船停靠在一个小岛上，大伙都在岛上寻找补给。尤斯塔斯耐不住寂寞，独自穿行在丛林中，遇到一条生命垂危，即将咽气的巨龙。他跑进巨龙的洞穴，发现了无数金银财宝。他贪婪地一刻不停地将珍宝塞进自己的布袋，直到累瘫在地，倒下睡着了。当他醒来后，他发现自己变成了一条龙。经过种种磨难，尤斯塔斯终于从一个自私贪婪、令人生厌的坏孩子转变成一个诚实勇敢的孩子。他们齐心协力，完成了此次航行的使命，返回纳尼亚王国。埃德蒙和露西也回到了位于剑桥的舅舅家继续度假。

在《银椅子》中，尤斯塔斯和女孩吉尔无意间穿过荒野中的一扇小门，来到纳尼亚王国。在这里两个孩子得知，10 年前纳尼亚国王的王后被一条青蛇咬死，而王子瑞廉被一个神秘的绿衣女子带走。这绿衣女子就是蛇精所变。绿衣女子将瑞廉带回自己的宫中，用一把魔法银椅将他控制。尤斯塔斯和吉尔决心帮助国王找到王子瑞廉。经过一番努力，他们发现了蛇精盘踞之处，奋力杀死蛇精，将银椅捣毁后，救出了王子瑞廉。

在《能言马与男孩》中，少年沙斯塔无意间得知，他的养父要把自己卖给一个卡乐门贵族。他不知道这贵族为人如何，该贵族的骏马布里会说话，它告诉少年，它的主人歹毒凶狠。于是少年便跟着骏马连夜逃走了。这骏马来自纳尼亚王国，于是，少年和它一起逃往纳尼亚。途中，他们遇到了私自逃婚的贵族少女阿拉维斯和她的同样会说话的母马赫温，于是结伴而行。此时四个孩子中的苏珊成为纳尼亚的女王，她和彼得、埃德蒙、露西一同治理着这个国度。她拒绝了卡乐门王子的求婚，后者非常恼怒，准备在突袭阿钦兰之后，大举进攻纳尼亚。纳尼亚处于危难之中。在紧要关头，少年沙斯塔得到狮王阿斯兰的帮助，骑着战马送来情报，拯救了纳尼亚。此后，他的真实身份得以披露，原来他就是阿钦兰的王子。在继承阿钦兰的王位后，他和阿拉维斯喜结良缘。

在《魔法师的外甥》中，喜欢探险的少年迪格雷和女孩波莉无意间闯入了舅舅安德鲁的实验室，被这个居心不良的魔法师用魔法戒指传送到一个神秘的林中世界。后来，他们进入一座荒凉的恰恩城。出于好奇，迪格雷唤醒了邪恶的白女巫，正是她用灭绝魔咒把恰恩王国变成死气沉沉的荒凉之城。白女巫跟随两个孩子回到现代伦敦。为了制止女巫在伦敦作恶害人，迪格雷和波莉在一番周折之后，将她带入了另一个幻想国度。在那里他们看到了阿斯兰如何创造一个新的世界。此时，迪格雷的母亲正卧病在床，根据阿斯兰的指示，他必须到远方的花园里摘取一只苹果，只有这神奇的生命之果才能治好他母亲的病。尽管白女巫拼尽全力，使出各种手段来阻挡迪格雷的行动，迪格雷还是成功地完成了使命。阿斯兰将苹果树种在纳尼亚边境的土地上，以抵御女巫的入侵；

迪格雷从苹果树上摘下一只生命之果，治好了母亲的病。

《最后一战》是《纳尼亚传奇》系列的大结局。老猿猴西弗特无意中拣到一张狮子的毛皮，便让他的朋友——头脑简单的骡子帕兹尔披上狮皮，假扮狮王阿斯兰，从而控制整个纳尼亚王国。国王缇廉揭穿了猿猴的阴谋，却被卡乐门等人抓走了。他向阿斯兰求救，阿斯兰召唤来了尤斯塔斯和吉尔，他们将国王缇廉救了出来，随即率领纳尼亚的动物军团投入了反击卡乐门的军队及反叛的野兽和小矮人的战斗。最黑暗的邪恶力量也汇聚起来，黑云压城，形势险恶。一千年前被阿斯兰召唤到纳尼亚的7位勇者——彼得、埃德蒙、露西、尤斯塔斯、吉尔、波莉和迪格雷全都先后赶来了，狮王阿斯兰也现身了，最后的决战迫在眉睫。"时间"巨人醒来，世界末日的号角吹响了，被黑夜笼罩的纳尼亚最终毁灭了。阿斯兰领着所有幸存者通过一道时空之门，进入了一个新的纳尼亚国度，过着幸福的生活。

与托尔金一样，C. S. 刘易斯通过自己的创作实践和思考，形成了富有创见的当代儿童文学观。他在1952年发表的《为儿童写作的三种方式》一文中提出了不少发人深省的真知灼见。① 在刘易斯看来，儿童文学创作可以分为3种方式：第一种方式是从表层迎合儿童心理和爱好，投其所好，自认为自己所写的东西是当今儿童喜欢看的东西——尽管这些东西并不是作者本人内心喜爱的，也不是作者童年时代喜欢读的东西。这种迎合小读者的"投其所好"的写作方式往往导致作者本我的迷失，本真的迷失，作者写出的东西流于表面热闹，但缺乏深邃内涵。事实上，通过这种方式创作出来的作品很容易陷入同质化和跟风模仿的误区。

至于第二种方式，C. S. 刘易斯认为，它与第一种方式之间具有某些相似之处，但在本质上却具有重大差异。在刘易斯看来，创作"爱丽丝"小说的刘

---

① C. S. Lewis, On three ways of writing for children. in Sheila Egoff et al. eds. Only Connect: readings on children´s literature, Toronto, New York: Oxford University Press, 1980, pp. 207 – 220.

易斯·卡罗尔，创作《柳林风声》的肯尼斯·格雷厄姆和创作《魔戒传奇》的托尔金等作家的作品就代表着这样的写作方式。这些作者为特定的孩子讲述故事，有生动感人的声音，有现场的即兴创作和发挥，还有后来的艺术加工与升华。他们所讲述的都是儿童内心渴望听到的故事。在这一过程中，具有丰富人生阅历的成人与天真烂漫的儿童之间形成了一种默契，一种复合的人格得以形成，一个个卓越的故事因此诞生了。

C. S. 刘易斯总结的第三种方式就是他本人运用的方式。他认为自己之所以写作儿童故事，是因为它们是表达思想的最好艺术形式。首先，作者要有深邃的思想和广博的知识以及丰富的文学修养。其次，作家表达思想的写作方式是多种多样的，例如小说、散文、诗歌，等等；而在刘易斯看来，童话作为一种表达方式已经潜移默化地植入作者心中。事实上，刘易斯和肯尼斯等作家一样，通过童话小说的艺术形式吐露心曲，表达感悟，从而创造出不朽的儿童文学经典之作。在总结了儿童文学创作的三种方式之后，作者进一步阐述了自己的幻想文学观。通过将写实性的校园小说与幻想性的童话故事进行比较，刘易斯认为，那些声称是专为儿童写作的真实的校园故事在特定意义上并不真实，而是一种欺骗。他这样阐述道，人们希望现实中的校园生活能像小说中描述的那样精彩、美好；希望自己在学校中成绩突出，名列前茅；希望自己成为一个揭穿外国间谍阴谋的幸运者，等等；但在这些所谓的现实性校园故事的后面显露出的却是强烈的功利性和刻板性。在读完这样的故事之后，读者又被遗弃在这个充满纷争的现实世界。刘易斯指出，校园故事实际上也是一种满足潜意识渴望的幻想故事，只不过是以自我为中心，追求的乐趣就是获取别人羡慕的眼光。与此相反，没有人会把现实世界与童话世界等同起来。虽然童话故事在真实性方面偏离了现实生活，但童话提供的信息却是值得信赖的。事实上刘易斯的观点非常接近当代心理学家提出的“童话心理学”观念，即童话故事为儿童提供的是心理真实性，它们按照儿童体验事物的方式对人类情感和疑难问题进行外化和投射。童话世界虽然是一个漫无边际的幻想国度，却包含着种种深刻的心理真实性，所以它为儿童奉献的是现实世界和幻想世界所能提供的最好的养料。

第二章
宗教情怀·神话想象·童话艺术：托尔金的幻想文学世界

从《霍比特人》到《魔戒传奇》，牛津大学文学教授J·R·R·托尔金在文学创作领域走的是一条与同时代英国文坛主流作家完全不同的道路——他用毕生精力去“锻造”的是幻想文学的“魔戒”。随着时光的流逝，对托尔金文学思想和文学创作的研究已经成为西方现当代文学研究领域的一门显学。

J·R·R·托尔金出生在南非的布隆方舟（现为南非奥兰治自由邦）。托尔金的父母是在19世纪末移民南非的。托尔金4岁时，父亲因病去世，母亲带着两个儿子迁回英格兰，居住在伯明翰郊区一个由信奉罗马天主教的人群聚居的小镇。1903年托尔金的母亲又因病去世，托尔金被托付给一位天主教神父抚养。在伯明翰求学期间，托尔金学习刻苦，最终获得奖学金进入英国牛津大学深造，并于1919年获牛津大学硕士学位。此时正值第一次世界大战期间，托尔金与许多年轻人一样进入军队服役，不久因患“战壕热”被送进医院治疗。正是在抱病住院的这段日子里，托尔金开始了他最初的写作生涯。战后，托尔金在里兹大学担任教职，教授英语语言和中世纪文学。作为里兹大学的年轻教授，托尔金申请了牛津大学的古英语文学研究教职，于 1925 年进入牛津大学，在默顿学院担任盎格鲁－撒克逊学教授。托尔金一生中的大部分时光都是在牛津大学度过的。在旁人眼中，他是一个低调的、性格保守的人，尽可能地避开公众视线和政治活动。20 世纪 50 年代以来，随着《魔戒传奇》（*The Lord of the Rings*）系列小说的问世和风行，托尔金成为战后英国文坛开一代新风、具有世界声誉和极大影响的作家。

1933 年，作为父亲的托尔金开始给儿女讲述一个模样可笑的小矮人的故事。这个小矮人名叫毕尔博，是个霍比特人，他在外出历险的途中发现了一只神奇的戒指，能够隐身，所以他成功地偷走了巨龙的财宝。1937 年这个故事以《霍比特人》（*The Hobbit*）为名出版了。它开篇的第一句话无疑确立了一个新童话故事的基调："从前，有一个住在地洞里的霍比特人……"事实上，这是一部充满传统元素的童话小说，从不速之客刚多尔夫（正义的巫师）登门造访到主人公毕尔博鬼使神差般地加入小矮人远征队（其行动目的是夺回被巨龙掠走的财宝），到毕尔博在混乱中遭遇妖精并在无意间（或许是一种童话般的天意）获得一枚能够使其隐身的千年魔戒，主人公一次又一次地进入某个被严密把守的禁区，偷走某件珍贵的东西，如食人巨人的金子和短剑，古鲁姆的魔戒，恶龙斯毛戈的金杯，索伦的阿肯宝石，或者偷偷地解救被大蜘蛛群捕获的小矮人，被精灵国王囚禁起来的矮人们……此次远征处处有惊有险，波澜迭起，但总能转危为安，化险为夷；重要的是，几乎每个行动都充满童真童趣。例如毕尔博在黑暗的隧道中冲出小妖精的围捕之后又在神秘的地湖遭遇了吃人怪物古鲁姆，两者在"吃与被吃"的生死关头仍然像孩童一般玩起了猜谜语的游戏，在险象环生的紧张时刻又欲擒故纵，趣味横生。由于《霍比特人》的书稿很受出版商斯坦德利·昂温（Stanley Unwin）的孩子的喜爱，这位出版商便请托尔金为它写出续集——这就是《魔戒传奇》的创作缘起。然而这续集的完成经历了一个相当漫长的过程。1954 年《魔戒传奇》的第一部《魔戒再现》（*The Lord of the Rings*：*The Fellowship of the Rings*）与读者见面了。随后出版的两部分别是《双塔斗士》（*The Lord of the Rings*：*The Two Towers*）和《王者归来》（*The Lord of the Rings*：*The Return of the Kings*）。

托尔金的《魔戒传奇》至少融合了小说、童话和传奇三种因素，但在本质上仍然是沿着"亦真亦幻"的童话小说的创作道路前行的。不同的是，托尔金在创作《霍比特人》时心中的读者完全是儿童，因为它就是托尔金在床头给自己儿女们讲述的故事，所以成书后它的故事结构是单一的，清晰的，文字叙述是简明流畅的，非常适合儿童读者层次。而在《魔戒传奇》系列中，作者把成人的复杂意识和想象加以尽情发挥，把故事讲述得非常精细复杂，结果更具有兼容性和模糊性，既吸引儿童读者，更受到成人读者的喜爱和推崇。此外，《霍比特人》的主题比较单纯，它叙述的就是主人公历险成长的故事——一个最平凡的、与世无争的霍比特人如何成为一个令人称奇的英雄。故事的情节发展比较单一，就是一个夺回巨龙所掠走财宝的历险故事。而在《魔戒传奇》系列中出现了宏大的史诗性的主题和故事结构，出现了对文明的命运的思考，出现了个人命运与不容回避的责任的冲突，出现了波澜壮阔的正义力量与邪恶势力的生死大搏斗，出现了复杂而严谨的"中洲"历史，等等。读者在《霍比特人》里进入的还是一个儿童的天地，没有更多更深的心智活动，以及（虚构的）历史传奇。而在《魔戒传奇》系列里，这个天地在空间和时间上有了极大的延伸，"亦真亦幻"的童话艺术也得到淋漓尽致的发挥。一个最明显的变化是，霍比特人毕尔博从怪人古鲁姆那里获得的那枚神奇的隐身戒指一旦到了弗拉多（毕尔博的侄儿）的手中就成为决定整个中洲命运的威力巨大的魔戒之王，故事的背景和时空展现也随之发生巨大的变化。托尔金在《魔戒传奇》系列中创造的"中洲世界"无疑是一个凭想象虚构的奇境世界，但这个虚构世界的地理、地貌及气候、季节，以及漫长的历史等背景因素和情节因素又无不具有强烈的真实性或写实性，而且生活在这个世界里的人们或者那些像人一样的种类拥有和现实世界中的人类相似的社会组织，进行着相似的活动。更重要的是，这里有人们熟悉的一切，发生在这个世界的事情既神奇怪绝，又令人感到熟悉。值得注意的是，作者还专门附录了有关"中洲"的历史、居民的语言和民族等资料，记述得非常详尽细致，从历代诸王的资料，流亡者的领地，北方、南方各家系情况，王族后裔，历代国王年表，等等，到中洲的大事纪年，《魔戒传奇》故事发生时的第三纪的语言和民族的介绍，如小精灵、人类、霍比特人以及包括恩特人、奥克斯、巨怪、小矮人在内的其他种族，所记所载详细生动，俨然一部中洲史记。

托尔金在一般人眼中是一个具有保守宗教意识的天主教徒。的确，托尔金对天主教表现出了极大的虔诚和热情，然而这种宗教情怀通过他的艺术创作转化为对资本主义社会现状的不满与反抗，正如他自己所坦承的："我不是一个'民主主义者'，因为谦卑和平等的精神原则已经被那种希望把它们机械化和形式化的企图所腐蚀，其结果不是我们变得普遍的平和、谦恭，而是变得庞大、傲慢，直到那些奥克魔兵们拥有了一枚魔戒的力量——那时我们就沦为了奴隶，或者正在沦为奴隶!"①

事实上，在托尔金强烈的宗教情怀后面是他对当代资本主义社会腐蚀性的颓废与极度泛滥的物质主义的痛恨。狂妄自大的人类正在通过机器来改变世界，就像锻造魔戒的黑暗魔王索伦驱使奥克魔兵们征服天下，奴役世间万物一样。宗教的种种"承诺"和"福音"——来世的更美好生活，天堂和千禧年王国——首先需要通过人类在人世间涤荡自身的"宗教大罪"才能实现，这些罪孽包括狂妄自大、贪婪无度、懒惰、傲慢和追名逐誉，具体表现为魔王索伦的狂妄的肆虐，白衣巫师萨茹曼的无耻的叛变，古鲁姆的无法自拔的贪婪，等等。虽然正义反抗邪恶，拯救众生的过程是漫长而艰巨的，代价是巨大的，但毕竟存在着实现和完成这些承诺的潜能。这样的宗教思想在托尔金的笔下借助童话艺术而得以升华，使他能够以浪漫的幻想叙事来表达激进反抗那异化人性、破坏自然生态的资本主义的立场。

托尔金的幻想文学创作离不开神话想象。托尔金长期以来对包括盎格鲁—

---

① Humphrey Carpenter，J · R · R · Tolkien：A Biography，Boston：Houghton Mifflin，1977，p. 128

撒克逊英雄史诗《贝奥武甫》、古冰岛诗歌《埃达》和古芬兰神话史诗《卡勒瓦拉》等在内的欧洲古代神话史诗及中世纪文学进行了深入研究。研读这些神话古籍的过程无疑对他的幻想文学思想的形成乃至文学创作的构思产生了深刻影响。当然，这些神话材料也成为了他日后创作的重要灵感和源泉。对于托尔金，神话是一种深刻的真理，它们不仅仅是人类发轫于自然启蒙的认知之果，而且铭刻着人类社会发展的轨迹，蕴涵着人类不断认识自我、认识世界的智慧。此外，神话意识和神话想象对于当代幻想文学的创作具有极大的启示和借鉴作用。1936 年11 月，当托尔金作《贝奥武甫：魔怪与批评家》的讲座时，他实际上已动笔创作童话小说《霍比特人》。在托尔金看来，写成于 8 世纪晚期的《贝奥武甫》不仅具有重要的历史文献价值，更是一部构思精巧的文学创作。他对《贝奥武甫》的解读使他明白如何把握《霍比特人》的创作。在主题与象征意义上，在讲故事的方式，在故事的结构等方面，《贝奥武甫》都对托尔金的创作产生过深远影响。托尔金从研读神话古籍中提炼出的神话想象成为他幻想文学思想的重要因素，也为他本人的幻想文学创作提供了从主题到叙事构架及情节因素等多方面的启示。

托尔金幻想文学创作的成功揭示了从神话想象到童话艺术的升华。1938 年，托尔金在圣·安德鲁斯大学作了题为《论童话故事》的讲座，这实际上就是他从神话想象走向童话艺术的幻想文学观的发展。托尔金自幼深受传统童话的熏陶和影响。在母亲的鼓励下，托尔金阅读了许多童话故事，其中他最喜欢的是安德鲁·朗的《红色童话集》（*The Red Fairy Book*）。在《论童话故事》中，托尔金屡屡论及格林童话和安德鲁·朗的童话集。在这篇童话文学专论中，托尔金详尽地阐述了自己的童话文学观念，包括对童话故事概念的界定，对童话故事起源的追溯，对童话文学功能的探寻。作为较早地从心理学层面探索童话文学的研究者，托尔金还探讨了童话的社会心理功能以及童话故事蕴涵的可能性和人类愿望的满足性等重要命题；托尔金认为，“童话故事从根本上不是关注事物的可能性，而是关注愿望的满足性。如果它们激起了愿望，在满足愿望的同时，又经常令人难忘地刺激了愿望，那么童话故事就成功了……这些愿望是由许多成分构成的综合体，有些是普遍的，有些对于现代人（包括现代儿童）是特别的。而有几种愿望是最基本的。这最基本愿望的满足包括去探究宇宙空间和时间的深度、广度的愿望，与其他生物进行交流和沟通的愿望，探寻奇怪的语言和古老的生活方式的愿望。①”这些人类最基本的愿望在童话奇境里得到最大的满足。怀有深厚宗教情怀的托尔金不仅认识到了神话想象的重要性，更洞察到了童话文学的艺术特性。神话想象可以成为童话创作的源头活水，而童话艺术可以巧妙地将传统神话因素加以升华。就神话史诗和民间故事中的巨龙而言，托尔金认为，魔怪和巨龙是神话想象的强有力的创造物，使古代史诗的意义超越历史而得以提升（史诗的主题就象征着人生的命运和抗拒命运的努力）。对于托尔金，巨龙的重要神话意义就在于它的出现往往象征着主人公进入了一个不同的“异域他乡”，而这个“异域他乡”正是幻想世界的奇境所在，一如托尔金在《论童话故事》讲座中所说：“龙的身上清楚地写着‘奇境’的印记，无论龙出现在什么地方，那都是‘异域他乡’。那创造了或者探望了这个异域他乡的幻想就是仙境愿望的核心。我对于龙有一种刻骨铭心的向往。”② 托尔金广采博览，自出机杼，在自己的作品中创作出了童话奇境中的恶龙形象。托尔金不仅探讨了当代文学童话的价值与功能，而且阐述了童话“奇境”观：童话故事作为一个整体具有三个层面，①面向超自然的神秘；②面向自然的魔力；③面向人世的批判与怜悯的镜子。童话“奇境”的基本层面是面向自然的魔力。

从时代背景看，经历过两次世界大战的托尔金对于西方社会现实产生了深刻的质疑。战后西方世界的宗教情怀日渐式微，出现从热战到冷战的世界格局；在资本主义社会内部，无论是道德价值观还是人类关系无不受到整个社会商品化趋势日益加剧的影响，所有这些因素都使托尔金深感忧虑。幻想文学似乎成为一种可以使人们获得慰藉的重要形式和内容，托尔金通过神话想象和童

---

① J·R·R·Tolkien, The Tolkien Reader New York: Ballantine, 1966, p.41, p.43, p.63
② J·R·R·Tolkien, The Tolkien Reader New York: Ballantine, 1966, p.64

话艺术所创造的幻想世界向世人表明，人类应如何做才能“重新获得”宗教信仰，获得力量来抵抗现代资本主义社会非人性化的压迫。托尔金通过童话艺术提炼了小人物历险故事所隐含的基督教思想，正如齐普斯所论述的，托尔金把一个不起眼的小人物提高到上帝的位置，让他站在宇宙的中心，成为所有创造的人本主义源头。在中洲世界，上帝是缺失的，精神世界通过获得救赎的小人物的行动证实了自身的价值，而且正是幻想在解放主人公的同时也解放了读者，让他们去寻求救赎。①

此外，基督教的福音书所传达的有关耶稣基督的消息以及基督复活的信念在托尔金的文学创作中转变成了至关重要的“童话故事的慰藉”。在出现了灾难性后果（dyscatastrophe）之后，童话故事必须释放欢乐的喜悦，呈现必不可少的结局：“否极泰来”（eucatastrophe）。托尔金认为，这是童话奇境中的最重要的奇迹。它并不回避痛苦和失败，而是“以传递福音的方式，闪现出摇曳的欢乐之光，超越世间之哭泣的欢乐，与痛苦悲伤一样刻骨铭心”②。这样的结局是一种经历了磨难和危险之后突如其来的幸福“转变”，用托尔金的话说，所有完整的童话故事必须有幸福的结局，这是童话故事的最重要功能。

---

① 杰克·齐普斯《冲破魔法符咒：探索民间故事和童话故事的激进理论》，舒伟主译，安徽少年儿童出版社，2010年1月，第183页。

② J·R·R· Tolkien, The Tolkien Reader New York: Ballantine, 1966, p. 86

第三章

玛丽·诺顿和她的《小矮人博罗尔一家》[①]

玛丽·诺顿（Mary Norton，1903—1992）创作的《小矮人博罗尔一家》是20世纪50年代英国儿童文学第二个黄金时代的经典作品之一。玛丽出生在英国伦敦，父亲是一名医生。玛丽的童年是在美国佐治亚州的雷顿布查德的一座房子里度过的。这座房子现在是雷顿中学（Leighton Middle School）的一部分，校内的人都称它为“老房子”。这座房子成为玛丽日后创作《小矮人博罗尔一家》的背景原型。玛丽婚前的名字是凯瑟琳·玛丽·皮尔森（Kathleen Mary Pearson），她在1927年和罗伯特·查尔斯·诺顿结婚，两人婚后育有4个子女。第二次世界大战期间她的丈夫在海军服役，她和4个孩子则居住在美国。战争期间，玛丽·诺顿在纽约做了两年的战时服务工作，也正是在这段时间里她开始尝试写作。战后她带着孩子返回英国定居。她在以出演莎士比亚戏剧而著称的老维克剧团里当过演员，同时继续进行文学创作。1943年，玛丽·

① 本章由李英博士和舒伟共同撰写。

诺顿发表了第一部作品《神奇的床扶手》（或《如何通过10次简易课程成为女巫》）（*The Magic Bed Knob*；*Or*，*How to Become a Witch in Ten Easy Lessons*）。该书讲述一个叫普赖斯的老处女和三个孩子的故事。这个老处女一心想当女巫，在发生了一件与她操练具有魔法的扫帚柄有关的奇异事件之后，她发现扫帚柄的魔力传给了一个古旧的床扶手。通过这个床扶手的魔力，普赖斯小姐和三个孩子能够前往任何想去的地方。这个故事无疑承袭和拓展了伊迪丝·内斯比特的童趣化的“愿望满足”传统。作为续集的《篝火与扫帚柄》（*Bonfires and Broomsticks*）发表于1947年。1957年这两本书被汇集成一册，以《神奇的床扶手和扫帚柄》为名出版。这两个故事后来被迪士尼电影制片厂改编为音乐影片。1952年，《小矮人博罗尔一家》（国内译名为《地板下的小人》和《借东西的小人》等）发表了，受到读者的欢迎和批评家的好评，出版当年就获得了卡内基儿童文学奖，1960年又获得刘易斯·卡罗尔书籍奖。1973年这部书被好莱坞拍成影片《小矮人博罗尔一家》；1997年英国人将其拍摄为真人版影片《寄居者大侠》；2010年日本动画艺术家宫崎骏将其改编为动画片《借东西的小人阿瑞埃蒂》。在第一部小说大获成功之后，作者又陆续推出了续集，包括《田野上的博罗尔一家》（*The Borrowers Afield*，1955）、《水上漂流的博罗尔一家》（*The Borrowers Afloat*，1959）、《高处脱险的博罗尔一家》（*The Borrowers Aloft*，1961）和《博罗尔一家复仇记》（*The Borrowers Avenged*，1982）。

《小矮人博罗尔一家》在英国儿童文学史上的意义在于它从当代视角拓展了传统的小矮人故事题材。在斯威夫特的《格列佛游记》（1726）中，主人公格列佛出海远航，遭遇船只失事，流落到了“利立浦特小人国”。这里的国民不仅身材矮小，而且心地也不高尚，所思所想及行为举止猥琐卑劣。来自不列颠大国的格列佛不免居高临下，表现出盲目的骄傲自大。玛丽·诺顿的《小矮人博罗尔一家》（1952）讲述从印度回到英国的小男孩在居住的老宅子里发现了借住在地板下面的一家小人，与他们相识后竭力帮助他们的故事。这部小说及其续集既是对斯威夫特的《格列佛游记》的直接呼应，也是在新的时代语境下对英国本土小矮人传统题材的拓展。在传统的小矮人故事中，小矮人体型奇小，与人类相比堪称为袖珍小人，通常生活在隐秘的微型世界（Miniature Worlds）之中。他们大多隐秘地寄居在人类居室的地板下面，或者墙壁里面，通过“借用”住宅主人的物品而生活。当然，对于住宅主人而言，这些被袖珍小人借用的东西是微不足道的。在一座古老的乡村庄园里，悄无声息地生活着一家小矮人——爸爸博德、妈妈霍米莉和女儿阿瑞埃蒂，由于他们的家就安置在一个古老的座钟下面，所以他们的名字也叫作“克洛克”（Clocks）。他们通过不时“借用”一点住宅主人的生活用品，以此居家度日。（作者在小说中写道：如果没有“借东西的地下小人”，为什么妈妈一生买了那么多的针啊线啊什么的，却一一不知去向了呢?）当然，借居小人并不认为他们借用人类的一点物品是不正当的偷窃行为，因为人类才是世界上自然资源的最大消耗者和浪费者。不过，居住在地下的这一家人非常害怕被上面的主人发现，整天都不得不小心翼翼、提心吊胆地过日子，尤其是妈妈霍米莉，一有风吹草动就惊恐不已，甚至昏厥过去。这家人的女儿阿瑞埃蒂却胆大心细，喜爱冒险，妈妈终于允许她和父亲一起离开隐居之处，到上面去“借用”生活物品。阿瑞埃蒂由此结识了在房主家里生活的一个男孩，两个孩子之间通过交流产生了友谊。再后来，博罗尔一家被房主人一家发现了，他们只好逃离庄园，去寻找新的安身立命之所。在续集里，这一家人经历了各种各样的艰难险阻，他们在野外冒过险，过着颠沛流离的艰辛日子；在人们丢弃的旧靴子里安过家，还坐“船”在沟溪和河中里漂流求生 …… 终于凭着顽强的毅力生存下来。

作者通过独特的叙事视角来讲述这个故事及其续集，既通过小人一族的眼光看人类，又通过人类的眼光看小人一族，互为观照，互为呼应。在第一部作品中，一个刚从印度回到英国的小男孩被送往乡间的祖母家疗养身体。男孩原本和姨妈一起住在印度，后来他在风湿热疾病康复之后，就从印度回到英国。男孩发现了借居在这座古宅地板下面的博罗尔一家人，但他并没有声张，而是尽力帮助他们，成为他们的朋友。而且男孩还为他们和住在别处的亲戚传递书信，沟通信息。后来博罗尔一家被心狠手辣的女管家发现了，她一方面将小男孩控制起来，另一方面召唤来警察，同时动用猫和捕鼠专家来围捕这一家可怜的小人族。就在布下天罗地网准备将小矮人一家赶尽杀绝的围捕者燃起浓烟去呛地板下的博罗尔一家，迫使他们从藏身之处跑出来的危急关头，小男孩拼命弄开了通风格栅，使博罗尔一家绝地逢生，化险为夷，成功地逃走了。

在续集中，博罗尔一家经历了难以想象的艰难困苦。从庄园脱险之后，这一家人开始了颠沛流离的野外生活。他们打算去投奔住在獾洞里的舅舅亨德瑞利，却发现那些亲戚早已不知去向。他们捡到一只被人扔掉的破靴子，把它拖到河岸的洞里搭建了一个临时栖身的家。阿瑞埃蒂结识了借居在吉卜赛人那里的小人族男孩斯皮勒。斯皮勒时常用自己打猎所得来接济这些初次在野外谋生的同类。到了冬天，借居在靴子里的博罗尔一家遭遇了最困难的时刻，他们将剩下的最后一点酒喝掉之后便陷入了昏睡之中，醒来发现正躺在一辆吉卜赛人的大车上面。在斯皮勒的带领下，他们逃离险境，来到人类小男孩汤姆的住处，与寄居在墙洞里的亨德瑞利舅舅一家会合。然而好景不长，小男孩汤姆和他的爷爷离开了这里的住所，博罗尔一家又不得不重新踏上流浪之旅，去找寻新的寄居家园。不久，一场突如其来的大雨将他们借居的一个水壶冲进了河沟，让他们遭遇了一场水上漂流历险。在经历了许多事情之后，他们落入一对居心不良的夫妇手中，这对男女将他们关在自己家中的阁楼上，打算春天一到就把他们放到玻璃笼子里，以招徕游客赚钱。再度陷入绝境的博罗尔一家人在阁楼上度过了漫长的冬季，他们根据报纸上登载的人类制作热气球的报道，自己动手制作了一个气球，终于逃出被囚禁的牢笼。重新获得自由的博罗尔一家人找到自己的同类——小男孩斯皮勒，在他的带领下找到了一处新的住所，并在那里见到了博学多才的同类小人皮尔格林。随后大伙齐心协力，找到了更适合居住的家园。与此同时，那对贪婪的夫妇不甘心到手的好事落空，千方百计地到处追寻博罗尔一家人的踪迹。就在复活节即将来临之际，阿瑞埃蒂发现那对夫妇已经追踪到了附近的教堂。面对逼近的重大威胁，大伙不仅逃过了那对夫妇的追捕，而且严厉地惩罚了他们，报了一箭之仇。《小矮人博罗尔一家》凭借童趣化的想象力成为许多读者童年时最喜欢的童话故事。

就时代语境而言，在经历了二战的浩劫之后，就在 C. S. 刘易斯的《纳尼亚传奇》和托尔金的《魔戒传奇》以史诗般的宏大叙事描写正义与邪恶的艰苦卓绝的搏斗时，玛丽·诺顿却另辟蹊径，细腻地描写英国乡间的家居生活，描写隐居在地板下面的小矮人，这无疑代表着 50 年代英国儿童幻想文学创作的另一发端。在该书发表的 50 年纪念版中，玛丽·诺顿叙述了她创作这部小说的过程，那就是，当一个人仰望不到星空时，他会很自然地眼光朝下，发现灌木丛掩盖着的小溪流，或者是被细微尘埃覆盖着的木地板。与 C. S. 刘易斯和托尔金的作品相比，玛丽·诺顿的作品是现实主义的幻想故事，里面没有魔法，也没有仙女或魔法师，只有写实性的居家度日，安身立命。然而借居小人一族却是幻想性的，所以故事仍然沿着以实写虚的童话叙事之路往前行进。在经历一系列波折与历险之后，这一家三口也成长起来。女儿阿瑞埃蒂更加成熟，不再那么冲动叛逆了；爸爸博德变得更加老成稳重了；妈妈霍米莉不再一遇到困难就神经质般惊恐万分，她变得性格开朗，心胸开阔了。此外，这一家人也有了新的认识，不再依赖或寄生于人类的家居物质条件，三人最后远离了舒适宜居但充满危险的人类文明，回归于包容万物的大自然的怀抱之中。

第四章
琼·艾肯:《雨滴项链》和《威洛比城堡斗狼记》

琼·艾肯（Joan Aiken，1924—2004）出生于英国苏塞克斯郡。她的父亲康拉德·艾肯是一位美国诗人。母亲杰西·麦克唐纳是一位加拿大作家，她的继父马丁·阿姆斯特朗是一位英国作家。因从小受到家庭环境的熏陶，琼·艾肯在少女时代就表现出文学创作的热情和才华。在成为专业作家之前，她做过多种工作，在英国广播公司工作过，也当过图书馆管理员、编辑等。在文学创作方面，艾肯是个多产作家，为儿童及青少年写作，也为成人写作。她一生创作了100多部作品，其中大部分是少儿图书。她的作品包括小说、童话、诗歌、戏剧等，许多佳作深受读者喜爱，多次再版，曾获刘易斯·卡罗尔奖、英国《卫报》小说奖、大英帝国勋章等。童话集《雨滴项链》（*A Necklace of Raindrops and Other Stories*，1963）是她的童话代表作，收有《雨滴项链》《神奇的猫的垫子》《馅饼里包了一片天》《小矮人坐在书架上》《三个旅行者》《面包房里的胖猫》《过夜的床》《缀花被单》等故事。其中《雨滴项链》想象奇特而瑰丽，写北风送给小姑娘劳拉一串用雨滴串成的项链后发生的故事。在一个暴风雨肆虐的夜晚，北风被困在冬青树上，一个名叫琼斯的先生解救了被困的北风。为表达感激之情，北风送给琼斯先生的女儿劳拉一条神奇的雨滴项链。每年在劳拉过生日的时候，北风都会给她带来一颗雨滴，等项链串起 9 颗雨滴之珠时，劳拉只要拍拍手就可以呼风唤雨，或者让天上的大雨止住，而且劳拉还能够借此横渡海洋。到学校上学后，劳拉用雨滴项链帮助了很多孩子，大伙都很喜欢她。然而有个名叫梅格的小姑娘心生嫉妒，悄悄偷走了雨滴项链。为了找回项链，劳拉经历了一番奇特的旅行。最后，项链落在了阿拉伯半岛的一个国王手里。在海豚和鸟儿等动物的帮助下，劳拉在国王的花园里找到了阿拉伯公主，从她手中拿回了雨滴项链。这时北风也赶到这里，它因为劳拉丢失了项链而十分生气，没有给她第 10 颗雨滴。伤心的劳拉流出了眼泪，有一滴眼泪正好落在项链上，结果让劳拉得以呼风唤雨，使遭受干旱之苦的大地得到一场大雨的滋润。当然，出于嫉妒而偷走项链的梅格受到了应得的惩罚：她家的屋顶被北风刮翻了。在《馅饼里包了一片天》里，一个老太太在擀面做馅饼时把一片飞落下来的云包了进去，谁知被烤熟的馅饼一下就飞了起来，把追赶它的老头子、老太太和他们的小花猫都带上了天，而一路上那些陷入困境的飞行员、小鸭、小羊等动物都被救了上来。最后，这馅饼落到大海中变成了一座长出苹果树的小岛，大伙在这里过上快活的生活。在《面包房里的胖猫》里，一只大猫吃了面包作坊的酵母，变成了一只巨猫，在突发洪水的危急时刻，正是这胖猫堵住了洪水，拯救了村庄。在童话创作方面，琼·艾肯无疑继承了伊迪丝·内斯比特的创作传统。在她那些细节生动、想象奇特的、充满现代气息的童话故事里，传统魔法往往与当代科技手法并驾齐驱，给故事增添了神奇、幽默的色彩。

艾肯最著名的儿童小说是“狼群编年史传奇”系列，包括《威洛比城堡斗狼记》（*The Wolves of Willoughby Chase*，1963）、《巴特西的黑暗心灵》（*Black Hearts in Battersea*，1964）和《楠塔基特岛的夜行鸟》（*Night Birds on Nantucket*，1966）等多部作品，这些作品同样充满神秘色彩和现代气息，想象同样奇特。《威洛比城堡斗狼记》是具有代表性的儿童历险小说，获得了“刘易斯·卡罗尔奖”，已经成为一部经典之作。故事发生在一个遥远年代的冬季。威洛比爵士的城堡坐落在英国北部荒原上，城堡附近常有狼群出没，尤其在缺少食物的冬天它们更是频频逼近城堡。然而给故事主人公邦妮小姐和西尔维娅小姐造成严重伤害的却是另一种“恶狼”——她们的远亲兼家庭教师斯莱卡普小姐，她和她的几个同伙才是故事中最阴险狠毒的“恶狼”。城堡的主人威洛比爵士要带健康恶化的夫人去海外疗养。临行前，他让侄女西尔维娅从伦敦赶来与女儿做伴，同时委托远亲斯莱卡普小姐做两个女孩的家庭教师，并且在威洛比爵士外出期间负责管理城堡。但斯莱卡普小姐却利用威洛比爵士的信任，企图霸占威洛比城堡。她遣散对爵士一家忠心耿耿的佣人，把邦妮和西尔维娅送去孤儿寄宿学校。不过，在牧鹅少年西蒙的帮助下，邦妮和西尔维娅逃出了寄宿学校。三个孩子一路颠簸赶到伦敦，找到了邦妮父亲的律师，还抓住了追到伦敦来的恶徒格里姆肖先生（斯莱卡普小姐的同伙）。最后，他们在警官、律师的帮助下，揭穿了斯莱卡普小姐的阴谋。

作为英国儿童传奇小说的经典之作，《威洛比城堡斗狼记》情节紧凑，扣人心弦，把别有用心的成人阴谋与天真烂漫的儿童历险结合起来，将亲情、友情、成长等主题元素巧妙地融入小说当中，为我们讲述了一个令人难忘的传奇故事。此外，那些个性鲜明的人物也给我们留下了深刻的印象。作为城堡主人威洛比爵士的女儿，邦妮具有充满野性的生命力。她双颊红润，身体强壮，有一头黑色的秀发，“一双明亮的蓝色眼睛好像随时都会荡漾出欢笑，或者闪烁出怒火”。她有刚毅的个性，更有倔强的脾气，而且随时可能爆发出来，这与她的出身地位及成长环境是密切相关的。但她绝不是一个养尊处优、高高在上的富家小姐，她秉性率直，重情重义，而且考虑问题也很周到全面。在双亲出海远行，甚至可能遇难之后，邦妮成为两个女孩中与恶势力进行抗争的核心人物。相比之下，西尔维娅则是一个典型的淑女，她还在襁褓中时就成了一个孤儿，在贫穷而不失气节的简姑妈的养育和悉心栽培下，西尔维娅文静懂事，遵规守矩，这也是威洛比爵士乐意让她来陪伴自己那“鲁莽冒失、野性十足的女儿”的原因之一。和西尔维娅一样，西蒙也是一个孤儿，但他却是生活在社会最底层的流浪儿。在饱经艰难困苦和磨难之后，他在威洛比爵士的林地里找到一块可以栖身的地方。他饲养鹅群和蜜蜂，采摘野果和野栗，自立自强，乐在其中。更可贵的是。在邦妮小姐和西尔维娅小姐陷入困境之后，他挺身而出，大力相助，全然不计任何个人得失，也不指望任何回报。当然，助人者人助也，心地善良、聪明能干的西蒙在帮助两个女孩脱险的过程中也找到了通往新生活的道路。至于阴险狠毒的斯莱卡普小姐，也给读者留下深刻的印象。她是小说中作者描写的“恶狼”，令人痛恨。当然，她也有令人同情的一面：家境贫寒，不得不仰人鼻息。她的所作所为实际上是意图改变其贫贱生活的一场豪赌。她对同伙布里斯克太太说的话很有代表性。当时她连夜驱赶着马车把邦妮和西尔维娅送到布里斯克太太的孤儿寄宿学校进行“管教”，然后在返回威洛比城堡之前，话中有话地对布里斯克太太说：“我现在忙得要命，你是知道的，不过等下次我们见面时，我希望你能够到我那里去做客。你在过去帮了我很多忙，格特鲁德，很快我就有能力来帮助你了。”她所谓的“有能力”来回报布里斯克太太指的就是在霸占威洛比城堡的阴谋得逞之后能够让她得到相应的利益。可以这么说，斯莱卡普小姐和布里斯克太太等人想改变自己的生活处境及命运的愿望并没有错，因为追求幸福生活是每个人与生俱来的权利。但她们错就错在违背了为人处世的道德准则和越过了世间善恶的伦理底线，企图通过阴谋不择手段地获取财富，从而犯下了不可饶恕的恶行，最后必将受到应有的惩罚。这部传奇小说通过讲述阴谋与反抗、历险与成长的精彩故事，将许多关于生活与人生的哲理传递给儿童读者。与此同时，作者对布里斯克太太为谋利而开办的孤儿寄宿学校的描写是对英国工业革命时期众多儿童遭受的苦难的控诉，那些孤儿们困苦和高强度的劳役生活，极端简陋的居住条件，她们遭受的虐待和欺辱，令人愤慨，也令人寄予无限的同情。

在每年的国际儿童图书节上，主办国都要挑选一名优秀的儿童文学作家为全世界的孩子写一篇献辞。1974 年的国际儿童图书节，琼·艾肯为全世界的孩子们写了一篇题为《走遍天下书为侣》的献辞，这篇献辞被选入我国多个版本的小学语文教材。

第五章
艾伦·加纳和他的《猫头鹰恩仇录》[1]

艾伦·加纳（Allen Garner，1934—）是继托尔金和 C. S. 刘易斯之后活跃于20 世纪60～70 年代的成就最高、影响最大的当代英国儿童幻想小说作家之一。艾伦·加纳出生在英国柴郡康格尔顿的一个工人家庭，其祖辈几代都是手工艺人。柴郡康格尔顿的地理景观、当地的神话和民间传说，以及当地的民风民俗、生活习惯等，都给艾伦·加纳留下了难以忘怀的童年记忆。他日后的许多作品便取材于当地的传说，并且以该地作为故事发生的背景地。根据1944年颁布实施的《英国教育法案》，英国中下层阶级家庭的子女可以获得政府的资助，接受高等教育。作为工人子弟的艾伦·加纳就是这一政策的众多受益者之一。他先在曼彻斯特文法学校学习，随后进入牛津大学深造。不过他没有完成在牛津的学业，更没有像托尔金和 C. S. 刘易斯一样在高校从事学术研究和教学。他回到自己熟悉的柴郡，进行文学创作。1960 发表的《布里森格曼的

① 本章由李英博士和舒伟共同撰写。

魔法石》（或译为《宝石少女》，*The Weirdstone of Brisingamen*）是他创作的第一部儿童幻想小说，获得“刘易斯·卡罗尔书籍奖”。在这以后，加纳开始了自己的职业作家生涯。随后出版的重要作品有《宝石少女》的续集《戈拉斯的月亮手镯》（*The Moon of Gomrath*，1963）、《独角兽之歌》（*Elidor*，1965）、《猫头鹰恩仇录》（*The Owl Service*，1967）、《红移》（*The Red Shift*，1976）和“石头书四部曲”（*The Stone Book Quartet*，1979）等多部优秀幻想小说。其中，《独角兽之歌》获得英国“卡内基儿童文学奖银奖”；小说《猫头鹰恩仇录》同时赢得“卡内基儿童文学奖”和英国“卫报儿童小说大奖”，成为作者长篇幻想小说创作的巅峰之作；“石头书四部曲”获得美国儿童文学协会颁发的“凤凰奖”。2001 年，加纳由于在幻想文学创作领域的突出贡献被授予大英帝国勋章。

艾伦·加纳既为儿童写作，也为成人写作，作品包括中长篇小说、短篇小说、文集、剧本以及随笔和公共演讲集。尽管他一再表明自己写作的对象不仅限于儿童读者，而是面对更广泛的读者群体，但他却是被当作重要的儿童幻想小说作家而为读者所熟知，为批评家所探讨和评论。《布里森格曼的魔法石》让生活在当代的少年遭遇远古的魔法力量，由此卷入可怕的历险行动。此外，艾伦·加纳在幻想小说的写作中体现了一种独特的历史感，呈现了独特的历史时空。作者善于描写相隔了相当漫长的时间却发生在同一个空间的故事。例如出现在《红移》中的三个年轻人分别是古罗马军团的士兵、英国 17 世纪内战时期的清教徒和生活在 20 世纪的忧郁的年轻人；这三人之间相隔了漫长的时光，但他们都曾在英国南部地区的同一地点生活过，于是他们在发生的故事中走到一起了。

《猫头鹰恩仇录》是作家的幻想小说代表之作。故事的主人公是三个孩子：葛文、罗杰、罗杰的妹妹艾莉森。在一个历史悠久的大宅子里，葛文和艾莉森在阁楼上发现了一大堆奇怪的盘子，随即便发生了不可思议的事情：盘子上的图案会自动消失，而且盘子还会自动飞起来，然后坠落在地，裂成碎片。而罗杰则在河边发现了一块有圆洞的大石头。眼前发生的一切让厨娘南希感到怒不可遏，她做出了一些神秘的举动。附近的村民们也感到十分惶恐，他们似乎隐藏着什么不可告人的秘密。原来当地流传着一个古老的威尔士传说。一个魔法师用花制作了一个美丽的女人，然后把她送给领主作为妻子。谁知这个美丽的女人并非花瓶一个，她逐渐萌生了其他思考，爱上了别的男人。这女人的心上人便想方设法除掉了领主，从而独占女人。然而死去的领主被魔法师复活了，他用同样的方式杀死了情敌，并把背叛自己的妻子变成了猫头鹰。猫头鹰发出幽怨的诅咒，一代又一代三角恋爱的悲剧在报应的循环中上演。就这样，三个生活在现代社会的孩子一步步地与遥远的威尔士神话产生了关联，身不由已地卷入到了一场爱和恨的漩涡之中。

事实上，罗杰和艾莉森是一对继兄妹。艾莉森的父亲死后，她的母亲改嫁给了罗杰的父亲——退职经商的克莱夫。克莱夫的前妻绯闻不断，名声很糟，使家庭蒙受了耻辱，儿子罗杰更是受到很大伤害。眼下这个新组成家庭的成员决定开始新的生活，为此他们驱车前往位于威尔士地区的一个僻静的山谷，在那里的一座大宅子里度假。这座房子是艾莉森的亲生父亲从他的一个堂兄那里继承来的，而这个堂兄在艾莉森出生时却不知何故去世了。一行人入住这座房子后便发生了前面所说的离奇之事。艾莉森将盘子上的图案临摹下来，发现那图案居然是一只猫头鹰。与此同时，随着时间的流逝，台球室被灰浆覆盖着的部分斑驳墙面出现了墙皮的脱落，一双油彩描绘的眼睛逐渐显露出来，随后显现的是一幅由花儿转变的女人的肖像。房间里的人开始变得恐慌起来。随着三个少年发现猫头鹰图案盘子以及发现河边的带孔的石头，老一辈的南希、伯特伦和老休等人的恩怨故事也逐渐展开，两条线索在神话传说的映衬下相互交织，共同推进。故事中的神秘传说源自威尔士神话传说“马比诺基昂”：布劳狄薇是由花朵变成的女人，但她背叛了自己的丈夫里奥，与葛荣偷情通奸。葛荣与布劳狄薇密谋，一起杀死了里奥。但里奥死而复生，愤而复仇杀死了葛荣；与此同时，布劳狄薇也遭到惩罚，变成了一只猫头鹰。罗杰在河边发现的带孔的石头正是“葛荣之石”。在山谷里生活了一辈子的佣人老休披露了与此相关的古老传说。当年里奥就是在这里复仇的，他用长矛射杀了葛荣。后者在情急之下，就地抓起一块大石头来抵挡招架，但那长矛猛地穿透硬石，刺进了葛荣的胸膛，他当场毙命。而在小说的最后，在三个少年经历了自己的情感波折和历险之后，葛文在老休的指引下从山岩的一个石洞里摸出了一个矛头，那就是葛荣用来谋杀里奥的凶器。

加纳自己认为这部小说是对于神秘的威尔士传说的“神话式表达”。当然，作者并非简单地借用威尔士神话传说，而是借古喻今，将其穿插、融入少年主人公的探险故事之中。通过神话传说切入现实世界，凸显对当代社会的影射和观照，使幻想文学叙事投射出对当代人生存状态的人文关怀，这是艾伦·加纳的少年幻想小说的重要特征。与此同时，人们也看到了加纳与托尔金和 C. S. 刘易斯等青少年幻想文学作家的相似之处，他们都是牛津大学的文科校友，都对古代神话传说深感兴趣，都在各自的幻想小说创作中将神话想象与当下关怀结合起来，通过童话叙事表达自己的思考和期盼。无论是托尔金的“神话想象、宗教情怀、童话叙事”模式，还是 C. S. 刘易斯的“基督教神话、童话故事”模式，它们与加纳的少年历险故事的“神话式表达”是殊途同归的。

第六编　杂色多彩：20 世纪 70 年代以来的儿童文学

综　论

20 世纪 70 年代以来，随着科学技术的突飞猛进，各种新的可能性伴随着新的世界格局和新的忧虑出现在英国人的视线里。作为一个科技先进但资源贫乏的老牌资本主义国家，英国国内非生产性的第三产业与生产性的制造工业之间对于原本就短缺的资源、资金和劳力展开了激烈的争夺，结果使制造业的发展受到很大影响。当时由于 70 年代以来发生在世界范围的经济危机波及英国，以撒切尔夫人为首的保守党政府采取了竭力缩减各种社会福利和社会公益性服务的做法来缩减财政开支。与此同时，撒切尔夫人还致力于削弱工会的力量，公开声称要摧毁英国政治生活中的社会主义。而左派人士则提出了在更大范围内实行经济的社会化要求。从 1984 年持续到 1985 年的英国煤矿工人举行的大罢工极大地震撼了整个英国，再次显示了工人阶级的强大力量。出现在英国的各种争议和矛盾反映了这一时期英国经济的困境。与此同时，随着全球政治和经济集团的多极化发展格局，以及各种新思潮的涌现，传统的思想观念继续发生着裂变。保守的英国文化遭到来自方方面面的冲击，从甲壳虫乐队、摇滚乐、流行音乐和爵士乐到玩世不恭的嬉皮士文化，各种大众流行文化现象风靡英伦。而民族主义的抬头，少数族裔和有色人种发出的抗议，还有女权主义运动的兴起，等等，各种社会问题和新的思潮、新的文化现象剧烈地改变着人们长期以来形成的保守观念和文化心理，而且将影响到包括儿童文学作家在内的当代英国作家的思考和创作。

在英国儿童文学创作领域，自20世纪50年代和60年代出现的以幻想文学创作的丰硕成果为主要特征的儿童文学的第二个黄金时代之后，儿童幻想文学创作在进入70年代以后获得进一步发展。首先，大量优秀的英国作家介入儿童文学的创作，随之涌现出众多专业儿童文学作家；其次，儿童文学的创作文类空前繁荣，从儿童小说到童话绘本，从儿童歌谣到儿童剧本，均佳作纷呈；最后，儿童文学作品所反映的内容、所表达的主题思想更加复杂并贴近时代，正如英国当代著名女儿童文学评论家伊莱恩·莫斯（Elaine Moss）所指出的：“70年代是一个教育领域以儿童为中心的时代；这是一个英国逐渐从后帝国向多元文化帝国角色转换的时代；这是一个女权主义者（不同于非性别歧视）的时代。所有这些事实都对这一时代的儿童文学内容有着影响。”①

从更大的语境去看，当代童话文学的创作也出现了新的热潮。70年代以来，大量作家特别是女权主义作家意识到童话及想象力对意识形态的巨大塑形作用，从而在英美等国出现了以创作或重写童话为中心的创作潮流，史称“童话文艺复兴（Marchenrenaissance Or Fairy – tale Renaissance）”。大量童话变体出现，如简妮特·温特森（Jeanette Winterson）的童话小说《吻女巫》（*Sexing the Cherry*，1989）、安妮·舍克顿（Anne Sexton）的女权主义童话诗集《蜕变》（*Transformations*，1971）、罗伯特·马休（Robert Munsch）的儿童童话绘本《纸袋公主》（*The Paper Bag Princess*，1980）等等。

70年代以来，在风靡欧美的托尔金和C. S. 刘易斯作品的影响下，英国儿

---

① Elaine Moss. “ The Seventies in British Children’s Books” . in The Signal Approach to Children’s Books, Kestrel, 1980

童及青少年幻想文学创作朝着多样化的方向发展。人们能够看到各种儿童与青少年幻想文学的变体，如童话奇幻、英雄奇幻、科学奇幻、超人英雄奇幻、宝剑与魔法奇幻等等。佩内洛普·利弗里（Penelop Lively，1933—）、艾伦·加纳（Alan Garner，1934—）、黛安娜·温尼·琼斯（Diana Wynne Jones，1934—2011）与苏珊·库珀（Susan Cooper，1935—）等新一代儿童幻想小说作家均于 50 年代就读于牛津大学。正如查尔斯·巴特勒所指出的，他们是在 J. R. R. 托尔金和 C. S. 刘易斯等人的讲座和演讲中成长起来的，他们的作品不同程度地呈现了二者的影响。[①] 苏珊·库珀本人在其《再重来一次：再忆托尔金》（*There and Back Again*：*Tolkien Reconsidered*）一文中就真切记述了她 18 岁时在牛津第一次见到托尔金教授时的情景，以及在时隔 45 年之后的 2001 年秋天她重新阅读《魔戒传奇》的感受。[②] 从《霍比特人》到《魔戒传奇》系列，通过将小说、童话和传奇三种因素融合起来，托尔金开创了儿童与青少年幻想小说创作的成功之路。与《霍比特人》相比，《魔戒传奇》系列是更具双重性特征的幻想小说，打通了儿童文学、童话文学和奇幻文学之间的界限，使之成为这一时期幻想文学创作中最有活力的文学样式之一。

20 世纪 70 年代以来出现的代表性作品有苏珊·库珀（Susan Cooper，1935—）在《大海之上，巨石之下》（1965）之后的另外四部系列作品：《黑暗在蔓延》（1973，获 1974 年纽伯瑞图书银奖）、《绿巫师》（1974）、《灰国王》（1975，获 1976 年纽伯瑞图书金奖）、《银装树》（1977）；彼得·迪金森（Peter Dickinson，1927—）的“变幻三部曲”（*Changes trilogy*，1968—1970）、《铁狮子》（*The Iron Lion*，1972）、《塔尔库》（*Tulku*，1979，获卡内基奖）、《金色的城堡》（*City of Gold*，1980，获卡内基奖）；海伦·克雷斯韦尔（Helen Cresswell，1934—2005）的《外来客》（*Outlanders*，1970）、《在码

① Charles Butler. Four British Fantasists：Place and Culture in the Children's Fantasies of Penelope Lively，Alan Garner，Diana Wynne Jones，and Susan Cooper. Scarecrow Press. 2006.

② Susan Cooper. “There and Back Again Tolkien Reconsidered”，in Horn Book Magazine，March/April 2002 issue.

头上方》（*Up the Pier*，1972）、《波利·弗林特的秘密世界》（*The Secret World of Polly Flint*，1982）；佩内洛普·利弗里（Penelop Lively，1933—）的阿斯特科特系列（*Astercote*，1970）、《托马斯·肯普的幽灵》（1973，获卡内基奖）、《重返过去的时光》（*Going Back*，1975）、《一针及时》（*A Stitch in Time*，1976）、《塞谬尔·斯托克斯的复仇》（*The Revenge of Samuel Stokes*，1981）；理查德·亚当斯（Richard Adams，1920—）的《沃特希普荒原》（*Watership Down*，1972），科林·达恩（Colin Donn，1943—）的《动物远征队》（*Animals of Farthing Wood*，1979）；莱昂内尔·戴维森（Lionel Davidson）的《在李子湖的下面》（*Under Plum Lake*，1980）；R·达尔（R. Dahl）的《魔法手指》（*The Magic Finger*，1970）、《了不起的狐狸爸爸》（*Fantastic Mr Fox*，1973）、《查理和大玻璃升降机》（*Charlie and the Great Glass Elevator*，1975）、《好心眼的巨人》（*The BFG*，1983）、《女巫》（*The Witches*，1985）、《玛蒂尔达》（*Matilda*，1989）；黛安娜·W·琼斯（*Diana Wynne Jones*，1934—2011）的《豪尔的移动城堡》（1986）、《赫克斯伍德》（*Hexwood*，1993）、《德克荷姆的黑暗魔王》（*Dark Lord of Derkholm*，1998）、克雷斯托曼琪世界传奇系列（*Chrestomanci series*）等；迪克·金·史密斯（Dick King - Smith，1922—2011）的《狗脚丫小猪戴格》（*Daggie Dogfoot*，1980）、《牧羊猪》（*The Sheep - Pig*，1983）、《能干的牧羊猪贝比》（*Babe*，*the Gallant Pig*）、《哈莉特的野兔》（*Harriet's Hare*，1994），《提多成了国王!》（*Titus Rules!*）、《深湖水怪》（*The Water Horse*：*Legend of the Deep*. 1995）、《聪明的鸭子》（*Clever Duck*，1996）、《小老鼠沃尔夫》（*A Mouse Called Wolf*，1997），《巨人双胞胎》（2007）等，以及J·K·罗琳（J. K. Rowling）的哈利·波特（*Harry Potter*）系列：《哈利·波特与魔法石》（1997）、《哈利·波特与密室》（1998）、《哈利·波特与阿兹卡班的囚徒》（1999）、《哈利·波特与火焰杯》（2000）、《哈利·波特与凤凰社》（2003）、《哈利·波特与混血王子》（2005）、《哈利·波特与死亡圣器》（2007）。菲利普·普尔曼（Philip Pullman，1946—）的《雾中红宝石》《北方阴影》《井中之虎》为少女莎莉·洛

克赫的冒险三部曲。“黑质三部曲”（*His Dark Materials*）包括《黄金罗盘》（*The Golden Compass*，1995）、《魔法神刀》（*The Subtle Knife*，1997）和《琥珀望远镜》（*The Amber Spyglass*，2000）、《发条钟》（*Clockwork*，1997）等 。

从总体上看，70 年代以来的英国儿童文学创作呈现出杂色多彩且错综复杂的态势。苏珊·库珀继承了托尔金开创的现代梦幻性幻想小说的传统，将托尔金的中洲神话世界转换为当代的威尔士乡村世界，并且富有创造性地采用了许多英格兰和威尔士民间文化和文学的传统因素。作为这一时期英国童话小说的最重要作家之一，黛安娜·温尼·琼斯是 30 多部原创英国童话小说的作者，以奇幻的独特方式重写了诸多传统童话，如《狗身体》对“美女与野兽”的重写、《天空之城》对“一千零一夜”和格林兄弟“十二个跳舞的公主”的重写等等。而其最负盛名的《豪尔的移动城堡》（*Howl's Moving Castle*，1986）则被诸多研究者认为是对“奥兹国的魔法师”等童话的重写。彼得·迪金森是当代英国著名作家和诗人，著述颇丰，尤以儿童书籍和侦探小说著称。代表作《金色城堡》（*City of Gold*，1980）是一部基于旧约叙述而重述《圣经》故事的儿童故事集。此外，他还著有波斯风格的童话绘本《铁狮子》（*The Iron Lion*，1973）以及孩子寻父主题的童话绘本《冰巨人》（*Giant Cold*，1984，illus. By Alan Cober）。佩内洛普·利弗里是英国当代著名小说家和儿童作家，对童话原型和故事有着浓厚兴趣，其《金发姑娘与三只熊》（*Goldilocks and the Three Bears*，1997）重述了同名著名童话；而最负盛名的儿童奇幻童话《托马斯·肯普的幽灵》（*The Ghost of Thomas Kempe*，1973）是对 17 世纪和 21 世纪历史观的并置和思考。海伦·克雷斯韦尔是英国当代最多产和最知名的儿童作家之一，著有 90 多部儿童书籍及 10 多部电视剧剧本。她以童话笔调叙述了一个又一个奇幻故事，早期作品《馅饼师》（*Piemakers*，1967）和《蹦戈尔草》（*The Bongleweed*，1974）均是极具怀旧色彩的童话小说；而代表作《码头上》（*Up the Pier*，*illustrated by Floyd*，1971）是一部引入了“时空旅行”观念的儿童童话奇幻。此外，其《经典童话》（*Classic Fairy Tales*，1994，illus. By Carol Lawson）为 3 ~6 岁的孩子重写了 9 则经典童话；《侏儒怪》（*Rumpelstiltskin*，

2004，illus. By Stephen Player）则收录了她为幼儿园大班的孩子重新讲述的5个传统童话。

被称为20世纪最具想象力的儿童文学作家达尔在70年代以来仍然保持着旺盛的创作势头，继续以狂欢化的叙事方式推出大受欢迎但引起激烈争议的作品。作者通过采用“人体特异功能”（《玛蒂尔达》）、能导致变形的化学药剂（《女巫》）以及新计谋（《了不起的狐狸爸爸》）等幻想因素拓展和强化了童话叙事的故事性。当然，20世纪后期英国童话小说创作的最大奇观是哈利·波特现象——无论是它无与伦比的流行热潮还是它引发的激烈争论（激烈的批评者称之为“文化幼稚病”甚至“愚昧的文化潮流”等）。1997年6月《哈利·波特与魔法石》由布鲁姆斯伯利出版社出版；2000年7月，该系列的第四部《哈利·波特与火焰杯》在英语国家同步发行，由此在全球掀起了哈利·波特热潮。2007年7月，该系列的终结篇《哈利·波特与死亡圣器》面世，为这一奇观画上了一个惊叹号。哈利·波特系列始于哈利11岁时发生的故事，分别讲述了这个从小寄人篱下的孤儿在入住霍格沃茨魔法学校后的不平凡经历。在最后一部小说里，17岁的哈利终于在经历风雨后成为一个真正的魔法师，他在魔法学校的毕业典礼也是他的成人典礼。新马克思主义批评家杰克·齐普斯（Jack Zipes）做了这样的评价：

“尽管并非哈利·波特小说系列使儿童文学回归其在文化版图中应当拥有的地位，但它们确实巩固了儿童文学在文化版图中的地位，而且将继续使普通读者认识到，儿童文学才是最受欢迎的流行文学。儿童文学是真正的民间文学，是为所有民众创作的文学，是无论老少都在阅读的文学，它对于儿童的社会化具有极其重要的作用，特别对于发展孩子们的批判性和富有想象力的阅读能力具有非常重要的作用。”①

菲利普·普尔曼早年毕业于牛津大学，后在威斯敏斯特大学任教，讲授维

---

① 杰克·齐普斯：《冲破魔法符咒：探索民间故事和童话故事的激进理论》，舒伟主译，安徽少年儿童出版社，2010年，第230页。

多利亚时期的英国文学和民间故事。作为儿童文学作家，普尔曼取得了不同凡响的成功。“黑质三部曲”中的《黄金罗盘》获得卡内基儿童文学奖和英国儿童文学最高奖“卫报小说奖”，而另一部作品《琥珀望远镜》获得惠特布里德文学大奖。2005 年，菲利普·普尔曼获得第三届林格伦儿童文学奖。普尔曼的重要作品往往具有后现代主义的特征，涉及宗教、科学（量子物理学）和伦理道德等问题。普尔曼“黑质三部曲”中的“黑质”出自英国诗人弥尔顿的诗作《失乐园》；其中，“黑暗的元素”是指上帝用来创造世界的混沌元素。通过构建与《失乐园》的互文关系，普尔曼试图表明人类始祖的堕落并非灾难，而是一种解放。小说的主人公是卷入一系列追寻和冒险之中的女孩莉拉和男孩威尔，而在这历险故事的后面是 4 个平行呈现的想象世界。两位主人公并不知道他们就是负有重要使命的命运之子，他们遭遇了各种各样的“黑暗的元素”。小说中出现了奇异的魔法宝物，如黄金罗盘、魔法神刀和琥珀望远镜等；此外还有许多奇异的角色，如身着盔甲的大熊、会飞的女巫、驾车奔驰的动物，等等。在象征性的混沌初开的世界里，每个人物都是双重人格，都有一个“魔鬼”如影相随：一种以动物形状显现的灵魂或元气。任何人想要与自己的“魔鬼”分离都是万分艰难的。儿童心中的“魔鬼”是不断变幻的，成人的魔鬼则是已经成型的。普尔曼的幻想叙事显示了他对当代儿童所面临的困境的深刻洞察，孩子们通过战胜艰难险阻和恶劣生存环境的考验，终于做出正确的道德选择去拯救世界。用杰克·齐普斯的话来说，诸如普尔曼作品这样的当代幻想文学和童话故事具有一个核心，那就是奇异的希望和激进的道德因素。发表于 1997 年的《发条钟》具有更明显的后现代特征。小说的开场语是传统的，展开后的故事话语却是后现代的：“很久很久以前，当钟表还是依靠发条装置运行的时候，德国的小镇上发生了一桩离奇的事件。”在这家小酒馆里，一位小说家正在为大家朗读他创作的故事，谁知故事中的人物——某神秘博士居然来到了酒馆。10 年前，为了维持奄奄一息的小王子的生命，这位博士把发条装置装入小王子体内。由于机械发条的运行时间是有限的，小王子再次面临着生死关头。小说在两个时空里展开：①全能的叙述者讲述的时空；②小说家笔下的时空。酒馆老板的小女儿能否拯救生命垂危的小王子，神秘博士能否再次出现——成为种种悬念。从整体上看，小说文本结构呈多种叙述框架，由多重声音叙述，更有道德寓意的寄托，以童话叙事的方式重述了“时间”和“命运”的两大主题。

第一章
童年的反抗与狂欢：罗尔德·达尔的童话小说创作

从 20 世纪 60 年代开始写作童话小说以来，罗尔德·达尔的创作在 20 世纪 70 年代和 80 年代进入高峰期，尤其以激进的狂欢化童话叙事作品而独树一帜，成为最受当代儿童读者欢迎，同时也最受一些批评家非议的儿童幻想文学作家。

罗尔德·达尔（Roald Dahl，1916—1990）祖籍挪威，父母于 19 世纪 80 年代由挪威迁至英国威尔士的卡迪夫。达尔本人出生在卡迪夫的兰达夫地区。尽管达尔的父亲在达尔 3 岁时因病去世，但他生前一直希望自己的儿女能在英国接受教育，达尔的母亲尽力实现了丈夫的愿望。达尔的童年还是温馨愉快的，这使他对家庭生活充满怀念，他日后的童话小说《了不起的狐狸爸爸》就通过狐狸一家六口之间的亲情表露出作者对理想家庭的信念和信任。然而达尔在兰达夫天主教学校就读以及转到一所寄宿学校就读的经历却给他留下了不少铭刻终生的不愉快的记忆。这些记忆体现在他日后创作的幻想小说中，尤其在《玛蒂尔达》中得到极其夸张的艺术再现。在德比郡的莱普顿公学完成学业后，达尔没有继续接受高等教育。1934 年 7 月，他加入了伦敦的壳牌石油公司，随后作为公司的雇员被派往非洲的坦桑尼亚任职。第二次世界大战爆发后，达尔加入了英国皇家空军，被分派到皇家空军第 80 中队服役。1942 年，达尔被任命为英国驻美国大使馆的空军副武官，前往华盛顿任职。在此期间，应作家 C. S. 福雷斯特（C. S. Forester）的约稿，达尔写出了自己的第一篇作品《在利比亚中弹坠机》（*Shot down over Libya*）。战后，达尔在美国《纽约人》杂志上发表了不少有特色的短篇小说，受到评论家的好评。他的侦探小说曾三次获得“爱伦·坡奖”。结婚成家后，达尔成为 4 个孩子的爸爸，每天晚上在孩子们入睡前讲故事又成为他涉足儿童文学创作的开端。达尔的重要童话小说包括《詹姆斯与大仙桃》（*James and the Giant Peach*，1964）、《查理和巧克力工厂》（*Charlie and the Chocolate Factory*，1966）、《魔法手指》（*The Magic Finger*，1970）、《了不起的狐狸爸爸》（*Fantastic Mr Fox*，1973）、《查理和大玻璃升降机》（*Charlie and the Great Glass Elevator*，1975）、《查理与巧克力工厂（续集）》、《蠢特夫妇》（*The Twits*，1981）、《小乔治的神奇魔药》（*George's Marvelous Medicine*，1982）、《好心眼的巨人》（*The BFG*，1983）、《女巫》（*The Witches*，1985）、《长颈鹿、小鹈儿和我》（*The Giraffe and the Pelly and Me*，1988）、《玛蒂尔达》（*Matilda*，1989）。1990 年 11 月 23 日，为儿童和青少年笔耕了几十年的罗尔德·达尔在家中因病去世，永远停止了写作，享年 74 岁，被安葬于所属教区的墓地。为了纪念这位杰出的儿童幻想文学作家，人们在白金汉郡的博物馆内设立了罗尔德·达尔儿童画廊。

从总体上看，达尔在儿童幻想小说创作中奉行的是一种“恐怖美学”，他的童话小说是一种极度张扬的“狂欢化”的童话叙事。换言之，作者在当代英国社会背景下把传统童话中小人物和弱者反抗强者的冲突推进到极度夸张的程度。

《詹姆斯与大仙桃》讲述的是“灰姑娘”式的小男孩詹姆斯如何通过神奇的方式而改变了自己凄惨的命运。小詹姆斯在 4 岁时成了孤儿，随后遭受两个可恶的姨妈的折磨，度日如年。有一天，受尽坏姨妈压迫的小男孩在劳动时与一个神秘的糟老头不期而遇，老人送给詹姆斯一件具有魔力的礼物，那东西落在山坡上的桃树下面，原本已干枯的桃树枝上居然长出一只大桃，而且越长越大，变成小山一般的大仙桃。小詹姆斯爬进了这个巨大的桃子，在里面见到一群被魔法变大的动物朋友，分别是蜈蚣、蚯蚓、蚱蜢、萤火虫、蜘蛛姑娘、瓢虫、蚕儿。经过一番惊险、曲折而充满童趣的飞行历险，小詹姆斯和他的动物朋友们终于抵达了纽约，并在那里开始了新的生活。

《魔法手指》以第一人称自述的形式讲述一个8岁小女孩如何用自己的特异功能惩罚为取乐而肆意射杀动物的革利鸽夫妇一家。这个小女孩的身体具有一种特异功能，每当她愤怒到极点时，她就会感到浑身发热，特异功能就被激发出来，这时她的手指就像带电似的充满能量，变成“魔法手指”。当她看到革利鸽先生和他的两个孩子从树林里走出来，扛着一只被射杀的幼鹿，不由得怒上心头，当即对他们施展了魔法手指。结果可想而知，革利鸽先生一家四口全都长出了翅膀，变成了野鸭子。在经历了风餐露宿、筑巢搭窝、风雨飘摇、辛苦觅食、担惊受怕的磨难之后——尤其是当四只野鸭子举着枪朝他们瞄准，准备将他们射杀之时——革利鸽先生一家四口终于大彻大悟，洗心革面，从此再也不射杀动物和飞禽了。

《了不起的狐狸爸爸》讲述狐狸先生为了自己一家六口的生计，以及后来为了维护一家人的生命安全而与三个贪婪凶残的农场主进行斗智斗勇之殊死较量的故事。一开始，狐狸先生为了养家糊口，每晚从三个既非常富有，又非常吝啬的农场主的领地里偷走一两只家禽。三个农场主气急败坏，决定将狐狸一家斩草除根。他们让人拿来铁锹等工具，对着狐狸一家居住的洞穴深处挖去。在没有得逞的情况下，农场主调来了大型挖掘机，用机械铲排山倒海似的挖掘起来，狐狸一家则用自己的爪子与挖掘机的机械铲之间展开了一场殊死比赛。天黑以后，挖掘机停了下来，三个农场主发誓不达到目的绝不收兵。被困在地洞深处的狐狸一家忍饥挨饿，坚持了三天。最后，狐狸爸爸想出了一个主意。他带着四只小狐狸鼓起最后的劲头朝着农场主博吉斯的鸡舍方向掘进，终于成功地进入其中，在那里抓走了几只肥母鸡。接下来，他们又分别掘进到另外两个农场主的鸭舍和地下库房，拿到了他们急需的食物。于是他们邀请在途中遇到的獾和其他受到骚扰的穴居动物们，到狐狸太太精心准备的宴会上大饱口福。就在他们在地下深处举行盛大宴会之际，那三个农场主还冒着瓢泼大雨苦苦地守候在地面洞穴的入口处，并且发誓要永远坚守下去。

《小乔治的神奇魔药》讲述八岁的小男孩乔治与性情古怪、刁钻自私的姥姥之间的碰撞和较量。乔治给每天定时喝药的姥姥配制了一种“魔药”，其用料包括臭虫、跳蚤、蜗牛、蜥蜴、大黄蜂的毒刺，等等，再添加上百种其他能找到的任何臭气冲天的东西，把它们放在大锅里煮成杂烩。“魔药”熬好了，小乔治将它灌进了姥姥的药瓶里。在吞下了一汤勺“魔药”之后，被称为“老妖婆”的姥姥的身体发生了巨变，随即越长越高，一直穿透了房顶！《好心眼的巨人》采用传统童话题材讲述了发生在当代英国的为民除害的故事。小女孩苏菲在夜里无意间看到街上有一个巨人正在把什么东西吹进那些卧室的窗户；这时巨人也发现了小女孩。幸运的是，这是一个善良的巨人，能够捕捉飘浮在空中的来自梦乡的美梦，把它们收集起来，装在瓶里，然后用一根管子把它们吹到孩子们的卧室里，使他们甜蜜入睡。善良巨人与小女孩苏菲成为朋友。为了制止其他巨人继续残害人类，尤其是制止他们吞吃儿童的罪恶行径，苏菲和善良巨人共同商定了行动计划：通过梦境让英国女王了解邪恶巨人犯下的滔天罪行，促使女王采取行动。梦醒之后，女王当即召见了善良巨人，了解了本地区面临的严重情况。随后女王马上召集陆军首脑和空军首脑开会，向他俩下达了捕捉坏巨人的行动命令。军队动用了大型直升机，士兵们用粗缆绳把正在酣睡的坏巨人捆住，挂在直升机下面，分别把那些高达 50 英尺的巨人带回了伦敦，抛入一个事先用国内所有的挖土机挖掘出来的一个让巨人无法逃脱的巨大的深坑。事后，女王下令在王宫附近的温莎公园修建了一座巨宅，供善良巨人居住，同时在巨宅旁边建造了一座漂亮的小房子让苏菲居住。考虑到这个善良巨人的特长，女王还封他为皇家吹梦大臣。

《玛蒂尔达》呈现的是一个神童小女孩与荒谬强势的成人世界的对立和冲突。主人公玛蒂尔达聪慧过人，三岁就可以无师自通地阅读家中的报纸杂志，四岁便开始在社区的公共图书馆里借阅各种文学名著。此外，在数学计算方面玛蒂尔达也是天赋过人，能力超强。然而这个神童小女孩的父母却愚昧无知，庸俗势利，不仅对她漠不关心，还时常对她讽刺挖苦，甚至恶语相加。玛蒂尔达的父亲是个倒卖旧汽车的商人，不过他干的却是欺诈买主，非法牟利的勾当。五岁半上小学后，玛蒂尔达遭遇了粗暴狠毒的校长特朗奇布尔小姐的虐待，学校里所有的学生都受到她的肆意欺凌和虐待。不过，玛蒂尔达所在班级的任课老师亨尼小姐善良可爱，是阴霾中的一缕阳光。聪慧早熟的玛蒂尔达凭借超凡的智力赢得了亨尼小姐的由衷赞赏，两人成为相互沟通理解的忘年交。听了亨尼小姐对自己身世的讲述，玛蒂尔达明白了发生在亨尼小姐家中的变故：校长特朗奇布尔小姐是亨尼小姐的姨妈，而且正是她害死了亨尼小姐的父亲，藏匿了他的遗嘱，继而霸占了亨尼小姐父亲的房子和其他遗产。随后玛蒂尔达决定通过自己从意念中产生的特异功能来挑战暴君校长，为亨尼小姐主持公道。她假扮亨尼小姐已故父亲的鬼魂，通过目光施展意念功能，在远处遥控一截粉笔，以亨尼小姐父亲的口气在教室的黑板上向特朗奇布尔发出警告："阿加莎，我是马格纳斯，我是马格纳斯！把我的珍妮的房子还给她。如果你不听，我一定要来杀死你，就像你当时杀死我一样！"惊恐万分的特朗奇布尔小姐猛然瘫倒在地上，不省人事。后来，暴君校长悄然消失了，亨尼小姐拿回了属于自己的房子。玛蒂尔达的父亲由于欺诈行为暴露，要赶在警察上门之前逃往国外。就在他们慌慌张张地往汽车上装载行李物品时，不愿意跟着父母出逃的玛蒂尔达恳请让亨尼小姐做她的监护人。一直把她看作累赘的父母毫不犹豫地同意了玛蒂尔达的请求。

《女巫》讲述的是小男孩与女巫大王之间的冲突和对决。小男孩的父母突然亡故，他只能与姥姥住在一起，相依为命。作为铺垫，作者首先通过姥姥之口揭示了潜伏在社会中的女巫们的可恶和可怕。接着，看似普通寻常、实际阴险毒辣的女巫果真出现了。由于姥姥不久前得了肺炎，小男孩便与姥姥到英国著名的海滨城市伯恩茅斯去度假，住进一家当地旅馆。此时，世界女巫大王和所有英国各地的女巫也来到这里参加一年一度的秘密年会。这位女巫大王的计划通过慢性变鼠魔药将全英国的孩子变成一只只小老鼠。具有讽刺意味的是，女巫大王和来自英国各地的女巫们居然以“防止虐待儿童皇家协会”的名义入住了这家宾馆。小男孩无意间闯入了女巫们在旅馆里预定的会议厅，目睹了女巫们召开的秘密年会的整个过程。就在女巫大会即将结束之际，一个女巫嗅出了小男孩的气味，在场的女巫疯狂地扑上前来，抓住了小男孩并强行给他灌下“慢性变鼠药”，女巫大王将他变成一只小老鼠。在经过一阵痛彻心骨的剧痛之后，小男孩发现自己身体变小了，全身长满了老鼠毛，“鼻子离地面只有1英寸，一双毛茸茸的小前爪放在地板上”。然而这一变形也给他带来了前所未有的特殊优势：可以让他像闪电一般飞奔而去，速度惊人！这迅疾的躲闪速度也使他逃脱了女巫们的追捕。而且，他不仅保持着人类的心智，而且还可以像往常一样开口说话，这也让他感到非常快活。为了拯救全英国的儿童，拯救世界，他决定以其人之道还治其人之身：利用女巫大王自己炮制的“变鼠药”把女巫们变成老鼠。他潜入女巫大王的房间，偷走了一瓶“变鼠药”，又偷出一瓶“86号配方慢性变鼠药”，足以让所有汇聚在此地的女巫统统变成老鼠。接下来，“老鼠人”按照事先制订的计划潜入这家旅馆的餐厅厨房，往女巫们即将享用的菜汤锅里倾倒了一满瓶的“变鼠药”。结果可想而知，包括女巫大王在内的所有女巫都变成了小棕鼠，四散而去，再也无法祸害儿童了。已无法恢复原身的小男孩和姥姥一起返回了挪威，准备潜入位于挪威一座城堡中的新女巫大王的秘密总部，用变鼠药把所有的女巫变成老鼠，然后再把猫群放进城堡，把变成老鼠的女巫全部吃掉。

在达尔创作的主要童话小说中，儿童与成人世界的对立和冲突构成了故事发展的重要动因。在特定意义上，达尔的狂欢化童话叙事是对于“童年的反抗”这一主题的重要拓展。从传统童话到现当代童话小说的演进过程中，刘易斯·卡罗尔的“爱丽丝”故事标志着一个里程碑的出现；而从维多利亚时代的小女孩爱丽丝到当代英国的神童小女孩玛蒂尔达，小人物反抗命运以及弱者战胜强者的童话主题获得了新的阐释和发展。

与卡罗尔的颠覆性“爱丽丝”小说相比，达尔的当代童话叙事呈现的是狂欢化的“童年的反抗”，具有更加激进、更加生活化和更贴近社会现实的特征。达尔童话小说的背景几乎都设置在当代英国社会，无论是主人公的生存困境，还是坏心眼的成人对儿童的压制和迫害，等等，都具有非常写实的特点。就此而言，达尔基本上承袭了狄更斯式的“苦难童年叙事”的文学写实传统。不同的是，作者在写实性的背景下采用了童话幻想艺术进行讲述，即通过写实主义的手法描写少年儿童与成人世界的异乎寻常的对立和冲突，用极度夸张的方式叙述现实世界中的“童年的反抗与狂欢”。首先，在达尔的童话叙事中，众多成人形象都是扭曲夸张的，大多成为被讽刺和抨击的负面形象。如在《詹姆斯与大仙桃》中，那两个压榨和迫害幼小孤儿詹姆斯的可恶的“海绵团”姨妈和“大头钉”姨妈，一胖一瘦，都可恶可憎，既自私，又懒惰，而且性情残暴，对小詹姆斯非打即骂；在《小乔治的神奇魔药》中，那个自私自利、阴险恶毒的姥姥不仅性情阴阳怪气，而且总是挖空心思地折磨小男孩乔治；在《玛蒂尔达》中，小女孩的父母不仅愚昧无知，庸俗势利，而且卑鄙无耻，唯利是图，公然以欺诈性的手段非法牟利；那位小学校长特朗奇布尔小姐对学生滥施暴力，非打即骂，邪恶凶残到了无以复加的地步，而她本人对于儿童的仇恨更是溢于言表，动辄用最恶毒的语言咒骂学生，什么“丑痈、小脓包、毒脓包、黑手党、恶棍、海盗、土匪、毒蛇”等等，无所不用其极。《蠢特夫妇》中的蠢特夫妇不仅相貌丑陋，肮脏邋遢，而且性情卑劣，寡廉鲜耻，甚至夫妻之间也包藏祸心，尔虞我诈。蠢特夫妇生活中的唯一乐事就是捉弄他人，幸灾乐祸，结果作恶多端，反遭报复。在《魔法手指》中，那位担任教师的温特夫人不讲斯文，异常乖戾，对小女孩动辄大骂：“愚蠢的小姑娘！”而当小女孩答对了问题，则破口怒骂，或者干脆罚站：“站在墙角那里！”在《了不起的狐狸爸爸》中，那三个农场主博吉斯、邦斯和比恩虽然极为富有，却最为吝啬，而且极度凶残；在《女巫》中，女巫大王成为痛恨儿童的最典型的代表，她居然要一年一度召开各国的女巫大会，布置消灭该国所有儿童的行动。在书中描述的英国女巫大会上，儿童被辱骂为臭气扑鼻的“狗屎”，而女巫大王宣布要用“慢性变鼠药”把全英国的儿童都变成老鼠，因为这样会使他们更加遭罪，对于女巫也显得更加刺激。如此描写足以把以女巫为代表的恶势力与儿童之间的对立和冲突推向狂欢化的顶点。

正是由于作者呈现了如此强大的成人世界的邪恶力量，童年的反抗与狂欢才愈发具有戏剧性和张力感了。在达尔的童话世界里，童年的反抗和狂欢是通过具有鲜明时代特征的方式进行的。在传统童话故事中，作为弱者的主人公往往通过魔法战胜强敌，改变命运；在达尔的童年的反抗故事中，传统魔法因素通过诸如人体特异功能和化学药剂等手段得到新的拓展。这些现代化的魔法因素使达尔作品中的儿童主人公拥有了现代化的反抗条件——主人公（小女孩玛蒂尔达）在义愤填膺之际由意念引发的人体特异功能，以及主人公（小男孩乔治）在决心奋起还击时即兴配制的具有神奇效果的“化学药剂”。如果说《詹姆斯与大仙桃》和《查理和巧克力工厂》等作品还带有通过传统魔法与奇异经历等来摆脱困境的较浓厚的传统因素；如果说《了不起的狐狸爸爸》等通过作为主人公的狐狸先生运用智谋而战胜贪婪凶残的农场主；那么在《魔法手指》和《玛蒂尔达》中，作为主人公的小女孩都是通过人体特异功能而出奇制胜，从而得以完成与邪恶成人较量和对决之使命。而在《小乔治的神奇魔药》和《女巫》中，化学药剂的神奇功能成为当代社会的新魔法。虽然女巫大王用特别配制的药剂将小男孩变成了小老鼠，但小男孩以其人之道还治其人之身，同样用药剂把女巫大王和其他女巫们变成了老鼠，从而粉碎了邪恶女巫大王策划实施的惊天大阴谋。

达尔的童话小说打破了以往的儿童文学叙事传统的诸多禁忌，着力表现当代儿童与压制性的成人世界的激烈对抗，而且在作品里直接呈现暴力和血腥行为（包括女巫的暴虐行为以及在对抗中施加于女巫的行为等），而这正是作者受到不少评论家批评的原因之一。从现当代英国童话小说创作的语境看，从卡罗尔的维多利亚时代的小女孩爱丽丝到达尔的当代神童小女孩玛蒂尔达，童年对成人权威的反抗进入了一个新的发展阶段：童年的反抗与狂欢。

第二章
彼得·迪金森和他的儿童幻想小说[①]

彼得·迪金森（Peter Dickinson，1927—）是当代英国卓有建树的神秘小说和儿童幻想小说作家。其代表作有“变化三部曲”（*Changes Trilogy*，1968—70）、《转世者》（*Tulku*，1979）、《金色城堡》（*City of Gold*，1980）及《毒药神谕》（*The Poison Oracle*，1974）等。

彼得·迪金森出生于非洲中部津巴布韦的利文斯顿，当时为北罗德西亚殖民地。她的父亲在那里担任罗德西亚殖民政府的首席大臣助理。1935 年，父亲带着全家返回英国，以便让 7 岁的迪金森和他的兄弟们在英国接受教育。一家人回到英国后不久，迪金森的父亲不幸去世。1936 年至 1941 年，迪金森在圣·诺南（St. Ronan）预备学校读书。1941 年，迪金森获得“国王奖学金”（King's Scholar）进入伊顿公学（Eton College）就读。从伊顿公学毕业后，迪金森进入军队服役。1948 年退役后，迪金森进入剑桥大学国王学院深造，于

① 感谢潘纯琳博士的初稿。

1951 年获得剑桥大学文学学士学位。从 1952 年至 1969 年，迪金森在伦敦的《笨拙》杂志任职，做过助理编辑、驻刊诗人和评论家。在此期间，迪金森用了 5 年时间对犯罪小说进行专题评论。也许是阅读和评析了太多的犯罪小说，深谙其道的迪金森开始构思和创作自己的作品，于 1968 年发表了侦探小说《肤浅》（*Skin Deep*），引起广泛关注。随后发表的儿童冒险小说《天气贩子》（*The Weathermonger*）也广受好评，迪金森从此开始了漫长的职业作家创作生涯。他既为成人写作，也为儿童写作，发表作品时使用了多个笔名，包括彼得·马尔科姆·德·布雷萨克·迪金森（Peter Malcolm de Brissac Dickinson）、彼得·马尔科姆·迪金森（Peter Malcolm Dickinson）和马尔科姆·德·布雷萨克（Malcolm de Brissac）等。

迪金森出版的第一部作品《肤浅》获“1968 年英国犯罪题材作家协会金匕首奖之年度最佳神秘小说奖”。这是以侦探詹姆斯·威洛比·毕博为主人公的“詹姆斯·毕博”系列小说的第一部。其他几部分别是《英雄们的骄傲》（*A Pride of Heroes*，1969）、《沉睡及其兄弟》（*Sleep and His Brother*，1971）、《杯中的蜥蜴》（*The Lizard in the Cup*，1972）和《命悬一线》（*One Foot in the Grave*，1979）共六部。

迪金森的儿童文学创作包括奇幻小说、历史小说、当代惊险小说、科幻小说和图画书。他最具代表性的作品是“变化三部曲”（*The Changes*，1970）。其他主要作品包括《爱玛·塔博的日记》（*Emma Tupper's Diary*，1970）、《跳舞的熊》（*The Dancing Bear*，1972）、《天才》（*The Gift*，1973）、《蓝鹰》（*The Blue Hawk*，1975，获“卫报奖”）、《安雷顿·皮特》（*Annerton Pit*，1977）、《转世者》（*Tulku*，1979）、《第七只乌鸦》（*The Seventh Raven*，1981，获“2001 年火凤凰奖”）、《治疗者》（*Healer*，1983）、《伊娃》（*Eva*，1988，获 2008 年“火凤凰奖”）、《埃克》（*AK*，1990，获“惠特布莱德儿童图书奖”）、《来自干海的一块骨头》（*A Bone From a Dry Sea*，1992）、《英雄的阴影》（*Shadow of a Hero*，1993）、《亲属》（*The Kin*，1998）、《一触即发》（*Touch and Go*，1999）、《驯狮者的女儿》（*The Lion Tamer's Daughter*，

1999)、《缆索工》(*The Ropemaker*, 2001，获“卡内基儿童文学奖”)、《天使艾尔》(*Angel Isle*, 2006)、《火蜥蜴的眼泪》(*The Tears of the Salamander*, 2003)、《礼物船》(*The Gift Boat*, 2004)、《大地与空气》(*Earth and Air*, 2012) 等。

与维多利亚时代的经典性儿童小说相比，迪金森的许多儿童小说，包括《天才》《安雷顿·皮特》《治疗者》等都具有科幻小说因素，尤其表现为人体科学及特殊功能现象。明显的是这些小说都出现了拥有特异人体功能的孩子。《天才》中的孩子戴维·普赖斯具有一种特殊的能力，能够看见旁人大脑中出现的影像画面。在一个偶然的时机，戴维看出了一个精神病患者头脑里出现的可怕念头，从而引发了一场危险的遭遇。在《安雷顿·皮特》中，盲眼的杰克具有与神秘人物产生心灵感应的特殊能力。他和他的兄弟马丁被一群生态恐怖主义分子绑架后关押在一座废弃的矿山中。在杰克和马丁逃出矿山的逃亡途中，杰克与生活在大山深处的一个神秘之人产生了心灵感应，这使他得以通过在矿山中催生强烈的恐怖感，让绑架者落荒而逃。

迪金森的代表性少年幻想小说无疑是“变化三部曲” (*The Changes*, 1970)，分别由《天气贩子》(*The Weathermonger*, 1968)、《内心宁静》(*Heartsease*, 1969) 和《恶魔的孩子》(*The Devil's Children*, 1970) 组成。“变化三部曲”的故事背景设置在未来某个时候的英国，生活在那一时期的英国人对于所有科学技术普遍怀有难以言状的厌恶感，同时也产生了普遍的仇外和排外情绪。当然，整个国家也陷入另一个黑暗时代。在《天气贩子》中，主人公杰弗里和他的姐姐莎莉被派去查找导致天气变化的原因。他们发现这是化学家菲比洛 (Furbelow) 造成的后果。菲比洛发现了亚瑟王的巫师梅林，通过现代科技手段使他从几个世纪的睡眠中复活，再通过吗啡的作用让他上瘾，达到让其听命于自己的目的。被控制的梅林所施加的魔法导致了气候的剧变。杰弗里和莎莉解除了梅林的上瘾症，从而破解了菲比洛的摆布，使其回归原来的长眠之地，结束了英国的第二个黑暗时代。《内心宁静》讲述的是发生在《天气贩子》之前的事件。气候的剧变仍然是英国面临的危机，一个来自美国的调查员被认为是巫师，人们按照基督教的方式向他投掷石块。少年玛格丽特和乔纳森出手相助，使这个美国人得以逃到英国西南部港口城市格罗斯特，在那里乘船返回美国。在《恶魔的孩子》中，故事的叙述时间始于气候开始变化之时。当时一群锡克人——还没有像英国人一样发展起对于技术的恐惧——在 12 岁的英国女孩妮可拉（Nicola）帮助下逃离迫害。1975 年，三部曲被改编为 BBC 电视连续剧《变化》（*The Changes*）。

迪金森还与插图艺术家合作，为低幼儿童创作了大量童话绘本，包括低幼童话《铁狮子》（*The Iron Lion*，1973，illustrated by Marc Brown and Pauline Baynes）、关于现代巫师的图画书《赫普泽柏》（*Hepzibah*，1978，illustrated By Sue Porter）、童话《冰巨人》（*Giant Cold*，1984，illustrated by Alan Cober）、《空盒子》（*A Box of Nothing*，1985）、《鼹鼠洞》（*Mole Hole*，1987）、《时间与时钟老鼠等等》（*Time and the Clock Mice*，*Etcetera*，1993，illustrated by Jane Chichester Clark），以及短篇故事漫画《恰克与丹尼尔》（*Chuck and Danielle*，1996），等等，内容和题材十分广泛，从宇宙大爆炸理论到心灵感应术等，不一而足。

对神话和传说进行改写和重述也是迪金森为儿童创作的一个方面。《金色城堡》（*City of Gold*，1980，获“卡内基儿童文学奖”和“德国天主教会奖”）是对《圣经》《旧约》故事的重新叙述。《梅林之梦》（*Merlin Dreams*，1988）是有关亚瑟王题材的系列故事。《大地与空气》（*Earth and Air*，2012）是对神话和传说进行重新创作的故事集，包括重新讲述的贝奥武甫（Beowulf）和俄耳甫斯（Orpheus）的故事，从全新的视角塑造了两位神话英雄的形象；对大地神灵的传说故事进行了探索；对宙斯及众神的使者，众神中速度最快者墨丘利（Mercury）的飞行靴进行了探源性讲述；对雅典城的保护神雅典娜（Athena）的猫头鹰的故事进行了讲述，雅典娜在希腊神话中代表智慧和理性，她的猫头鹰也代表智慧之鸟，作者讲述了雅典娜的猫头鹰在基督教统治下的拜占庭得以传承下来的原因。

第三章
佩内洛普·利弗里的奇幻童话创作[①]

佩内洛普·利弗里是当代英国卓有建树的女作家，已经发表了 21 部长篇儿童小说、25 部成人小说、3 部短篇小说集、2 部自传和 1 部非虚构作品。其代表作为儿童小说阿斯特科特系列（1970）和《托马斯·肯普的幽灵》（1973）。

佩内洛普·利弗里（Penelop Lively，1933—）出生于埃及开罗一个英国侨民之家。她的祖父是伦敦的一名外科医生，父亲在 20 世纪 20 年代末移居埃及，在埃及国家银行担任一个经理助理的职位。在整个二战期间，利弗里都在埃及度过。童年时代的利弗里在埃及没有接受正规教育。父母认为开罗没有适合利弗里的学校，她所接受的教育实际上来自孩子的保姆和家庭教师南希。当时有一个叫作“父母国民教育联盟”（Parents' National Education Union）的机构为生活在远离英国的殖民地的移民子女提供阅读书箱，南希从中选择所需图

① 感谢潘纯琳博士的初稿

书来教育孩子。利弗里在童年的大部分时光都是与保姆和佣人一起度过的，父母与她的关系反而比较疏远。1945 年，年满 12 岁的利弗里前往英国，在位于苏塞克斯的寄宿学校就读。1951 年，利弗里进入牛津大学圣安妮学院学习历史专业。大学毕业后不久，她在牛津大学圣安东尼学院谋到一个给教授做研究助理的职位。在那儿，她与政治学助理研究员杰克·利弗里相识，并于 1957 年与他结婚。婚后两人育有两个孩子。身为人母的利弗里非常重视孩子的教育问题，长期坚持为他们朗读文学作品，引导他们阅读图书，这在某种程度上是对自己童年缺乏父母关爱的逆向补偿。利弗里由此拓展到关注儿童教育和致力于儿童文学创作。她在英国广播电台 4 频道主持过儿童文学栏目，还做过不少宣传英国儿童文学的公益活动。1970 年，佩内洛普·利弗里发表了自己的儿童小说《阿斯特科特》，开始了卓越的儿童文学创作生涯。

大学历史专业毕业的利弗里在儿童文学创作实践中注重的是幻想性的因素，而不是纯写实性的记述。她认为传统童话虽然是超越客观现实的，但契合孩子们看待和想象世界的方式。动物完全可以开口说话，幻想文学有助于突破成人接受和看待现实的狭隘刻板的视野。所以利弗里在为儿童和青少年创作时选择用幻想因素来唤起孩子们对于历史现实的兴趣，理解过去与现在的内在联系。她的故事背景大都设置在当代社会，不过主人公往往要与过去发生的事情或者过去的时光产生关联，萌生一种微妙的历史敏感性。在《阿斯特科特》（*Astercote*，1970）中，少年主人公要去寻找一个古代的圣杯，以阻止黑死神死灰复燃，卷土重来；600 年前正是这个黑死神将原来的阿斯特科特毁于一旦。在小说中，现代的房屋与鬼魂出没的中世纪村庄并存于同一时空，现在与过去相互交叠。在《流言骑士》（1971）中同样出现了神话和历史因素的融合。三个孩子遭遇了一个诡异的女人，这个女人的前世真身是中世纪邪恶的摩根仙女。她坚持让她的大亨丈夫修建一条高速公路，它将穿过孩子们所在的宁静的小村庄，从而给那里的古代建筑和地标造成毁灭性的后果。根据当地传说，位于村庄外面的远古的巨石阵具有神秘的魔力，曾经挫败过由邪恶王后派来的一群骑士。几个孩子施展妙计，将这个邪恶女人引入了巨石阵的中心，结果她被吸进去，就此消失了。

利弗里为幼童创作的作品包括《无名男孩》（*Boy Without a Name*，1975）、《范妮的姐姐》（*Fanny's Sister*，1976）、《范妮与怪兽》（*Fanny and the Monsters*，1979）、《范妮与陶艺碎片的战争》（*Fanny and the Battle of Potter's Piece*，1980）、长篇小说《到王后谷第66号墓的航程》（*The Voyage of QV66*，1978）、短篇小说集《一座房子的里里外外》（*A House Inside out*，1987）、《龙的烦恼》（*Dragon Trouble*，1984）、《黛比与小恶魔》（*Debbie and the Little Devil*，1987）等。利弗里对传统童话和民间故事怀有浓厚的兴趣，《金发姑娘和三只熊》（*Goldilocks and the Three Bears*，1997）是对同名民间童话的改写和重述。

《托马斯·肯普的幽灵》（*The Ghost of Thomas Kempe*，1973）的主人公是生活在20世纪、活泼好动的10岁小男孩詹姆斯·哈里森（James Harrison）。他随着父母家人搬到位于乡村一个拥有300多年历史的老房子居住。不久，奇怪的事情发生了，房子里总有东西被莫名其妙地打碎，有些东西不翼而飞。詹姆斯也因此遭到误解，受到大人责备。事实上，确有各种物件绕着房子盘旋落地，或者神秘地迁移到别的地方；更奇怪的是，在詹姆斯的书桌上和家里别的地方出现了神秘的纸条，上面的字迹是用17世纪的手写体写成的，表达的是愤怒的情绪。父母认为这一定是詹姆斯想以此来吸引大家的关注。虽然这一切都与他无关，但詹姆斯知道光靠辩解是没有用的。他暗中琢磨，逐渐了解了这些蹊跷之事的来龙去脉。原来这是300多年前在此屋居住的一个魔法师托马斯·肯普的幽灵在作怪。这个生活在17世纪的魔法师虽然躺在墓穴中，但对于20世纪现代科学对乡村生活的入侵深感愤怒，他跳出来制造事端，试图阻止这种入侵。他还想让詹姆斯成为他的帮手。詹姆斯决心挫败这个胡作非为的魔法师。通过阅读他父母在清理阁楼时翻出来的旧信件和日记，詹姆斯发现了一个和他同岁的生活在19世纪的男孩阿诺德·拉克特，他曾经拜访过当年住在这座房子里的主人。詹姆斯与这个男孩进行了沟通，在他的帮助下获知了如何对付托马斯·肯普的幽灵，最终使其安静地返回长眠之地。这个故事将17世纪、19世纪和20世纪这不同的时间通过同一空间并置起来，使之相互交叠，讲述了一个让孩子们乐在其中的跨越时空的历史奇幻故事。生活在 20 世纪的男孩詹姆斯与生活在 19 世纪的男孩阿诺德之间建立的友谊具有坚实的生活质感，并非虚幻不实。已经逝去的时光并非一去不复返，童年的梦想和历险是永恒的，可以通过情感和想象去唤醒而复活。

第四章

海伦·克雷斯韦尔的奇幻童话创作[①]

海伦·克雷斯韦尔是当代英国最多产和最知名的儿童文学作家之一，著有90 多部儿童图书和10 多部儿童电视剧剧本。代表作为《馅饼师》（*Piemakers*，1967）、《码头上》（*Up the Pier*，1972）、莉齐·崔平系列（*Lizzie Dripping series*）以及巴格斯诺佩系列（*Bagthorpe Series*）。

海伦·克雷斯韦尔（Helen Cresswell，1934—2005）出生在诺丁汉郡艾士菲区的柯克比，一个电气工程师的家庭，是家中三个孩子中的老二。海伦从小喜爱诗歌，从阅读约翰·叶芝和埃德蒙·斯宾塞等诗人的作品到模仿他们的风格自己写诗，还在16 岁那年获得诺丁汉诗歌协会颁发的最佳诗歌奖。从诺丁汉郡女子中学毕业后，海伦进入伦敦大学国王学院攻读英国文学。大学毕业后，海伦从事过多种职业，包括做希腊船主的文学助理、时尚用品采购员、教师、BBC 电台的雇员，等等，积累了丰富的生活经验，也增长了自己的人生阅

① 感谢潘纯琳博士的初稿

历。在此期间，她对于文学创作的追求没有停止。1960 年，她发表了第一部作品《桑娅在海滨》(*Sonya – by – the – Shore*)，获得良好反响。在儿童文学创作领域，克雷斯韦尔对于同时代的儿童文学作品所表现出的过度写实主义趋势感到不满，这促使她致力于探索新的适合儿童和青少年读者的文学作品。与许多当代英国儿童文学作家一样，克雷斯韦尔对于传统童话怀有强烈而持久的兴趣，对童话的文学价值和当代功能具有清醒而深刻的认识。对童话想象力和童话的乌托邦幻想精神的把握为克雷斯韦尔探索自己的儿童奇幻故事创作道路提供了动力和方向，与此同时，克雷斯韦尔还继承和发展了维多利亚时期形成的经典儿童幻想小说传统，如内斯比特的“五个孩子”的历险系列就对她的重要作品产生了影响。在长达45 年的创作生涯中，海伦·克雷斯韦尔创作了 90 多部儿童文学作品以及 10 部电视剧剧本，并改编了三部电视连续剧，为当代英国儿童文学创作的发展做出了重要贡献。

在第一部作品《桑娅在海滨》之后，她相继出版了“金宝·斯宾塞系列”，包括《金宝·斯宾塞》(*Jumbo Spencer*，1963)、《金宝回归自然》(*Jumbo back to Nature*，1965)、《金宝漂流记》(*Jumbo Afloat*，1966)、《金宝与大坑》(*Jumbo and the Big Dig*，1968)。其他作品包括《白海马》(*The White Sea Horse*，1964)、《馅饼师》(*The Piemakers*，1967)、《大 O 那一天》(*A Day on Big O*，1967)、《船长的潮汐》(*A Tide for the Captain*，1967)、《海笛手》(*The Sea Piper*，1968)、《拉格是一只熊》(*Rug Is a Bear*，1968)、《哈格的骗局》(*Rug Plays Tricks*，1968)、《莽撞的孩子们》(*The Barge Children*，1968)等作品。从 1969 年开始，克雷斯韦尔进入了创作的黄金时期，从 1969 年至 1973 年，她与插画家合作，创作出版了 25 部作品，包括《守夜人》(*The Night – Watchmen*，1969)、《码头上》(*Up the Pier*，1971)、《海滨拾荒者》(*The Beachcombers*，1972) 和《蹦戈尔草》(*The Bongleweed*，1974)。从 1972 年至 1991 年，克雷斯韦尔与插画家合作，创作了讲述一个孤独而充满幻想少女的故事“莉齐·崔平”系列，包括《莉齐·崔平》(*Lizzie Dripping*，1972)、《莉齐·崔平在海边》(*Lizzie Dripping by the Sea*，1974)、《莉齐·崔

平与小天使》（*Lizzie Dripping and the Little Angel*，1974）、《莉齐·崔平又来了》（*Lizzie Dripping Again*，1974）、《莉齐·崔平后续》（*More Lizzie Dripping*，1974）、《莉齐·崔平与巫婆》（*Lizzie Dripping and the Witch*，1991）。

从1974年至1977年，克雷斯韦尔与女插图艺术家玛蒂娜·布兰克合作，为低幼读者创作了配图教育绘本两只猫头鹰系列（*The Two Hoots Series*），包括《两只猫头鹰》（*Two Hoots*，1974）、《两只猫头鹰去海边》（*Two Hoots Go to the Sea*，1974）、《两只猫头鹰在雪地》（*Two Hoots in the Snow*，1975）、《两只猫头鹰智斗大坏鸟》（*Two Hoots and the Big Bad Bird*，1975）、《两只猫头鹰捉迷藏》（*Two Hoots Play Hide - and Seek*，1977）、《两只猫头鹰与国王》（*Two Hoots and the King*，1977）共6部作品。1977年，克雷斯韦尔与J·本尼特合作，创作了巴格斯诺佩世家系列（*The Bagthorpe Saga*）（1977—2001）。从1987年至1995年，克雷斯韦尔创作了温克尔海系列（*Winklesea Series*），包括《来自温克尔海的礼物》（*A Gift from Winklesea*，1987）、《温克尔海发生了什么事?》（*Whatever Happened in Winklesea*? 1991）和《温克尔海的神秘》（*Mystery at Winklesea*，1995）三部。1990～1994年间，克雷斯韦尔创作了波西·贝茨（*Posy Bates*）系列，包括《遇见波西·贝茨》（*Meet Posy Bates*，1992）、《波西·贝茨与露宿街头无居所的拾荒女人》（*Posy Bates and the Bag Lady*，1994）和《波西·贝茨又来了》（*Posy Bates*，*Again*! 1994）三部。90年代发表的作品还有《守望者》（*The Watchers*，1993）、《神秘故事》（*Mystery Stories*：*An Intriguing Collection*）以及文选《隐含转向》（*Hidden Turnings*，*Greenwillow*，1990），等。

克雷斯韦尔对于传统童话怀有强烈而持久的兴趣，这促使她对传统童话和民间故事进行梳理和重述，发表了改写的童话故事集《经典童话》（*Classic Fairy Tales*，1993）和《侏儒怪》（*Rumpelstiltskin*，2004）。《经典童话》由插图艺术家卡罗尔·劳森（Carol Lawson）绘制插图和装饰性图案，包括对9个经典童话的改写：《汉塞尔与葛莱特尔》《白雪公主》《红玫瑰》《金发姑娘》《三只熊》《睡美人》《长发姑娘》《灰姑娘》和《青蛙王子》。由于读者对象是低幼儿童，作者对童话的故事情节进行了简化，删掉了一些重复处，改变了故事结构和讲述节奏。为弱化传统童话的暴力因素，公主没有把青蛙王子狠狠地扔到墙上；大灰狼没有吞掉外婆和小红帽，而且它没有被猎人剪开肚子，而是被一支飞箭射杀。

《馅饼师》像传统童话一样，采用“很久很久以前”的模糊叙述时间，将故事背景设置在英国历史上一段不确定的、想象的时期。同时采用了传统童话的叙述方式，通过自然随意的方式，讲述异乎寻常的戏剧性故事。阿瑟、杰姆和女儿格拉维拉是一个世代相传的馅饼世家的后代。故事讲述了阿瑟受命制作一个巨大馅饼（足够200人食用）后发生的故事。在馅饼的制作过程中出现了各种波折与峰回路转。嫉妒的竞争者一把火烧掉了大馅饼和面包房。在艰难时刻，他们代表馅饼世家去参加国王举行的大型竞赛。他们请铁匠的弟弟制作了一个体积超大的馅饼盘，然后将它伪装成一艘船藏在大河之中。河岸旁一座可以烘烤供2000人食用的特大馅饼的烤炉搭建起来。经过馅饼世家所有成员的共同努力，一个巨大无比的牛肉馅饼诞生了，赢得了皇家大赛的“最大和最美味的馅饼奖”，同时获得一项“皇家专利”，而那个馅饼盘成了这个馅饼家族所在村庄草地上的一个大鹅塘。这个故事继承和发展了内斯比特小说中的家庭温情和友爱互助的基调，是对传统童话叙事的推陈出新。

《码头上》（1971）是一部表现“时间旅行”的儿童奇幻童话：故事在过去与现在之间互动、转换。该书充分运用了克雷斯韦尔在《老鹰抓小鸡游戏》（*A Game of Catch*，1969）和《威尔克斯一家》（*The Wilkses*，1970）中实验过的时间旅行策略。但在此书中，庞蒂菲克斯一家的两次“时间旅行”均不曾借助任何科技力量，诸如时空机器、时空飞船、时空之门等等，而是靠个人的超能力来实现的。10岁少女卡丽（Carrie）的父亲为她和她的母亲寻找一个新家，她和母亲在淡季的一个威尔士海滨胜地苦苦等待。结尾感觉较为松散，卡丽在被遗弃的码头上漫游并遇到了10年前被迫与其他家人分开的小精灵庞蒂菲克斯（Pontifex）一家。他们被一个自私的亲戚——庞蒂菲克斯家族最后一位成员，他想要不再孤单——用魔法送到了50年后的未来。首先，卡丽帮助这个小家庭在码头边一个空电话亭中建立了一个临时的家。然后，她无私地用她的力量把他们——她唯一的伙伴——送回到他们 1921 年真正的家中。随后，她的父亲赶到了码头，卡丽自己的家庭生活也恢复正常。

第五章
黛安娜·温尼·琼斯的奇幻童话创作①

黛安娜·温尼·琼斯（Diana Wynne Jones，1934—2011）是20世纪70年代以后崭露头角的奇幻童话小说女作家。她的代表性作品有《豪尔的移动城堡》（*Howl's Moving Castle*，1986）、《德克荷姆的黑暗魔王》（*Dark Lord of Derkholm*，1998）以及“克雷斯托曼琪世界传奇系列”（*Chrestomanci series*），等。

黛安娜·温尼·琼斯出生于伦敦的一个书香门第，父母都是教师。1939年二战爆发，5岁的琼斯和妹妹伊索贝尔被送到威尔士的外祖母家避难。1940年，琼斯一家人迁往湖区居住。三年后，一家人又迁往艾塞克斯郡的撒克斯特德小镇。中学毕业后，琼斯进入牛津大学的圣安妮学院。在大学就读期间，她聆听过托尔金和C. S. 刘易斯的讲座。大学毕业后，琼斯与同校的中世纪文学学者约翰·柏洛结婚，婚后育有三个儿子。

和许多作家走上儿童文学创作道路的缘由相似，琼斯自从有了孩子以后便

---

① 感谢潘纯琳博士的初稿。

萌生了为儿童写作的念头。琼斯善于创作情节和场面都变幻多姿的魔法类小说，以及适合幼龄读者的幻想故事。在这方面，琼斯从自己的孩子那里得到了很大启发，他们告诉琼斯，他们不喜欢当时流行的许多文学作品，他们希望读到“更有趣的图书”。琼斯创作的儿童幻想小说大多描写少年主人公通过智慧和勇气取得成功，包括《威尔金斯的牙齿》（*Wilkins' Tooth*，1972）、《路克的 8 天》（*Eight Days of Luke*，1973）和《楼下的食人怪》（*The Ogre Downstair*，1973）、《三人团》（*Power of Three*，1974）、《魔琴与吟游马车》（*Cart and Cwidder*，1974）、《狗之身》（*Dogsbody*，1974）等。1977 年，“克雷斯托曼琪世界传奇系列”的第一部《魔法人生》（*Charmed Life*）出版，获得“卫报儿童图书奖”，这对于琼斯是很重要的鼓励。儿童奇幻小说创作成为她文学创作生涯的重要部分。琼斯在 20 世纪 80 年代中期进入创作的一个高峰期，发表了《弓箭手的呆子》（*Archer's Goon*，1984）、《火与毒芹》（*Fire and Hemlock*，1985）和《豪尔的移动城堡》（*Howl's Moving Castle*，1986）等作品。日本导演宫崎骏将琼斯的《豪尔的移动城堡》改编为同名动画电影（2004），上演后引起广泛关注。批评家认为，琼斯对传统童话和民间故事的题材和叙事模式，如善恶斗争、第二空间旅行或时间变迁等进行了推陈出新的运用，取得了令人惊异的效果，同时认为琼斯作品所呈现的悖论、不同维度以及复杂的时空结构等因素在激发读者阅读兴趣的同时也对读者的认知和审美能力提出了更高要求。

对于 C. S. 刘易斯，童话是表达思想的最好方式。对于琼斯，用奇幻故事来述说现实生活中发生的事情，可以将世界上复杂的事情简化，具象化，就像人们使用隐喻来表达自己的情感、思想和看法一样。琼斯作品的主人公通常是生活在混乱家庭或复杂的社会环境中的少年，他们在困境中与魔法相遇，并且因人而异地采用了不同的方式进行回应，魔法也成为他们自我发现和走向成熟的推动因素。琼斯善于在她的幻想小说中营造中世纪般的梦幻世界，从德克荷姆（Dalemark）到《魔法人生》《开普罗纳的魔法师》（*The Magicians of Caprona*，1980）、《女巫周》（*Witch Week*，1982）以及《克里斯多夫·钱特的生活》(*The Lives of Christopher Chant*, 1988) 等等，魔法成为琼斯奇幻世界小说中不可或缺的组成部分。

《豪尔的移动城堡》是琼斯的代表性作品。在这个充满奇幻色彩的新魔法故事中，主人公苏菲·海特是家里三姐妹中的老大。她的父母早年在镇上开了一家帽店。苏菲和妹妹乐蒂的生母很早就去世了。她们的继母也在帽店干活，是美丽的金发女子芬妮。如今苏菲又有了一个同父异母的妹妹玛莎。按照传统童话的规律，最小的妹妹才是最美丽的，但苏菲和乐蒂并没有成为丑姐姐。相反，三姐妹都很漂亮，尤其是二姐乐蒂，被公认为三姐妹中最漂亮的一个。而继母芬妮也与传统童话中的继母不同，对三个女孩一视同仁，疼爱有加，没有任何偏心之处。海特先生很喜欢自己的三个女儿，把她们送到镇上最好的学校读书。但不幸的是，不久她们的父亲去世了，继母芬妮认为家庭的经济负担已经不允许三个女孩子读书了，便让她们退学去当学徒：她的亲生女儿玛莎去了女巫家，二姐乐蒂到糕饼店帮工，大姐苏菲照看自家的帽子店。寂寞的苏菲在帽子店常常与帽子讲话。一天，荒地女巫来到店里，指责苏菲与一个女巫抢生意，并施加魔咒让少女苏菲变成了一个满脸皱褶的老妇人。老态龙钟的苏菲离开了帽店，步履蹒跚地走到荒郊野外，像传统童话中遭遇困境的主人公一样离家出走，去寻觅运气，以求改变命运。她意外地得到火魔路西法的许可而进入到巫师豪尔的移动城堡。据传言，豪尔会吃年轻女孩儿的心，但老苏菲正乐于运用她的老年主题来作为她奇怪想法的借口。在豪尔的移动城堡里，老苏菲经历了一连串匪夷所思的奇异旅程，最终帮助豪尔击败了荒地女巫。她本人也返老还童，又成为一个青春少女，同时还把豪尔和路西法从他们的契约中解放出来。这部奇幻童话对传统童话的主题因素和叙述模式进行了全面颠覆，通过颠覆而创新，开拓了当代儿童幻想小说的创作天地。

第六章
传统与创新：苏珊·库珀和她的《灰国王》

苏珊·玛丽·库珀（Susan Mary Cooper，1935—）出生于英国白金汉郡，后毕业于英国牛津大学。在丈夫休姆·克罗宁的带动下，她开始涉足影视剧写作，并就此走上文学创作的道路。1963年，苏珊·库珀随同丈夫移居美国，现居住在美国马萨诸塞州的剑桥。

1964年，库珀发表了科幻小说《曼德拉草》（*Mandrake*）。库珀最具影响力的作品是少年幻想小说《黑暗蔓延》传奇系列，包括五部作品，它们分别是《大海之上，巨石之下》（*Over Sea，Under Stone*，1965）、《黑暗在蔓延》（*The Dark Is Rising*，1973，获1974年纽伯里图书银奖）、《绿巫师》（*Greenwitch*，1974）、《灰国王》（*The Grey King*，1975，获1976年纽伯瑞图书金奖）、《银装树》（*Silver on the Tree*，1977）。1984年，英国出版了这五部幻想小说的合集，名为《黑暗在蔓延系列》（*The Dark Is Rising Sequence*）。此外，苏珊·库珀还为青少年读者写作了小说《朝向海洋》，为少年读者创作了三部图书：《杰特布拉与幽灵》《银色的奶牛》《塞尔克女郎》（“塞尔克”是苏格兰神话传说中的怪物，在水中像海豹，在陆地上又显人形。）通过与休姆·克罗宁的合作，苏珊·库珀创作了百老汇戏剧《狐火闪烁》，并为女演员简·方达创作了电视剧《玩偶制造者》，获得1985年的“人道主义奖”，播出后曾轰动一时。根据《黑暗在蔓延系列》传奇拍摄的影片是沃尔登制片公司继《纳尼亚传奇》《寻找梦幻岛》之后的又一精心制作的大片。

苏珊·库珀《黑暗在蔓延系列》中的第一部是《大海之上，巨石之下》，它讲述的是西蒙、巴尼和简这一家中的三兄妹，在跟随父母到康沃尔海边度暑假之后发生的故事。他们住在一幢叫作“灰房子”的老宅子里，偶然间发现了一个羊皮古卷轴，从此开始了对羊皮卷的层层解读和对英国传统亚瑟王故事中广为流传的“圣杯”的追寻。

第二部《黑暗在蔓延》讲述的是小男孩威尔·斯坦顿的故事。在11岁生日即将到来的前一天晚上，老斯坦顿家的第七个儿子威尔·斯坦顿突然发现自己的周围出现一些非常异常的迹象。他身上似乎带有强大的电流，动物们都躲着他；只要他一出现，家里的收音机就信号大乱……天气异常，邻居送给他一份非常奇特的生日礼物，就在生日那天早晨，威尔惊奇地发现自己回到了几百年前的时光，发现自己原来是古老勇士中的最后一员，命里注定要找到六道神秘的圣符去打败黑暗的邪恶力量。威尔·斯坦顿由此踏上了奇异的历险道路。

第三部小说《绿巫师》讲述的是，西蒙、简和巴尼这一家三兄妹受他们的神秘叔爷玛瑞曼（玛瑞）的召唤，来到了英国西南部康沃尔郡的特瑞威斯克村，寻找被黑暗势力盗走的无价之宝“黄金圣杯”。男孩威尔·斯坦顿此时也加入寻找圣杯的队伍。作为古老的“圣者勇士”中的最后一员，威尔拥有神秘的力量。令人意想不到的事件接二连三地发生，孩子们终于发现了圣杯的去向，而黑暗力量唤醒了海洋深处的绿巫师的自然魔力。“绿巫师”送给简一个特殊的礼物，使得黑暗力量再次得到控制。

第四部小说《灰国王》的故事发生在威尔士。根据一个威尔士传说，某座深山中藏着一把金竖琴，只有一个男孩和一只长着银色眼睛的白狗才能发现这把金竖琴；而且奇特的是，这只狗能够看见风。小男孩威尔·斯坦顿对此一无所知。在患了一场大病之后，威尔被母亲送到威尔士乡下亲戚家去休养康复。他在那里遇到了一个名叫布兰的男孩，这个男孩有一只银白色的狗。之后又发生的一连串怪事，使他渐渐回忆起了遥远的过去，发现自己的祖先给他留下了一个神秘的预言和一件最后能够对抗黑暗邪魔的法宝。为了战胜黑云压城的邪恶力量，威尔必须找到金竖琴，并且用它唤醒六位还沉睡在深山之中的勇士，去迎接光明与黑暗之间即将爆发的最后之战。

该系列小说的最后一部是《银装树》。在这部作品中，前四部小说中出现的所有主要人物都百川归海似的会合起来，他们齐心协力打败了邪恶的黑暗势力。最后，代表光明力量的神圣族类永远离开了地球，但主人公威尔·斯坦顿依旧生活在地球上；不同的是，威尔和留在地球上的所有普通居民一样被抹去了对那段惊心动魄经历的记忆，只是偶尔在梦中还会浮现出这些往事。

奥尔迪斯将现代幻想文学划分为两极：一极是追求思考和批判的分析性作品，以英国科幻作家威尔斯（Herbert George Wells，1866—1949）为代表；另一极是梦幻性的奇异幻想作品，以《人猿泰山》的作者美国作家埃德加·巴勒斯（Edgar Rice Burroughs，1875—1950）为代表。托尔金则是英国当代梦幻性幻想文学的开拓者。从总体上看，《黑暗在蔓延》是对西方梦幻性幻想传统文学的继承和发展。获 1976 年纽伯瑞图书金奖的《灰国王》继承了托尔金开创的现代梦幻性幻想小说的传统，将托尔金《魔戒传奇》中的中洲神话世界转换为当代的威尔士乡村世界，并且富有创造性地采用了英格兰和威尔士民间文化和文学的许多传统因素。这些传统因素包括亚瑟王的传说、灰国王的传说（在威尔士语中‘布伦宁 – 利维德’就是“灰国王”。在民间传说中他就居住在凯德尔 – 伊德里斯山峰上方的天空那里。那些灰蒙蒙的云层和翻腾的雾气就是他的呼吸，往往悬垂在最高的山巅之上）；关于凯德尔 – 伊德里斯山峰的传说（凯德尔 – 伊德里斯是位于威尔士北部中心地带的一座山峰。历史上有许多关于它的传说，例如它附近的湖泊是深不见底的；任何人只要在凯德尔 – 伊德里斯的山坡上睡上一觉，第二天早晨醒来要么成为一个诗人，要么变成一个疯子。而且在威尔士的神话传说中，“伊德里斯”有时被翻译为“亚瑟王的座位”）；金竖琴的传说（在英国民间童话《杰克与豆茎》中，男孩杰克在第三次历险中，在天上的城堡里获得了一把会唱歌的金竖琴。它象征着美、艺术和生活中超越物质的更崇高的东西）以及民歌民谣（英语诗歌《谁看见过风》《星星愿》等）；传统节日（如圣灵节：每年的10月31日是西方国家传统的“万圣节之夜”，也叫“鬼节”。据说在公元前五百年左右，居住在爱尔兰和苏格兰等地的凯尔特人认为10月31日这一天是夏天正式结束的日子，也就是新年伊始，严酷的冬季开始的第一天。那时的人们相信，故人的亡魂会在这一天回到故居在活人身上找寻替身，借此再生。而活着的人由于惧怕亡灵，就在这一天熄掉炉火、烛光，让亡灵无法找寻活人，同时把自己打扮成妖魔鬼怪的模样把亡灵吓走）；此外，小说还融入了希腊神话中关于星座、星宿故事的内容。

《当代心理学》杂志认为：“生动的想象力，巧妙的叙述力，深邃的道德视野——苏珊·库珀是少有的具有这些特点的当代作家之一，这使她得以创作出正义与邪恶之间的恢宏卓绝的冲突故事——而这正是所有伟大奇幻故事的核心因素。①

① Susan Cooper，The Dark Is Rising，Aladdin Paperbacks，1973，封底。

第七章
利昂·加菲尔德和他的少年历史历险小说

作为当代英国小说家之一，利昂·加菲尔德（Leon Garfield，1921—1996）影响最大的作品是少年历史历险小说。加菲尔德出生在英国海滨城市布赖顿，父亲经商，家庭收入很不稳定。他在布赖顿文法学校读书（1932—1938），后来进入艺术学校学习。第二次世界大战爆发后，加菲尔德应征入伍，在医疗救护队工作。战后，他回到伦敦，在一家医院找到一份生化技术员的工作。1948 年他与艺术家薇薇安·阿尔科克（Vivian Alcock）结婚，她后来也成为一个儿童文学作家。1964 年，这对夫妇收养了一名女婴，根据他们最喜爱的作家简·奥斯丁的名字为她取名为简。在妻子的鼓励下，加菲尔德在工作之余进行文学创作，终于写出了自己的第一部小说，即以海盗为题材的《杰克·霍尔伯恩》（*Jack Holborn*），出版社编辑认为这部作品更适合改写成少年小说，于是经过一番改写，这部小说于 1964 年正式出版了。两年后，他的第二部小说《雾中的魔鬼》（*Devil - in - the - Fog*，1966）出版，获得卫报儿童小说奖，并且被改编成电视剧。这部作品是加菲尔德创作的一系列历史历险小说中的第一部，故事背景就设置在18世纪，主人公是一个出身社会底层的少年，父母都是流动演员，无意间卷入了一场凶险的阴谋当中。另一部历险小说是1967年出版的《扒手史密斯》，主人公史密斯是一个迫于生计而行窃的少年，最后被一个富裕的家庭所接纳。这部小说获得1987年的“凤凰奖”（*The Phoenix Award*）。另一部小说《黑色的杰克》（1968）讲述一个少年学徒由于偶然的突发事件，并且出于他自己的良心去陪伴一个犯有谋杀罪的凶犯。

1970年，加菲尔德的创作开始转向新的题材，他与爱德华·布里森共同创作，并由查尔斯·基平绘制插图的《海下的大神》（*The God Beneath the Sea*）是对希腊神话众多故事的重新讲述，该作品获得年度英国儿童文学卡内基奖。此后，他们再度合作创作了同样题材的《金色的影子》（*The Golden Shadow*，1973）。《少年鼓手》（*The Drummer Boy*，1970）是加菲尔德创作的又一部历险小说，但作者更关注其中的道德问题，作者心目中的读者对象显然是年龄更大的青少年群体。这一倾向在《九月的囚徒》（*The Prisoners of September*，1975）、《欢乐花园》（*The Pleasure Garden*，1976）和《骗子先生》（*The Confidence Man*，1978）等小说中得到体现。《阿德莱德·哈里斯的奇事》（*The Strange Affair of Adelaide Harris*，1972）讲述了一个具有黑色喜剧色彩的故事：两个男孩决定通过其中一人的婴儿妹妹来检验一下关于罗穆卢斯和瑞摩斯（Romulus and Remus）传说的真实性。传说中罗穆卢斯是罗马城的创建者、战神之子，瑞摩斯是他的孪生弟弟，他俩在婴儿期由母狼哺育养大。两个男孩的试验自然引发了可笑可叹的故事。《约翰·戴蒙德》（*John Diamond*，1980；获惠特布莱德儿童图书奖，美国版本书名为《脚步》）和《十二月的玫瑰》（*The December Rose*，1986）又回归了早期创作的样式和题材。

加菲尔德一生共创作了50余部作品，其中包括他为成年人创作的图书，如对狄更斯生前未完成的最后一部小说《埃德温·德鲁德之谜》（*Mystery of Edwin Drood*）的续写，以及重新讲述的《圣经》和莎士比亚故事。他的主要少年历史小说除了上面提及的作品，还有《九月的囚徒》（*The Prisoners of September*，1975）、《博斯托克和哈里斯》（*Bostock and Harris*，1979；美国版本书名为《夜晚的彗星》)、《婚礼上的幽灵》（*The Wedding Ghost*，1985）、《空衣袖》（*The Empty Sleeve*，1988）等。加菲尔德的儿童小说都设置在一个特定的历史背景之中。在他早期的小说中，历史背景主要设置在 18 世纪晚期。而从《约翰·戴蒙德》开始，背景则设置在 19 世纪。不过这些小说表现的并非真实历史事件，也不是呈现当时的社会状况，只是提供发生在小说人物身上的故事的时间起点。在某些涉及真实事件的小说中，加菲尔德往往通过小说人物的受到限定的，带有主观色彩的视角进行讲述。他的儿童历史小说在很大程度上受到狄更斯和史蒂文生的影响，后者的《金银岛》显然为《黑色的杰克》提供了一个模式，同样追寻财宝，只是不同的计谋和不同的人物组合而已，当然是在不同的社会语境下的历险故事。除了这些特定的影响和互文关系，加菲尔德喜欢像史蒂文生一样，将一个相对保守的主人公与一个不受传统道德规范约束的更强有力的人物并置于一个特定的环境中展开叙述。另一个时常出现在加菲尔德小说中的情节以《扒手史密斯》和《12 月的玫瑰》为代表，讲述一个无家可归的社会弃儿最终被一个温馨家庭的关爱所感化，继而改变了自己的人生道路，这更加接近狄更斯的叙述模式。而且加菲尔德还和狄更斯一样，通常将故事的发生地设置在城市，而且就在伦敦。在故事叙述中，作者汲取了现代侦探小说的悬念因素，强化了故事的吸引力。例如《扒手史密斯》讲述一个关于历史和隐秘的故事，事发时，12 岁的史密斯刚从一位老绅士胀鼓鼓的口袋里掏出一件东西，就听见从他事先准备逃走的巷子里传来一阵急促的脚步声。他本能地闪在一旁，却从自己躲藏的地方目睹了一桩凶杀案：老绅士被人杀害了，而且还被急匆匆地搜了身。史密斯被眼前的场景吓坏了，赶紧逃离了凶杀案现场。在奔跑了好一会之后，史密斯停住了脚步，心想，难道自己偷到手的东西会让它原来的主人丢失性命吗？他惊恐地看着自己偷到手的赃物，发现那是一个文件，但史密斯不识字，不知道上面写的是什么，悬念就此设置在读者心中，让人欲罢不能。

第八章
温馨的动物乌托邦：迪克·金－史密斯的农场动物小说

如果说乔治·奥威尔（George Orwell，1903—1950）的《动物农场》（*Animal Farm*，1945）是当代成人本位的政治童话小说，作者通过动物童话的艺术形式来达成政治性写作，目的是为了更好地表达自己的社会政治观念，以及对于人类理想社会制度的拷问，那么迪克·金－史密斯的农场动物小说系列通过生活化、童趣化的细致笔墨描写形形色色的农场动物，为小读者展开了一幅幅充满乡村气息而又富于戏剧性的拟人化动物生活画卷，是典型的儿童本位的动物童话小说。

迪克·金－史密斯（Dick King－Smith，1922—2011）原名为罗纳德·戈登－史密斯（Ronald Gordon King－Smith），1922 年 3 月出生于英国的格罗斯特郡。中学毕业后，他放弃了进入著名大学深造的机会，一心在乡村务农。1948 年，史密斯在父亲老史密斯支持下开办了一个小型农场。漫长的农场生活对他在五旬之后从事动物小说创作至关重要。20 世纪 70 年代初，年近五十的史密斯进入圣马修学院接受教师职业培训，随后又在布里斯托尔大学攻读教育学学士学位。毕业后，他到一所小学任教，同时在课余时间进行写作。

迪克·金－史密斯发现孩子们非常喜欢他讲述的动物故事，于是就有了他的第一部动物小说《小鸡智斗狐狸》（*The Fox Busters*，1978）的问世。这一炮打响之后，史密斯就此走上了儿童文学创作的道路，以众多描写农场动物的作品而独树一帜，成为著名的儿童文学作家。迪克·金－史密斯把自己的农场动物小说称为“农场大院幻想故事”（farmyard fantasy），农场中最常见的猪成为他最喜爱的动物，理所当然地成为其作品的重要角色。迪克·金－史密斯在儿童文学创作领域出道虽晚，但他勤于笔耕，创作了 100 多部动物童话小说，成为名副其实的当代英国动物小说大王。从总体上看，迪克·金 －史密斯的农场动物小说的创作源于对农场生活的深切感悟，以及对那些看似寻常、最普通的农场动物的深厚感情，并由此通过幻想叙事引导读者走进一个个温馨的动物乌托邦世界。通过形象地勾勒每部小说中特定动物角色的特点，以及展现这些看似平凡的动物角色的非凡事迹，作者戏剧性地将人间百态投射到动物世界；同时通过动物的视角反观人类的行为和缺憾，也通过对动物角色的智慧和内心情感的想象性叙事，艺术地揭示了人与动物的理想关系，表达了对大自然一切生命的敬畏和敬重。这些动物故事也是对儿童读者进行道德熏陶和审美体验的读物。那些抽象的有关尊重生命、学会理解、学会勇敢、学会关爱等品质，都从丰富多彩、充满农场生活气息的动物故事中得到形象具体的表达。人们可以用平民化、生活化、传奇化、童话化来描述作者创作的农场动物生活画卷。

就英国当代幻想性动物文学创作而言，迪克·金－史密斯的独特贡献之一是化平凡为神奇，将小猪、大猪、公猪、母猪这样非常平凡甚至形象不佳的农场动物转化为别具一格、充满童趣和哲理意味的童话角色，从而创作出生活气息浓郁、故事妙趣横生、情节起伏跌宕的农场动物小说。在《狗脚丫小猪戴格》（*Daggie Dogfoot*，1980）中，一头格洛斯特郡大母猪产下了一窝猪崽，其中有一只叫戴格的小猪崽身体特别瘦小孱弱，不仅皮包骨头，而且长着“狗脚丫”（小猪蹄的蹄尖是彼此内旋的，看上去像是狗的脚丫），是典型的不合格“残疾猪”。按照常规，这个“畸形儿”应当被遗弃，因为即使他能存活下来，其生长也是相当缓慢的，不仅不能够创造“成品猪”的价值，而且会带来很多麻烦。事实上，养猪人已经好几次下了毒手，要把他除去。他第一眼看到这只“狗猪”，就毫不犹豫地把他从地上捡起来，放进自己外套的深深的口袋里，准备带走用木棍处理掉。然而这只小猪崽却不甘就此结束上天赋予他的生命，通过发自本能的拼命抗争，几经劫难而顽强地生存下来。随着时间的流逝，狗脚丫戴格不仅活了下来，而且慢慢长大了。虽然他的身体发育远远比不上他的同胞兄弟姐妹，但他变得非常聪明，机敏。兄弟姐妹们都嘲笑这个侏儒胞弟的畸形蹄子，却不知道这古怪的蹄子也会成为一种他们不具备的优势。两周以后，养猪人把断奶的小猪崽带走了，只有狗脚丫戴格留在母猪妈妈身旁。猪圈的后面是一个高低不平的小山坡，附近还有一条溪流。小猪戴格在这里结识了母鸭弗莱，学会了游泳，而且利用其内旋的蹄子这一优势，经过勤学苦练成为前所未有的游泳高手。后来天气变化，滂沱大雨下了两天两夜，整个养猪场所在的乡间发生了大洪水，养猪人和数百头猪被困在了猪舍后面的山坡的最高处。放有粮食和猪食的棚子被水冲走了，朝着河的下游漂去。粮食短缺，无人知晓的困境很快就将变成一场灾难。在危急关头，狗脚丫戴格利用会游泳的优势，同鸭子一道，朝下游方向游去，以便寻机求救。在惊心动魄的水中历险之后，英勇无畏的狗脚丫戴格最终为养猪人和猪群的获救建立了奇功。从迪克·金 –史密斯的这部幻想性动物小说中，人们还可以发现另一个特征：农场的猪群世界和养猪人的世界是两个平行的、相互交叉，但无法连通的世界。发生在猪群世界的一切都是那么鲜活，激扬着生命的动感和斑驳的色彩。那些母猪都是人性化的，是具有鲜明性格特征的妇人，被称为巴黎娜妇人、歌博斯巴夫人、史威勒夫人、乔佩夫人、梅兹玛奇夫人，等等；她们的丈夫被称为“乡绅”，是一头气势威严而话语啰嗦的大公猪。她们把农场的养猪人称为“猪人”或者“仆人”，因为养猪人每天都给她们提供吃的、喝的，给她们换上新鲜的草垫，为她们打扫猪舍，在展出季节来临时，还有为每头参展的猪做全身刷洗和梳理。高兴了还跟他说说话，愤怒了就冲他一顿臭骂——不过这养猪人实在太蠢，一句都听不懂。作者通过以实写虚的手法描写发生在猪群世界的故事，从母猪夫人们的对话交流到畸形儿小猪崽成长为一个游泳高手，到洪水灾难来临，小猪崽肩负起拯救养猪场全体成员的重任，一个自出生就面临对淘汰命运的残疾小猪成为一个“天降重任于斯人”的拯救者，整个故事得到戏剧化和童趣化的呈现。与此同时，在猪群世界出现的一切都是在养猪人经营的养猪场这一现实世界的参照系中发生的。从猪舍的安排，母猪产子下崽，清理不合格猪崽，母猪断奶后将猪崽移往别的猪栏喂养，打开猪栏门，让母猪到山坡走动，等等，都是现实中的养猪场的日常活动而已。正是在这样寻常的现实参照系下，作者致力于开拓猪栏里的童话世界，用想象力驾驭的神来之笔去描写“残疾”小猪崽的成长和传奇故事，进入了化平凡为神奇的幻想动物小说的写作境界。

发表于 1983 年的《牧羊猪》（*The Sheep - Pig*）同样如此。农场主霍吉特在集市上通过“猜重量游戏”赢得了一头乖巧的小猪贝贝。小猪被带回家中养起来——当然，按照农场日常生活的逻辑，是准备养到圣诞节作为制作美味火腿香肠的。然而根据童话世界的神奇法则，聪明、勇敢的小猪贝贝的命运得到了戏剧性的逆转。在传统童话叙事中，作为主人公的小人物改变贫贱或受压迫的命运首先靠的是善良的本性，他们纯真质朴，任劳任怨，没有世俗偏见，不受权势或者所谓理性主义现实的摆布而失去自我。他们尊重与善待大自然中的一切生命和事物，他们发自内心的看似微不足道的任何善良之举必然获得特别珍贵的回报。其次，童话“小人物”拥有战胜强敌，改变命运的巨大潜能，往往通过“魔法”的帮助而释放出来。小猪贝贝正是如此，他纯真善良，体贴、尊重、善待他人，赢得了农场上下的喜爱。农场主人把他当作自己的宠物，给予特别的关照；牧羊犬妈妈把他当作亲生儿子对待，将牧羊的本领悉心传授给他，这为他日后成为最出色的牧羊猪提供了基本的条件。当然，小猪贝贝的“魔法”力量来自他与羊群及其他动物之间进行沟通交流的动物语言。这两方面因素的结合保证了小猪贝贝的大获成功，也彻底改变了他的命运。故事的高潮出现在小猪贝贝在农场主带领下参加全国牧羊犬大赛，最终战胜所有牧羊犬对手，获得冠军。这也是这部动物童话小说的精彩之笔。根据《牧羊猪》（1983）改编拍摄的电影《小猪贝贝》（1995）同样很受欢迎，囊括了影评界

7 项奥斯卡提名。1998 年环球影业又据此推出续集《小猪进城》（*Babe：Pig in the City*）。

通过迪克·金 –史密斯的描写鸭子主人公与猪群打交道的故事，我们也能发现相似的幻想性动物小说特征。小说《聪明的鸭子》（*Clever Duck*，1996）戏剧性地投射了人间百态中具有讽刺意味的傲慢自大心态，同时演绎了一个富于传奇色彩的历险故事。农场的围栏里生活着一群自命不凡、目空一切的母猪，分别是奥贝斯夫人、斯图特夫人、波特利夫人、查比夫人、塔比夫人、斯瓦戈贝利夫人和罗利 –波利夫人。另外还有一头被母猪们恭称为“将军”的固执己见、狂妄自大的公猪。这些猪目中无人，自以为是，而且傲慢无礼，总是想方设法地愚弄和贬损农场里的所有其他动物，把他们称为“笨蛋”“傻子”“白痴”“弱智”“糊涂虫”，等等，这让聪明的母鸭达马里斯感到非常气愤，决心给这群不知天高地厚的蠢猪一个教训。于是，她同自己的启蒙老师牧羊犬罗里一起，故意帮助这群猪从围场大门偷跑出去，使它们踏上一条充满艰难和痛苦的“迁徙”之路。猪群在路上敞开肚子大吃菜根菜叶，猛喝池塘中的水，这毫无节制的大吃大喝行为很快就使猪群感到腹痛难忍。而长时间的跋涉又使他们身心疲惫，浑身酸痛。而且他们在经过一个板球俱乐部的比赛场地时又遭到一阵痛打，弄得遍体鳞伤。最不幸的是，他们随即落入了一个骗子手中，被囚禁在一个狭小的牢笼里，忍饥挨饿。这个骗子准备过一段时间，避过风头之后就把他们送到远处的集市上卖掉，从而赚上一笔钱。此时一直尾随着猪群行踪的鸭子达马里斯感到于心不忍，决定抛弃前嫌，向陷入困境的猪群伸出援手。鸭子把猪群的现状告诉了牧羊犬罗里，罗里也在为苦苦寻找失踪猪群的主人感到过意不去。于是鸭子和牧羊犬都认为应当把猪群目前的困境告诉农场主人。鸭子达马里斯飞到主人居室的窗前，用扁嘴巴猛击窗玻璃，并且发出一连串兴奋的嘎嘎声，随即朝着猪群被关押之地飞去，一路大声叫嚷着为农场主指引道路。农场主妻子认为鸭子是想告诉农场主什么消息，但农场主却认为此事实在荒唐：“你总不会说她知道我们的那群猪在哪里吧。”鸭子往猪群被关押的地方飞去，却被那个骗子击伤了翅膀，落入河流之中。逃过大难的鸭子回到农场后仍然想方设法向主人传递有关信息，甚至竭力同牧羊犬一道试图通过一张《养猪者公报》的相关报道上的一头大白公猪的图片，提请农场主注意。但这番努力仍然没有达到目的，因为农场主代表着日常理性的认识：难道动物会像人一样聪明吗？当然，这部小说的书名就是“聪明的鸭子”。而且，经过鸭子的再三努力，农场主也感到鸭子的表现可能有不同寻常之处，正如他对妻子所说：“动物们能感应到一些我们感觉不到的东西。”终于，在一个赶集日，农场主带着鸭子和牧羊犬再次驾车出发，一个村庄一个村庄地寻找自己失踪多日的猪群。每到一个地方，农场主都把鸭子从车上抱下来，看她会有什么反应。最后，在通往一个沿河村庄的小路上，一直保持着平静的鸭子突然开始嘎嘎地大叫起来——原来前面有一辆正准备开走的运货车，车上装载的正是农场主苦苦寻找的那群猪。在骗子的办公室里，农场主看看翅膀受伤的鸭子，再看看放在屋里角落的那把猎枪，顿时明白了发生的一切。聪明的鸭子通过自己的不懈努力使农场主的猪群失而复得，这群狂妄自大的猪也结束了自己悲惨难熬的旅行和被关押的折磨。鸭子去看望回到农场的猪群，她们居然都不知道自己是如何得救的，只有一头爱尔兰血统的母猪明白事情的真相，她对鸭子说：“我就知道你是只聪明的鸭子，一开始就知道。”农场主的妻子感到很奇怪，鸭子居然去看望猪群，而且对着一头母猪嘎嘎叫着，而那头老母猪也哼哼地回应着，于是她对丈夫说道：“我真的非常想听懂她们在说些什么。”与此同时，鸭子对牧羊犬说：“罗里，你看那边正在不停聊天的农场主夫妇，我真想听懂他们究竟在说些什么。”这就是两个平行但没有联通的世界。通过鸭子和牧羊犬的视角，我们看到了丰富多彩的动物世界，包括动物们的精神活动和历险活动。包括鸭子、牧羊犬、大公猪、母猪群在内的动物角色之间的对话不仅栩栩如生，而且富有哲理；此外动物们的情感真挚感人，她们之间发生的恩怨故事精彩动人。而从处于故事参照背景的农场主夫妇的视角去看，动物们确有不可思议之处，但现实与童话应当保持理性的距离——只不过在聪明的鸭子面前，现实与童话之间的距离消融了，甚至被融为一体。代表常识的农场主的思想观念的转变表明了接受童话叙事的期待视野的确立。从总体上看，农场主的现实世界与鸭子的童话世界形成了一个互为参照的双重世界，写实性的农场背景凸显了幻想性的动物世界。

值得一提的是，迪克·金－史密斯不仅擅长于创作幻想性农场动物小说，而且在描写神秘动物方面也很有建树。他的《深湖水怪》（*The Water Horse*, 1992）将一个建立在有关尼斯湖水怪出没的传说之上的著名公众事件（从公元565年爱尔兰传教士的记载，到当代的目击报告和拍摄的照片等）演绎为一个温馨动人的童话故事。华尔登传媒（Walden Media）根据这部小说改编拍摄了影片《深湖水怪传奇》（*The Water Horse*：*Legend of the Deep*. 1995），是继《纳尼亚传奇》之后推出的另一部儿童幻想文学大片。2008年好莱坞也根据这部小说推出了大片《深水传奇》（*The Water Horse*）。

第九章

从"9 $\frac{3}{4}$站台"驶往霍格沃茨：罗琳和她的哈利·波特系列[①]

当代幻想文学女作家乔安妮·凯瑟琳·罗琳（J. K. Rowling，1965—）出生于英国苏格兰小镇耶特（Yate）。罗琳父母的相识和相爱缘起于在伦敦国王十字车站（King's Cross）乘坐火车的经历，而 J·K·罗琳写作哈利·波特故事的灵感和构思就是在乘坐火车时闪现的。日后载着少年哈利·波特前往霍格沃茨魔法学校的火车将从国王十字车站的"9 $\frac{3}{4}$"站台发出，驶向全世界。

罗琳小时候在生病期间听父亲为她朗读的《柳林风声》给她留下了深刻的童年记忆。年龄稍长，罗琳开始自己读书，并且给同伴们讲故事，这无形中扩展了她的想象力。孩提时代的罗琳和妹妹经常跟邻居波特家的两个孩子一起嬉

---

① 感谢姜淑芹教授提供的帮助

戏玩耍，做各种各样的游戏。《哈利·波特》主人公的名字就铭刻着罗琳对童年游戏时光的记忆。在小学和中学读书期间，罗琳阅读了大量文学作品，包括伊迪丝·内斯比特、伊尼德·布莱顿、苏珊·库里奇、C. S. 刘易斯、詹姆斯·邦德、J. R. R. 托尔金、简·奥斯丁、萨克雷等人的作品。1983 年罗琳进入埃克塞特大学（The University of Exeter）学习，专业是法语。大学毕业后，罗琳在一个国际性的组织找到了一份工作。在工作之余，罗琳会独自在咖啡馆或其他安静的地方提笔写作。1990 年 6 月的一天，在返回伦敦的火车上，紧盯着车窗的罗琳从头脑里浮现出精灵男孩哈利·波特的形象，他日后将成为风靡世界的系列幻想小说《哈利·波特》的主人公。在经历了家庭和情感的变故之后，罗琳离开了曼彻斯特，在葡萄牙波尔图的一所英语夜校应聘到一份教书工作。在这里她成为一个单亲母亲，但也凭着坚强的毅力完成了《哈利·波特》最初的手稿写作。随后她带着六个月大的女儿回到苏格兰爱丁堡。这一时期罗琳面临着一生中最大的困境：没有工作，只申请到一点微薄的失业救济金。尽管生活处境十分艰难，罗琳并没有放弃写作，终于在 1995 年夏天完成了《哈利·波特与魔法石》（*Harry Potter and the Philosopher's Stone*）的书稿。在经过了一番好事多磨的周折之后，这部书稿在 1997 年 6 月由布鲁姆斯伯利出版社出版。不久，美国学者出版社出高价买下了《哈利·波特与魔法石》的美国版权。从此罗琳就带着她的主人公哈利·波特先后通过七部小说扑进成千上万儿童和青少年读者的精神世界。

从 1998 年夏天该系列的第二部小说《哈利·波特与密室》（*Harry Potter and the Chamber Of Secrets*）的问世，到 2007 年 7 月最后一部小说《哈利·波特与死亡圣器》（*Harry Potter and the Deathly Hallows*）在全球众多读者的翘首期待中昂然登台，七部“哈利·波特”小说成为当代英国影响最大、读者最多的儿童幻想文学佳作。杰克·齐普斯这样论述“哈利·波特”现象：“尽管并非哈利·波特小说系列使儿童文学回归其在文化版图中应当拥有的地位，但它们确实巩固了儿童文学在文化版图中的地位，而且将继续使普通读者认识到，儿童文学才是最受欢迎的流行文学。儿童文学是真正的民间文学，是为所有民众创作的文学，是无论老少都在阅读的文学，它对于儿童的社会化具有极其重要的作用，特别对于发展孩子们的批判性和富有想象力的阅读能力具有非常重要的作用。”① 在受到全球各地儿童和青少年读者热烈欢迎的同时，“哈利·波特”小说分别获得了英国国家图书奖年度儿童图书、斯马蒂图书金奖章、惠特布莱德儿童小说奖等多项重要奖项。此外，英国资格评估与认证联合会（AQA）于2008 年将《哈利·波特与魔法石》列入其课程与考试范围之内，与戏剧家莎士比亚和小说家狄更斯的作品列在一起。与此同时，“哈利·波特”系列电影由美国华纳公司搬上银幕，随之又引发了对“哈利·波特”的游戏产品及其他衍生商品的开发热潮，使之从单一的书面文字叙事演变为与电影、电视、游戏载体等表现形式共存的影响更加广泛的重要文化现象。

在完成了七部哈利·波特系列小说的创作之后，罗琳还出版了新书《诗翁彼豆故事集》（*The Tales of Beedle the Bard*，2008），由“巫师和跳跳锅”（“*The Wizard and the Hopping Pot*”）、“好运泉”（“*The Fountain of Fair Fortune*”）、“男巫的毛心脏”（“*The Warlock's Hairy Heart*”）、“兔子巴比蒂和她的呱呱树桩”（“*Babbitty Rabbitty and Her Cackling Stump*”）及“三兄弟的传说”（“*The Tale of the Three Brothers*”）五个童话故事组成，但反响远不及哈利·波特系列。2013 年，罗琳化名罗伯特·加尔布雷斯（Robert Galbraith）出版了推理小说《布谷鸟的呼唤》（*The Cuckoo's Calling*）。事实上，罗琳的七部“哈利·波特”小说中都有侦探小说的因素，这也体现了作者对于从柯南·道尔到阿加莎·克里斯蒂的英国侦探小说传统的继承和发展。

在维多利亚中期，随着英国各地设立的公立学校数量急增，英国校园小说的创作取得了丰硕成果，出现了一批影响极大的经典文本。而在新的时代背景下，从托马斯·休斯的《汤姆·布朗的公学岁月》（1857）到罗琳的哈利·波特系列（1997—2007），人们可以看到英国校园小说传统的延续和发展。事实上，从托马斯·休斯笔下的少年布朗到J·K·罗琳笔下的哈利，少年主人公都

① 杰克·齐普斯《冲破魔法符咒》舒伟主译，安徽少年儿童出版社，2010 年，第 230 页

尽情享受着极富想象力的校园历险过程，故事的基本场景就设置在人们熟悉的课堂教室、食堂宿舍、图书馆和运动场等地。然而又有质的变化和发展。哈利·波特就读的是霍格沃茨魔法学校，所以这是一个当代高科技时代语境中的幻想文学叙事，讲述的是孤儿哈利·波特在霍格沃茨魔法学校学习、生活和历险成长的故事。

在整个系列中，每一部小说又是相对独立成篇的，分别讲述哈利在霍格沃茨学校大致一年间的生活和历险故事。在第一部小说《哈利·波特与魔法石》中，哈利是个 11 岁的少年。而在最后一部小说中，哈利已经长成 17 岁的青年，在历尽劫难之后真正成熟起来，从魔法学校毕业，迈步走向社会。在第一部小说《哈利·波特与魔法石》中，孤儿哈利·波特借住在姨妈德思礼家中，受到这一家人的百般虐待。哈利额头上有一道闪电形的伤疤，那是 10 年前遭受伏地魔袭击时留下的，他的魔法师父母就是为了保护他而不幸死去的。哈利十一岁时收到霍格沃茨魔法学校的入学通知书，从伦敦国王十字车站的“9 $\frac{3}{4}$”站台乘坐火车驶向新生活。在霍格沃茨魔法学校，哈利被分在格兰芬多魔法学院（Gryffindor），这个词在法语中意为“金色的鹰面狮身兽”。在希腊，鹰面狮身兽象征着警觉的力量，狮子和鹰都分别与太阳有着密切的联系，而鹰面狮身兽可以同时主宰大地和天空。哈利的不平凡的历险生活就此展开了。

在第二部小说《哈利·波特与密室》里，哈利·波特进入霍格沃茨魔法学校后的第一个学年结束了，在学校放假期间，他不得不回到姨妈家中。就在即将开学的时候，小精灵多比突然来找哈利，警告他别到学校去，否则会遭遇可怕的不测之事。但哈利坚持回校，并且费尽周折，有惊无险地在最后时刻赶回了霍格沃茨。在新的学期，哈利果然遭到新来的教授罗哈特的百般刁难，接着他和他的朋友又遭到一股邪恶势力攻击。经过一番艰难的努力，哈利他们终于接近了密室的秘密。这时传来罗恩的妹妹金妮被绑架到密室的消息，哈利和罗恩进入了密室，与凶恶蛇怪展开了搏斗，在最后关头，凭借校长邓布利多的凤凰和格兰芬多宝剑，哈利杀掉了蛇怪，解除了魔咒，救出了金妮。

在第三部小说《哈利·波特与阿兹卡班的囚徒》中，作者设置了一个逆转的悬念。在故事的开端，人们对可怕的小天狼星布莱克怀有极大的恐惧之心。作为“阿兹卡班最恶名昭彰的囚犯”，凶神恶煞的布莱克在12 年前通过施展一个咒语而害死了13 个人。但他逃出了监狱，潜入霍格沃茨魔法学校。然而出乎意料的是，这个布莱克并非穷凶极恶的反面人物，而是哈利的教父，是来保护哈利的。原来布莱克受到了假扮为宠物鼠的虫尾巴的陷害。当年的杀人真凶就是这个虫尾巴，如今它冒充为哈利的好友罗恩的宠物鼠，使哈利处于危险之中。布莱克通过报纸发现了凶手虫尾巴的踪迹，便设法越狱出逃，前来霍格沃茨魔法学校以擒获歹徒，保护哈利。如此悬疑使故事获得了真相大白后的戏剧性逆转，令人称奇。

第四部小说《哈利·波特与火焰杯》讲述哈利与伏地魔在墓穴间展开的殊死决战。在这个学期，霍格沃茨将举行火焰杯三强争霸赛，哈利也入选参赛，却引起了大家的嫉妒。这场比赛的项目包括在龙的眼皮下偷蛋、潜入湖底救人、在迷宫中探险等等，难度和危险性可想而知。在比赛过程中出现了食人巨蟒、狰狞的食死徒、口吐烈焰的火龙等，在蓝色的火焰中，哈利与伏地魔进行了新一轮斗智斗勇。

《哈利·波特与凤凰社》讲述在又一个暑假中，哈利·波特被困在女贞路4号，遭到摄魂怪的突然袭击之后发生的事情。哈利被护送到伦敦一个秘密的地方，至于发生了什么事情或者将要发生什么事情他一无所知，他只知道校长邓布利多和凤凰社成员正在紧急行动，以对抗日益强大的伏地魔。哈利回到霍格沃茨，发生的一切仍然不可思议。魔法部派来了一位高级调查官员，来整治霍格沃茨的“不良风气”，邓布利多校长被迫离去，学校处于一片混乱。伏地魔卷土重来，一场新的惊心动魄的正邪之战展开了。

《哈利·波特与混血王子》讲述主人公哈利在霍格沃茨魔法学校的第6 年间发生的故事。书中的混血王子乃是魔法学校的西弗勒斯·斯内普教授，他的母亲是纯血统的魔法人士，其姓氏为“Prince”（意为“王子”），他的父亲是非魔法界人士，所以斯内普教授称自己为“混血王子”。在魔法学校，哈利在神秘“王子”的帮助下成为“魔药奇才”。通过邓布利多的指点，伏地魔不同寻常的身世之谜被揭开了。马尔福把食死徒引进学校，斯内普教授对邓布利多校长举起了魔杖。哈利·波特再次在魔法世界卷入历险的斗智斗勇战斗当中。

《哈利·波特与死亡圣器》是整个小说系列的终结篇，交代了所有重要人物的最终命运。哈利即将迎来自己 17 岁的生日，成为一名真正的魔法师。为安全考虑，他必须转移到新的地方，凤凰社的成员精心谋划了秘密转移哈利的计划，以防遭到伏地魔及其追随者的袭击。再次反扑而来的伏地魔已经侵入霍格沃茨魔法学校，占领了魔法部，控制了半个魔法界。哈利意外获悉，如果他们能够找到传说中的三件死亡圣器，就可以将伏地魔置于死地。但伏地魔早已开始了寻找死亡圣器的行动，并派出众多食死徒去追捕哈利。最后，哈利与伏地魔在魔法学校的禁林中狭路相逢，在殊死搏斗中，哈利不幸倒在伏地魔抢先到手的一件致命圣器之下。不过由于纯正灵魂的不可思议的力量，伏地魔手中的死亡圣器没能夺去哈利的性命。最终哈利终于彻底战胜了穷凶极恶的死对头。至此，所有错综复杂、神秘难解的秘密都已揭晓。哈利的情感历程也获得了归宿，他与好友罗恩的妹妹金妮结为夫妻，罗恩和赫敏也逃过大劫，并缔结良缘。19 年之后，哈利和金妮的身旁围绕着三个孩子，赫敏和罗恩也已为人父母。在伦敦国王十字车站的“$9\frac{3}{4}$”站台，两家人聚在一起，送孩子们登上火车，前往霍格沃茨。

这七部小说构成一个统一的整体，以哈利与伏地魔的对立为基本情节线索，将传统的善恶争斗故事演绎为发生在当今伦敦现实社会的幻想故事。通过“$9\frac{3}{4}$”站台进入的魔法世界与生活着芸芸众生的伦敦都市形成互相贯通和映衬的故事背景，人们熟悉的校园生活演变为包罗万象、丰富多彩，同时又险象环生、惊心动魄的魔法世界的善恶相争。在这一宏大叙事中，作者呈现了主人公寻找自我、爱情、友情和成功的人生历程，同时映射了当代社会矛盾和社会现象如歧视、种族隔离、腐败、权力争斗、反恐、生态、商业欺诈、教育模式、文化差异等等，远远超出了传统校园小说的指涉和容量。通过现实世界与幻想世界的相互贯通和融合，作者不仅使小读者获得充分的阅读乐趣，享受精彩纷呈的幻想故事，而且能够让具有社会阅历的年龄较大的读者在遁入幻想世界的同时，直面和反思当今的生存现实和社会。这正是自“爱丽丝”小说以来英国童话小说的双重性体现。

【主要参考文献】

[1] Briggs, K. M. The Fairies in Tradition and Literature. London: Routledge, 1967.

[2] British Folk – Tales and Legends. London: Routledge, 1977.

Butler, Charles. Four British Fantasists: Place and Culture in the Children's Fantasies of Penelope Lively, Alan Garner, Diana Wynne Jones, and Susan Cooper. Scarecrow Press. 2006.

[3] Carpenter, Humphrey. Secret Gardens: A Study of the Golden Age of Children's Literature. Boston: Houghton Mifflin Company, 1985.

[4] Carpenter, Humphrey and Mari Prichard. The Oxford Companion to Children's Literature. Oxford: Oxford University Press, 1984, 1991.

[5] Clute, John and John Grant. The Encyclopedia of Fantasy, New York: St. Martin's Griffin; Updated edition, 1997.

[6] Cook, Elizabeth. The Ordinary and the Fabulous. Cambridge University Press 1976.

[7] Cosslett, Tess. Talking animals in British children's fiction, 1786—1914 Aldershot, England; Burlington, VT: Ashgate, 2006.

[8] Darton, F. J. Harvey. Children's Books in England: Five Centuries of

Social Life. 3th ed. Rev. Brian Alderson. Cambridge: Cambridge UP, 1982.

[9] Davis, Philip. The Victorians (1830—1880), The Oxford English Literary History vol. 8. Beijing: Foreign Language Teaching and Research Press; London: Oxford University Press, 2007.

[10] Drabble, Margaret. ed. The Oxford Company to English Literature. Oxford University Press, 2000; Bejing: Foreign Language Teaching and Research Press, 2005.

[11] Drout, Michael D. C. ed. J. R. R. Tolkien Encyclopedia, Scholarship and Critical Assessment. New York and London, Routledge, 2007

[12] Egoff, Sheila et al. eds. Only Connect: readings on children's literature, Toronto, New York: Oxford University Press, 1980.

[13] Hunt, Peter. Ed. International Companion Encyclopedia of Children's Literature. New York: Routledge. 2004.

[14] ed. Children's Literature, An Illustrated History. Oxford: Oxford University Press, 1995.

[15] Knight, Gareth. The Magical World of the Inklings: J. R. R. Tolkien, C. S. Lewis, Charles Williams, Owen Barfield, Dorset: Element Books, 1990.

[16] Lerer, Seth. Children's Literature, A Reader's History, From Aesop to Harry Potter.

[17] Chicago and London: The University of Chicago Press, 2008.

[18] Manlove, Colin N. The Fantasy Literature of England. New York: St Martins Press, 1999.

[19] From Alice to Harry Potter: Children's Fantasy in England. Cybereditions Corporation, Christchurch, New Zealand, 2003.

[20] Rose, Jacqueline. The Case of Peter Pan, or, The Impossibility of Children's Fiction. Philadelphia: University of Pennsylvania Press, 1993.

[21] Sandner, David. The Fantastic Sublime: Romanticism and Transcendence in Nineteenth – Century Children's Fantasy Literature. Westport, Con-

necticut and London: Greenwood Press, 1996.

[22] Smith, Karen Patricia. The Fabulous Realm: a Literary – historical Approach to British Fantasy, 1780—1990. Metuchen, N. J.: Scarecrow Press, 1993.

[23] Thacker, D. C. and Jean Webb. Introducing Children's Literature: From Romanticism to Postmodernism. London: Routledge, 2002.

[24] Townsend, John Rowe. Written for Children: An Outline of English – language Children's Literature. 6 th ed. Previous ed.: 1990, London: Bodley Head, 1995.

[25] Tolkien, J. R. R. The Tolkien Reader, New York: Ballantine, 1966.

[26] Tree and Leaf. Boston: Houghton Mifflin, 1965.

[27] "Beowulf: The Monsters and the Critics," An Anthology of Beowulf Criticism, ed. Lewis E. Nicholson, University of Nortre Dame Press, 1963.

[28] Zipes, Jack. Fairy Tales and the Art of Subversion: The Classical Genre for Children and the Process of Civilization. London: Heinemann, 1983.

[29] Breaking the Magic Spell: Radical Theories of Folk and Fairy Tales. Revised and expanded edition. Lexington: University Press of Kentucky, 2002.

[30] Zipes, Jack et al, eds. The Norton Anthology of Childrn's Literaure. New York: W. W. Norton and Company, 2005

[31] Children's Classic Tales, Wordsworth Editions, Hertfordshire: 2005.

[32] 舒伟，幻想文学的传统与创新：从“黑暗降临”系列之《灰国王》谈起［J］. 中国图书评论，2008 年 11 期

[33] 舒伟，维多利亚时期英国童话小说崛起的时代语境［J］. 外国文学评论，2009 年 4 期

[34] 舒伟，论《柳林风声》的经典性儿童文学因素［J］. 贵州社会科学，2011 年 12 期

[35] 舒伟，论《柳林风声》作者的人生感悟与童话叙事的关联［J］. 解放军外国语学院学报，2012 年 1 期

[36] 舒伟，走进“阐释奇境”：从历史语境解读两部“爱丽丝”小说的

深层意涵［J］. 社会科学研究，2014 年 2 期

［37］舒伟，从“爱丽丝”到“哈利·波特”：现当代英国童话小说创作主潮述略［J］. 山东外语教学，2014 年 3 期